終わりなき夜に少女は

ALL THE WICKED GIRLS

CHRIS WHITAKER

クリス・ウィタカー

鈴木 恵訳

早川書房

終わりなき夜に少女は

装画／たけもとあかる
装幀／早川書房デザイン室

息子のチャーリーとジョージに
そしてアイシャ・マリクにも（ぼくは賭けを尊重するので）

登場人物

サマー・ライアン……………………………失踪した少女

レイン………………………………………サマーの双子の妹

ジョー………………………………………サマーとレインの父親

エイヴァ……………………………………サマーとレインの母親

トミー………………………………………サマーとレインの叔父

ブラック……………………………………グレイス警察署署長

ノア・ワイルド……………………………グレイスの高校生

ミッチ………………………………………ノアの父親

パーヴィス（パーヴ）・ボウドイン……ノアの親友

レイ…………………………………………パーヴの父親。建設会社社長

ロバート（ボビー）・リッター…………聖ルカ教会の現牧師

サヴァンナ…………………………………ボビーの妻

アイザイア・ルーメン……………………聖ルカ教会の前牧師

サムソン……………………………………アイザイアの息子

マンディ・ディーマー……………………自殺した少女

ハーヴィ……………………………………マンディの兄

フラニー・ヴェスタル……………………マンディの親友

リッチー・リームズ………………………マンディを妊娠させた男

デラ・パーマー
ボニー・ハインズ
リサ・ピンソン
コラリー・シモンズ
オリーヴ・ブレイマー
……………………誘拐された少女たち《ブライアー・ガールズ》

ピーチ………………………………………デラの母親

マール………………………………………修理工場経営者

アラバマ州グレイス　一九九五年

1　サマー

意味なんかないのだ。

そこがずっと恐怖のありかだったのに、彼らにはそれがわかっていなかった。テレビでわめいたり叫んだりしていたあの人たちも、宙に十字を切っていたあのめかし屋の牧師さんたちも、さまよう魂を抑えこめるかのように十代の子供を家に閉じこめていたあの親たちも。

だからすべてが終わったとき、彼らは受け容れられなかった──その発見を。いつまでも嘆いては、以前のことを、以前こそが本当なのだといわんばかりに語った。理想が死んだみたいに。

わたしはその気持ちを──善悪がなくては困るという気持ちを理解できるけれど、でも、その中間に果てしなく広がるグレーゾーンにこそ、あなたがたはわたしとレインを見出すだろう。それにもしかしたらボビー牧師も。

レインはわたしの双子の妹だ。ならんで撮ってもらった写真をわたしはラメ入りのハート形の額に入れて、ベッド脇のテーブルに飾っていた。やたらとおとめチックな額だけれど、父さんが買ってくれたものだ。写真のわたしたちはまだ幼く、ふたりで腕を組んでにこにこ笑いながら、麦藁帽をすぐに脱いでしまうので日射しに目を細めている。レッド川のほとりでキャンプをしていたときのものだ。そのあたりは川岸が低く、流れの激しい茶色の岩場はつるつるだったから、水の中を歩かせてはもらえなかったけれど、釣り場としては最高だった。父さんはいまでも自分の釣りあげたシマスズキを、トミー叔父さんがクーサ川で釣ったものと同じくらい大きかったと思っている。

　そこはまた、十年前の一九八五年の秋に、ブラック署長がペニスを発見した場所でもある。国じゅうがカリフォルニアのマクマーティン保育園裁判の話題でもちきりで、数百人の子供たちが悪魔崇拝の儀式で性的虐待を受けたと考えられていたころのことだ。

　そのペニス事件は、グレイスの町で起きたものとしてはぶっちぎりで興奮する事件だったから、わたしたちはみなその顚末をそらで語ることができる。


　そのペニスはリッチー・リームズのものだった。リッチーは高校のフットボール部の女たらしで、腕は太く、瞳は淡く、指はたいていプッシーのにおいをさせていた。母親と一緒にどん底の町ハスケルの狭いトレーラーハウスに住んでいたが、母親はいつも、自分が勤めているバーで知り合った大酒飲みのトラック運転手のところで夜を過ごしていた。

　トラブルを避けていられれば大成するだろう。コーチからはそう言われていたものの、それはリッチーの生きかたではなかった。女が好きで好きでしかたなかったのだ。ところが供給はジリ貧で、おまけにリッチーの好みは青い目をした金髪の純潔娘だった。ハスケルにそんな子はもうあまり残っていなかった。もちろんそういう目と髪の娘《こ》はまだいたけれど、純潔はリッチーがかたっぱしから奪っていた。そこでリッチーはグレイスに遠征してきた。処女狩りに。

　目をつけたのはマンディ・ディーマーだった。マンディはわたしがいま通っているウェストヴュー高校に通っていた。写真を見たことがある――ファラ・フォーセットばりの髪型をして、えくぼを見せて微笑んでいた。リッチーをめろめろにするタイプの清純派だ。

　リッチーは夏休みの初日に、計算どおり〈メイのダイナー〉の外でマンディと遭遇した。ただちに行動に移ろうとしたものの、マンディには雄牛みたいな体格の連れがいた。親友のフラニー・ヴェスタルだ。フラニーは残酷な大女だった。身長は百八十八センチ、横幅もあり、いつも上から下まで黒ずくめの服を着ている。あんたの魂胆なんかお見通しだといわんばかりに、はなからリッチーを警戒していた。リッチーはフラニーを懐柔しようと、適当な台詞をならべてみた。目がすてきだとか、モデルなみに背が高いとか、きみにぴったりの友達がいるとか、太めの娘なら鵜呑みにするはずの出まかせを。けれどもフラニーには通用しなかった。あの女はきっとレズだ。のちにリッチーはブラック署長にそう語った。

マンディは二週間後に陥落した。リッチーの固い約束の数々は幸せな日々の光の中ではなかなか色褪せず、彼女は失敗に気づくのが遅れた。リッチーの子供を身ごもっているのに気づいたときにはもう、リッチーはとうにハスケルに逃げ帰っていた。

妊娠四カ月目にマンディはみずからの命を絶った。罪の意識に耐えかねたのだ。熱い注視と、冷ややかなささやきと、神の裁きに。

兄のハーヴィが家の裏手の納屋で、長い梁からぶらさがっているマンディを発見した。ハーヴィはすっかりおかしくなってしまい、そのためディーマー家は子供たちを学校に通わせるのをやめて、その後は家庭で教育するようになった。

フラニーはリッチーの寝込みを襲った。ブラック署長がのちに《ブライアー郡新報》に語ったところによると、リッチーはクロロフォルムをかがされたため裸にされても気づかなかったものの、ペニスを切断されたときには目を覚ましたという。

フラニーは出血して悲鳴をあげるリッチーをそのままにしていったが、九一一番には通報した。リッチーを殺したいわけではなく、悪を正しているだけだったからだ。ペニスは家に帰る途中でレッド川に放りこんだ。数時間後、それは岸に打ちあげられた。

ロティ・スティムソンの犬がそのペニスを見つけて、涎《よだれ》まみれの口でひろいあげた。ロティはそれをひったくり、悲鳴をあげると、ブラック署長と、当時ブラックの相棒だったミッチ・ワイルドを連れてきた。

ふたりは泣きさけぶロティを家に帰した。ブラックは彼女に、あとで家に寄って事情を聞くからそれまでは口をつぐんでいてほしいと頼んだ。もちろんロティはすぐさま電話に飛びついた。地獄門国《ヘルズゲート》有林で物音がするのを聞いた、たぶんその殺人犯があたしを監視してたんだと、そう言いふらした。尾鰭《おひれ》をたっぷりとつけたので、うちの母さんはさっそく〈バートン〉ウォッカを一本持って出かけていった。

ロティは夫のジャスパーにも電話して、製材所から家に呼びもどした。口実をあたえられたジャスパーは、ショットガンを手に、薄のろの弟たちと、二、三杯ではきかないビールを飲みながら家の前に座っていた。引金を引きたくてうずうずしている男、それがジャスパーだった。なにしろ彼は警官をぶちのめして、ファウンテン刑務所で五年の刑に服してきたばかりだったのだから。そんなわけでブラックは、スティムソン家の私道にはいっていく前にあらかじめ電話をすること、と心にメモした。ところが相棒にそれを伝えるのを忘れてしまった。

ミッチ・ワイルドはその晩、暗くなってからスティムソン家を訪れ、撃たれて死んだ。

フラニーは冷静になってから自首した。噂によると警察は彼女の家でありとあらゆる不吉なものを発見したという。庭の木々にかけられた枝編み細工の五芒星、バビロンや邪眼のスケッチ、ベッド脇のテーブルに置かれたラヴェイ派の悪魔信仰の書。ブラックはそれをでたらめだと否定したものの、それで噂が立ち消えになるはずもなく、学校の子供たちのあいだには、炎が青く燃えると立ちのぼる煙はマンディの顔になるという噂が広まっていた。

わたしはこの話を五十回ぐらい、毎回少しずつちがうものを聞いたけれど、結局この話のなかで誰が悪魔なのかは疑問の余地がないし、それはフラニーではない。

マンディは聖ルカ教会の横手の墓地にある小ぎれいなお墓に葬られている。亡くなったときは、いまのわたしと同じ十五歳だった。人生というにはあまりに短い。

教会に行くとわたしはよく彼女のお墓に立ち寄ったものだ。すると母さんにいつもこう言われた。

「男の子に近づくんじゃないよ、サマー。厄介なことになるだけだからね」

レインはときどき、興奮することなんかグレイスじゃ二度と起こらないとぼやく。

父さんは、めったなことを望むもんじゃない、とレインを叱った。

2　戒めの物語

サマー・ライアンが失踪したのは五月二十六日の夜間だった。父親のジョー・ライアンは警察よりまず仲間たちに連絡した。そのほうが迅速に行動できると考えたからだ。それにジョーは長年、法執行機関を敬遠して生きてきたからでもあった。

一同は扇形に広がってゆっくりと進んだ。まっ暗な空の下に懐中電灯の光が切れ切れに伸び、遠くにそびえるダイオウマツの林に月光が青く射しこんでいた。

仲間の多くは自分にも子供がいたので、ジョーとエイヴァを呑みこんでいる冷たい恐怖が理解できた。娘をひと晩じゅう自由にさせてしまったのだから。いくら賢くてもまだ十五歳の少女を。彼らの住む世界では、過ちは罰せられ褒賞はあたえられるのが普通だ。

一同を率いたのは失踪した少女の叔父トミー・ライアンで、銃と弓を携行しており、どちらのあつかいにも長けていた。

彼らは少女の家の裏手の平らな畑地を歩いていた。本人がそちらへ行ったかもしれないからだが、しかし、身のまわりのものをバッグに詰めて家出したのだという噂もあった。だとすれば、彼らはほぼまちがいなく時間を無駄にしていることになる。少女はおおかた友人かボーイフレンドのところに隠れているか、逃亡する原因となった問題が解消するまで身をひそめているつもりだということに。だが、そうは言っても、その土地は安全ではなかった。最初の少女が誘拐されてからというもの、もう長いあいだ。

誘拐事件は一年あまり連続したあと、唐突にやんだ。五人目で。みなブライアー郡の少女で、みな高校生で、みな教会に通っていた。悪夢は終わったのだと人々は考えた。そうでなければなおも息を詰めて暮らさなければならないからで、しじゅう目を覚ましては廊下を忍び足で歩いて家族の無事を確かめる恐怖に、みなもう疲れはてていた。

捜索隊は総勢十名だった。みなジョーが若いころにつるんで悪さをした仲間たちだったが、ジョーが刑務所にはいっているあいだに更生していた。八年のあいだに目が覚めたのだ。彼らはグレイスやその周辺に住んでおり、妻同士はおしゃべりをし、子供たちは仲がよかった。週末はたいてい一緒にビールを飲み、バーベキューを食べ、フットボールを見、冗談を言っては笑いあう仲だった。

日が昇ると、仕事を持っている連中は——建築関係がふたりと、運送関係がひとり、エアコンの修理がひとり——それぞれの仕事へ行き、それからまた戻ってくるのだった。電話がかかってこないか彼らはつねに気にしていた。自分の子供に厳格になり、暗くなる前に帰宅しろ、町なかを離れるな、ヘルズゲート国有林には目を向けてもいけないと命じていた。

そいつを——新聞では〝鳥男〟と命名されていた男を——つかまえたら、警察に知らせる前に殺すつもりだった。口にこそしなかったが、自分たちがそうするのはわかっていた。

＊　＊　＊

グレイスの気温は朝から上昇していた。八時にはもう街路は灼け、子供たちはスプリンクラーのそばに立って水がかかるたび歓声をあげていた。

ノア・ワイルドは父親のバッジを、ふた重にした紐につけて首にかけていた。バッジは鷲の翼に日光が反射するほどぴかぴかに磨いてあった。

店々も目覚めはじめていた。店主たちがのろのろと立て看板を通りに引っぱり出していた。多くは引退の時期を十年も過ぎていたものの、いまだにがんばっていた。

ノアは〈ウィスキー樽〉の外で足を止めた。パーヴはホースで歩道に水を撒いており、しぶきのたまった水たまりにすりきれたスニーカーが浸かっていた。

パーヴはノアに気づいてにやりとしてみせると、手を伸ばしてバッジを親指でこすった。「ワルに見えるぜ、本物のお巡りみたいに」

ノアも何かお世辞を返したかったが、パーヴの着けているエプロンは丈が長すぎたし、その下のシャツはだぶだぶだった。父親は身長百九十センチというがたいのいい男だったから、パーヴはある意味で不思議な小兵だった。髪を逆立てて数センチ水増ししていても、誰もごまかせなかった。ことに風が吹いたりすると。眉は一本で、親指ぐらいの太さで両目の幅いっぱいに延びている。前にふたりはそれを分割しようと、若干のダクトテープと大量の悪態を費やしたことがあった。

「まだ何か足りない気がする。バッジだけじゃ不充分な気が」ノアは言った。

パーヴは友をじっくりと観察した。「爪楊枝はどうだ？　くわえてみろよ、スタローンのコブレッティ刑事みたいに。何本か取ってきてやるから」

「ガンベルトも欲しいな」

「初日から銃なんかもらえると思うのか？」

「ああ……ま、小口径のやつだろうけど。おれがヘッケラー&コッホをあつかえるのをブラックに見せるまではさ」

パーヴは目をそらして、唇をぎゅっと噛んだ。

ノアは溜息をついた。「はああ、コッホ」

「さっき、おまえんちのばあちゃんが通ってったぞ」とパーヴは言った。「部屋着を着てカーラーをつけたまんま、ひとりごとを言ってた。呼びとめようとしたんだけど、おれになんか会ったこともないって目で見るんだ」

「ありがとう、ご苦労さん」

パーヴはうなずいてからあくびをした。

「ゆうべはきつかったのか？」ノアは言った。

「親父がトラックを盗まれちゃってさ、不機嫌だったんだよ。マールのとこから歩いて帰ってこなくちゃなんなくて」

「ちきしょうめ」とノアは言った。パーヴにとってそれが何を意味するかわかっていたからだ。パーヴの父親は暴力親父だった。それも、ひと皮むけば臆病ないんちきタイプではなく、骨の髄まで石でできているような、本物のできそこないタイプの。パーヴが殴られるのがわかっていると、ノアはいつも彼の家の庭のはずれにひそんで合図を待ち、パーヴがまだ生きているのを確認してから家に帰った。明かりがパチリとついて消えるのを。

ノアは手を伸ばしてパーヴの肩をがっちりとつかんだ。「おれたちゃ勇猛」

「おれたちゃ果敢」

「じゃ、あとでな」ノアは言った。

「がんばれよ」

パーヴは水撒きに戻った。

ノアは町の広場の中央へ、暑い時期には昼夜を問わず散水されている芝生のほうへ向かった。ベンチに腰かけてサングラスを取り出した。去年パーヴからもらった誕生日プレゼントで、パーヴがブルックデールのドラッグストアからみごとな手ぎわで万引きしてきたものだ。マールボロふた箱とともに。喫煙と盗みはパーヴの何より好きな娯楽と言ってよかった。

ふたりは思い出せるかぎりむかしから友達だった。夏はキンリー農場の畑で遊び、トウモロコシのあいだを駆けぬけては、低いうなりをあげるぴかぴかのツインエンジンを狙って棒切れの銃を撃ち、それからレッド川のほとりへ行って上級生の女の子たちの水着姿をのぞき見しようとした。冬は白い森を歩きまわって鹿の足跡を追ったものの、物音を立ててばかりいるので、姿をとらえたことは一度もなかった。

ノアはふたり連れの老人がのんびりと〈メイのダイナー〉にはいり、曇ったガラスのむこうの席に座るのを見ていた。目覚める前のグレイスが彼は好きだった。新聞配達をしていたころは、夜明けに起きては錆びた自転車にまたがり、大きな家々と水彩画みたいな庭がならぶ瀟洒な通りをまわっていた。クリスマスには毎年パーヴとそのルートを歩いて、暖かそうな窓から自分たちとは無縁の情景をのぞいたものだ。

ノアはベンチにもたれ、大きく息をついて、前途に広がる夏休みに思いを馳せた。この秋には三年生になる。成績は惨憺たるものだったが、それはかまわなかった。学校なんて自分には合わないと、とうのむかしに悟っていた。パーヴはもっと惨憺たるものだったが、それもそのはず、神が〝パーヴ〟ことパーヴィス・ボウドインを造るさいに手を抜いたのは、秘密でもなんでもなかった。

ふたりとも愚痴はこぼさなかった。自分たちは勇猛で果敢だったし、それを絶対に忘れなかったからだ。

＊＊＊

レイン・ライアンは蛇行するレッド川のほとりを足早に歩いていた。川面に目をやると、暗い急流がすぐ横を流れていた。もっと上流には泳げるほど穏やかな瀞《とろ》もあるけれど、水面は藻でいっぱいだし、噂を信じれば深さは十五メートルもある。アビー・ファーリーの家のそばには流れの上まで枝を伸ばしている木があって、アビーの兄がその枝にロープをかけて古タイヤをぶらさげていた。アビーの母親からは危ないと言われていたものの、それで子供たちがひるむはずもなかった。でも、サマーは一度もやろうとせず、岸辺に座って本を読んでいて、レインがいくら「見て」と叫んでも微笑むばかりだった。

レインはイトスギの根に足を取られてぶざまに転んだ。しばらく地面に這いつくばって荒い息をしながら、岸辺から頭を突き出していた。川に落ちたらどうなるだろう。泳ぎは得意だけれど、レッド川の流れは速い。流されて底へ引きずりこまれ、悲鳴は水音でかき消されるだろう。

書き置きを握りしめて起きあがると、膝がざっくりと切れていた。血が脛を伝い落ち、レインは腰をかがめて指でそれを拭い、ぺろりとなめた。血の味はそれほど嫌いではなかった。

彼女はふたたび町のほうへ歩きだし、樹木が密集してくると、下を向いて走りだした。

広場に着くと走るのをやめ、ほっとして額の汗を拭い、グレイス警察署を見あげた。警察署は広場の正面にある大きな石造りの建物で、塗装されてひと月後にはくすんでしまったような白茶けた色をしていた。

中にはいってブラック署長に会いたいと伝えると、ラスティに署長のオフィスへ通された。大きなおなかをして軽く足を引きずるラスティは、サンドイッチを食べていたところで、口の端にはケチャップが、ネクタイには油染みがついていた。

ラスティが出ていくと、レインは腰をおろしてテーブルに両手をぺたりと押しつけた。広げた指の爪は短く嚙みちぎられている。マニキュアをするのは母親から禁じられていた。まだ早いと言うのだ。爪を赤く塗ったら男の子に股をひらくことになるわけでもあるまいに。

レインはデスクの前に行って抽斗をあさり、空の酒瓶を何本か見つけたあとブラックの財布を発見し、二十ドル札を一枚抜き取った。それからすばやく自分の椅子に戻り、じっと座っていた。

ドアがあいてトリックスが顔をのぞかせた。「だいじょうぶ、レイン？」トリックスは受付担当の職員で、髪を男の子みたいに短く刈りこんで黒く染めている。

レインはうなずいた。

「大事なこと？　今朝はいろいろゴタついてるの」

「たとえば？」

「レイ・ボウドイン。ゆうべトラックを盗まれちゃって、ご機嫌斜めなわけ」

「ブラックと話したいの。父さんに言われてきたから」

「なるべく早くつかまえてあげる」

レインはふだんから好き勝手なまねをしていて、しじゅう警察の厄介になっていたので、トリックスともブラックともほかの警官たちとも顔なじみだった。

ポケットに手を突っこんで、しわくちゃになったサマーの写真を引っぱり出した。サマーとは双子の姉妹で、むかしはよく似ていたのに、成長するにつれて別々の性格が現われた。サマーはもの静かで頭がよく、レインの持っていないものをすべて持っていた。

レインは身をかがめて膝の傷の様子を確かめ、指先をなめて血をこすり落とした。

ブラックがオフィスにはいってきた。

ウィスキーのにおいを漂わせながら腰をおろすと、口をひらく前に目をこすった。いそがしいとか、疲れているとか、そんなことを示すためかもしれない。でなければ、たんにレインにうんざりしていることを。

「こんどは何をやらかしたんだ、レイン？　またあのカークランドの息子たちと揉めてるのなら、おれは知らんぞ。私的な問題に首を突っこむのはお断わりだ。もう勘弁してくれ」

「サマーのことだよ」とレインはいくぶんむっとした口調で言った。父親譲りの短気な性格で、しかめた鼻をつんと反らせた。

ブラックは顔をあげた。

「行方不明になっちゃった」レインは言った。

ブラックは平静を保とうとしたが、顔から血の気が引くのが見て取れた。何か言おうとしたけれど、言葉が出てこなかった。

レインはブラックをしげしげと見た。皺だらけのシャツと、かさかさの唇を。

「いつから?」ブラックは訊いた。

「ゆうべ。書き置きを残してった」レインはそれをデスクのむこうへ押し出した。「〝ごめんなさい〟」

ブラックは震える手でそれを取りあげた。「〝ごめんなさい〟」

レインはうなずいた。

「てことは家出か」ブラックの血色が戻ってきた。

「みたいだね」

「何が〝ごめんなさい〟なんだ?」

レインは肩をすくめた。

「お父さんはどうしてる?」

「捜しに出てる。平らな畑を捜索してから、レッド川沿いにヘルズゲートまで行くって言ってた。ラスティとミルクと、そのほか誰でもいいから割ける人手を出してほしいって」

「ミルクはゆうべからのゴタゴタを処理しに出てる。レイ・ボウドインのトラ――」

「知ってる」とレインはさえぎった。

「お父さんに伝えてくれ。こっちはこれから招集をかけるが、お父さんには冷静でいてもらいたいと。

伝えられるか？」

「どうして自分で言わないわけ？」レインは突っかかるように言った。

「サマーは書き置きを残してる。少しばかり自由が欲しいだけだろう……きみがときどきやってるみたいに」

ブラックは立ちあがって出ていこうとした。

「ブラック」

彼はふり向いた。

「あそこはまだ安全じゃないんだよ。あんたらはあいつをつかまえてないんだから」

＊　＊　＊

レイ・ボウドインが書類に記入しているあいだ、署内は静まりかえっていた。ノアはレイをじっくりと観察した。そのたたずまいと、指からごつごつと突き出た複数の大きな金の指輪を。あれで殴られたらパーヴはひとたまりもないだろう。

書きおえると、レイはトリックスにペンを投げつけた。

「おまえらが見つけてくれるとはあんまり思えねえがな」そう言いながら煙草を抜いて口にくわえた。

「ここは禁煙です」トリックスが言った。

レイが煙草に火をつけると、ラスティが立ちあがった。銃に手をかけている。

レイは出口まで行ってからふり返った。「あの犬、うちの隣の家のあのワンころ。ちっとも鳴きやまねえから、警察に知らせろとパーヴに言っといたんだがな」

「聞いたよ」ラスティは言った。

「で？」

「犬ってのは吠えるもんだ。それがあいつらの仕事なんだよ。あんた、可愛がってやろうとしたか？」

レイはにやりとし、トリックスにウィンクしてから出ていった。

「撃ち殺してやればよかったのに」トリックスは言った。

ラスティはうなずいた。本気で言っているのがわかったからだ。

「トリックス、おれはいつ銃をもらえんの？　二挺要るんだけど……交差撃ちをするから。おれはラスティみたいなハツカネズミになるつもりはないからさ」ノアは言った。

「こいつがなぜここにいるのかもう一度教えてくれるか、トリックス」ラスティが言った。

トリックスは聞こえなかったふりをした。ノアは彼女の手配のおかげで、夏休みを警察署で過ごせることになっていた。週二、三回のシフトで、電話の応対と資料整理をするのだ。トリックスはノアの母親の幼友達だった。母親の最後の日々につき添ってくれ、葬儀では、棺を見つめながらも涙を流そうとしない、父親同様にタフなノアの手を握ってくれた。

ノアは椅子を引き出してから、逆に向けてまたがった。「おれの権限について話せる？」

「あんたには電話に応対する権限がある。それだけ」

ふたりが黙りこんだとき、レインが通りぬけていった。ノアはレインに見られているのを感じて目を合わせたが、すぐに膝が震えてきて視線を落とした。レインの目には何か野性的なもの、引力のようなものがあった。何やら謎めいていて、男子をのぼせさせ夢中にさせる引力のようなものが。レインが真面目に登校していたころは、学校でよくすれちがったものだが、つきあう仲間は異なっていた。ノアの仲間はパーヴひとりで、レインのほうは、車と酒を調達できるほぼすべての最上級生だった。

レインが帰っていってまもなく、ブラックがオフィスから出てきた。

「どうしたんです？」ラスティが訊いた。

「サマーがゆうべ家出したんだ」ブラックは答えた。

「サマーが？」

ブラックはうなずいた。

トリックスが心配そうな目をして顔をあげた。「サマーが家出？」

「それで？」とラスティ。

「大したことはないだろう。書き置きを残してる」そう言いながらブラックはこめかみを揉んだ。ノアのほうを見て、彼がさげているバッジに目を留めた。

電話が鳴った。ラスティがノアのほうを見て電話を指さした。

ノアはデスクごしに手を伸ばして受話器を耳にあてると、大きく息を吸ってからこう言った。「殺人課。ノア・ワイルド刑事です」

ラスティは呆れて首を振った。「どうしたって？」

「ゆうべヘルズゲートから煙が出てたって」受話器を耳にあてながらノアは言った。

「また火事か。ホワイトマウンテンの原理主義者どもが、性懲りもなく悪魔にわめいてやがるな。おれが受ける」とラスティは受話器を受け取った。

ブラックはブラインドを押しさげ、広場を横切っていくレインを見送った。二、三人の男とすれちがったが、男たちは目を伏せていた。たとえジョー・ライアンがそばにいなくても、ジョーの娘に目を向けるような危険は冒さないのだ。

ブラックの思考はサマーからブライアー郡の少女たちへ、少女たちから新聞に載った鳥男のスケッチへと移った。全身が羽根におおわれた大きくて恐ろしげなその姿は、夜にひとりで森へはいってはいけないという戒めだった。

3　サマー

耐えられないほど純粋で完璧な瞬間はこれまで何度か経験した。天地の境目がぼんやりにじんでいるだけの荒寥《こうりょう》とした夜明けとか。

わたしは静止画の中にいる夢を見た。凍りついた時間のなかに溶けた時計たちがぶらさがっていたけれど、背景は荒野ではなく、規則正しく蛇行するレッド川だった。それがわたしには不変のものだったからだ。

夢の中のわたしたちはレッド川の岸辺にいた。父さんと一緒にキャンプをしているところで、父さんが寝てしまったあとこっそり這い出してきて、寝ころんで手をつないだ。空は深く暗く重たく広がり、星々というピンが高みに留めていてくれなければ、わたしたちを押しつぶしそうだった。星がひとつ流れ落ちたのが見え、レインはそれを花火だと思いこんだけれど、翌朝父さんが、それは流れ星だと教えてくれた。願い事をすればよかったんだと。

いま思えば、それがわたしの絶頂だった。あとはもう、わたしの人生は落下する一方だった。あまりに早すぎる絶頂だったかもしれないけれど、それはかまわない。一度は経験したのだから。

初めてボビーにその話をしたとき、ボビーは真面目くさった顔でわたしに、ニヒリストというものを知っているかと尋ねた。彼はいつもそんな顔で冗談を言うのだ。冗談じゃないみたいに。でも、ニヒリストというのはちがう。道徳は関係ないのだから。ボビーはペシミストと言おうとしたのかもしれない。でなければリアリストか。

前に父さんが、信仰は依存だし、依存は弱さだと言ったら、母さんが本気で食ってかかったことがあった。あんたは出所したばかりだから、娘たちはあんたの言葉を真に受けると。

リッチー・リームズがペニスをなくしてまもなく、エトワ郡保安官事務所がウォルナット・グローヴでひとつの儀式跡を発見したというニュースが流れた。わたしはメイデンヴィル図書館で記事を探して、犬たちの死骸やまだ地面に立ったままの逆さ十字の写った粒子の粗い写真を見つけた。保安官事務所は型どおりの捜査をしたものの、何もつかめなかった。

わたしの子供時代のアメリカはいわゆる悪魔パニックに席巻され、問いを発する福音派キリスト教と、答えをあたえてくれるモトリー・クルーがおおはやりだった。パニックを広めている人たちの主張は単純だった。わたしたちの身のまわりには悪魔崇拝者の大きなネットワークが存在し、その連中が幼い魂を堕落させているせいで国がだめになっている、というのだ。この悪魔崇拝者たちは、音楽や本やビデオゲームにメッセージをひそませていると言われ、郊外族の静かな暮らしにまで着々と波紋を広げたため、ついにワシントンの政治家の奥さんたちが、〝保護者の指導が必要《ペアレンタル・アドヴァイザリー》〟というステッカーと保守層の集団ヒステリーとを武器に反撃を開始した。

ミック・キンリーの畑地のひとつには草地に大きな看板が立てられていて、大鎌を手にした漫画みたいな悪魔が、教会に行かないやつは〝つかまえに行くぞ〟とおどしていた。そういう考えが不安に火をつけて炎を煽りたてた結果、グレイスにも恐怖が蔓延した。

わたしは多くの時間を教会で過ごしていた。母さんは教会をわたしの第二の家だと、少なからず誇らしげに言ったものだ。

聖ルカ教会は州内で五番目に古い教会だ。建物は石造りで、高い鐘楼があって、夜遅くまで一時間ごとに鐘を鳴らす。わたしがよく座っていたのはステンドグラスのそばのベンチで、夏のあいだは時間をうまく見計らえば、日が射しこんできて体を虹色に染めてくれた。美しい教会なのだ。まあ、そういうことを人はよく言うし、大きな古い教会の場合にはなおさらだけれど、でも、聖ルカ教会は本当に美しいので、中にいると胸が苦しくなるほどだ。

アイザイア・ルーメンは終身牧師だったけれど、説教のさなかに脳卒中に見舞われた。われを忘れてわめいていたら、突然ひっくり返って両足をぴょんと跳ねあげたのだ。会衆はあっと声をあげたものの、それも芝居の一部だろうかと疑った人たちもいた。牧師さんはときどきそんなまねをしてみせることがあったからだ。むかしからそういう過激な人だったけれど、ディーリー・ホワイトの牛が惨殺されてからはいっそうひどくなった。それまで悪魔はグレイスの周囲をうろついているだけで、中にははいってきていなかったのだから。

ブラック署長はその事件を不良のしわざだと考えていたが、確信がないので口にはしなかった。生き物を刃物で殺すなんて、子供のすることではないからだ。

みんなはルーメン牧師がただちに説教に復帰するのもそう悪くないと考えていたけれど、牧師は二度目の発作を起こした。そこでボビー牧師が町にやってきた。ボビー・リッター。自分のことを〝ボビー〟なんて愛称で呼ぶ牧師は聞いたことがない、母さんはそう言った。きちんとロバート牧師と名乗るべきだと。母さんはグレイスの町以外で暮らしたことなどないくせに、上品ぶるのが好きなのだ。ルーメン牧師が〝怒れども罪を犯すな〟のイエスだったとすれば、ボビー牧師は〝愛は耐える〟のイエスだった。ボビーの態度には、つまらないことに悩まされたりしないという静かな自信がある。酔ったマールが礼拝中に騒々しくはいってきても、まったく気にしなかった。

しかもボビーはすごく若くて、すてきな笑顔の持ち主でもある。でも、あまり微笑まないから、ボビーが笑いかけてくれると、自分がなんだか特別な存在になったみたいな気がする。

そう、ボビーはグレイスの人気者なのだ。

彼の二回目の礼拝のときにはもう、教会は香水の甘い香りと胸をときめかせた女性でいっぱいになっていた。

4　アラバマ・ピンク

レインが帰ってみると、家の前に古びたピックアップトラックが何台も駐まっていた。大きなタイヤをはき、泥がドアまで飛び、座席にはライフルが置いてある。

キッチンから話し声が聞こえてきた。中をのぞくと、男たちがテーブルのまわりに立っていて、地図がそこらじゅうに広げてあった。母親は電話中で、目が落ちくぼんで腫れている。

トミー叔父さんが冷蔵庫からビールを取り出していた。叔父さんは髪を長く伸ばしていて、女たちが絶えず群がってくるような笑顔の持ち主だ。でも、南部訛りで甘い言葉をささやいては、すぐに捨ててしまう。姪たちにしか関心がないと言って。それはレインたちの父親が刑務所にいたあいだは長らく事実だった。レインとサマーは週末になるたび、叔父さんの小屋に泊まらせてほしいとせがんだ。そして罠をしかけることや、獲物を追跡して撃つことを教えてもらったものだ。

レインはのぞくのをやめてポーチの階段をあがり、最上段に腰をおろした。七歳のとき、その脇に狩猟ナイフで自分たちの名前を彫りつけて大目玉を食った。その名前を指でなぞった。

正午にラスティが家にやってきて、サマーは無事だと思うと伝えていた。サマーはバッグに身のまわりのものを詰めて出ていったから、ブライアー郡で失踪中の少女たちとはその点がちがうと。彼女たちはそれぞれの暮らしから突然、無作為に引き離されたため、警察が関連に気づいたのはようやく三人目になってからだった。

エンジンの音がして一台のトラックが現われた。猛然と角を曲がってきてレインのすぐ前で停まり、四人の男がおりてきた。トミー叔父さんの友人たちだ。それぞれのドアがいっせいに閉まった。ひとりは若かった。レインは四人が家にはいっていくときに笑いかけてみたが、誰も目を合わせようとしなかった。

レインはトラックの横へ歩いていくと、窓から手を突っこんで、座席から半分空になったマールボロのパックをひろいあげた。父親の呼ぶ声がしたので、すばやくそれを自分のポケットに突っこんだ。

「あたしも一緒に行っていい？　捜索を手伝いたい」家にはいるなりレインはそう言った。

ジョー・ライアンは首を振った。「自転車で行け、近所の人たちと合流できるかもしれない。ヘルズゲートには近づくなよ」

レインはうなずいた。隠しごとをしていると思われているのはわかっていた。だからひとりで行かされるのだ。

「サマーの居どころは知らないよ、嘘じゃない」父親の視線が注がれるのがわかった。娘が嘘をついているかどうかは、そぶりでわかるのだ。

「怪我をしたのか」父親はレインの膝を見て言った。

「大したことない」

レインは小さいころから生傷が絶えなかったが、泣かないので怪我がひどいのかどうか周囲にはわからなかった。

父親は腕を広げ、レインがそこにはいっていくと、頭にキスをしてしばらく抱きしめてくれた。背が高くてたくましく、レインは母親よりも父親のほうが好きだった。それを受け容れにくい事実だとは思わなかった。お父さん子、みんなにそう言われた。だからレインが不良になってくると、両親は蛙の子は蛙だと言って笑った。最初のうちは。

「サマーを連れもどしてくれ、レイン」

レインは庭に横倒しにしてあった黄色い自転車を起こした。通りのはずれまでこいでいって、背の高い草むらに乗りすてると、母親のトラックのところまで引き返した。キーはバイザーの裏にあったが、坂を惰性でくだらせてからエンジンをかけた。トラックはルームミラーにかかっている十字架を左右に揺らしながら、がたごとと通りを走りだした。

エンジンが止まったのは、キンリー農場のそばの長い畑道のひとつをすっ飛ばしていたときだった。ボンネットから湯気が噴き出してきてフロントガラスが曇った。レインはトラックをおりて後ろにまわり、荷台のポリタンクがどれも空なのを見て悪態をついた。それからあたりを見まわした。背の高いトウモロコシが両側に青々とびっしり茂っていて、見えるのは上空の太陽ぐらいだった。作物が揺れているので風があるのはわかったが、熱気をかき乱すほどのものではない。

しばらくその道を行ったり来たりし、地面を蹴とばして土埃が舞いあがるのを見ながら片手で髪を掻きあげた。父さんはかんかんになるだろう。そのトラックは持ち出してはいけないことになっていた。エンジンがいかれているだけでなく、レインが免許を取れるようになるのはまだ一年も先で、ブラックの忍耐心はとうのむかしに尽きていたからだ。

サマーは何時にくじけるだろう、とレインは考えた。ひと晩じゅう帰らないなんてはずはない。サマーはそういう軟弱者だ。小さいころからそうだった。サルオガセの影が寝室の壁に不気味な顔を描いていたころから。例によって大目玉を食ったりはしないはずだ。母さんはものすごく心配するだろう。今回はサマーなのだから。ことによると添い寝までしてやるかもしれない。ふたりが幼いころ病気になるとよくやってくれたみたいに、煙草くさい指でサマーの頭をなでながら、祖父母のこと、綿と大豆のこと、祖父母の土地と生活をめちゃめちゃにしたワタノミゾウムシのことを話してやるかもしれない。

レインはトラックにもたれた。太腿が鉄板に触れて熱い。膝を持ちあげて瘡蓋《かさぶた》に指を這わせ、唇の塩辛い汗をなめた。

ノアは自宅前の通りをビュイックでゆっくりと走り、ヒッコリー・グレン通りへ曲がった。そのまま進んでいくと、やがて広場の前を通過して、ルームミラーに映る家並みがまばらになってきた。窓をおろして外を見あげると、ヘルズゲートの森の上空に雷雲が見えた。祖母は嵐を待ち望んでいた。日がな一日フロントポーチの揺り椅子に座って、去来したものの重みでたわんだかのように口をへの字に結んだまま、庭と空を交互にながめている。ひとり娘に先立たれたせいで、死について語るときは淡々としていた。成績のことでノアをなじる日もあれば、ノアの姿など見えないかのようにふるまう日もあった。四カ月前に転んで腰をひどく打って痣をこしらえたときには、福祉局が訪ねてきた。

祖母は毎晩、日が落ちるずっと前にカーテンを閉めて、早々に寝てしまう。ノアはいつも一時間待ってから、真鍮のフックにかかったキーを取り、ビュイックを始動させ、車がぶるぶるゴホゴホいうあいだ辛抱強く座っていた。それは錆びた黒のビュイックで、船みたいに長い。ホイールはワイヤーホイールで、パーヴに言わせれば女の子に喜ばれるはずだったが、パーヴの言うことは真に受けるとひどい目に遭うことばかりだった。

車はノアの祖父のものだった。祖母が売ろうとしなかったのだ。まだあの人のにおいがすると言って。ノアは夜になるとたいていそれを乗りまわしていた。かれこれ半年になるが、つかまる恐怖に見合うだけのスリルがあった。

スピードを抑えたままエルバ通りを走り、痩せた畑地を通過した。案山子がひとつ、頭を垂れたまま磔刑像《たっけいぞう》のような影を落としていた。

脇道へはいり、キンリー家の前を、リタが外をながめているとまずいので頭を低くして通過したあと、一キロほどその道を走っていくと、遠くに一台のピックアップトラックが見えた。赤土の道に無造作に駐まっている。

レインがいるのに気づいた。明るい髪と長い脚でそうだとわかった。ノアはしばらくそこに停まって勇気をかき集めてから、アクセルをそっと踏みこんで近づいていった。手前まで来ると、エンジンを切り、車をおりた。

レインは目を閉じて、鉄色になった空に向かって頭をのけぞらせていた。太腿の上でカットしたショートパンツをはき、足元の地面の吸い殻から最後の煙が立ちのぼっている。

「レイン」

目がぱっとひらき、彼女はノアのほうを向いた。

「ごめん、おどかすつもりはなかったんだ」ノアは言った。

「平気。あたし、簡単にビビるタイプじゃないから」少し荒れぎみの声だった。煙草と酒のせいかもしれない。

「手を貸そうか？」

レインはノアと目を合わせ、小首を傾げてまじまじと見つめてきたので、ノアは何か別のことを言いたくなった。なんでもいいから別のことを。

「嵐……来そうだね」なに言ってんだ。

レインはタンクトップをなでおろして胸に密着させた。

ノアは生唾を呑みこんだ。

「あたし、水が欲しいんだけど」と彼女は言った。

「任してくれ、おれがきみを満たして――」

「飲むのはトラックだけどね」

ノアは赤面した。「なんだ……そっか」

レインはノアの胃が縮むような冷笑を浮かべた。それから髪を耳の後ろにかけ、地面にガムを吐きすてた。

「うちの姉貴を知ってる？」

ノアはうなずいた。

「見かけた？」

ノアは首を振った。

「捜してんの。で、チャペル・レイク・ドライブの家をかたっぱしからまわろうとしてたんだ。そっちへ行ったんじゃないかと思って……みんなは川沿いを行ったと考えてるけど」

「乗せてってやろうか？　いますぐ、どこでも行きたいところへさ」ノアはあまり張りきった口調にならないように気をつけながら言った。

レインはほかに選択肢はないかとあたりを見まわしてから、ノアのほうへ歩いてきた。

ノアが脇によけると彼女はビュイックに乗りこみ、ノアも乗りこんだ。

「この車、老人みたいなにおいがする」レインは言った。

「それはたぶん死んだじいちゃんだ」

「トランクにはいってたりしないよね？」

レインはラジオに手を伸ばして、騒々しく荒っぽい曲がかかっている局を探し出した。サンダルを脱ぎすてて片足をダッシュボードにかけると、バッグから〈バートン〉の瓶を取り出して飲んだ。ウォッカに煙草に安香水、ノアは頭がくらくらしてきた。

木々のアーチの隙間から空がほんのひと筋のぞく道をビュイックは走りぬけた。通りすぎたダブルワイドのトレーラーハウスは、二軒ともボックス窓の奥にテレビの青緑の光がちらついていた。チャペル・レイク・ドライブへ右折すると、ノアは大回りしすぎて草地にはみだしてしまったが、レインは何も言わなかった。ノアはそれがうれしかった。

「湖《レイク》なんて見あたらないな」

「チャペルもね」

かつてのチャペル・レイク・ドライブは堂々とした通りだった。五十年ぐらい前、まだ綿が豊富に採れて、グレイスが枯渇していなかったころは。

ノアは一軒の家の前に車を駐めた。門は練鉄製だったが、上の蝶番が外れていた。軒の鼻隠しには彫刻がほどこされ、下端《したば》から広がる黒い黴がなければ、さぞ美しかっただろう。屋根はシートでなかばおおわれ、鉄の足場がそこまで組んである。取りつけられた看板には、洒落てはいるが色褪せた文字で〝ボウドイン建設〟と書かれていた。

ふたりともそこがルーメン邸だということを知っていた。

門の前にビュイックを置いて、砂利道を歩いていった。砂利はすっかり薄くなって、あちこちに広葉の雑草が生えている。

「暗くなってきたな」とノアは空を見あげて言った。「それにルーメン牧師は、おれ、めちゃめちゃ怖いんだ」

「もしかしたら幸運に恵まれて、エンジェルが応対に出てくるかもよ」レインは言った。

エンジェル。彼を知らない者はいなかった。なにしろふわふわの白い髪と、雪のように白い肌をしていて、目はごく淡いピンクに縁取られているのだから。たいていの人は〝エンジェル〟とサムソンがアルビノなのを知っていたが、サムソンの母親とルーメン牧師だけは別だった。牧師はサムソンが生まれると、この子は天使《エンジェル》なのだとあわてて宣言した。レインの母親の話では、医者に診せもしなかったらしい。

　レインは握り拳で激しくドアをたたいた。木枠が震えてレモン色のペンキがぱらぱらとはがれた。横の窓に額を押しつけて中をのぞくと、壁に絵がかかっていた。おっぱいをあらわにした翼のある女たちと、白い巻き毛を持つ馬たち。たわんだ棚には写真立てが載っていて、ガラスの裏にピンクの押し花がはさんであった。アラバマ・ピンクみたいな花だ。レインはそう思ったものの、アラバマ・ピンクは採集が禁じられているはずだった。めちゃくちゃ珍しい花で、どこへ行けば見つかるのか誰も知らない。光にかざすとピンク色に輝くと言われていた。

　しばらくそうしていると、夕闇が屋根を這いおりてきて日の光を消し去った。ふり返ると、ノアが草むらに立ってレインを見つめており、彼女のお尻でもながめていたみたいにあわてて目をそらした。

　ふたりは隣のマールの家に移動した。母屋の屋根がひどくたわんでしまったため、マールは裏手の納屋で寝起きしていた。だが、母屋も納屋も、レインがいくらドアをたたいても誰も出てこなかった。マールはセイアー通りで修理工場を経営していたし、ポーカー・ゲームを運営したり密造酒を売ったりもしていた。

　マールの密造酒は広く知られていた。度数がやたらと高く、五十メートル以内で煙草に火をつけようものなら火事になりかねないからで、一度本当に火事になったこともあった。ウィルバー・オアとパートの人たちが樽に引火する前に消しとめたからよかったものの、さもなければ町の半分がその煙でへべれけになっていただろう。

　ふたりはさらに何軒かあたってみたが、成果はなかった。

＊＊＊

サムソンはどんな季節でも同じ服装をしていた。白い肌をおおい隠し、帽子を目深にかぶり、強すぎる太陽から目を保護するサングラスをかけている。母親はそのむかしサムソンに、おまえは天使だ、天使は夜に飛ぶんだと、それで息子がぶつけてくる疑問にすべて説明がつくかのように教えこんだ。

サムソンは学校と教会で働いていて、そのどちらでも、たいていの仕事より下だと見なされる雑用をしていた。生徒たちが床に小便をしては、大声でサムソンを呼んで、けらけら笑うこともあった。

父親のルーメン牧師が入院したいま、サムソンは毎晩おびえた目をして横になり、物音がするたびに、こんどこそ自分の恐れていたものがやってきたのだと思った。ドアと窓には鍵をかけてあったものの、古屋敷の屋根は、夜の闇とレイ・ボウドインのような邪悪な存在に向かってぽっかり口をあけていた。

レイ・ボウドインはサムソンを、柔らかくて珍しい熟れ頃の果物でも見るような目で見た。最初は金のせい、レイが行なっている工事の代金を牧師が支払っていないせいだったのだが、いまはもうそれだけではなかった。

レイはトラックに銃を、ポケットに飛び出しナイフを隠しており、そのどちらとも仲よしなのだとわかる目をしていた。サムソンは死もレイ・ボウドインも怖かったけれど、何より怖いのは父親であり、父親の言う天罰、すなわちサムソンがルーメンの名にふさわしい人間であることを示せなければ一家に訪れるはずの破滅だった。父親は、まぶたと腕が下から引っぱられるみたいにだらんとする病気で弱っていたとはいえ、憎悪はいまだに衰えていなかった。サムソンはひとり息子だったのに、父親に毛嫌いされていた。生まれたときからそうだったし、十五歳のときラッキー・デルフレイから買ったポルノ雑誌を見つけられてからは、いっそう嫌われていた。その日のことをサムソンははっきり憶えていた。父親の手の火照りも、レッド川の沁みるような冷たさも、通報しようと家に走っていく母親のうろたえぶりも。

母親の言う肉欲の罪より悪いものはいくつもあったのに、母親は気づいていなかった。何ひとつ。父親がそうしていたからだ。まとめて深く葬り去っていたのだ。

少女がドアをたたくと、サムソンは窓の外をのぞいて、そのきれいな幽霊少女に息を呑んだ。返事をしたかった。呼びいれてその娘《こ》とおしゃべりをしたかった。警察のバッジをぶらさげた少年とも。友達がいなかったのだ。けれどもサムソンは、ふたりが伴ってきたものに気づいていた。夏など二度と訪れないかのようにアラバマの空をむしばむ、どんよりした黒雲に。だからベッドに倒れこんで胎児のように丸くなり、枕の下に頭を突っこんだ。臆病者というのはそうやって隠れるものだからだ。

＊＊＊

レインは窓をおろして片腕を外に垂らし、風に向かって手を広げた。「手で鳥のまねをしたことある？」

ノアは首を振った。

「父さんのトラックに乗るとあたし、窓から手を出して、手で鳥のまねをするんだ。風の中ですいすい上下させて。あんたもやってみな」

「ハンドルから手を離す自信がない」

「あんた、いつもそんな弱虫？」

ノアは窓をおろして腕を突き出すと、手をすいすいと上下させて鈍色の空気を手のひらに受けた。

ビュイックは脇にそれて車線を越え、郵便受けをひとつぶっ倒した。

「やべえ」ノアはあわててハンドルを戻した。

レインが笑ったので、ノアも、心臓が縮みあがってなどいないかのように微笑んだ。

ふたりは百二十五号線のガソリンスタンドに寄ってポリタンクに水を満たすと、キンリー家の畑のほうへ戻りはじめた。

「きみ、このごろ学校で見かけないね」ノアは言った。

「あんた、あたしと同じ学校に行ってんの？」

その言葉はなかなかこたえた。

レインは目をこすった。ゆうべは帰りが遅かったのだ。すぐに書き置きに気づき、二階に行って着替えると、両親を起こして自分たちの世界が暗転するのを見ていたのだった。

「彼女は無事だよ」ノアは言った。

「あたし、心配はしてない」

そう言って、空になったウォッカの瓶を窓から投げすてると、瓶が割れる音が聞こえた。パリンという耳ざわりな、いい音だった。

ノアがビュイックをでこぼこ道に乗りいれると、レインは、もっとうまく運転できないのかよといわんばかりに顔をしかめた。

ノアは彼女のトラックのボンネットを上げ、空っぽの冷却水タンクに水を満たした。

レインは高く伸びたトウモロコシのそばに立ってサマーのことを考え、サマーとちがって神など信じていないくせに、家に帰ったらすべて解決していますようにと、心の中ですばやく祈った。母親にそのことばかり言われるのに耐えられなかったのだ。

「また乗せてってあげてもいいよ」とノアがボンネットの下に首を突っこんだまま言った。「手伝いが必要なときは署に来てくれれば、いるからさ」

「てことは、あんた警官？」とレインはバッジに目をやり、片眉を吊りあげた。

「ああ」とノアはすかさず答え、そのあとこう言い足した。「みたいなもん」

レインは笑い、ノアが赤面すると、トラックに乗りこんで走り去った。

ミラーに映るノアは、レインをじっと見送っていたが、その顔はやがて土埃にかき消された。窓はおろしたままだった。レインは手を一羽の鳥にして、虫たちが夜の歌をうたうなか、それを飛翔させた。

＊＊＊

冷や汗はしきりに出てきたが、眠気は訪れなかった。ブラック署長は居間の中央で背もたれの高い椅子に座って、ブライアー郡の大判の地図と誘拐された少女たちの顔を見つめた。いわゆる〝ブライアー・ガールズ〟だ。

彼が住んでいるのは、レッド川の多くの支流のひとつに近い板張りの小さな家だった。壁には、鳥男について判明していることが残らず貼り出してあった。それぞれに関連はあった。ブライアー郡内の教会という関連が。しかし教会はたくさんあり、次がどこかを予測するのはとうてい不可能だった。

州警にいたころは殺人事件をいくつもあつかった。家庭内暴力も、レイプも、児童虐待も。ブラックはそれらに深く傷つき、自分がこの仕事に向いていないのを悟った。いい警官とは情熱のある警官だ、とミッチ・ワイルドはよく言ったものだが、しかし考えてみれば、ミッチがそう言えたのは志《こころざし》が第二の皮膚のように本人になじんでいたからであり、毎晩帰宅するときにはそれを脱ぎすてていたからだった。ノアはミッチによく似ていて、ブラックはノアを見るたびにむかしを思い出した。

ブライアー・ガールズ事件は類のない大事件で、郡保安官のアーニー・レデルをはじめ、州警の連中まで捜査に加わったものの、何ひとつつかめていなかった。

「鳥男」ブラックは呂律の怪しい口調でそうつぶやいた。

それはマスコミの命名だった。目撃されたのは一度だけ、四人目の少女コラリー・シモンズのときだった。コラリーが拉致されて二十分後、彼女がグリーンエイカーズ・バプテスト教会への近道として使っていた小径のそばでサバイバルゲームをしていた数人の高校生が、ヘルズゲートの森を突っきっていく何者かの姿を見かけたのだ。そいつはでかかった、と高校生たちは言った。怪物なみにでかくて、鳥みたいに羽根におおわれていた。肩に女の子をかついでいて、女の子は眠っているみたいにぐったりしていたと。そしてその鳥は、その子たちに笑いかけてから、人差し指を唇にあててみせたのだった。

現場はグレイスの町のだいぶ外だったが、ブラックがいちばん近くにいたので、駆けつけて単身森の奥へはいっていった。ブラックとアーニーは協力しあっていた。ブライアー郡は広大で、警官の数はとうてい足りないからだ。一キロ半ほど歩いたところで何かがちらりと見えた。ブラックは銃を抜き、止まれと叫び、あとを追った。シルエットしかわからなかったが、そいつはでかくて動きがすばやかった。地面は落ち葉と泥で、木々は密集していた。ブラックは酔っていて、へろへろだったが、少しばかり差を詰め、そこで派手に転んだ。シルエットはふり返った。ブラックはもう銃をかまえていた。というのも、アーニーと州警の連中にはなんと弁解したにせよ、射線はひらけていたからだ。しかし弾は頭ひとつ分はずれた。あそこではずさなければ……眠気は訪れず、手についた血はいっこうに乾こうとしなかった。

ブラックはバーボンを一杯ついで、錠剤を呑みくだした――フレニリンとネンブタールとハルシオンを。その鎮痛剤や睡眠薬は、酒と一緒にのむと、自分が実際よりほんの少し左を狙ってシルエットを倒す夢や、ジャスパー・スティムソンに電話をかける夢を、鮮明に見せてくれた。そういう夢の中では、ミッチ・ワイルドがあの暗い小径をひとりで歩いていって胸に弾を受けることも、妻子をあとに残してブラックの心を引き裂くこともなかった。

ブラックはまだ老人ではなかったが、疲れを覚えた。太ってはいなかったものの、体重が重く感じられた。人間の体がどれほどのものに耐えられるか、ときどきびっくりすることがあった。限界近くまで何度も追いつめられていたからで、ことに五人目の少女がさらわれたときはきわどかった。

二度とその悪魔《バフォメット》の影を追うつもりはなかった。金輪際。そう、これ以上敗北を喫するつもりはなかった。サマー・ライアンはじきに姿を現わすはずだ。きっと無事だろう。

5　サマー

レインは何か悪いことをすると、腰に手をあてて鼻をつんと反らし、いまにも牙をむきそうな顔で立っている。毎回そうだ。男の子と一緒にいるところを見つかっても、煙草を吸っているのを見つかっても、ジニーの店でお酒を万引きしたのを見つかっても、それは変わらない。いつも先制攻撃の準備をしている。

父さんはわたしたちが生まれる一ヵ月前に、八年の刑でホルマン刑務所に送られた。わたしたちはそのことを話題にしてはいけないと母さんから言われている。もうすんだことだというのだ。でも、わたしの聞いたところでは、父さんは二年間服役するだけでよかったのに、仲間の名前を言おうとしなかったらしい。むかしの作家が言ったとおり、一オンスの忠誠心はほんとに一ポンドの賢さに匹敵するのかもしれないけれど、でも母さんはその人とちがって、女手ひとつで双子の娘を育てなければならなかったのだ。だからわたしは母さんの罪を許すし、実際にはそれらは罪でさえない。母さんは父さんのいないあいだ、夜毎不安につきまとわれていたから、わたしたちにちょっと厳しかったにすぎない。

母さんはレインを見て、古くからある過ちを着々と犯しているのに気づいた。生理が来ないこと、モービル郊外の堕胎医のところへこっそり掻爬《そうは》してもらいに出かけたことに気づいて、関係者全員を地獄の業火から守ろうと狂おしく祈ってばかりいた。

この世からあの世まで毎日毎晩つづくような心労。子供なんて、最良の場合は自慢の種になるけれど、聖書にもあるとおり〝誇る心は躓きにいたる〟から、どっちにしても親はクソ溜めに落ちる。

母さんは清掃の仕事をふたつかけもちして働き、愚痴ひとつこぼさなかった。女の子を、それもレインみたいな子を育てる場合、目標にきちんと向かわせておくだけでもたいへんな忍耐心が要る。レインはよく黒ずくめの服装をして、〈ステンドグラス〉をエンドレスでかけては、母さんにスイッチを切られていた。

でも、わたしにはいつもレインの気持ちがわかった。レインのしでかしたこと、その妊娠騒動、それはレインを急速に大人にしたりはしなかった。そういうものではないのだ。無垢の喪失なんて言うけれど、無垢は失われるものじゃない。その人のなかに埋もれているだけの場合もある。レインはレインなりの不安を抱えている。自分が向かわされているのはどうせ、いまいるのと少しもちがわない場所、まったくかわりばえのしない場所だろうという不安を。グレイスの町と、どうでもいい男の子たち。働き口は食料品店。三人のぐうたら男とのあいだにもうけた三人の子供。福祉手当に、煙草に、酒。ドアをノックされるたびに険しくなっていく顔。

それに神への信仰。

信仰は将来もあるだろう。それに、わたしもいるはずだ。姉妹愛も信仰と同じく盲目だから。とにかくわたしはここにいるつもりだ。それはずっとわかっていた。どんな才能があると言われても、自分が妹を見捨てていかないのは。一度そう母さんに言ったら、ほっぺたをぱちんとひっぱたかれた。髪が顔にかかり、目に涙が浮かんだ。ひっぱたかれたのは初めてだったのだ。母さんはレインのことが心配でたまらなかったので、わたしが人生の可能性を放棄することが何より怖かったのかもしれない。

ボビーはジャクソン・ランチ・ロードのいちばん奥の家に住んでいる。大きな庭のあるすてきな家で、木製の鎧戸は二、三年ごとに塗りなおされている。教会の持ち物なのかボビーたちが買ったものなのか、それは知らないけれど、ボビーたちは費用のことなど心配していない。奥さんのサヴァンナはお金持ちの旧家の出なのだから。外出の予定のないときでも花柄のドレスを着て真珠のネックレスをつけている。うむを言わさないタイプの美人だ——わたしの好みではないにしても。

初めてふたりの家に行ったのは春のことで、マンデヴィラがあのはかない紅色の花を咲かせていて、グレイスの瀟洒な住宅街はまさに春爛漫だった。

わたしは気後れしていた。なにしろ相手はボビーとサヴァンナだったし、ふたりには教会でしか会ったことがなかったし、ふたりはまぶしい存在だったので。サヴァンナはうちの母さんに、メイデンヴィルではチェロを教えていたけれど、妊娠をきっかけにやめてしまったという話をした。まあ、ふたりに子供はいないのだけど。そこで母さんが、学校の先生から娘さんは利発だし何か楽器をやらせてみたらどうかと勧められたという話をしたら、サヴァンナがわたしに無料でチェロを教えてくれることになったのだ。

わたしは母さんに持たされたアスターの花束を握りしめてポーチに立った。窓から中をのぞくと、大きな花瓶いっぱいに高級な花が活けてあったので、アスターを捨てようとしたとき、ボビーがドアをあけた。

「ぼくに花を持ってきてくれたんだ」ボビーは真顔で言った。

「牧師さんにじゃないの」

ボビーは脇によけた。

床はサクラ材で、日光が反射しているのがわかるほどぴかぴかに磨かれていた。ボビーはTシャツ姿だった。聖職者用のカラーがないといつもと感じがちがい、裸にでもなったみたいに見えた。

「どこへ行けばいいの?」とわたしは訊いた。

ボビーはわたしの両肩に手をかけて反対側を向かせ、その先を指さした。

「あそこがサヴァンナの部屋だ。ぼくは入れてもらえないんだよ、何か壊すといけないから」

そうわたしの耳にささやくと、わたしのお尻をぽんとたたいた。

わたしは微笑んだ。頬が熱くなった。

ボビーの視線を感じながら廊下を歩いていくと、足音がこつこつと家を裸にするようなこだまを響かせた。

ノックをすると、サヴァンナがドアをあけてわたしを中に入れ、またドアを閉めた。彼女は花束を受け取って置き、うれしいわと言った。

「チェロを弾いたことはある？」サヴァンナは訊いた。

「見たこともないです」わたしは答えた。

6　男の子に微笑みかける

父親は赤い目をしてキッチンテーブルの前に座り、ぐったりとうなだれていた。ひと晩じゅう捜索に出ていたのだ。

キッチンの電気はつきっぱなしだった。レインは窓の外に目をやったが、外はまっ暗だった。じきに嵐になりそうだった。前回の嵐は北へそれてハンツヴィルを直撃し、たくさんの家を倒壊させた。

レインはボウルに自分のシリアルを作って腰をおろした。

「手がかりは？」

父親は首を振り、親指で目をこすった。古い格子縞のシャツを着て、袖を二の腕までまくりあげている。肘にひとつだけ刺青があった。舞いおりてくる鳩が。鳩は自分がもう似合わないのがわかっているみたいに、年々色褪せている。ホルマン刑務所で入れたものだ。レインは父親が何をしたのかどうしても突きとめられずにいたが、八年という刑期からすれば軽微なことでないのはわかった。

エスカンビア郡はグレイスから三百五十キロあまりも離れていたが、三人は毎月通った。レインはいまでも面会室の様子や両親の硬い笑顔をおぼろげに憶えていた。父親の膝に座ったことや、帰りの長いドライブで退屈した自分がだだをこねる横で、サマーがお話の本を読んでいたことを。

「町のほかの子たちから話を聞いてくれ。あいつは友達の家に泊まってるのかもしれん」父親は言った。

レインはうなずいた。ときどき父親に見つめられているのに気づくことがあった。自分が失ったもののこと、父親が失ったもののことを、レインはよくよく考えなかったが、父親の目にはそれが表われていた。父親がいないあいだはトミー叔父さんがお金の援助をしてくれ、精いっぱい父親役を果してくれた。一度サマーが学校で突き倒されたとき、レインはそのいじめっ子を捜し出した。チャーリー・ヒックスというデブっちょだった。レインはそいつの鼻を棒でへし折り、母親に鞭でひっぱたかれた。叔父さんはそのあとアイスクリームを食べに連れていってくれ、サマーを守ったおまえは正しいと言ってくれた。

「なんか作ってあげようか?」そう言いながら母親のエイヴァがキッチンにはいってきた。

父親は首を振った。

「あんたの姉さんは、帰ってきたらまちがいなくお仕置きだね」とエイヴァは言い、笑おうとしたが、あまりうまくいかなかった。

「おまえ、話してないことはほんとにもうないか、レイン?」父親が言った。

「なにそれ、知ってることは全部話したよ」

「まちがいないんだね」エイヴァが鋭く言った。

レインはボウルを押しやり、ふたりをにらみつけた。

ドアをノックする音が聞こえ、まもなく母親がブラックをキッチンに案内してきて、コーヒーをついだ。

ブラックは腰をおろし、ベルトから銃を抜いてテーブルに置いた。

「やっとお出ましか」父親が言った。

「ラスティが来たはずだ」ブラックは言った。

「ラスティは署長じゃない」

「それは何も聞いてないということか」

父親はうなずいた。

ブラックは表情を変えなかった。「ミルクはさっきまで電話をかけまくってた。このあとはおれとふたりで聞き込みをしてまわる。その前にサマーの寝室を調べさせてもらう」

「時間のくっそ無駄」とレインは言い、ブラックをにらんだ。「総出で捜してるのにまだ見つかんないんだから」

「口に気をつけなよ」エイヴァが言った。

父親が手をあげるとレインは口をつぐんだが、目はブラックをにらんだままだった。父親をムショ送りにしたのはブラックだったから、レインはブラックを恨んでいた。

「サマーはヘルズゲートに隠れてるのかも――」

「あんなとこへ行くはずない」とレインはその言葉を一蹴した。「自分たちがまだ鳥男をつかまえてないのを忘れた？　どんな馬鹿だっていまヘルズゲートになんか立ち入らないよ」

「なら誰かのところにいるんだ。友達の家に泊まってるのかもしれない」

「きょうレインに聞いてまわらせる」父親が言った。

「今朝は教会に行けばたいていみんないるだろう」ブラックは言った。

「おれはまた出かける。車でハロウ・ロードを行ってから菜畑のところで脇へはいる。一緒に小径を歩いてくれるやつをトミーにもっと集めさせてみる」

「懐中電灯が必要になるぞ、おれはトランクに二、三本入れてある。それと、嵐には気をつけろよ、つかまらないほうがいい」ブラックはそう言いながら窓の外に目をやった。

ブラックが立ちあがると、エイヴァも立ちあがった。

「ねえ、これはおんなじ事件としてあつかうべきだよ」とレインは言った。「サマーは六人目かもしれないのに、みんななんにもしてない。だったらあたし自分で捜すよ。ブラックなんか腰抜けでなんの――」
「もういい」と父親は叱りつけたものの、その目はブラックを見つめたままだった。

＊＊＊

「ずいぶん本を持ってますよ」とミルクが言った。「小説だけじゃなくて、参考書とか美術史とか、いろんなものを」

調べる場所はあまりなかった。無駄なものがいっさいなかったからだ。あるのはベッドと机とクローゼットだけ。壁にはペンキ以外何もなく、慎ましやかなレースカーテンが引いてある。サマー・ライアンは不良ではないのだ。いささかも。

「ガレージにも本の箱があふれてた」とブラックは言った。「エイヴァの話じゃ、捨てようとしてサマーとひと悶着あったらしい」

ブラックは衣類の下に隠してあった香水を見つけ、瓶をじっくりと見た。見るからに高そうで、発音してみる気にもならないフランス語の名前がついている。

クローゼットには白いドレスがかかっていた。サマーが聖ルカ教会でチェロを弾いたときに着ていたものだ。しばらくその前にたたずんでいると、エイヴァが戸口にやってくる音がした。ふり返ると、ミルクが行って肩に手をかけ、エイヴァの聞きたがるようなでたらめを聞かせた。ミルクは黒人で、大きな図体と非情なふるまいの下に、優しさをうまく隠している。

「気にくわないですね」エイヴァがコーヒーをいれに行ってしまうとミルクはそう言い、そこで声を落とした。「これもやつのしわざですよ」

ブラックはその考えを一蹴した。「なあに。父親の眼鏡にかなわないボーイフレンドと駆け落ちでもしたのさ」

　ミルクはブラックの肚をあっさりと見抜いた。「そうじゃないのはわかってるでしょ。サマーは高校生だし……教会に通う娘《こ》だし、美人だ。どこかで聞いたことがありますよね？」

　ブラックは目をこすった。「オリーヴ・ブレイマーがさらわれてからもう半年になる」

「だからなんだってんです。しかも今回はうちの事件なんですよ」ミルクの口調には棘があった。

「これは家出じゃないですよ、署長、あんたはそう思いたいんでしょうが。サマーはグレイスの娘です。あんたがもう一度取り組むしかない。アーニーには何もかも引き受ける人手はないんですから」

　ブラックは耳を貸さずに背を向けて作業に戻った。やがてエイヴァが戻ってくると、腰をあげて近づいていき、エイヴァにその高級な香水を渡した。

「だけどサマーは香水なんかつけないよ……」エイヴァは言った。

　そこに怒りを見て取ったブラックは、エイヴァのあとについてレインの寝室へ行った。

　音楽がやかましくかかっており、マリリン・マンソンがケーキとソドミーの歌を歌っていたが、エイヴァが中にはいっていってそれを切った。そこはサマーの部屋とは大ちがいで、色彩とポスターが氾濫していた。ドレッサーには化粧品とラメパウダー、脱ぎ散らされた服。

「なに？」とレインは言い、母親をにらみつけた。

　エイヴァは香水の瓶を突きつけた。

　一瞬の間のあとレインは肩をすくめた。

「あんた、サマーがこれを盗んだって言うつもり？」エイヴァは言った。

　レインはブラックに目をやってから母親を見た。

「どうなの？」

　ブラックはふたりを残して部屋を出ると、わめき声を聞きながらサマーの寝室に戻った。

「何か見つかったか？」

「あれはなんです？」とミルクは隅に置かれた黒いケースのほうへ目をやった。

「チェロだ」ブラックは答えた。

ミルクはうなずいた。

「……でかいギターみたいなもんさ」

「チェロが何かぐらい知ってますよ」

エイヴァが戸口に現われた。怒りで頬が赤らんでいる。「あれはレインのだよ、あの香水は」

「レインがそう言ったのか？」

「言わなくたってわかるの。娘たちのことは」

＊＊＊

パーヴは教会用のよそゆきを着ていた。ズボンは裾をまくりあげて腰をベルトできつく締めてあり、シャツはボタンをかけたままでも襟から首を出せるほどだぶだぶだ。

「今夜はメイランドだろ」パーヴは言った。

「来るのか？」ノアは訊いた。

「あたりまえだ」

ふたりはグリーンウッド通りの角を曲がって、午前九時半の人の流れに合流した。煙草と香水のにおいがしてきた。〈ウィスキー樽〉の前には男たちが陣取っており、赤い目をした連中が何人もいるのがわかる。町をおおう暗い嵐雲のことを話しているのが耳にはいった。暑さが一段落したと喜ぶ者もいれば、いまにも空が落ちてくるといわんばかりに上空を見あげて嵐の到来におびえる者もいた。

幼い男の子たちは髪を油で梳かしつけてお下がりのシャツを着ており、女の子たちは一九五〇年代みたいに花柄のドレスを着てかわいいヘアピンをつけている。ノアは日曜のグレイスが好きだった。人並み以上に神の加護を必要とする体なので、むかしからうむを言わさず教会に連れてこられていた。

ふたりは墓石をよけながら芝生を突っきり、ならぼうとしている人たちより先に中へはいった。

「リッキー・ブラノンがまた最前列に座ってるぞ」パーヴが言った。

ノアは首を伸ばして前を見た。リッキーは、悪魔主義カルトの勧誘ツールと見なされていた〈ダンジョンズ&ドラゴンズ〉で従弟と遊んでいるところを母親に見つかってしまい、このひと月というもの毎週教会へ連れてこられていた。噂によると、母親はモンスターが何匹か逃げ出しているかもしれないといって、ボビー牧師を呼んで家を清めてもらったという。

ルーメン牧師が電動車椅子で会堂内にはいってくると、会衆はルーメンがもはやここの牧師ではないにもかかわらず起立した。最初の発作は軽いもので、舌がもつれるようになったのと、一方の肩が下がったぐらいだった。けれども二度目は危うく死ぬところだった。医者は見放したが、一年後、牧師は電動車椅子で町を走りまわっていた。車体はまっ白で、片面にミケランジェロの〈アダムの創造〉が美しく細密に描かれている。グレイスの人々から町の救い主への贈り物だった。

ノアの聞いたところでは、その支払いのために教会の基金が取り崩されたという。

車椅子に乗ってはいたし、背中が少々丸まってもいたが、ルーメン牧師はあいかわらずその潤んだ灰色の目で会堂内を沈黙させた。牧師は長年のあいだ聖ルカ教会とその会衆に強権をふるってきたのだ。それが自分の務めだといわんばかりに厳しい裁きをくだし、寛大な裁きは自分に深く頭を垂れる人々に限定して。

車椅子は甲高い音を立ててふたりの横を通りすぎていった。

「モーターがいかれてんな」パーヴがささやいた。

ノアはうなずいた。

ボビー牧師が立ちあがって咳払いをし、会衆をしばらくじっと見つめた。それからサマー・ライアンのことを話した。家族がどれほど心配しているかを。そして一同に頭を垂れるかひざまずくかすることを求め、サマーを無事に帰してください、サマーの両親と妹に勇気と力をおあたえくださいと祈った。それから毎週やっているようにブライアー・ガールズのことを話した。

礼拝が終わるとボビーは一同に、ではお元気で、と言い、嵐に警戒してくださいと伝えた。ひどい嵐になると思いますからと。

＊＊＊

レインはジャクソン・ランチ・ロードの入口に立っていた。これほど教会の近くまで来たのは久しぶりだった。母親はそのことでレインに文句を言うのにもはやうんざりしていた。

人々がばらばらと外に出てくると、レインは背の高いオークの木の下に移動した。男たちは日曜のフットボールを見ようと歩きだし、女たちはあとに残っておしゃべりを始めた。木製の柵に、普通なら冬のあいだだけ灯されるはずのランタンがならんでいて、黒雲を背景に炎を揺らめかせていた。

知り合いだった気もする少女たちの三人連れが見えた。三人で腕を組みながら、マドンナやコートニー・ラブやダイエット・ピルのことを話している。レインのほうを見ると、ひそひそとささやきあって笑った。

「なに見てやがんだよ」とレインは言い、通りがかりのふたり連れの老婦人からじろりとにらまれた。

少女たちは黙りこんで目をそらした。三対一でも勝ち目はないと踏んだのだ。

レインはすでにふたりばかり、顔見知りの男の子に声をかけていた。マッスルカーでレインを連れ出しては、馬鹿な友人たちがロスモン湖畔の丘で四駆を泥んこにするのを見物したあと、どこかに車を駐めてレインのスカートの下に手を滑りこませようとするようなやつらだ。目を光らせておくと言ってはくれたものの、レインを乗せてあたりを走ろうとはしなかった。ジョーとトミーがサマーを捜して草の根を分けているとなれば、町じゅうがホットになっているはずで、自分たちが草むらに潜んでいるところなど絶対に見つかりたくなかったのだ。

　レインはノアを見かけて微笑みかけた。彼女は四六時中男の子に微笑みかけていた。相手がめろめろになるのを見るのが好きだったのだ。

　レインはトップスをちょっと引きおろして胸を張った。

「ハイ、レイン」とノアは言い、「こいつはパーヴ」とパーヴのほうを身振りで示した。

「変態《パーヴ》？　まじで？」レインは言った。

「そのｐｅｒｖ《パーヴ》じゃなくて、ｕがはいるＰｕｒｖ《パーヴ》だよ」パーヴが言った。

　レインはシナモンガムを噛んだ。「ふうん、すごいんだね」

　パーヴはうつむいた。

「今夜車を持ち出せる？」レインはノアに訊いた。

　パーヴがちらりとノアを見た。レインはそれを見逃さなかった。

「ほかに何をすることがあんのよ？　ふたりでデートでもするわけ？」

「ノアは今夜――」とパーヴが言いかけた。

「なんでもない」とノアがさえぎった。「持ち出せるよ、することなんてないから」

「九時に迎えにきて」

　ノアはすばやくうなずいた。「わかった。でも、ガソリンがあんまりはいってなくてさ」

「ヘルズゲートに行くだけだから、そんな遠くない」

「ヘルズゲートに？　今夜？　暗くなってから？」パーヴが言った。

「そう。まさかビビってないよね？」

ノアは首を振った。「おれたちにビビるものなんてないさ」

「ならいいけど」


ビュイックは低い音を立ててアイドリングしていた。回転数がやけに低く、止まるんじゃないかとノアは不安だった。ライトはレインに言われたとおり消していた。彼女の家はオールセインツ・ロードにあったが、鬱蒼とした木々と低く垂れさがった蔓植物のせいで、ノアの座っているところからではよく見えなかった。

車のドアがあくとノアはぎくりとした。

「おどかすつもりはなかったんだ」レインがそう言いながら乗りこんできた。

「おれは簡単にビビるタイプじゃないぜ」とノアは言ってみた。

「その台詞は震えを止めてから言ったほうがいいかも」

ノアは細い赤土の道ばかりを選んでゆっくりと車を走らせた。そのほうがアスファルト道路より安全だった。

レインがシートの上で身じろぎをすると、短パンが太腿の上のほうへずりあがった。ノアは目を前方にしっかりと固定した。レインはバッグを持っていた。古びたキャンバス地のバッグで、ノアは何がはいっているのか気になった。それにレインは彼女の瞳と同じくらい青い石のついた指輪をして、ガムを嚙んでいた——革のにおいに混じってかすかにシナモンの香りがするのがわかった。

話しかけたかったが、何を言えばいいのかわからなかった。

「もう一枚持ってる？」

レインはまじまじと彼を見た。

「ガムをさ。一枚もらえないかなと思って」ノアは溜息をついた。だめだこれじゃ。

「これまだちょっと味がするよ」レインはガムを手のひらに吐き出して、ノアのほうへ身を乗り出した。「口をあけて」

ノアが口をあけると、レインはガムを放りこんで、けらけら笑った。ノアは赤面した。

ノアはロット・ロード方面にビュイックを走らせ、建てかけのままになったラフーン夫妻の家の前を通りすぎた。銀行の話では二万ドルが未払いとなっているうえ、レイ・ボウドインにもそれ以上が未払いになっているらしい。というのもレイはもう工事にかかっていたからだが、レット・ラフーンが言うには、夫妻はレイにその仕事を頼んでなどおらず、レイが勝手に大工を連れて現われたらしい。

ノアはパーヴの家の数軒手前で車を停めた。グレンハースト通りは住んでいることを自慢したくなるような通りではなく、瀟洒な住宅街からは遠く離れていて、町の境界を越えてきたような気がする。網戸のパタパタいう音や赤ん坊のけたたましい泣き声が聞こえてきた。

「ボウドイン家って金持ちだと思ってたけど？」とレインが言った。「町じゅうで看板を見かけるじゃん」

「前は金持ちだった。デニソン屋敷のそばに大きな家を持ってた。土地もね。おれとパーヴはよくあそこのイトスギの下でキャンプをしたもんだよ。見たことある？　郡でいちばんでかい木なんだぜ。前に郡の連中が調査にきたんだけど、中が空洞になってるってことで、それっきりになってるんだ」

「なんでいまもそこに住んでないわけ？」

「パーヴの親父さんが経営に失敗したんだ。家やなんかをやたらと建てすぎて」

ふたりが見ていると、パーヴが家の外壁を伝いおりてきた。隣家の前庭を突っきって、ビュイックの後部席に滑りこんだ。

レインはバッグから地図を引っぱり出して膝の上に広げた。パーヴは座席のあいだから前に身を乗り出し、ノアは車を発進させた。

「あたし、ブライアー・ガールズのことを調べなおしてたの」レインは言った。

「どうして？」パーヴが言った。

「ほかに誰もやってないから。関連が全然なければブラックは楽になる。ブラックもアーニー・レデル保安官も、あの五人をひとりも発見できてないからさ。だけど関連があるとしたら？」

パーヴはうつむいた。

「あたしの記憶だと、最初の娘《こ》はスタンディング・オークのそばでさらわれた」とレインは言い、地図に赤円をつけた。「ふたりめの娘がさらわれたのは二百二十五号線の近く」と円をもうひとつ描いたが、ビュイックが溝をかすめた拍子にペン先がぶれた。「たく。まっすぐ運転しろよな」

「ごめん」ノアは小声で言った。

「この娘たちがさらわれた場所を結びつけるものといえば、誰でも知ってるけど、ヘルズゲート国有林しかない。だから、そこがあたしたちの目指す場所」レインは言った。

「夜に。おれら三人が、森の中で、ばかでかい鳥みたいな格好をした化け物を捜すわけね」パーヴが言った。笑おうとしたが、声が震えていた。


ヘルズゲートはひゅうひゅうギシギシと不気味な音を立て、あちこちの木々から暗い顔がのぞいているというのに、レインとノアにはそれが見えていないらしいのが、パーヴには不思議でならなかった。レインは径を知っていた。叔父さんが小屋を持っていたので、よくサマーと一緒に叔父さんとそこを歩いたのだという。

パーヴはおびえていたものの、任務に集中しようとした。サマーのことは少しだけ知っていた。彼女が聖ルカ教会でチェロを弾いたとき、パーヴもその場にいたのだ。町のほぼ全員とともに。

「双子ってああいうのを持ってんの？」とパーヴは訊いた。「あのほら、超自然的な感覚。相手を感じられるってやつ？」

「もちろん」とレインは答えたが、パーヴには彼女がふざけているのかどうかよくわからなかった。

「すごいな」ノアが言った。

ノアがのぼせあがっているのがわかった。無理もない。レインは気が強いし、ブロンドだし、胸はでかくて尻は小さい。それはどこの世界でも必殺のコンボだ。

レインは煙草に火をつけると、倒れたオークの木に腰をおろした。

「それコロンでしょ、ノア、あんたがつけてるの」レインは言った。

パーヴにはノアが赤面しているのがわかった。

「だからずっとオジロジカの声が聞こえてるんだよ。あんた、お供を連れてんの」

「おれは好きだな」とパーヴは言った。「なんの香りだ？　いや、言わなくていい……トップノートはマンダリンで……下にほんのりバニラが忍びこんでる？」

「この男の鼻ときたら」とノアは首を振り振り言い、パーヴと拳を打ちあわせた。

レインは目を丸くしてふたりを見た。

「鳥男に出くわしたらどうする？」ノアが言った。

レインは唇をすぼめて煙をふうっと吐き出した。「そんな与太話、まじで信じてんの？　鳥の化け物なんているわけない。どこかのビョーキ野郎が欲しいものをさらってるだけだよ。いつだってそう」

「じゃ、ああいう火事は？　切り刻まれて木にぶらさげられてたっていうオジロジカとかは？」パーヴは言った。

「馬鹿な不良どものしわざ。ウィンデールかホワイトマウンテンあたりの」

「パーヴはナイフを持ってる。狩猟用のでかいやつを」ノアが言った。

「次回はそれを持ってきて」レインはパーヴに言った。

「きみはブラックがまた鳥男捜しを始めると思う?」パーヴは言った。

それは地元のニュースになっていた。ボランティアの捜索隊が組織されたと。大学生、教会の人たち、よその町の人々。彼らは少女たちが連れ去られた場所の最寄りの畑地をくまなく捜索し、毎回手ぶらで帰ってきたが、それでも毎回同じプロセスを繰りかえしていた。ノアとパーヴは自転車ではるばるコールダー・クリークまで見物に出かけたが、その興奮がつづいたのも、行方不明の少女の両親が身を寄せあったまま縫いぐるみを握りしめているのを目にするまでだった。ふたりは無言で帰ってきた。なぜならテレビで見る光景は事実であり、悲惨なものだったからだ。

「ブラックなんかただの酔っぱらいだよ、サマーを捜す気なんてない」レインは髪を後ろでまとめて結ぶと、草むらに唾を吐いた。

＊＊＊

パーヴが帰宅してみると家の明かりは消えていた。それはつまり両親がもう寝ているか、電気料金の支払いがまたもや滞っているかのどちらかだった。隣家の犬が吠えだしたので、彼はぎくりとした。裏口のポーチにあがってキッチンのドアに手を伸ばし、施錠されているのに気づいて悪態をついた。鍵は持っていなかった。以前は持っていたのだが、レッド川のほとりのどこかでなくしてしまったのだ。

諦めてデニソン邸のそばの木立を目指して歩きだした。自分のむかしの家とむかしの寝室のほうへ。

ことによるとむかしの人生もまだそこにあるかもしれない。むかしの気楽な人生が。父親がまだ金を持っていて、一生懸命に働き、パーヴと母親をたいていは放っておいてくれたころの。

いまは新しい家族が住んでいた。子供がふたりいて、その子たちがかつてはパーヴのものだったイトスギの老大木に登っているのを、ときおり見かけることがあった。

その木の下にたどりつくと、パーヴは横になって体を丸め、上着を頭の上まで引っぱりあげてから、朝までは嵐が来ませんようにと心の中で祈った。

＊＊＊

ノアはビュイックを停めた。レインはおりようとしなかった。

「あしたもう一度捜しにいこう」ノアは言った。

「それまでにはたぶん帰ってきてるよ」

「きみんちの親は、きみが家にいなくても心配しないの？」

「寝てると思ってるから」

「そっか」

「パーヴのことだけど」とレインは言った。「お父さんのやばい噂を聞いたよ」

「どんな噂？」

レインは革のシートを手のひらでこすった。「ろくでなしだって。奥さんを殴るような」

「おれ、パーヴにうちへ来て暮らせと言ったんだけど、あいつ、来ようとしないんだ」

レインは膝を立てて顎を載せた。足の裏は土で黒く汚れていた。腕は金色で擦り傷だらけ、腕の毛はひどく細くて白い。

「お母さんのため？」

「母親のことなんか屁とも思っちゃいないふりをしてるけどね。だって、母親自身も殴られてて、それはそれで問題なのに、パーヴが殴られるのを黙って見てるなんてさ……ときどき逃げ出しちゃって、誰にも知らせないこともあるし。だけどあいつにとっちゃ、やっぱり母親だからね」

レインはフロントガラスのむこうを見つめたが、見えるのは切れ目のない夜の闇ばかりだった。

「不思議だよね、グレイスってさ」とノアは言った。「不思議な町だよ。日曜日になるとみんな教会へ行ってさ。酒と週末の罪のにおいをぷんぷんさせながら、それを赦してくださいと祈ったあと、また同じことをするんだから。毎週毎週。きょうはパーヴの親父さんも来てたよ。エンジェルの座ってる後ろのほうに隠れてた。教会なんかになんの用があるってんだ、あんな男が？」

「自分のろくでなしぶりが恥ずかしくなったんじゃない？」

「そうかもしれないけど。だからなんだっての？　あんな悪党は天国になんか絶対はいれないはずなんだから。だって、あんなやつがはいれるなら、神様なんてなんの意味があるのさ」

レインはドアをあけて車からおりた。

ノアは立ち去っていくレインを見送りながら、ゆっくりとビュイックを発進させた。そして彼女が闇の中に見えなくなると、イトスギの老大木のほうへと車を走らせた。パーヴがまたそこで野宿しているかもしれないからだ。

＊　＊　＊

レインはサマーの部屋のドアをあけてそっと中にはいり、音を立てないように慎重にドアを閉めた。暗い部屋を横切って、サマーのお気に入りのすりきれた本が収められたひとつきりの本棚の前まで行った。ベッド脇のテーブルには、レインからすればきらきらしていてかわいい、自分のものにしてしまいたいような写真立てが載っていた。それを手に取り、ベッドに持っていって横になった。

レインはその写真を抱きしめた。明かりを消しているので輪郭ぐらいしかわからなかったけれど、目を閉じるとはっきり見えた――レッド川のほとりで手をつないでいるふたりが。小さいころから手をつなぐのが好きだった。いまでもそうだ。悲しいとき、うれしいとき、怒ったとき、ふたりは手を握りあった。

7 サマー

ブライアー・ガールズの最初のひとりはデラ・パーマーだった。デラは十六歳で、グレイスから車で一時間のところにあるスタンディング・オークに住んでいた。母親はピーチといい、五十ドルかき集められる男なら誰とでも寝る、そんな女性だった。なにしろピーチ・パーマーはドラッグにはまっていてお金が必要だったし、デラの父親はデラが生まれる前に出ていってしまったからだ。

わたしたちはデラのことを地元のニュースで知った。夕食を食べながら《メルローズ・プレイス》を見ていたら、少女が行方不明になったという臨時ニュースが流れ、母さんが「まったく、スタンディング・オークの娘《こ》たちときたら」と言い、それでおしまいだった。その娘がさらわれたとは誰も考えなかった。まともな娘のはずがないと思いこんでいたからだ。でも、デラはウェストエンド伝道団教会に毎週通っていたし、学校の成績もよくて、問題を起こしたこともなかったのだ。

デラは日曜の朝、教会からの帰りに近道をしてウィロウブルック・ドライブにはいった。警察がそれを知っているのは、デラは途中までルイス一家と一緒に歩いていたからだ。それを最後に彼女は姿を消した。《ブライアー郡新報》によると、タイヤ痕もなかったし、何かを目撃した人もいなかったという。ウィロウブルックに家はあまりないし、住民は警察に何かをぺらぺらしゃべるようなタイプではない。警察は家出だと見なした。それがいちばん簡単だったからだ。デラにはシボレーに乗っているボーイフレンドがいたかもしれない。というのも近所の人が、夜遅くにピーチの家にシボレーが立ち寄るのを二、三度見かけていたからだが、ピーチにはそれが自分の客かどうかわからなかった。

当時はいつもクスリでへろへろで、何かに気を留めることなどほとんどなかったからだ。

その後、デラはただの家出娘ではなく最初のひとりだと判明したあと、わたしたちはまたテレビでピーチを見かけた。こんどはブライアー郡保安官事務所でピーチの記者会見があり、隣に座ったアーニー・レデル保安官がカメラに訴えかけた。保安官がデラの名前を言うと、ピーチは立ちあがって、自分がどこにいるのかもわからないみたいにあたりを見まわし、それから両手で顔をおおって泣きだした。


「友達はいないの、サマー？」ボビーが言った。

「あなたがいる」わたしは答えた。

「同い年の友達だよ」

「いない」

「どうして？」

「わたしは変で、みんなは普通だから」

ボビーは笑った。「何を読んでるの？」

わたしは自分の本に目をやった。「『ブルックリン横町』（戦前の貧しい移民一家の暮らしを描いた小説で、フランシーという少女が主人公）」

「フランシーはぼくも好きだったな」

「こういう移民たちってさ。教育さえあれば出世して居場所を見つけられると思ってたんだよね、まるでそれが天国への鍵みたいに。そんな単純じゃないのに。どうしてみんなそんなに同化したがるの？　どこでもいいからとにかく居場所を求めるの？」

ボビーは袖をまくりあげていた。彼の目は、その奥で何が起きているのか傍《はた》からは決してうかがい知れない。ときどきひどく悲しげに見える。誰にも見られていないと思っているときは、本当に悲しげだ。

「教育は大切だよ」

ボビーが澄まし顔でそう言ったので、わたしは笑った。

「レインがまた問題を起こしちゃった」

「どうして？」

「同化できないから。おとなしくしてられるほどお利口じゃないの……だって永遠じゃないから。現実世界って。襲いかかってくるから」

「で、きみは？」

「わたしはお利口だから馬鹿なまねはしない。しなくちゃならないことはするけれど、それがどういうことかはわかってる――しょせん目的達成の手段。なのに先生たちときたら。まるでそれが正しい行ないだ、みたいな嘘をつくんだから」

「たとえば？」

「全力を尽くせとか。人とちがう人間になれとか。人とちがうことがかならずしも許容されない世の中でね」

ボビーは両脚を伸ばしてわたしを見た。暑いのでカラーはゆるめていた。聖ルカ教会の中は静かすぎることがあり、わたしはときどき床を踏み鳴らしては足音を反響させたりした。

「じゃ、先生たちはなんて言えばいい？」

「おとなしくして、人生を絶え間なく無駄にしながら、老後に備えよ。それならまあ嘘じゃない。レインは……先生たちはレインが学校をサボってるのを知ってるのに、うちに電話してもこない。もう諦めちゃってるみたい。レインはまだ準備ができてないのよ」

「なんの？」

「人生の。母さんはいつかその日が来ると思ってる。レインが書き置きかなんか残して出てっちゃうのを覚悟してる。レインが妊娠するかもしれない、転落への道をたどるかもしれないって」

「レインは自分の道を見つけようとしてもがいてるだけだよ」

わたしは本を置いてボビーのほうを向いた。「何それ？　自分の道ってどこへつづく道？　あの世？」

ボビーは肩をすくめた。「それじゃ人生はただのテストになってしまう」

「だから母さんはあんなに心配してるんだな、きっと。母さんは信仰を持ってるから」

「グレイスみたいな町で信仰を持たないのは難しいよ」ボビーは言った。

「この人生がただのテストだったら、もっと大勢の若者が銃で自分の頭を吹っ飛ばしてなきゃおかしい。ていうか、それが実際的な近道だったかもしれないのに、教会がその土台をおおい隠してきたんだよ――煉獄を。この生と永遠の生とのあいだにある神の留置所を。罪人《つみびと》がそこで酔いから醒めると、罪なき生という恐ろしいものが待ってる場所を」

ボビーは笑った。

「地獄になんかもう誰も落ちないわけ？　わたし、人殺しや強姦犯のことを考えちゃう。そういう連中が門の前で懺悔して、神様お願いですと光のほうへやけくそのパスを投げたら、それが成功しちゃうところを。しかもそれはかならず成功するんだから」

「みたいだね」

「人生というのがそれだけのことなら、八十年にわたるリハーサルにすぎないのなら、いまこそ失敗するときだと思う。羽目をはずしてやりたいことをやるとき、何もかも忘れて自堕落になるときだよ」

「そう考えると慰められはするよね」

「どんなにめちゃくちゃな問題を起こしても、どんなにまちがったことをしても、まちがったことをされても、溜息をひとつついて体の埃をポンポンと払えばいい。ただの練習なんだから。次回はうまくやれるはず」

「そういうこと」ボビーは言った。

「あーあ。そう考えると、宗教が巨大ビジネスなのも不思議じゃないな。正気の人間ならみんな信仰を持ってるはずだもん」

8　娼婦ピーチ・パーマー

　グレイスの町じゅうで人々は嵐に備えていた。彼らは年に何度かこういう準備をしたが、それは一九七四年四月の大暴風で多くの命が失われたことをまだ憶えていたからだ。ニュースで天気予報をチェックしても、ブライアー郡のほかの地域は晴れており、前線は唐突に出現していた。トリックスは電話を受けてはラスティをひとり暮らしの老婦人たちのところへ行かせ、雨戸や避難場所や懐中電灯の準備を確認させた。老婦人たちはラスティに屋根を点検してほしいと頼むこともあり、そんなときラスティは、後ろへ下がって首をのけぞらせては屋根を見あげた。梯子にのぼるなどということは、まちがってもできなかったからだ。

　ジニー・アダムズは自分のコンビニエンスストアの在庫を補充して、しばらくはいつもどおりにやっていける態勢を整えた。

　ブラックは窓辺に立って町の目抜き広場をながめた。朝だというのに、上空に広がった雲のせいで夜のように暗く、〈メイのダイナー〉と〈ベニーの精肉店〉に明かりがついているだけで、あとは閑散としていた。つい五年前までは明け方から夜遅くまでにぎやかで、住民が路線バスに乗ってキンリー製材所へ仕事に出かけていた。それも製材所が閉鎖されるまでだった。閉鎖はやむをえなかった。キンリー家はよく持ちこたえた。伐採や運搬の作業員に仕事をあたえ、地元につなぎとめるために手間賃を倍にした。だが、そんな赤字をいつまでも計上できるはずはなかった。

　多くが職を失い、店舗が急速に数を減らした。数カ月で半数が消え、住宅が次々と抵当流れになった。怒りが生まれた。ことにテレビをつければ、資本家どもがにんまりしながら好況のこと、堅調な業績のこと、国のほかの場所の輝かしい将来のことをしゃべっているのを、いやでも目にすることになるのだから。

ミルクがコーヒーをふたつ持って署にはいってきた。

「五十ドル」とブラックは手を差しだした。

「裁判が終わるまでは払わないと言ったでしょ」ミルクは答えた。

「あのDNAだぞ、あの男を無罪にする陪審なんかいるもんか（O・J・シンプソン裁判の話題）」

「でも、OJですから。あのバイタリティ。十四試合で二千ヤードですよ」ミルクはひゅうと口を鳴らした。

ブラックは溜息をついた。

「サマー・ライアンの手がかりは？」

「ない」ブラックは答えた。

「もう三日ですよ。まだ家出だと思ってるんですか？」

ブラックは窓と暗い空に向きなおり、返事をしなかった。

＊＊＊

サヴァンナは息子の写真類を靴箱に入れてクローゼットに保管していた。息子のものは引越のさいにもすべて持ってきた。それについては議論もなされなかった。ボビーは玩具も本も衣類もすべて箱に詰め、本来なら息子の寝室になったはずの部屋でまた丁寧に取り出していた。ボビーはそこを閉めきっておくのを好んだ。ふたりにはよく来客があったし、ボビーは客にマイケルのことを訊かれるのが嫌いだったからだ。理由は理解できたけれど、それで気持ちが楽になるわけではなかった。

ひとりきりで家にいるときにはよくその靴箱を取り出して、写真を見ては微笑んでいた。いったん泣きだしてしまうと、涙が止まらなくなってしまうからだ。

サヴァンナは窓辺へ行って、朝だというのに暗い空をながめた。心はサマーのことへと飛んだ。土曜の晩のチェロのレッスンにサマーが現われなかったので、ライアン家に電話してみると、最初の呼び出し音でエイヴァが出た。

〝あの娘、行方不明なの。いなくなっちゃったの〟

そこでサヴァンナは家を飛び出し、ジャクソン・ランチ・ロードのはずれまで走ると、墓地を抜けて古い教会にはいり、ボビーを見つけて事情を伝えた。ボビーは青ざめて立ちあがり、ふたりはまっすぐライアン家まで車を走らせた。家の前はいたるところにピックアップトラックが駐まっていて、体の大きな男たちがポーチからトラブルを待ちかまえるように外を見ていた。

地図とショットガンを手にしたジョーとトミーが見えた。

エイヴァが人垣をかき分けて出てきてふたりを抱きしめ、サマーのやつ、帰ってきたらぶっ殺してやる、と言った。でも、そう言う彼女の顔は、乱暴なその言葉とは裏腹に微笑んでいた。

ボビーがグレイスの町を遅くまで車で走りまわっているあいだ、サヴァンナはエイヴァのそばに座って、大男の妻たちが料理を持ってやってきては心配して目を潤ませ、また帰っていくのを見ていた。家が静かになるとエイヴァはサヴァンナに、ボビーは娘が無事に帰ってくるよう祈ってくれるだろうかと尋ね、サヴァンナはもちろんと答えた。それだけで充分だというように。

それ以来ボビーは毎晩捜索に出ていた。

＊＊＊

パーヴは〈メイのダイナー〉の裏手の路地にはいりこんだ。ゴミ収集容器の横に低い塀があり、においは芳しくないものの、立っているのに疲れたとき腰をおろせる場所になっていた。煙草に火をつけ、親指と人差し指で回転させながら吸った。

その朝はノアの家をあわてて飛び出してきた。ぐずぐずしていたらノアの祖母が起きてきて、カウチで寝ているパーヴを見てぎゃあぎゃあ言いだすからだ。

空を見あげると、嵐雲は夜のあいだにますます垂れこめてきたようだった。ロイとレックスに気づいたときには、もう手遅れだった。

そいつらは従兄弟同士の最上級生だった。どちらも少々酔っていたが、何を飲んだのかは定かでなかった。レックスは野良猫をファックしようとしたことがあるという噂だった。

「パーヴィス」とロイが言った。ロイのほうが、げっぷをしながらアルファベットを言えるという特技のおかげでリーダー格だった。

パーヴは緊張してふたりを見た。

「アルバイトを始めたってな」とロイは言った。棒を持っており、それにもたれて赤い〈スナップル〉を飲んだ。「ちょうどよかった。今月はちょいと金欠なんだよ」

レックスは頭をのけぞらせて笑い、ダイナーの厨房から落ちる光の帯に醜い影を刻んだ。レックスのTシャツはサイズが小さすぎて、下からなまっちろい腹がはみだしている。

「給料はまだもらってない」パーヴの声は震えていなかった。

「おとなしく払ってもいいし、殴られてから払ってもいい。おまえ次第だ」

ロイは笑って拳を握ってみせた。

パーヴは地面に目をやり、〈サム・アダムス〉ビールの空瓶を見つけたが、ひろう度胸はなかった。

だいいち、そんなまねをしても勝ち目はない。そのとき、路地の入口の街灯の下にノアの姿が見えた。パーヴはポケットからすばやく十ドル札をつかみだしてレックスに押しつけたが、間に合わなかった。ノアは事態を見て取り、足早に近づいてきた。

「ロイとレックス」そう言いながらバッジを見せた。

「そんなのはおまえのもんでさえない」ロイがせせら笑った。

「いま野良猫を一匹見かけたぞ、レックス。今回はしくじるなよ、ブルックデール生まれの猫にはおまえにそっくりなのが何匹かいるからな」ノアは言った。

パーヴは拳を握りしめて迫りあがってくる恐怖を押しもどそうとした。次に起こることがわかったからだ。

「おれたちゃ勇猛」ノアは野性の呼び声のように力強くそう叫んだ。

パーヴは続きの言葉を口にできなかった。ノアが先制パンチを放ったからだ。誰が相手であれ、いつもそうだった。強烈な右がレックスの額をきれいにとらえ、レックスを倒したものの、ノアにできたのはそこまでだった。ロイがまだ棒を持っていたからだ。

終わったとき、ノアはぽたぽたと鼻血を垂らしており、それを紙タオルで拭いていた。騒ぎを聞きつけたメイが途中で止めてくれたおかげだった。

パーヴは荒い息をしていた。ロイたちはパーヴをほとんど相手にせず、地面に押し倒しただけだったが、パーヴにはそれで充分だった。脇腹にまだ、前回父親が荒れ狂ったときの黒痣が残っていたからだ。

ふたりはのろのろと歩きだした。

「ほぼやっつけたな」ノアは言った。

「そうだな」とパーヴは答えた。ふたりは一度も喧嘩に勝ったことがなかったので、ノアはいまのを勝ちと見なしていた。

「ゆうべサマーのことを考えてたんだ。そしたらまたあの娘《こ》たちのことを考えてた。ブライアー・ガールズのことを」

ノアはうなずいた。「ああ、だけどサマーは家出したんだぞ。ブライアー・ガールズはたんに外にいて、いきなりさらわれたんだ。ブラックはそのふたつを結びつけてない」

「結びつけたくないのかもしれない。引け目があるのかも……あの目撃事件の。ブラックは撃つことでできたって、親父が言ってたから。とにかくそういう噂だぜ」

ノアは肩をすくめた。何があったのか誰も本当には知らないのだ。

「おれたち、レインと何をしてんのかよくわかんないな」パーヴは言った。

「力を貸してるんだよ。おれは警官なんだから」

「じゃ、おれはおまえの相棒になるわけか？」

「そうさ。さしずめ《マイアミ・バイス》のリカルド・タブスだな」

「けど、おれは黒人じゃない」

「おれよりは黒人さ」ノアはそう言いながら紙タオルをゴミ缶に放りこんだ。

「なんで？」

「ハルバート」

「なあるほどね」

ハルバートはガットマンに住んでいるパーヴの叔父で、黒人女性と結婚している。

「おまえ、レインをものにできると思うか？」

「百万年かかっても無理さ。ガムはくれたけどな」ノアはにたにたしながら言った。

「そんなの大したことねえだろ」

ノアは片眉をあげた。「嚙んでたのを」

パーヴはノアを見つめた。「嚙んでたガムを口から出しておまえにくれたのか?」

「そういうこと」

「そりゃもうキスしたも同然だな」

路地の角を曲がったところでわめき声が聞こえてきた。見ると、レインが警察署の外でトリックスになだめられており、ブラックが入口からそれを見ていた。

レインは険しい目をして石の階段をおりてくると、ベンチまで歩いてきて腰をおろし、ブラックをにらんだ。

パーヴはノアのあとについてレインのところへ行った。

レインはちらりとノアを見た。「どうしたの、その顔?」

ノアは頰に手をやった。「相手の男のざまを見せたかったな」

「かすり傷ひとつなかったもんな」パーヴが言った。

ノアは溜息をついた。

パーヴは夜でもないのに街灯が灯っている暗い広場を見渡した。じきにジニーの店が大繁盛するだろう。

「ブラックのやつ、サマーのためになんにもしてくれない」レインは言った。

「あとでまた一緒に出かけてもいいよ……きみさえよければ」ノアは言った。

八五年式のカマロが轟然と近づいてきたのを見てレインは立ちあがった。「悪いけど、おふたりさん、今夜はもっといい車に乗せてもらう」

ノアは彼女のあとを二、三歩追い、エンジンの轟きが全身を震わすのを感じた。

窓がおろされた。「坊やたちの子守か?」体育会野郎が言った。パーヴはそいつを知っていた。年上で、名前はダニー・トレメイン。

「その娘《こ》は十五歳だぞ、変態め」ノアがやり返した。

ダニーは車からおりてこようとしたが、レインに何か言われてやめた。

レインは乗りこみ、猛然と広場を出ていくカマロの窓から曖昧な笑みを浮かべてノアを見ていた。

＊＊＊

ノアとパーヴははるばるメイランド病院まで路線バスに乗っていった。一時間の遅刻だったが、さすがに明るいうちからビュイックを乗りまわすわけにはいかなかった。

ノアは破れた座席に座って、灰黒色の嵐雲を背にした木々が流れ去っていくのをながめていた。

パーヴは向かいに座っていた。彼は運よく夏休みのあいだ〈ウィスキー樽〉で働かせてもらえることになっていた。高校生なのでバーテンダーはできなかったが、ハンク・フレイリーは一時間数ドルでパーヴに床のビールや小便やゲロを拭かせてやっていた。

つらそうに聞こえるが、家にいるよりましだった。

パーヴはつねに気にかけていてやる必要があった。むかしから。ふたりが十歳のとき、まる一日姿を見かけなかったので家に寄ってみたら、殴られて血だらけになっていた。ノアがトリックスを呼んでくると、トリックスはふたりをオレンジ色のマーヴェリックに乗せてメイランド病院に連れていった。ノアは後部席に横たわっているパーヴの手を握りしめて、おまえは勇猛で果敢だと言いつづけた。ブラックはパーヴの父親をしょっぴいたものの、パーヴと母親が何も言おうとしないので勾留はできなかった。ミルクとラスティが少しばかり派手に痛めつけてから、広場の真ん中に放り出した。だが、そんなことでは何も解決しなかった。

バスがグレイスの町を出ると、ノアは窓に顔を押しつけた。町境《まちざかい》を越えてウィンデールにはいるなり、空が晴れたのだ。

席を立って後ろまで行き、窓の外を見あげると、町を囲うくっきりとした線が見えた。まるで神がグレイスの明かりのスイッチを入れ忘れたみたいな暗と明の対比が。嵐雲が天に向かって高くそびえ、切り立った暗灰色の壁がいまにも地獄を解き放ちそうに見えた。

「うわ」とパーヴが横で言った。「あんなもん見たことねえぞ」

「あんた、遅刻だよ」とミッシーに言われながらノアは椅子に座った。ミッシーは年輩の黒人女性で、ノアのなまっちろさをからかうのが好きだった。自分の腕をノアの腕の横にならべて、あんたはまるで幽霊だと言うのだが、でもそんなまねをするのはたんに、ノアにその青い機械を見つめさせないようにするためだった。ノアがいまだにその機械を夢に見るのを知っていたからだ。ノアは身を硬くし、ミッシーはノアの上腕に瘢痕《はんこん》のように太く浮きあがった静脈に針を刺した。

「バスが遅れたんだよ」ノアは言った。

「あんた、きのう来るはずだったでしょ。なのに、電話しても誰も出ないんだから」

ノアは肩をすくめた。「本物の警察業務に従事してたんだ」

「そうなんだよ」パーヴが言った。

「あんたは口をはさまないの、パーヴ」とミッシーは言い返し、またノアのほうを向いた。「三日は長すぎるよ、ノア。馬鹿なのあんた？　死んじゃうかもしれ――」

ノアはやめてくれと手を振った。

「あたしに福祉局へ電話させたいわけ？　もしあんたが忘れてて、あんたのお祖母ちゃんも忘れてたら――」

「ごめん」とノアは言い、上目づかいにミッシーと目を合わせた。

パーヴは横で黙りこんだ。

ミッシーはノアの頬に手をあてた。「あたしはあんたのことを心配してるだけ。ランドンがどうなったか憶えてるでしょ――」

「ノアはタフだし、ランドンは年寄りだった」パーヴが言った。

「だけど、もっと年寄りになるまで生きられた」ミッシーは言い返した。

ノアはうなずき、ミッシーはにっこりした。

「あのテレビ、ぶっ壊れたまんまだ」とパーヴが言い、画面のほうに顎をしゃくった。

「ビデオデッキがあるでしょ」とミッシーはボードに何か書きつけながら言った。

「そうだけどさ、何を見れるかはあの慈善団体のくそ女の気分しだいだし、あの女はゴミばっかり持ってきやがる。あれは化学療法室の誰かと寝てんな。先週は《エイリアン3》だったしさ」

ミッシーは溜息をついた。

「おまけに見たら見っぱなし。テープを巻き戻しておくなんて心づかいはゼロだ」

パーヴは八歳になったとき、ノアの母親から一緒にバスに乗っていっていいと言われて以来、この透析室の常連になっていた。年に一回はノアに自分の腎臓をくれようとする。いちばん最近は数ヵ月前、レッド川のほとりで犬を散歩させているレゲット医師に出会ったときだった。酔っていたパーヴはシャツを脱いで、レゲットにその場で腎臓を取り出してくれと迫ったのだ。

ノアは笑いすぎてそれを止めることもできなかった。

部屋の照明は暗くしてあった。壁には絵がならんでいた。ほとんどは地元の風景だ。綿花畑や、メイン通りだと思しき色彩のごた混ぜや。

パーヴは襟を立て、それからまた折った。じっとしていたためしがない。

ノアは青い機械を一瞥した。〝洗濯機だと思いなさい〟と幼いころ母親に言われた。〝永久につづくわけじゃないし、怖くなったら母さんはいつでもここにいるから〟と。その言葉はどちらもまちがっていた。

「だいじょうぶか?」パーヴが言った。

ノアはうなずいた。「ああ、だいじょうぶだ」

パーヴはしょっちゅうそう訊いてくる。ノアはいくら神経質になっていても、ほかの答えを返したことがない。だが、パーヴにはちゃんとわかっていた。ノアの肩に手を置いてくれることもあれば、何かの事実をひどく唐突に教えて気を紛らわせてくれることもあった。ノアはそんなパーヴが大好きだった。

「世界中の人間はみんなそれぞれ異なる舌紋を持ってるんだぜ」パーヴは言った。

ノアはにっこりしてからミッシーのほうを向いた。「もういつでも映画を始めてくれていいよ、ありがとう」

ミッシーはテープを持ってテレビのところへ行った。

「きょうは何を見れんのか、訊いてもいいかな?」パーヴが言った。

ミッシーはケースを検めた。「《おもちゃの王国《ベイブス・イン・トイランド》》」

「おお。やっとエロいのをよこしてくれたよ、あの女」とパーヴは手をこすりあわせた。「どんなおもちゃかな。双頭のディルドとか——」

「ディズニーよ」

「ちぇ、勘弁してくれよ」

＊＊＊

ピーチ・パーマーの家はスタンディング・オークにあった。ハイウェイ百二十五号線からテスナーを抜けてその松林の中まで、車でたっぷり一時間。それは道中何度もフラスクをあおらざるをえないような、記憶を呼びさますドライブだった。ブラックは片手でハンドルを握り、片手で疲れた目をこすった。流れ去っていく家々、醜い金属製の平べったい教会、ブライアー・ガールズの幽霊。速度を落として何キロものろのろと車を走らせ、酔いが醒めてくるとまたひとくち飲んでアクセルを踏みこんだ。奥歯を噛みしめ、ルームミラーに映る自分の目が見えると、手を伸ばしてミラーを脇に向けた。

ピーチの住む通りの入口でエンジンを切り、彼女の家までなだらかな坂を惰力でくだった。外に腰をおろして夕焼けのなごりが消えるのを待っていると、ピーチが窓からのぞいているのが見えた。カーテンをほんの少し寄せてブラックを見ているのが。

ピーチは戸口の網戸の前で片手を腰にあててブラックを出迎えると、脇によけて中に通した。寝室が三つに、浴室と小さな居間と、居間にしつらえられたキッチンという家。ピーチはそこをきちんと手入れしてはいたものの、生活はかつかつで、なじみの男たちはいざというときにはまるであてにならなかった。

「疲れてるみたいね」ピーチは言った。

「いつもだ」

「何か食べるものを作ってあげようか」

「食べにきたわけじゃない」そう言ってしまってから、まずい言いかただったと気づいた。「すまん」

「じゃ、何をしてほしいの?」とにらんだピーチの目がブラックをにやりとさせた。

「そういうことをしに来たわけでもない」

ブラックは新聞の束をどかして、古びたカウチに深々と腰をおろした。

ピーチは〈ローン・スター〉ビールをひと缶ブラックに手渡し、ブラックはそれを受け取って一気に半分飲んだ。

「あの男、また来たか？　きみに乱暴した背の高い男」

「いいえ」

「来たら電話をよこせ」

ピーチはうなずいた。

「真面目に言ってるんだぞ」ブラックは言った。

「前回は通報したけど、警官が来たのは一時間後だった。あいつら……あたしの商売を知ってるから」

「ならおれに電話しろ。トリックスでもいい。すぐおれにつないでくれる」

ピーチは煙草に火をつけた。ブラックは彼女の手を見た。顔より十歳は老けて見える手の皺を。アクリル・ネイルの一本は根元で割れている。ピーチはまだきれいだった。

「あたしの商売の話はやめよう」と彼女は言った。「あんたにえらそうな顔をされると、あたしは後ろめたい気分になる。あたしを泣かせたいわけ？」

「泣くときのきみは嫌いだ」

ピーチは悲しげな目でうなずいた。

「女の子が行方不明になった」

ピーチは大きく息を吸いこんだ。

「家出だ。書き置きがあった」

彼女はゆっくりと息を吐いた。

「時間は刻々と過ぎてる……その一家とは知らない仲じゃない」

「心配なわけね、家出とはいっても」

ブラックはうなずいた。

「あいつはまだつかまってない」

「そうね」

ブラックは片手を突き出してみて、その手が震えると、もうひとくちビールを飲んだ。

「暑いな、ここは」

ピーチは雑誌を手に取ってブラックを扇いだ。

「でもってグレイスはひどく暗い。やたらと暗い」

「聞いたよ」とピーチは言った。「大きな嵐がそっちへ向かってるんだってね」

「その一家にはもうひとり娘がいるんだ。不良娘が。その娘が署にやってきて、まるでおれなら自分がまだ考えついてもいない質問にだって答えられるみたいに、おれを見るんだ。おれはその娘の父親をムショ送りにした……大昔に。その娘はそれで熱くなってるんだ、わかるだろ？」

「あんたの仕事はその娘の姉だか妹だかを連れもどすことだよ」

ピーチはブラックの隣にやってきて腰をおろした。体をぴったり寄せて。

「戻ってくるぞ」

「何が？」彼女は穏やかに尋ねた。

「あいつが。デラが。あの騒ぎが。つまり悪魔やら何やらがいっさい。おれには感じられる。じわじわと忍びよってくるんで、たいていの連中はまだ気づいてもいないが」

ふたりはデラのために小さな葬式をした。ピーチがもう耐えられなくなったからだ。ふたりだけで裏庭の、ピーチに言わせれば実も生《な》らない林檎の木の下にたたずんで。あたしを生かしておくためのお葬式、ピーチはそう言った。

「鳥男ね」

ブラックはうなずいた。

「あのときはあいつじゃなかったのかも」

「あいつさ」

「あんた、はっきり見たわけじゃないんでしょ」とピーチはブラックが前に話したことを繰りかえした。

「デラを捜してくれる人はもう誰もいない」彼女は言った。

「いるさ」

「あんた？」

ブラックは何も言わなかった。

ピーチはブラックにもう一本ビールを渡すと、彼のズボンのファスナーをあけた。ブラックは止めようとしたが、彼女はその手を押しのけた。

ピーチが屈みこむとブラックは缶をあけた。目を閉じて涙をこらえた。

「ピーチ、おれは――」

彼女はブラックを黙らせると、することをしてしばし現実を忘れさせた。

終わると口を拭い、ブラックのビールを取って長々とひとくち飲んでから、ブラックの胸に頭を載せた。バッジに頬をあてて。

「自分がここにいないみたいに感じることはあるか？」ブラックは訊いた。

「あたしは人生のほとんどを、どこか別の場所にいられたらと思いながら生きてきたけどね。それがあんたの言ってることなら」

窓台に、カーテンを左右に分けて写真が一枚置いてあった。十七歳のピーチが、松明のような笑みを浮かべている。その笑みは、ピーチが道を踏みはずしたのは後年のことで、かつては別の道があったのだと語っていた。

「おれが言ってるのは、ときどき自分がその部屋にいないみたいな気がするってことだ。外を漂ってるのかもしれんが、自分で自分は見えない。自分の体は。この世界の一部じゃないんだ。ほかの人間が住んでる世界の一部じゃ……ミルクやラスティと馬鹿話をして、悪いやつらを追いかけていても」

ブラックは目をこすった。

ピーチは顔をあげて頬をブラックの頬にこすりつけ、耳元に口を寄せた。「なぜ《ホワイ》と訊いたら、なんて答える?」

「そのyの字の尻尾はくるんと巻いてる」

ピーチはにっこりした。「罪悪感ね」

「自分がしてきたことと、するべきだったことへのな。そんなに見え見えか?」

ピーチは激しくキスをした。

「いつかあたしをどこかへ連れてってくれる?」

「どこへ?」

ブラックは意識が遠のいてきた。もう夜だった。

「この家から遠くへ。ここは嫌い」

ブラックは彼女の手を取って握りしめてからまた戻した。

ピーチは部屋を出ていき、封筒を持ってきてブラックに渡した。

「なんだ?」

「デラの写真を見つけたの」

もう必要ないほどたくさん預かっていた。

「髪型がちがうの……こっちは……いろんな写真があって、ちがうふうに見えるから。もしかしたら必要なんじゃない？　見せてまわれるんじゃない？」

こういうことだったのだ。ピーチがブラックにまたがるのは娘を捜しつづけさせるため、自分がピーチにまたがるのは、ゼロ以下のうつろな感情があることをつい忘れてしまうからなのだ。

「泊まっていってもいいのよ」

ブラックは運転できるというように首を振った。

「あたしと一緒に寝れば？　寝るだけ。ベッドで。ね、ブラック」

ブラックはうなずき、引っぱられて立ちあがり、背中にしっかりと腕をまわされてピーチの寝室へ連れていかれた。そこは彼女が男を取る部屋ではなく、別の部屋だった。どことなく優しさがあった。彼女が夜を昼に変えるのに使ってきたパイプと灰皿が見えた。自分は少しずつクリーンになっている、ピーチはそう言った。彼女には長い前科があった。

ピーチはゆっくりとブラックの服を脱がせた。腹に残る長い傷痕に手を這わせると、ブラックをベッドに押し倒した。

ブラックが眠ったふりをしていると、やがてピーチは横で深い寝息を立てはじめた。ブラックは抽斗に手を伸ばし、必要なものを取り出して必要な準備を整えると、足の指を広げてあいだに針を刺した。そのまま漂っていくと、いくつもの手がブラックを高みに引きあげてくれた。

耳を澄ますと、家の外からゆがんだ物音が聞こえてきた。床に聖書が落ちており、吹きこんできた風がぱらぱらとページをめくった。自分は夢を見ているのだろうか、だとしたらどういう夢なのだろうか。そう考えたが、ハッピーエンドでないことは内心わかっていた。

ブラックはピーチを見つめた。背骨の曲線と腰の広がりを。そして人生の残酷さと気まぐれに思いを馳せた。
「愛してるよ」とピーチが言った。そんなことがありうるだろうか。
ブラックは聞こえなかったかのように目を閉じた。

9　サマー

ブライアー・ガールズのふたりめはボニー・ハインズだった。ボニーが住んでいたのは二百二十五号線近くのトレーラー・パークで、矢のようにまっすぐ延びるその ハイウェイは、三本の川を渡って最後はヒースヴィルの町とストリップモールにぶつかる。ボニーと父親は救世主キリスト・ルーテル教会という、たいそうな名前とはおよそかけ離れた教会の会員だった。ボニーの父親は仕事のあるところならどこへでも行ったが、どんな仕事なのかは新聞に詳しく書かれていなかったから、合法的な仕事ではなかったのかもしれない。一度に何週間も留守にするので、ボニーはほとんどひとりで生活していた。ある日曜日の朝、ボニーが教会に来なかったので、牧師のブライソン・デイリーがトレーラーまで様子を見にいってみた。牧師はボニーの家庭状況を知っていたし、一年前には彼女の母親の葬儀を執り行なってもいたからだ。ドアをたたいたけれど留守だったので、夕方もう一度行ってドアをたたき、心配になって警察に連絡した。ボニーの交友関係は学校と教会にほぼ限定されていたのに、警察はこれも家出としてあつかった。父親の居どころは一日がかりでようやく判明した。父親はすぐに帰ると警察に伝えたものの、ハスケルに戻ってきたのは三日後だったし、娘にボーイフレンドがいるのかどうかも、友人たちの名前も、役に立ちそうなことは何ひとつ知らなかった。ボニーとデラ・パーマーが結びつけられることはなかった。

「悲しくなるときってある？」わたしは訊いた。

「誰だって悲しくなるときはあるさ」ボビーは答えた。

「わけもなく？　ただもう悲しくて、世界をシャットアウトして泣きに泣いて、とうとう床の上に服だけ残して消えちゃうぐらい」

「泣きすぎてこの命がすっかり溶けちゃうぐらいね」

わたしはふたりを観察した。ボビーとサヴァンナを。週に四回、夜にふたりの家に通ってサヴァンナにチェロを習った。トイレに行きたいと言っては、家の中を歩きまわってふたりの持ち物をながめた。子供部屋があって、中にはレースカーの形をしたベッドと、おもちゃと、小さなクローゼットがあった。

「サヴァンナはきみのことを、自分が教えたなかでいちばん才能のある生徒だと言ってる。しかもきみはまだ努力してもいない気がすると」

「サヴァンナはあなたに学校のことを話した？　メイデンヴィルのお金持ち学校のことを」

「うん」とボビーは答えた。

「うちにはそんな学校にわたしを通わせるお金なんてない」

「奨学金をもらえるよ。サヴァンナはきみに入試を受けてレポートを書いてほしがってる」

「わたしは妹を見捨てるつもりはない」

「とにかく書いてみて、結果次第で考えればいい。選択肢が増えるのはいいことだよ」

しばらく沈黙があった。

「わたし、ブライアー・ガールズのことを書こうと思ってた。彼女たちのことを調べてるの」

わたしは毎回いちばんいい服を着ては、バスでメイデンヴィルに通っていた。華やかな通りを歩いていくと、ぴかぴかのお店にぴかぴかの女の人たちがいて、なかには笑いかけてくれる人もいた。そんなときわたしはすごく新鮮な気持ちになって、もしかしたら自分は理想の王国を見られるんじゃないかと思ったりした。それから立派な図書館で、偉大な作家たちの本に囲まれて、アーカイブをあさっていた。

「たぶんサヴァンナはきみに文学か芸術のことを書いてほしいんだと思うな。きみはそういうものに関心があるみたいだから」

わたしはうつむいた。「じゃ、サッカレーはどう？　わたしベッキーになれたかもしれない（『虚栄の市』の登場人物、貧しい生まれながら上流社会でのしあがろうとする）。終盤を集中的に取りあげれば、長ったらしいほかの部分は気にしなくていいし」

ボビーは微笑んだ。「こだわりを捨てることと変節することはちがうよ、サマー」

「ならわたし、ブライアー・ガールズのことを書く。だってそれが、わたしとレインにはリアルなことだもん。その恐怖と、その手の謎が」

わたしたちがいるのは墓地のベンチで、日が高くて日射しが強かったけれど、柳が日陰を作ってくれていた。わたしは横に本を置いていた。ボビーは、すごくそばに寄らないとわからないような軽いコロンをつけていた。わたしはレインの甘ったるい安物を借りたせいで首がひりひりしたし、ワンピースを着ているのに、裾がずりあがってきてもおろさなかった。

ボビーがわたしの太腿をちらりと見たような気がした。

「あなたの信仰レベルって特別なものよね、ボビー。ゆうべわたし、それについて考えてたの。眠れなくて。すごく暑くなってきたから。窓をあけっぱなしにしてると、コオロギがやかましくて、夢の中にまではいりこんできちゃうけどね」

わたしはぺらぺらとまくしたてた。ボビーのそばにいると、しょっちゅうそうなる。おかしなことに、最初は自分が何をしているのかよくわかっていなかった。絶えず教会に立ち寄っては、ボビーが光をあたえてくれるのを期待していた。そこに座って本を読み、髪を直し、ボビーがよそを向いている隙に彼を盗み見していた。

「信仰とは望むものを信頼することだ」ボビーは静かに言った。

「そして目に見えぬものを確信することである」わたしは聖書から続きを引用してみせた。

するとボビーはわたしを初めて見るみたいにまじまじと見つめたので、わたしはダンテの『地獄篇』に出てくるフランチェスカとパオロのことを考えた。不義の罪により地獄の第二圏に落とされて永遠の暴風にさいなまれているふたりも、始まりはこんなふうだったのだろうかと。そして太陽に対して目を閉じたものの、地獄の熱をすぐそばに感じていた。

10　まばゆい壁と白い幽霊たち

その弁護士のオフィスは見るからに金がかかっており、サヴァンナの父親から一時間に五百ドル取るだけのことはあった。母親はサヴァンナの横に座って、娘がいまにも逃げ出すのではないかというようにサヴァンナの手を握っていた。

弁護士の名前はドナルドなんとかと言い、サヴァンナはそのぶよぶよした顔のむこうにあるフェアライン公園を見つめた。メイデンヴィルで生まれ育った彼女は、誰がどう見ても金持ちだった。だが、本人は金にも金がもたらすものにも、いっさい無頓着だった。

「おたがいもう口も利かないんですよ」と母親が言うのが聞こえ、ドナルドが適度な同情の目でうなずいた。

母親はなにやら手術で顔のたるみを取っていたが、若々しくなったというよりも、つるつるのびっくり顔になったように見えた。

「マイケルが亡くなったあとは……」母親は大きなバッグに手を入れてティッシュペーパーを引っぱり出した。

サヴァンナはふたりの声をしばらく耳から締め出し、初めてボビーを実家に連れてきたときのことを思いかえした。ゆるやかなカーブを描くドライブウェイ、広大な敷地、湖とボートハウス。ボビーは気圧され、ポケットに手を入れたまま、おどおどした目をしていた。着てきた借りものの上着は大きすぎてだぶだぶだった。父親はボビーを案内してまわり、聞き手の生い立ちを知らないわけでもないのに、地下室のワインのことやテニスコートの再舗装費用のことを得意げに話した。
感心しなかった。ボビーが帰るとふたりはサヴァンナにそう告げた。大学にも父親のオフィスにも若い男が列をなしている。そちらのほうがいい。みんなきちんとした家柄の出だと。

「ボビーは孤児なんですよ。だからこれといった財産もなしにこの娘《こ》のところへやってきたんです。それこそ手ぶらで。信じられます？」

ドナルドはどんな反応を求められているのかわからないのか、いったんうなずいてからこんどは首を振った。

ボビーが見習い牧師のあいだはもう少し楽だった。両親は聖マーガレット教会で積極的に活動していたので、それがなにがしかのプラスになった。それからマイケルが生まれると、両親は気にしなくなった。ボビーの無口さも、ひとり娘の援助をするのにボビーを何度も説得しなければならないことも。ボビーもお金のことは気にしなかったものの、プライドは傷ついた。

ふたりが出会ったのはイエロー・ヴァリー公園の池のほとりだった。そのときサヴァンナは、ハーヴァードのロー・スクールに通うちんけな男とデートをしているところだった。母親の打診に対して色気を示してきたブライアントという男で、マナーがなっていなかった。飲みすぎてサヴァンナにキスをしようとし、サヴァンナが顔をそむけるとこんどは腕をつかんだ。彼女は悲鳴をあげた。するとボビーがどこからともなく現われてブライアントに強烈なパンチをお見舞いし、呼びとめる間もなく立ち去ったのだ。

翌日サヴァンナは、プール通りの酒場でバーテンダーをしているボビーに会いにいった。自分から積極的にアタックしたのは、ボビーみたいな男とはつきあったことがなかったからだ。サヴァンナはおしとやかな美人だった。ボビーはハンサムだったけれど、明らかに困惑していた。ふたりはハンバーガーを食べ、サヴァンナは騎士と救出者に関するジョークをいくつか言った。その夜、彼女はボビーをベッドに連れこみ、翌朝には心から好きになっていた。

「信託財産があるんだけど——彼は争わないのよね、サヴァンナ?」

サヴァンナは窓から目を離した。

「ボビーのこと。彼は何が欲しいの?」母親は言った。

「何も」とサヴァンナは答えた。

母親はおしゃべりに戻り、ドナルドは書類をサヴァンナに渡した。

「おふたりに署名していただければけっこうです」

サヴァンナは離婚書類を手に取り、自分たちの息子と人生のことを考え、結末というのは物語が語られるずっと以前に訪れていることもあるのだと思った。

「こうするのがいちばんいいのよ、スイートハート」と母親は言った。「もうここに帰ってきてかまわないの、あなたの本来の場所に」

＊＊＊

グレイスは昼でも夜同然だったから、ふたりは早めにビュイックを出した。その日ノアは署で早番をやった。トリックスは仕事を見つけようとしてくれたが、ノアはそこに座って署員たちをしばらくながめているだけで満足だった。電話が鳴って、警官たちが悪いやつらをつかまえにあわただしく出ていくところを見ているだけで。ブラックのオフィスにはノアの父親の写真があった。

そのあとノアは疲れ果てて帰宅した。ときどき本当に疲れきってしまうことがあるのだ。透析は非番の日でさえ体への負担が大きかった。血を抜いてからまた入れなおすのは。ノア自身はそんなことをおくびにも出さなかったが。

するとレインが家の戸口に現われた。耳に煙草をはさんで、肩にキャンバス地のバッグをかけて。バッグは大きく、彼女は小さかった。ビュイックのキーを取ってきて――そう言われると、ノアはうなずいた。レインのためなら自分はどんなことでもするだろうと、かなり本気で思っていたからだ。

ビュイックは小ぎれいな住宅街を走り、ふたりは大きな家々を見つめた。ふたりと同い年ぐらいの高校生たちが、この薄暗さにもかかわらず、きゃあきゃあ笑いながらローラースケートで通りすぎていった。ガソリンが残り少なくなってきたので、有り金を出しあい、裏道を通ってケイン・クリーク・ロードのガソリンスタンドまで行った。不経済ではあったが、そのビュイックだけが頼りだったので、つかまる危険は冒せなかった。

ポンプは四台しかなかったが、リンカーン・ガソリンスタンドはポルノ雑誌を売っているので人気があった。経営者はラッキー・デルフレイといい、金を払おうという客を追いかえすような男ではなかったから、客の求めるものはなんでも売ったし、年齢には目をつむった。ノアはビュイックに十二ドル分のガソリンを入れた。

ふたりはキャシディ・アヴェニューの家々のドアを次々にノックしたが、母親たちはゆっくりと首を振るばかりだった。〝悪いけど、見かけてないわね〟と。奥では子供たちがゲーム番組を見ながら、万事平穏だというようにアイスクリームを食べていた。

＊　＊　＊

ふたりは牧師執務室に座ってサマーのことを話した。ブラックはボビー牧師の背後に飾られた〈カナの婚礼〉の印刷画に目をやった。ふわふわした雲と、そびえたつモニュメントと、元は水だったワインに。

ボビーはひどい顔をしていた。目は腫れぼったく、髭は三日も剃っていない。

「あの娘はブライアー・ガールズのことを気にかけていました」ボビーはサマーがメイデンヴィルの私立学校に転校するために書いていたレポートのことをブラックに話してから、そう言った。

「なぜそう思うんです？」

「あの娘は繊細なんですよ、たぶん。確信はありませんが。ぼくは心配でした。あの娘がブライアー・ガールズにひどくこだわっているのが。ぼくに質問してきました。彼女たちはどうなったと思うかと」

「あんたはなんて答えたんです？」

ボビーは顔をうつむけて、刈りこんだ髪をがっちりした手で梳いた。「みんな天国にいると思うと」

沈黙が少々長すぎたのか、ボビーはあわててこうつづけた。「ほかになんと言っていいかわかりませんでしたから」

ブラックはボビーにまじまじと見つめられているのを感じた。

「犯人の発見に少しは近づいていますか？」ボビーは訊いた。

「サマーは多くの時間をここで過ごしてました。この聖ルカ教会で」ブラックはその問いを無視して言った。

「もはやここの一部でしたね、サムソンと埃とともに。サヴァンナは何度かエイヴァに会いにいってます」

「そりゃいい。エイヴァには親しい友人が必要だ」

「ライアン姉妹の噂やエイヴァとジョーの噂はよく耳にします。だから、初めてこの町に来てあの人たちに会ったときには、ちょっと意外な気がしました」

「どんな人たちだと思ってたんです？」

「ジョーのことは避けるべき人物だと思ってました。レインについてもいろいろ聞かされましたよ、問題児だと」

「サマーのことは？」

ボビーは首が凝っているかのように首筋を揉んだ。「サマーに関しては噂どおりでした。いい娘です。でも、ぼくらはあの家に夕食に招かれて、あの人たちに会って、あの人たちのおたがいへの接しかたをつぶさに見て、わかったんです。レインは難しい時期にさしかかっているにしても、ジョーとエイヴァは、あの人たちはいい親です」

ブラックはまた絵に目をやり、こんどは鳥の群れに気づいた。どうして最初はそれを見落としたのだろうと、目をこすった。何もかもはっきりしなかった。

「あの絵の中のキリスト、彼には後光が射してる。ヴィオラを持った男を見てますね」ブラックは言った。

「その男が、この絵を描いた画家のヴェロネーゼです」

「自分自身を描きこんだんですか？」

「サマーが言うには、それが慣例だったそうです」とボビーは言った。「よくそこに立って絵をながめてましたよ。ぼくが来ると、絵の寓意について、虚飾や身分について訊いてきました。仔羊のことや砂時計のことを。何ひとつ見落としませんでした」ボビーは咳払いをした。「心配です」

「家出ですよ」とブラックは絵を見つめたまま言った。「いま背景を調べてますが、いずれ帰ってくるはずです」

＊＊＊

午後遅く、三人は大きな葉を茂らせた木の下の暗がりに座りこんでサンドイッチを分けあい、ビールをまわし飲みした。サンドイッチは、レインが母親のバッグからくすねた金でメイの店から買ってきたもので、ビールのほうは、コンビニエンスストアでノアが警察バッジを見せて店主のジニー・アダムズの気を引いている隙に、パーヴがちょろまかしてきたものだ。ノアは瓶を唇につけただけで、レインにまわした。

「飲みなよ」とレインは言った。

ノアは首を振った。「きれいな心はきれいな体に宿る」

「気持ちわる」

パーヴの顔は緑と茶色と黒の迷彩ペイントで斑《まだら》になっていた。彼はビーチウッド・アヴェニューのドラッグストアでドーランを万引きしたあと、十五分もかけてそれを自分とノアの顔に塗りたくって、レインをひどくいらだたせた。

三人は重たい懐中電灯を二本持っており、それを地面にならべて立て、木のてっぺんに向けていた。パーヴが手を伸ばしてレインに瓶を差し出した。シャツがずりあがり、ノアは隙間からみみず腫れがのぞいているのに気づいた。太くてまっ赤だった。ベルトのバックルか何かだろう。

「ビュイックが動かなくなったらどうする?」ノアは言った。ハロウ・ロードの路肩に駐めたときには煙が朦々と出はじめていた。

「マールのとこへ持っていこう」とレインが言った。「あのオヤジはなんにも言わないよ。こないだ聞いた話じゃ、トミー叔父さんに千ドル借りがあるらしいし」

パーヴがうなずいた。「マールはほとんど町じゅうの人間に借金がある。現金を拒んだりはしないさ」

「おれたちは現金も持ってない」

「マールはいつもあたしをじろじろ見るからさ、あの助平オヤジ。何か方法を考えてみるよ。おっぱいを見せてやるとか」

ノアはごくりと生唾を呑んだ。

レインはオークの倒木の横に寝ころんで暗い空を見あげた。「この雲、いつまで居すわんのかな。もうまるで夜じゃん、一日じゅうずっと夜」

ノアは地図を手に取って懐中電灯で照らした。「何か方法が必要だな。同じ場所を歩くわけにはいかないから。線で消していくとかしないと」

「トミー叔父さんならヘルズゲートの詳細な地図を持ってんだけどな。レッド川からブルックデール側まで、くまなく載ってるやつを」

「北側は絶対に載ってないと思うぞ、ディーマー家の土地だから」パーヴが言った。

ディーマー家はマンディとフラニーとリッチー・リームズの事件以降、グレイスの伝説の一部と化し、無法者の一団として語られていた。人数は三人から五十人まで、語り手によってまちまちだったものの、一家が所有する四十ヘクタールにおよぶ土地はヘルズゲートの森に深く食いこんでいる。

「あたしは先へ進むよ、警察が行ったよりも奥まで行く」レインはそう言い、三人は立ちあがって持ち物をまとめ、ふたたび出発した。

レインが先頭になってさらに一時間歩いた。ノアは遅れていた。唇をなめると、かさかさに乾いているのがわかった。体が欲する量の水分を腎臓が処理できないため、一日に飲む水の量を慎重に制限しなくてはならないのだ。気温が上がるとさらにつらかった。ガムを嚙んだり角氷をなめたりするのだが、気を紛らす効果は小さかった。

「あんた、なんでそんなに遅いの?」レインがふり返って言った。

パーヴが説明しようとしたが、ノアは鋭い目でそれを制して、足を速めた。

ときどき径はひどく鬱蒼とした場所にさしかかり、そのたび三人は逆戻りしてそこを通過する別の経路を探した。森の地面は起伏が多く、まもなくシャツが背中に貼りつくようになった。

ノアは自分の前でレインがぴたりと立ちどまったのに気づかず、危うくぶつかるところだった。

「どうした？」彼は言った。

レインは指さした。

三人は横にならんで無言で立ちつくした。

最初に動いたのはノアだった。片腕をそろそろとむこう側に突き出して、日光が自分の腕を這いあがってくるのを見つめた。それから、まるで光をつかんでグレイス側に引っぱりこもうとでもするように、拳を握った。

「ここがグレイスの町境《まちざかい》なんだ」とレインが地図を見ながら言った。「もう一歩あるけばウィンデールにはいる」

まばゆい光の壁は落ち葉の積もる地面からまっすぐ上空にそびえており、パーヴは思わず一歩あとずさった。〈ピクチャー・ハウス〉映画館のスクリーンみたいに思えたからだ。自分が暗闇に立って、現実とは思えないほど鮮やかに描かれた世界を見つめているみたいな気がした。

ノアは前に進んで体を縦にスライスされたあと、ふり返って手を差し出し、レインを光の中へ引っぱりこんだ。レインはまぶしさに目を細めた。

「来いよ、パーヴ」

パーヴは腕を差し出し、急激に熱気を感じたのでその腕を引っこめ、ゆっくりと境界を越えた。

「こんなもん見たことねえよ」

三人はならんで立ち、明るいウィンデールから暗いグレイスをながめた。

パーヴは小さなペンナイフを取り出して、ヒマラヤスギの太い幹に自分のイニシャルを彫ると、つづいてノアとレインのイニシャルも刻んだ。

「サマーのもね」とレインが言うので、パーヴはそれも彫った。

ノアは落ち葉の上に寝ころんだ。頭は日射しを浴び、脚は闇で切断されてる。

人声が聞こえたので三人はぱっと立ちあがった。レインの先導でグレイスの闇の奥へ隠れ、身をかがめて様子をうかがった。

年上の少年が三人いた。

レインが先に立ちあがって出ていったので、ノアとパーヴもあとにつづいた。

それを見て少年たちは立ちどまり、レインをじっと見つめた。

「ダニー」とレインは言った。

ダニーが仲間たちを残して歩いてきた。三人とも、まるで体育会系男子の鋳型から作られたみたいに長身で肩幅が広く、日焼けして色つやがいい。

「こいつを見にきたんだ」ダニーは壁を見あげながら言った。

「四十五号線から歩いてきたの？」レインが訊いた。

「まさか。四十三号線に車を置いてクリーク沿いに来たんだ。鳥男なんかとハイキングするほどまぬけじゃねえ」ダニーはノアに目をやった。「洒落たメイクだな。ママのまねか？」

ノアはダニーをにらんだ。

「サマーのこと、訊いてまわってくれた？」レインは言った。

「かもな」とダニーは言った。手にビールを持っており、目がいくぶんどんよりしている。

レインは一歩詰めよった。「何か聞いた？」

「教えてやったら何をくれる？」

ダニーは薄笑いを浮かべており、仲間たちは笑った。ひとりがパーヴに目をやって小声で何か言うと、三人はまた笑った。

「聞いたの聞かなかったの、どっち?」レインが鋭く言った。

「おれたちと一緒に帰れよ、坊やたちは勝手に遊ばせといてさ。酒もあるし。こないだの晩よりもっと楽しませてやるぞ」

「ダニー、まじで、サマーのこと何か聞いた?」

「だからさ、何か解決法を考え出そうぜ。交換条件を」

「いいからレインの知りたがってることを教えて、とっとと失せろ」ノアがそう言い放つと、かたわらでパーヴがぎくりとするのがわかった。

ダニーはノアをにらんだ。

ノアもにらみかえした。

「おまえ、生意気な口を利くのはこれで二度目だな。三度目はねえぞ」とダニーは一歩詰めより、足の下で小枝がぽきぽき折れる音があたりに響いた。

ダニーはパーヴに目を向けた。「おまえ、いつも親父に殴られてるあのガキじゃねえのか?」

「黙れ、まんこ面《づら》」ノアは言った。

ダニーはまた一歩詰めよった。「なんだと小僧?」

「まんこ面と言ったんだよ。おまんこそっくりな顔だからな」ノアは言った。

パーヴがごくりと唾を呑んだ。

レインは片眉をあげてノアを見守っている。

ダニーは顔色を変え、歯を食いしばり、ビールを仲間のひとりに手渡した。

パーヴは一歩あとずさり、ノアは一歩前に出た。

仲間がダニーの肩に手をかけ、相手はまだガキじゃないかと言うと、ダニーはにやりと笑った。「だいたいおまえなんかに、おまんこがどんな形をしてるかどうしてわかるんだ？」そう言ってレインにウィンクしてみせた。

「おまえの母ちゃんが見せてくれたからな」ノアは言った。

「やべえ」パーヴがつぶやいた。

レインは唇を嚙んで笑いをこらえた。これ以上事態を悪化させたくなかった。

それがダニーを刺激した。ダニーはノアに殴りかかり、拳は頰の上のあたりをとらえ、ノアは落ち葉の上に倒れた。

ダニーは息を切らし、にやにやしながらノアを見おろした。

「何か言うことはあるか、坊や？」

ノアが見あげると、父親のバッジが太陽をとらえた。「おまえのパンチもおまんこなみだな」

ダニーはまた殴りかかろうとしたが、レインが割ってはいった。「やめなよダニー」

ダニーはレインの手を振りはらった。「まだけりがついてねえ」

「ああ、おれもちょうど暖《あった》まってきたとこだ」ノアは言った。

レインはダニーの顔をつかんで自分のほうに向けた。「帰ろう。あたしはあんたたちと一緒に行くから」そう言うと、身を乗り出してダニーに激しくキスをした。舌を差しこみ、手を下に伸ばして彼をつかむと、やがてダニーもそれに調子を合わせはじめた。キスを終えると、レインはダニーを押して向きを変えさせた。

四人は歩きだした。

「レイン」ノアは呼びとめた。

レインはふり返った。「家に帰んな、ノア」

四人は最初からそこにいなかったかのようにグレイスの闇に姿を消した。

パーヴは手を差し出してノアを立ちあがらせ、埃を払った。

「やっつけてやったぜ」ノアは言った。

「ああ、やったな」とパーヴは言った。「おれはおまえを援護した」

「ああ、してくれたな」

＊＊＊

サヴァンナは薄暗い教会の床にひざまずいた。クッションは使わなかった。苦痛を感じなければいけないときがあると思うからだ。苦行としてはささやかなもので、自分のしたこととは比べものにならないが、骨が痛くなってくるまで彼女はそうしていた。

ボビーはまたほうぼうを走りまわってサマーを捜していた。

サヴァンナはその古い教会の鍵を持っており、必要になると使っていた。離婚書類はクローゼットに隠しておいた。母親が電話をよこし、いつ実家に戻ってくるのかと尋ねてきた。

サヴァンナはきつく目を閉じた。罪があまりに鮮烈であまりに途方もないため、木々の下に潜むその恐ろしい異形の姿が、失われた楽園は二度と見つからないことを痛感させた。

泣くと気がすんだ。起きてしまったすべてのことのために、涙が顎からぽたぽたとしたたり落ちた。これこそが主の望んでいることなのだ。真の後悔なのだ。

扉があいたのでサヴァンナはふり返り、視界が霞むほど強く目を拭った。彫刻をほどこした戸口に白い幽霊がぼんやりと見えた。

「ごめんなさい、ボビー牧師を捜してたんだ」サムソンが言った。

「ここにはいないわよ」とサヴァンナは言い、どうにか微笑んだ。

「そう」とサムソンは帰ろうとした。

「あなた、だいじょうぶ、サムソン?」

サムソンは立ちどまると、背を丸めてうなだれたまま中にはいり、彼女のところへやってきた。彼女は生まれてからずっと教会に通ってきたが、サムソン・ルーメンほど頻繁に、それも熱心に祈る人は見たことがなかった。彼が抱えているものは、それがなんであれ、何か途方もないものだった。

「お祈りをしたかったんだ」とサムソンは静かに言った。「どうしても」

「してかまわないのよ」

「あしたの朝また来たっていいんだ」

サヴァンナに見えるのは白い髪ばかりで、陰になった顔はのっぺりして見えた。手を伸ばしてサムソンの腕に触れ、彼がぎくりと身を硬くしたことには気づくまいとした。

「だいじょうぶ。わたしはお祈りをしていたの、だからここにいるの」

「ほんとに?」

「ええ」

サムソンはキリストの影が落ちるいちばん前のベンチに腰かけた。その瞬間サヴァンナは、彼がエンジェルと呼ばれるのもわかる気がすると思った。

サムソンは祈るために手を合わせたが、立ち去ろうとしたサヴァンナはその手が、きちんと合わせていられないほど震えているのに気づいた。

11 サマー

わたしは自分になったりならなかったりする。自分の考える自分と実際の自分が一致しないことがある。ひとつの人格から別の人格へ何週間もスリップしていることが。それは森の中で迷子になるのに似ている。知っているものの前を三回も四回も通るのに、森の外へは出られない。出口がわからないのだ。

サヴァンナと一緒にあのお金持ち学校に行った。メイデンヴィル学院に。彼らの豊かさは醜悪だった。音楽室とぴかぴかの床、背中で手を組んで静々と歩くロボット生徒たち。心のどこかでわたしはその子たちに同情した。そして自分にも。

その学校のことは母さんに話してある、母さんも承知している、とサヴァンナには言ったけれど、実際には話していなかった。しょせん夢物語なのだから。現実になんかなりっこない。

暗色の鏡板張りのオフィスで年輩の男の人に会った。後ろの壁にはありとあらゆる証書が、まるでただの虚栄ではないといわんばかりに飾ってあった。その人が話しかけてくると、わたしは礼儀正しく微笑み、サヴァンナはわたしの肩に手を置いた。この娘は特別なんですと、それがすばらしいことのように言い、そのあとグレイスに帰ってくるまで車を運転しながらずっとにこにこしていた。でも、その笑顔はボビーの笑顔にひどく似ていたし……ひどくちがってもいた。

図書館で三年前の《メイデンヴィル報知》紙の記事を見つけた。ボビーとサヴァンナの息子はマイケルという名前で、四歳のとき自動車事故で亡くなっていた。酔っぱらいが赤信号を無視したのと、マイケルのチャイルドシートが正しく固定されていなかったのが原因だった。事故に遭う前の三人の小さな写真が載っていた。あまりに幸せそうだったので、わたしはその場で泣きだしてしまい、とうとう老婦人がやってきて水のコップを渡してくれた。だいじょうぶかと訊かれたけれど、「わかりません」としか答えられなかった。本当にわからなかったのだ。

わたしはそんなに大きくない。体のどこも。背も高くないし、おっぱいもレインのほど大きくない。二歳のころにはもう、わたしたちは簡単に見分けられるようになっていた。レインの顔はきれいに整っているのに、わたしの顔はちがう。レインのほうがかわいくてもそれはかまわない。わたしは妬《ねた》んでなどいない。レインは大勢の男の子の目を惹く。むかしからそうだったし、それは本人がいやがらないからだけではない。先生たちもレインを見つめていることがある。染みの浮いたあの憐れな年寄りの男たち、もっといい相手がどこかにいると思いこんで離婚した男たちも。腕は細いし、おなかは出っぱっているし、髪は薄くなってきたというのに。数秒間ぽかんと見とれたあと、われに返り、その姿を記憶にファイルして、あとでまた取り出すのだ。あの娘はもうすっかり女だからと、罪悪感をしりぞけたあとで。

チェロを弾いているわたしはかなり滑稽に見えたと思う。チェロはすごく大きいから。自分が実験台にでもなった気がした。ライアンの娘に楽器をあたえたらどんな音を出すかという実験だ。音は簡単に出た。初めは、サヴァンナがわたしの後ろに立って肩の上から顔を出し、わたしの手に手を添えてくれた。わたしは大きく息をしてから、音を出してみた。いい音だと思った。柔らかいけれど力強い音だと。

まもなく〈カリンカ〉を弾けるようになった。それからバッハの組曲第二番と、カンタータ第百五十六番のアリオーソも。その曲、それらの音は、朗々と豊かに響き、わたしはそれらが混じりあうにまかせた。説明するのは難しいけれど。チェロを盾みたいにしてその後ろに座り、自分のひとりごとが誰にも聞こえないように口を閉じて。

わたしが弾いているとき、サヴァンナはよくわたしを見ており、彼女の喉がごくりと動くのが見えたものだ。長いあいだ目を閉じて息を詰めていることもあったし、息づかいがとても速く浅くなっていることもあった。

サヴァンナの机にはマイケルの写真が飾ってあった。砂色の髪に茶色の目、きつく結んだ口。笑ってといってレンズを向けられたぐらいでは笑顔なんか見せるもんかといわんばかりだった。マイケルはふたりのどちらにも似ていた。サヴァンナはわたしに見られていないと思うと、ときどきその写真に目をやっており、わたしはそこに激しい苦悩を見て取った。彼女の憂いとボビーの憂い、夫婦としてのふたりの憂いの正体を語るような苦悩を。分厚い仮面、それがはがれ落ちるのをまのあたりにした。

わたしはふたりのために死ぬほど泣きたくなった。

ドアをあけたままチェロを弾いていたことがあった。季節は夏で、暑さはくらくらするほどで、扇風機はサヴァンナがうるさいと言って消していたからだ。彼女はわたしの前に座って目を閉じており、わたしはチェロ用に編曲された練習曲作品二十五の七番を弾いていた。その曲が大好きだった。ショパンが。当時だったら、曲が終わったとき彼の部屋で失神した女たちのひとりになっていただろう。

ボビーが戸口で足を止めたのが見えた。目を合わせて微笑んでくれたので、わたしも笑みを返した。ほかの人に見られていると、感じがちがった――ボビーに見られていると。ボビーはそれまで庭にいたのでシャツが汗で黒ずんでいた。髪は短く刈りこんであり、サヴァンナからはしじゅう、牧師というより兵隊に見えると文句を言われていた。ボビーはそのたびに呆れ顔でわたしにウィンクしてみせ、わたしは笑った。

わたしはボビーのために弾いた。彼に見つめられながら弓をいっそうしっかりと持ち、背筋をさらに伸ばして。サヴァンナはときどきその曲を、窓辺に置いたグランドピアノで一緒に弾いてくれた。その曲に遠くへ連れ去られていた。

ボビーも同じ表情をしており、しばらく呆然としたあと、わたしに気づいてうなずいてみせた。それから視線を下げた。

わたしは股を広げてチェロを脚のあいだに立てていた。あまりおしとやかな座りかたとは言えない。スカートはずりあがり、腰のところにたまっていた。

ボビーはわたしの足から上へと目を這わせた。

わたしは弾きながらサヴァンナを見ていた。音に合わせて呼吸をし、胸が上がり下がりするのを。ボビーの視線が太腿のいちばん上まで来た。わたしに気づかれていても彼は目をそらさず、これは見ものだというようにそのままわたしを見つめていた。それから一歩近づいてきて脇に寄りかかり、ドア枠に肩を預けた。まるでこれ以上自分を支えられないみたいに。ふたりがともに抱えているあの悲しみを。

ボビーはそこに寄りかかって呼吸をし、チェロの音はわたしたち三人の上に立ちのぼり、部屋を越え、家を越え、町の上に広がった。

わたしは弾きつづけた。喉がからからになり、心臓がどきどきし、頬が火照ってきた。するとそのとき、わたしは宙に浮きあがった。浮きあがって自分を見つめ、わたしを見つめているボビーを見つめた。それはひとつの分かれ道だった。どちらの道を行こうと、行きつく先は光も闇もただの灰色でしかなくなる分かれ道だった。

手が震えてきて弓を持っているのもたいへんだったけれど、わたしは自分のやろうとしていることがわかっていたので、それをやった。脚をさらに少し広げた。ボビーが一センチほど頭を下げたのがわかったので、わたしはさらに脚を広げた。彼の集中ぶりからも唾を呑みこむ様子からも、わたしのスカートの中が見えたのがわかった。

わたしたちはそのまま凍りついていた。わたしとボビーと、目を閉じた彼の奥さんの三人は。その苦痛がどんなものかを、わたしはまだ知らなかった。悲劇は発展中であり、これからわたしたちの人生になるはずだった。

12　クララ・ストークスと悪魔ハンターたち

　グレイスの人々はもう一週間も町の上空に太陽を見ていなかった。それどころか月も星も、町を闇に沈めているどんよりした雲以外のものは何も。その闇が、毎朝起きてカーテンをあけたとき人々が最初に目にする光景であり、痛む膝をついて就寝の祈りを唱えるとき最後に目にする光景だった。

　彼らはつねに横目で地平線をにらんでいた。町境にそびえるまばゆい壁と、そのむこうにぎらぎらと照りつける陽光を。

　雲は毎日少しずつ下におりてきている、町の人たちはそう思っていた。いまではすっかり低くなっていて、近所の子供たちが野球のボールを投げつけたり、平屋根の上で爪先立ちになって触ろうとしたりした。動いたり、渦を巻いたり、ねじれたりすることもあったので、やがて群衆が集まってきて、時が来たのだという噂を広めた。

　夫に先立たれたボーレガード夫人は、〈メイのダイナー〉で眉をひそめる人々に向かって、あれはきっと鳥男のせいだと語った。鳥男が戻ってきて、暗黒の存在を呼びよせているのだ。だから自分はもう眠れない。ひたすら祈るだけだ。祈りだけが正義の人々の武器なのだからと。夫人の話は陰では相手にされていなかったものの、町の人々はいまだに悪魔パニックに喉をがっちりつかまれていたので、煙がその程度であっても、火元を徐々に捜しはじめた。

　小さな記事がいくつか《ブルックデール新聞》と《メイデンヴィル報知》に載りはじめ、ハロウ・ロードで見られる光景について噂が広まった。グレイスの町から外へと延びるその長い直線道路には、町境の近くの路肩に車が何台も無造作に駐められ、緑の畑に散らばった人々が、首をのけぞらせて口をぽかんとあけながらグレイスとウィンデールのあいだを、すなわち闇と光のあいだを行き来しているというのだ。

レインは激しい胃の痛みとともに目覚め、最初はそれをウィスキーのせいにした。前夜はまたダニー・トレメインと家を抜け出したからだが、しかし蛇口からじかに水をがぶ飲みすると、痛みはますますひどくなった。サマーのせいだった。サマーを連れもどすしかないのだ。一週間があわただしく過ぎ、不安は募るばかりだった。毎朝キッチンのテーブルで打ちのめされている父親を見るたびに、前夜の捜索もまた空振りに終わったのがわかった。だからレインは家を抜け出して暗い町に出た。通りを足早に歩いていると頭がずきずきし、シャツが汗で背中に貼りついた。

ジャクソン・ランチ・ロードの公衆電話からダニーに電話したが、いそがしいと断わられた。お願い、と言うと電話を切られたので、受話器を力いっぱいフックにたたきつけて壊してしまった。

＊　＊　＊

ノアがドアをあけると、レインは前にも来たことがあるかのようにさっさとキッチンにはいった。キッチンは傷んでおり、戸棚の戸がはずれたままで、ノアはきまりが悪そうな顔をした。

「だいじょうぶ?」そう言った。

レインは片手で髪をかきむしった。メイクを落とさずに寝てしまったので目のまわりが黒くなっていた。ノアが彼女のことなど何も知らないくせに心配しているのがいらだたしかった。

お尻を持ちあげてカウンターに腰かけ、脚を交差させると、むきだしの腿を、凝っているわけでもないのに手でさすった。

「何か作ってあげようか？　飲み物とか」

レインは首を振ると、ノアが萎縮するほどまじまじと彼を見つめた。「眠れないんだよ。怖くてさ」

「あとでまた捜しにいこう。おれがシフトを終えたら」

レインは目をこすった。泣いているのだろうかと、ノアが近づいていって肩に手をかけると、レインはカウンターから滑りおりてノアの胸に額を押しつけ、嗚咽のようなものを漏らしたが、涙は少しも出ていなかった。

「早く見つけなくちゃ。いくらなんでも長すぎる」レインは言った。

ノアがどのくらい無理をしてくれたのか彼女は気になった。自分の発しているにおいがわかった。甘ったるくて吐き気がするような香水のにおいと、その下にひそむ汗と不安のにおい、現実になりつつある事態のにおいが。

「頼みたいことがあるんだけど、やってくれる？」レインは言った。

「もちろんさ、なんでも言ってくれよ」ノアは答えた。

＊＊＊

ブラックはロット・ロードをくだり、グレンハースト通りを通過して、ルームミラーに目をやった。速度を抑えぎみにして、見通しの悪いカーブでは何度かヘッドライトをつけた。空があまりに暗いせいで、警察はすでに事故を二件も処理していた。

電話を受けたのはトリックスだった。かけてきたのはクララ・ストークスで、用件はライアン家の娘のことだというのだが、クララはトリックスには詳細を明かそうとせず、ブラックにしか話さないと言い張った。それはとくに驚きではなかった。ブラックはクララを知っていた。痛々しいほど孤独なのを知っていたので、それがアイスティーを飲みながら一時間雑談をしたのちようやく本題にはいるという意味だとわかっていた。ノアも一緒に来たがったが、署に残してきた。ブラックはノアが最近レインと親しくしているのを知っていたので、トリックスに電話のことは内緒にしておいてくれと頼んだ。そうしなければ、ライアン兄弟がクララの家に押しかけてひと騒動起こしかねない。

クララはレッド川につながる湿地のほとりの小さな家に住んでいた。最後に訪ねたのは五年前、一週間におよぶ豪雨でその地区のほとんどが冠水したときだった。

ゆうべブラックは三時間しか寝ておらず、夜更けに目覚めてウィスキーの瓶に手を伸ばしていた。サマーが失踪してはや一週間。ライアン兄弟のいらだちは頂点に達していた。その朝ジョーとトミーは不穏な雰囲気で広場を通過していき、車を停めたのは、メイの店でコーヒーを買って店内のひとりひとりに鋭い目を向けているあいだだけだった。ブラックはサマーの件の詳細をアーニー・レデル保安官にも伝えてあったが、保安官事務所はあくまでもサマーは家出したのだと見なしていた。あの長い一年、次々にさらわれる少女たちに崖っぷちまで追いつめられたため、誰もそこへ戻りたくなかったのだ。アーニーは鳥男死亡説を唱えていたものの、その根拠はただの希望的観測であり、疑問の余地があった。だからブラックは夜毎、ベッドで休むのではなく椅子に座って、これといったことは何も書かれていない分厚いファイルをめくっていた。

クララの家のすぐ外のぬかるみにパトロールカーを駐めた。クララは表のポーチに座っていた。家は古くて軒が低く、板はどれも交換が必要だった。庭には汚れたシーツの山があり、エンジンのパーツが散らばっている。クララには何かの軽罪でピケンズヴィルに服役中のぐうたら息子がいた。

ブラックはパトロールカーからおりた。近所に家はなかった。あたりは静かで、低い枝が家の屋根をこする音だけが聞こえる。

クララはブラックが近づいていくと立ちあがり、ブラックのためにアイスティーをついでからまた腰をおろした。

「この雲ときたら」挨拶がわりにそう言った。

ブラックはうなずき、向かいに腰をおろしてアイスティーに口をつけた。うれしいことにラムが垂らしてあった。それからクララを見た。日に焼けた顔の皺と、薄くなりつつある白髪と、黒い目を。

「あたしは嵐が来るよと言いつづけてるんだけど、いまんところ来ないね」

クララは灯油ランプを灯しており、光がふたりのあいだの木のテーブルの上で揺らめいた。

「雲のことで通報が——」

「教会のベイリーから?」とクララはさえぎった。

ブラックはうなずいた。

「通報するって言ってたよ。そんなことしたって無駄だとあたしは言ったんだけど、あれも頑固じじいだからね」

クララは煙草を巻いた。その指は細く、ひどく震えていた。

「カーソンはどうしてます?」カーソンはクララの孫で、母親と一緒にスイートウォーターで暮らしている。

クララは肩をすくめた。「あの子らが電話なんかよこすと思う?」

「トリックスから聞きましたが、サマー・ライアンのことで何か知っているとか」

クララは巻紙をなめて貼りつけると、たっぷり時間をかけて火をつけた。

「あの娘は書き置きを残してったんだろ」そう言いながらじろりとブラックを見あげた。唇に煙草の葉のかけらがくっついている。

「ええ」

「じゃ、家出？」

「そのようです」

「だけどあんたは心配してる、だろ？」

ブラックは長々とアイスティーを飲むと、クララがそれをつぎたすのを黙って見ていた。

「ジョーとエイヴァは？」

「想像はつくでしょ。で、話したいことってのはなんです？」

「あの娘を見かけたんだよ、二度ばかり」

「いつ？」

「一カ月ぐらい前だったか。二、三カ月前だったか。薬のせいさ、のんでるときはもの憶えが悪くなるんだ」

「なるほど」

「あの娘はひとりじゃなかった。だから電話したんだよ。妙だなと思ってさ……あたしゃお節介ばばあじゃないけど、ずっと心に引っかかってたんだ。そしたらあの子が行方不明になったっていうから、こりゃあんたに知らせたほうがいいと思ってね」

「あの娘と一緒にいたってのは誰です？」

「雨が降っててね、どっちのときも。あたしがうちから押し流されそうになったときみたいな、ああいう激しい降りだった。だからどっちの日も外に立ってたんだ、水があがってくるといけないからさ」

「誰がサマーと一緒にいたんです？」ブラックは優しく尋ねた。

クララは煙草を床に落として靴で踏み消した。足の甲に青い血管が見えた。いまにも破裂しそうなほどふくれあがっている。

「妙だなと思ったのは、あの娘よりだいぶ年上だったからだ……身内でもなんでもないのに。あの男は傘を差してたから、顔はいまひとつよく見えなかったんだけど、髪の毛でわかったよ」

「誰です?」こんどは問いつめるように言った。

「サムソンさ、教会の。サムソン・ルーメン。エンジェルだよ」

ブラックは大きく息を吸い、ルーメン牧師のことを思った。「まちがいないですか?」

「ああ、まちがいない」

＊＊＊

ノアとパーヴはイトスギの木のそばの柔らかい草の上に寝ころんで、暗い空を見あげながら煙草をまわし喫《の》みしていた。

「おれたち、銀の銃弾を手に入れるべきだと思わねえか?」パーヴが言った。

「なぜ?」

「鳥男をやっつけるのにさ。あいつを見つけた場合に備えて」

「銀の銃弾はたしか狼人間に使うんだよ」

「じゃ、杭だ」

「それは吸血鬼」

「なら、鳥を殺すのは?」

「米だ」

「ジニーの店から少しかっぱらってくるか」

「おまえ、あいつが本物の鳥じゃないのをわかってるか?」

「おれたちゃ悪魔どもを狩り立ててんだよ」とパーヴは言い、ハンティングナイフを体の前に突き出した。「鳥男はおれがぶっ殺してやる。羽を切り取って二度と飛べねえようにしてやる」

ノアは笑った。

パーヴは刃に指を這わせた。

「おれさ、あのヘルズゲートのそばで見つかったっていう寺院のことを考えてたんだ」とノアは言った。「ハートヴィルのそばの。あのたくさんの骨のことをさ。なかには人間のものもあったって話だ。頭蓋骨が。子供かなんかのものかもしれないって」

「どうせでたらめだよ」

「どうせな」

「おまえ、おれたちのやってることが不安なのか?」パーヴは言った。

「うん。おまえは?」

「うん。おれ、盗みは好きだぞ、それはわかってるだろ――」

「ああ」

「けど、おれがくすねるのは、なくなっても気づかれないようなもんだけだ。署からファイルを盗むのは……」

ノアは一冊のファイルをビュイックのトランクに隠し持っていた。レインに頼まれたのだ。彼女はこう言った。ブラックのファイルを――ブライアー・ガールズ事件のファイルを――悪い男たちの名前が載っているファイルを手に入れることができたら、とりあえず取っかかりができる。何かをしようというわけじゃない。ただそいつらの家に行って、サマーのいる気配があるかどうかしばらく様子をうかがうだけだ。だってあたしは何かをせずにはいられないし、時間はもう味方じゃないんだからと。その気持ちはノアにもわかった。

だからブラックが何かの通報で出かけていき、トリックスがいそがしそうにしていて、ラスティが居眠りをしているあいだに、ノアはファイル室にはいりこんでファイルを探した。そして自分には見る資格のないものを見てしまった。来世までうなされそうな写真の数々を。

「ニューオーリンズに着いたらどうしようか？」パーヴが言った。

ノアは目を閉じて微笑んだ。パーヴが話題をニューオーリンズに切り替えるのに時間はかからない。その計画をふたりが立てたのは十歳のとき、ひどい折檻を受けたパーヴが夜更けに避難場所を求めてノアの家に現われ、自分の人生はもうおしまいなのかどうか考えた日のことだ。ニューオーリンズに決めたのはマルディグラの噂を聞いていたからにすぎない。パレードの女たちを自分たちの目で見てみたかったのだ。

「そうだな、安いアパートを借りるんだ。普通のアパートをさ。それから仕事を見つける。バーかどこかで」

「そりゃいい。おれは〈ウィスキー樽〉でバイトしてるから、経験があるって言える」パーヴは言った。

「そうだな」

「病院のことを調べてみたんだけどさ。むこうにはいくつかある。見てまわって、いちばん美人の看護師がいるとこを選ぼうぜ」

ノアは微笑んだ。

パーヴは咳払いをした。「それともうひとつ。つまんないことを言うようだけど、ミッシーの言ってたこと……おまえ、これ以上透析をサボんなよ」

「わかってる。ただ、おれはレインに必要とされてるし、バッジを着けてるしさ。ちょっと忘れちゃうんだよ、わかるだろ?」

「ああ。わかる」

足音がしたのでふたりは立ちあがった。ノアにはそれがレインだとわかった。闇の中に髪が明るく浮かびあがっていたからだ。近くまで来るとレインはノアにうなずいてみせ、ノアもうなずき返し、三人はビュイックのところへ行った。

ノアはバックシートにファイルを広げた。

「なにこれ、すごい数じゃん」レインが言った。

「それでも半分以下だ。ほかのファイルもめくってみたけど、そっちには名前は載ってなかった」

仮釈放中の者もいれば、一度ならず逮捕されたのに長くは勾留されなかった者もいた。ノアの読みでは、ブラックはすでにそいつらを洗っているはずだった。

目を通しおわるとレインは地図を広げて、六つの町と三つの未自治体化地域にある十五軒の家を円で囲った。

「いちばん近いとこから順番につぶしていこう」

レインがそう言うと、ノアはグレイスが明るく見えるほど暗い闇を目指してビュイックをゆっくり発進させた。

＊＊＊

時刻がだいぶ遅くなったころドアベルが鳴った。サヴァンナはドアをあけて、一瞬顔を曇らせた。その恐怖は不合理なものだったが、彼女はすばやくそれを抑えて脇によけた。

家には明かりが灯り、どの部屋も温かい白い光で照らされ、彼女の両親がこれまでに贈ってくれたソファやダークウッドの家具には、柔らかい布がかかっていた。

サヴァンナはブラックをキッチンへ案内した。

「ボビーは？」

「ほかの人たちと捜索に出ています。このごろは毎晩。大事な用件ですか？」

「急ぎじゃありません、ボビーに意見を聞きたいことがあっただけですから。お食事中のようなので帰ります」

ブラックが電子レンジ容器に目をやったのを見て、サヴァンナは恥ずかしさに頬を赤らめた。

「パイングローヴの福祉センターに行ってたんです、あそこでボランティアをしているもので。帰宅したらもう遅かったし、ボビーは何時に帰ってくるかわからないんですけれど、さっき電話があって今夜は――」

「マカロニグラタンはわたしも好きですよ」

「召しあがります？　もうひとつあるんです」

「いただきます」

ふたりは居間でマカロニグラタンを食べた。サヴァンナはワインをつぎ、ブラックはそれを少しずつ飲んだ。我慢しているのだろうとサヴァンナは思った。噂は耳にしていた。グレイスに越してきてすぐに聞かされていた。

ふたりはすでにサマーとエイヴァとジョーのこと、ブラックが懸命に軽視しようとしている心配と不安のことを、少々話していた。

「ボビーはサマーを愛してるんです」と彼女は言った。「というかサマーがそばにいることを、ですね。サマーと話をしたり、チェロを弾くのを聴いたりするのが好きなんです」

「エイヴァに言わせれば、サマーはあんたがたふたりに夢中だそうですよ」

サヴァンナは笑った。「あの娘はボビーのあとを、サムソンと同じくらい頻繁についてまわっています。でも、いい娘ですよ。最初に会ったときのことを思い出します」

「クッキーを持ってきたでしょう」

「オートミール・レーズン・クッキーをね」

「署にもクリスマスのたびに持ってきますよ、十歳のときから毎年。ラスティのデスクが入口にいちばん近いんで、わたしは近づけないんですがね」

サヴァンナは笑った。

「あの娘はだいぶレッスンを休んじゃいましたね」ブラックは言った。

「遅れはすぐに取りもどしますよ」

ブラックは微笑んだ。

「一度、ドボルザークの作品を渡したことがあるんです。難しい曲で、案の定サマーはうまく弾けなかったので、わたしは急かしすぎたのに気づいて、あとで反省しました。だって忘れてたんですよ。あの娘がまだ十五歳だということも、チェロを弾きはじめてそれほどたっていないことも」サヴァンナはワインをひとくち飲んだ。「それからひと月ぐらいして、あの娘はまたその曲を弾きました。わたしが弾きなさいと言ったわけではなくて、自分から弾いたんですけれど、それが完璧に近い演奏だったんです。なのにあの娘は弾きおわっても何も言わず、ただ立ちあがってお辞儀をして、にっこりしてみせたんです」

ブラックはワインを飲みほし、サヴァンナがもう一杯勧めると、それを受けた。

「外は暗いですね。毎朝ボビーがドアをあけて出かけていくときなんか、もうほんとに暗い。ボビーは帰りも遅いんです」

「あんたにはさぞつらいでしょうね」ブラックは言った。

サヴァンナはそれほどでもないというように肩をすくめたが、実のところ、ボビーが彼女と家で時間を過ごすことはもはやなかった。サマーが家出してからだけでなく、ふたりがグレイスに越してきてからというもの。転居はふたりにとって新たな出発になるはずで、ふたりはボビーの古いホンダで八十キロの道のりをやってきた。なぜならボビーがうれしそうだったからで、そんな彼をサヴァンナは愛していたからだ。しばらくはうまくいっていた。サヴァンナは毎日きちんとした服装をし、真珠とエプロンを着け、腰に手をあてて南部人の笑みを浮かべてみせた。このうえなく自分らしくなれた。

「このあいだ会ったとき、ボビーは疲れてるようでした」ブラックは言った。

「毎晩出かけていますから、ジョー・ライアンの力になろうとして」

「親切ですね」

「親切な人なんです」サヴァンナはそっけなく言った。

「だいじょうぶですか？」

サヴァンナはしばらくブラックをではなく宙を見つめていた。「わたしたち、ボビーの人生を生きてるんです」そう言って咳払いをした。「ボビーにはそれが必要だったんですよ、息子を――」

「息子さんのことは聞きました」とブラックは言い、空のグラスに目を落とした。「お気の毒です」

「どうも」とサヴァンナは機械的に答えた。「ボビーはつらいんです……息子ですから、わかるでしょう」

「それはあんたも同じでしょう」

「ええ、同じです。署長さんは子供を欲しいと思ったことはあります？」

「ふたりいますよ。娘が」

サヴァンナは目をあげた。「あら――」

「母親と一緒に暮らしてます。ずっと北のほうで。母親が再婚したもので」

「何があったんです?」そう言ってしまってからサヴァンナは自分の迂闊さに気づいた。「ごめんなさい」

「人生ってのは予期しない曲折があるもんです、わかるでしょう?」

「わかります」

ブラックの表情には何かがあった。つらいだけではないもの、打ちひしがれているだけではないものが。

「人間てのはうつむいて歩いていくんですよ、そういうもんなんです。そして顔をあげたときには、何もかも変わってるんです。わたしはよく眠れません」

「ボビーもです」

「われわれはふたりとも、善が疑問視すらされない場所、されるべきじゃない場所で役割を演じてるんです。仮面をつけてるんですよ。でも、その下にあるのは――」ブラックは顔をあげ、自分がひとりではないのを忘れていたというようにサヴァンナと目を合わせた。「とにかく楽じゃない」

「何がです?」

ブラックは微笑んだ。「人間でいることは」

サヴァンナはボビーのことを考えた。自分のしでかしたこと、もはやボビーにはとうてい許してもらえないことを。例の書類はクローゼットで熱を発していた。離婚で自分たちはだめになるかもしれないし、ならないかもしれない。彼女は決心がつかなかった。

ブラックはワインを飲みほしたが、水でも飲んだようにけろりとしていた。立ちあがって、別れの挨拶をした。

ブラックが帰っていくと、サヴァンナはキッチンの板石にひざまずいて祈り、化粧がまっ黒な涙のように目から伝い落ちた。

13 サマー

ブライアー・ガールズの三人目はリサ・ピンソンだった。リサこそが事態を一変させた少女、州警を動かして、ブライアー郡を恐怖で震えあがらせた少女だ。リサはデラ・パーマーがさらわれた場所から二十五キロほど離れたホワイトポートに住んでいた。リサの家は広いけれど金属製で、庭は手入れされていたものの芝生は茶色く枯れていた。お父さんは聖トマス監督派教会の執事だった。その教会は悪魔パニックが始まったころ、会員がふたり逮捕されてニュースに出たことがあった。ピーター・ファルコンとデリー・マルコムという十七歳の高校生だ。ふたりは自分たちの学校に侵入して、体育館の壁に〝サテン〟と赤いスプレーで大書したのだ。サタンではなく〝サテン〟と。

リサが行方不明になったと届出があったのは、ある木曜日の午後だった。その朝リサは学校に登校せず、両親は午前中いっぱい娘を捜しまわったあと、ブライアー郡保安官のアーニー・レデルに電話した。わたしはその晩アーニーをニュースで見たけれど、なかなか映《は》える銀髪の持ち主だった。その日はブラックが学校にやってきて、わたしたちの前でブライアー・ガールズのことを話し、彼女たちはわたしたちと少しも変わらないのだと言った。わたしたちは保護者宛ての手紙を持たされ、日が落ちる前に家の中にはいりなさい、たがいに気をつけあいなさいと言われた。

アーニーはリサがさらわれた場所を正確に絞りこめなかったものの、ニュースで見たホワイトポートの地図には、リサが歩いたルートが血の跡みたいに赤く記入してあった。リサのお父さんは二、三週間前に教会の外に白いバンがエンジンをかけたまま停まっていたこと、不審に思って通りを渡っていくとすばやく走り去ったことを憶えていた。

リサにはメイデンヴィル学院に通うボーイフレンドがいたが、その子は教会に通ういい子で、自分たちがしたのは映画を見てミルクシェイクを飲んで手を握り合うことだけだと、そう主張した。「そうだよね、それがしたくてホワイトポートの女の子とデートしたんだもんね」レインはそう言って呆れ顔をしてみせた。


父さんはわたしにいろんな本を買ってくれた。どこで買ったのかよく知らないけれど、重い束を抱えて出張から帰ってきては階段の下に置いていくのだ。わたしはそれを少しずつ大切に二階へ運んだ。本は貴重なものだから、ものすごく大切に。父さんも母さんもそれを滑稽だと思っていた。わたしが本を読んでいるのを、理解できないという目で見ていた。ことにレインがわたしの横に座って映画を見ていたりすると。

ボビーとサヴァンナの家には図書館みたいに四方の壁に本棚のある部屋があった。

父さんは自分が手に入れてくるものがわたしにふさわしい本かどうかなどチェックしなかった。わたしは『ブリタニカ大百科事典』を何冊か持っていたので、コマーシャルでやっているものをもっとねだるつもりだった。

十歳のとき『ボヴァリー夫人』を手に取り、エンマ・ボヴァリーが自分の境遇に飽きたらずに引き起こした騒動の顛末を読んだ。作者のフローベールが自分の探していた〝的確な言葉〟を見つけたのかどうかはよくわからないけれど、この本は五十回ぐらい読んでいる。

「これなあに？」お尻を突き出してわたしのベッドの下から本を引っぱり出していたレインが言った。

わたしは下をのぞいた。「『ダーバヴィル家のテス』」

「この人、アンナ・ニコル・スミスみたいな髪型してる」とレインは表紙を見てにやにやしながら言った。「しかもパイプを吸ってるし。〝彼女は天使ではない〟だって。父さんはあんたがこんなの持ってるって知ってるの？　なんだかいやらしそう」

わたしは笑った。

「読んでいい？」

「いいよ」とわたしはレインが読んだりしないのを承知で答えた。

「五百ページ。面白い箇所はページを折ってある？」

「ない」

レインはがっかりしてその本を元に戻した。

それからベッドに上がってきてわたしの横に寝そべり、頭をわたしの肩にくっつけた。

「数学のテスト、心配じゃない？」

「テストのことなんて考えてもいなかった」わたしは答えた。

「学校に行かなくてよければなあ。ディーマー家の子たちみたいに家で勉強したっていいんだよ。アビーが言うには、ディーマーの土地には子供が三十人もいるんだって。みんな親戚らしい。教室まで建てちゃって一緒に勉強できるんだって」

「あんた、母さんに先生になってほしいわけ？」

「やだ。学校で叱られてるよりもっと叱られそう」

「いまより叱られるなんてありえないと思う」

レインは笑った。レインの笑い声はものすごくかわいい。でもルーメン牧師は、悪魔というのはいろんな姿を取ると言っていた。

「あたし、テナホー家の子とデートしちゃった。髪の色が薄い子。名前は思い出せないけど」レインは言った。

「ジャドソン？」

「それってどういう名前よ」とレインは鼻に皺を寄せて言った。

「どうして彼とデートしたの？」

「してくれって言われたから」

「へええ」

「学校の帰りにあんたを見かけたよ、キンデル夫人の食料品を運んであげてた」レインは言った。

「お年寄りだから」

「母さんがあの人にあんたのことを話してるのを聞いちゃった。チェロを弾くのが上手なんですよって。母さんの自慢の子だね」

「あんただって自慢の子だよ」

レインは肩をすくめた。

「あたしがあんたみたいに頭がいいと思う？　前は、まだやりたいことが見つかってないだけじゃないかって思ってたけどさ」

「あんたとわたしはおんなじ」わたしは言った。

レインは顔をそばに寄せてきた。

「あたしを置いていかないで、サマー」

「いかないよ」わたしは答えた。

レインはわたしの頬にキスをして、にっこり笑った。

14　男は泣かない

最初の三軒は空振りだった。二軒は空き家で、長らく人が足を踏み入れていないようだったし、三軒目は若い家族が引っ越してきたばかりと見えて、ガレージの脇に箱が積みあげてあり、私道にレンタカーのトラックが駐まっていた。だが、この四軒目のマリン通りの家は、ノアをぞっとさせた。三十分前に動きがあった――カーテンの向こうに人影が見えたのだ。郵便受けは倒れ、ポーチの階段脇にはペンキ缶が転がり、大きな屋根の穴はトタン板でふさいである。

「ゼブ・ジョーゼフ・フォートナー」レインがもう一度言った。

三人はすでにゼブのファイルに目を通していた。ゼブは十九のときから刑務所と娑婆を行き来していた。母親の金を盗んで軽窃盗で処分を受けたあと、一週間後こんどは母親の結婚指輪を質に入れようとして重窃盗に格上げされたのが皮切りだ。

一見、職業的泥棒でしかないように見えるが、キャシディ・マイアーズという地元の少女を何度かコルファックスの高校の行き帰りに尾けまわしたとして通報されており、一年前にレデル保安官がゼブから話を聞いていた。

「張り込みだ」とノアはシートに身を沈めて言った。「警官の日常ってのは派手なもんじゃない」

「コーヒーとドーナツを持ってくりゃよかったな」パーヴが言った。

ノアはシートの下から双眼鏡を引っぱり出した。

「うわ、なにそのでかさ」レインが言った。

「うちのじいさんのだからね。屋根裏で見つけたんだ」

「さぞかしよく見えるだろう」パーヴが言った。

ノアが双眼鏡を顔の前にかまえると、腕がぶるぶる震えだした。「スタンドを持ってくりゃよかった」

「確かめにいくべきだと思うな」レインが言った。

「だめだめ」パーヴが言った。

「ああ。いくべきかも」とノアは言った。「いくらあの男がまぬけでも、あそこにサマーを監禁してるなら、窓辺にサマーを近づかせて外から見られたりするようなまねはしないだろう」

「様子をうかがってるほうがよくないか？　だって銃か何か持ってるかもしれないんだぜ。でなけりゃナイフとかさ。ほかにも悪いやつらが中にいるかもしれないし」パーヴが言った。

「だったらなおのことサマーを救い出しにいかなくちゃ」レインが言った。

ビュイックのドアは、急いで乗りこむ必要に迫られた場合に備えてあけたままにしておいた。道路はわずかばかりのタールを薄く敷いて固まる前にならしただけのものだった。パーヴが転びそうになったので、ノアは手を伸ばし痩せこけた腕をつかんだ。

ノアは空を見あげ、自分が星の光をひどく恋しく思っているのに気づいた。子供のころに悪夢を、あの青い機械の悪夢を見てうなされ、目覚めて泣きだすと、母親がやってきてはカーテンを大きくあけて添い寝をしてくれた。母親が夜空を指さして星座の名前を教えてくれると、ノアは自分にも見えると言ったものだが、見えたためしはなかった。

「横手にまわりこんで窓からのぞいてみよう」レインが言った。

三人は頭を低くしてそろそろと、慎重に一歩ずつ移動し、裂けたりぶらさがったりした羽目板に体を押しつけた。恐怖は口にしなかったものの、ゼブに見つかったら、まぬけだろうがなんだろうが、どんな目に遭わされるかわからないのは承知していた。

「何か聞こえる？」

レインが首を振ったとき、だしぬけに大騒動が持ちあがった。

表の道を走ってきた一台のブロンコが、けたたましいエンジン音とともに金網フェンスを突き破って前庭に飛びこんできたのだ。三人が裏手に身を隠す暇もなく、ドアがいっせいにあいて四人の男がおりてきた。レインはノアとパーヴを引っぱって地面に伏せさせ、三人は荒い息をしながら土に顎をくっつけて動きを止めた。

男たちはみな図体がでかく、網戸を蝶番から引きちぎると、表のドアをがんがんと蹴破ろうとしはじめた。

パーヴが横で震えているのがわかり、ノアは手を伸ばして友の肩に手をかけた。パーヴは祈りでも捧げているみたいに目をつむり、じっと息を詰めている。

長い顎ひげを生やした男がゼブに、出てこい、と怒鳴った。

裏口のドアがあいて痩せっぽちの男が出てきたのにまっ先に気づいたのはノアだった。男は頭を低くしたまま裏の林に向かって駆けだそうとしていた。

ノアは何も考えずに立ちあがり、「あそこだ」と叫んだ。

男たちはドアを蹴るのをやめてノアのほうへやってきた。ノアがゼブを指さすと、ゼブはあわてて駆けだして蹴つまずいた。男たちはたちまちゼブをとっつかまえた。

長い顎ひげの大男がノアの肩をつかんで月明かりの中へ引っぱり出した。男の腕は太く、その目は背後でゼブが泣きわめいているあいだもじっとノアを見つめていた。

「こんなとこに隠れて何をしてる？」

ほかの三人は指示を仰ぐように男のほうを見ていた。男がゼブのほうへ顎をしゃくってみせると、三人は次々に激しいパンチを浴びせたので、ゼブはまもなく神に慈悲を請いはじめた。まるで殴っているのが神だとでもいうように。

「人を捜してるんです」ノアは言った。

「こんな地の果てでか？」

「あの人が居どころを知ってるかもしれないと思って」

男はしばらく黙りこんだ。ウィスキーのにおいをさせていたが、酒には強そうに見えた。

「あたしの姉を捜してんの」

男はくるりとふり返って、ベルトに差した銃に手をかけたが、見せつけただけだったらしく、抜きはしなかった。

ほかの男たちは手を止め、レインに気づくと近づいてきた。ゼブはポーチに倒れこんだ。

「どうしたんだ？」いちばん若い男が言った。

「姉が行方不明になってんの」とレインは言い、恐れるふうもなく男たちをにらんだ。

「おまえぐらいかわいいのか？」若い男は言い、あとのふたりは笑った。

レインはバッグからハンティングナイフを取り出して体の脇にゆるくかまえた。「うん、あたしぐらいかわいい。だけどナイフのあつかいはあたしのほうがうまいよ」

笑いがあがったが、そこには冷やかしもふくまれていたようだった。

顎ひげの男が片手をあげると、三人はすぐさま笑うのをやめた。「おまえ、ジョー・ライアンの娘か」

ノアは何かがすっと消えたのに気づいた。男たちが関心を失ったのだ。

「そう」とレインは答えた。

「姉さんの噂は聞いた。おまえら、ゼブがそれにからんでると思ってるのか？」

「もしかしたらね」レインはナイフをかまえて男たちをにらんだまま言った。

「おれにも娘がいる。ゼブはうちの娘を尾けまわしてる。あいつを娘に近づかせるくらいなら、おれはあいつのモノを切り落としてやる。ジョーも同じように思うだろうな」

レインはうなずいた。

「家の中を調べたいの」

「わかった。おまえらが中にいるあいだに、おれたちはあいつが姉さんの居どころに心あたりがあるかどうか訊いてやる」

ノアはレインのあとについてポーチにあがり、パーヴもすぐ後ろからついてきた。

三人は裏口から中にはいった。キッチンは悪臭のするゴミためだった。山のような持ち帰り料理のカートン、何やら黒いもので厚くおおわれた皿、十数個はある空の広口瓶。ノアは足元に注意して、カーペット上に山になった針からレインをよけさせた。家の中をすばやく見てまわり、息を吸わないようにして寝室にはいった。古雑誌が床に散らばり、淫らな少女たちが脚を広げていた。

「サマーはここにはいない」レインは確信ありげにきっぱりと言った。

部屋は四つしかなかったので、三人は数分後にはまた外に出たが、そのわずかなあいだにゼブの顔は目をそむけたくなるようなものに変わっていた。

「こいつはおまえの姉さんのことは何も知らない」

大男は荒い息をしており、シャツにも手にも腕にも血が飛んでいた。

「おまえら、ちゃんとグレイスまで帰れるか？」

レインはうなずいた。

三人は背を向けてその場をあとにし、ゼブのめそめそ声やつぶやきや、血の泡を吹く音を耳に入れまいとした。

三人は無言で帰途についた。時刻は遅く、三人とも疲れていたものの、その夜はそう簡単に眠れないはずだということはみな承知していた。ゼブの家で起きていたかもしれないこと、見つけていてもおかしくなかったもののことを考えると、レインは気が気でなかった。

「サマーを見つけなくちゃ」彼女は言った。

ノアはレインのほうを見た。ビュイックはハロウ・ロードをがたごとと走っていた。

「いますぐ見つけなくちゃ」

「あそこのキッチンにあった大量の瓶を見た？」

レインはうなずいた。

「マールが密造酒を売るときに使ってるようなやつだな」パーヴが言った。

「あれに意味はないにしても、ああいうやつがマールの知り合いだとしたら――」

「あたしたち、マールに会いにいくべきだね」レインが言った。

マールの納屋の周囲は完全な闇で、ウィンデールから漏れ入る光も届いていなかった。

三人は肩をぴったりならべて立っていた。レインがドアを何度もドンドンたたいたので、マールが中にいないのはまちがいなかった。

納屋は高さがあって日に焼けており、両側にまばらな木々が立ちならんでいる。ノアは数歩後ろに下がって窓に懐中電灯を向けた。窓は高く、壁の五カ所に四角い穴を切りあけ、ビニールシートを張って雨風を防いでいた。

「どうせ〈ウィスキー樽〉にいるんだろう」とパーヴが言った。「夜はたいていあそこにいる。飲み代は持ってないから、ハンク・フレイリーに何百ドルか借りがある。ハンクは何度か払わせようとしたけど、マールはあのトランザムを見てやると言うんだ」

「で、どうする、戻る?」ノアは言った。

「隣へ行ってみようか」レインは言った。

パーヴはぎくりとした。「こんな時間にルーメン牧師とエンジェルを訪ねたいわけ?」

レインはルーメン邸に目をやり、一階に明かりがついているのを確認した。「母さんはルーメン牧師に元気になってほしがってる。ホワイトマウンテンの人たちや、ウィンデールの教会の人たちも。あの人たちはいまでもルーメン牧師を救世主みたいに思ってる」

「ルーメン牧師はまた入院してるよ」ノアは言った。前回透析に行ったときに病院で見かけていた。老牧師は駐車場のそばに座って細い葉巻を吸っていた。ノアはルーメン牧師を憎んでいた。牧師が母親に、あんたの息子は過去の罪を罰せられているのだと言ってからというもの、ずっと憎んでいた。牧師は正義だの背徳だの赦しの大切さだのについて母親に延々と説教をし、母親はついに泣きだして聖ルカ教会から逃げ出したのだった。

レインは肩をすくめた。「じゃ、エンジェルに協力してもらおう」

三人は荒れた敷地を歩いてマールの母屋の前を通りすぎ、ルーメン家の土地にはいった。しりごみをするノアとパーヴを置いてレインは木製のポーチにあがっていき、窓に顔を押しつけた。それからすばやく体を起こし、一歩あとずさった。

「なに?　何か見えたの?」ノアは言った。

状況はあっというまに悪化した。

レインは両手で銃を握っていた。ノアとパーヴは脇に立ってそれを見つめ、荒い息をしていた。レインは銃を水平にかまえて目を照門に近づけ、まっすぐサムソンの胸を狙った。四五口径だからその距離だとサムソンの胸には大穴があくはずで、目の表情からするとサムソンもそれはわかっているようだった。

レインの手は震えていなかった。それは大したものだった。銃が発射されるとしたら、レインが撃とうとしたときだけだ。彼女はその銃を、サムソンがドアをあけたとたんにバッグから引っぱり出したのだった。

ルーメン邸の照明は貧弱だった。ついているのはひとつだけで、暗がりをぼんやりと明るませているにすぎない。床はオーク材で、かつては豪華でぴかぴかだったのかもしれないが、いまは見る影もない。

ノアは室内を見まわして、額に入れられた一輪の押し花と、牧師の白黒写真があるのに気づいた。

「レイン」と、できるだけ穏やかに言った。

レインはそれを無視してサムソンをにらみつづけた。

「どうしてその本を持ってんの、サムソン?」

サムソンはごくりと唾を呑んだ。強盗に襲われたみたいに両手を挙げている。その手はぶるぶると震え、ピンクの目はせわしなく瞬いていた。頬はひっぱたかれたか日焼けしたみたいに赤く斑になり、薔薇色の唇は痛みをこらえるようにきつく結ばれている。

「あんたが読んでたの、それサマーの本だよ。パーヴ、表紙をめくってみて」

パーヴはサイドテーブルにあった本を手に取って表紙をめくり、息を呑んだ。いちばん上に〝サマー・ライアン〟と手書きで記されていた。

玄関ドアはあいたままだった。ノアの耳にコオロギの合唱が、この夜にも正常なことがあるのだといわんばかりにつづいているのが聞こえてきた。

「サマーは自分の本には全部名前を書きこんでる。それは小さいころからの習慣。あたしたちが同じものをひとつずつ買ってもらってたころからの。あたしはいつも自分のものをだめにしちゃうけど、サマーはしなかった。なんでもきちんとしてんの」

パーヴは本を置いた。

「もう一度だけ訊くよ、サムソン。こんどは引金を引くからね。はったりだと思わないほうがいいよ。みんな知ってるけど、あたしは父さんの子だから」

「サマーがくれたんだ」サムソンは言った。

「どうして？」

サムソンはうなだれた。

「どうして？」レインは問いつめた。

「サマーを学校から送ってったことがあるんだ、雨が降ってたから。ふたりでおしゃべりをしたら、ある日、サマーがこの本を教会に持ってきてくれたんだよ。気に入ると思うといって」

ノアはレインの目からサムソンへ視線を移した。

「サマーがなんでそんなことを言うわけ？」

「なんでか……わかんないけど、サマーは憐れみと人間性がどうとか言ってた。『力と栄え』っていうその本の題名は、主の祈りから取られたんだって（グレアム・グリーン『権力と栄光』のこと）」

「嘘つけ」レインは言った。

サムソンは目をしばたたいて涙をこぼした。髪はお椀形に切りそろえてあり、まばゆいほど白い。ノアは大人の男が泣くのを初めて見た。それは子供の泣きかたとはちがって、もっと深いところからこみあげてくるもののようだった。

「サマーはどこ？」

サムソンは首を振った。

「サマーに何かしたんでしょ」

サムソンはすがるような目でノアを見た。「ぼくは人に乱暴したりしない」

「何かしたんでしょ」

「いじめないでよ」サムソンは泣き声をあげた。

「サマーはどこ?」

「わけがわかんない。ぼくはその本を読もうとしてたんだけど、でも長い単語がいっぱいあって苦労してたら、きみらが押し入ってきたんだ、もう何がなんだかわかんない」とサムソンは取り乱して言った。「こんなのおかしいよ、絶対おかしい」

レインは撃鉄を起こした。

サムソンはがっくりとひざまずいて手のひらを床につき、ズボンに黒っぽい染みが広がった。

「レイン」ノアは言った。

「こいつ、サマーに何かしたんだ」

「レイン」

ノアはもう一度そう言うと、レインに一歩近づいた。

レインの目がさっとノアのほうを向き、またサムソンに戻った。

ノアはそろそろと手を伸ばした。レインの腕に手をかけて銃をおろさせ、そっと取りあげてパーヴに渡した。パーヴはそれを受け取ったものの、エンジェルに向けるべきなのかどうかわからず、どぎまぎしている。

「ブラックに知らせよう。いますぐ知らせにいこう。サムソンがサマーの本を持ってたって」ノアは言った。

レインは一歩下がった。「どうせなんにもしてくれないよ。ブラックにはどうだっていいんだから。

サマーはライアン家の人間だから、心配する価値なんかないんだ」

ノアは首を振った。「ブラックは見つけてくれるって。おれが保証する」

ノアはパーヴを押しやり、三人はビュイックのほうへ歩きだした。

残されたエンジェルは、小便と涙で濡れたまま床に這いつくばっていた。

＊＊＊

ノックの音を聞いてブラックはグラスをひっくり返してしまい、だらしなく立ちあがって廊下を歩いていった。

ドアをあけてみると、小柄でタフなレインが立っており、通りのはずれにビュイックのスモールライトが見えた。

レインは脇をすりぬけて奥へはいっていき、ブラックはあとを追った。

「サムソン・ルーメンだよ、エンジェルだよ」とレインは息もつかずに言った。

「どこでそれを聞いた？」ブラックは威圧的に言ったが、舌がまわっていなかった。

「知ってんの？　なんであいつをしょっぴかないわけ？　なんで父さんたちみたいにひと晩じゅう捜索に出てないわけ？」

「レイン——」

レインはテーブルに銃が載っているのに気づいた。酒瓶と錠剤もあった。彼女はブラックをにらみ、それから壁をにらんだ。壁の少女たちと、何枚もの地図と、一年半前にまでさかのぼる新聞の切り抜きを。

「あんた、サマーをさらったのはあいつだと思ってるんだね？　だからぐずぐずしてるんだ。意気地がなくてあいつをつかまえられないから――」

「もういい、レイン」

「あんたはあたしに借りがあるんだよ」とレインはブラックに指を突きつけた。「あたしにもサマーにも」

ブラックは暗い部屋が暑くなるほど激しいレインの怒りを感じた。

「そうじゃないのは自分でもわかってるだろ、レイン。きみの父さんは……自分が何に関わってるかちゃんとわかってた」

「あんたは父さんが取引に応じようとしなかったから、わざと厳しくしたんでしょ。父さんが仲間を売らなかったから、代償を支払わせたんでしょ」

「それは言いすぎだ……警察の仕事はそんなものじゃない」

「言いすぎでどこが悪いの。あんたは母さんの心をすっかりうち砕いて、あたしたちから取りあげちゃったんだよ。それが公平？　父さんが言ってたけど、人はみんな出口か戻り道を探してるんだって。あんたはサムソンを連行すべきだよ。サマーの居どころを知ってるかもしれないんだから」

「連行するさ」とブラックはうなずいた。「ただそれには――」

「あいつらがなんて言うか、それが怖いわけね。ルーメン牧師と教会の連中が」

「まずはボビー牧師と話をして、それから――」

「なに言ってんだよ。とっととサマーを見つけろよ。外へ出て捜せよ」

レインは涙を浮かべていたが、こぼしはしなかった。

彼女はバッグをつかんでおり、バッグは大きかった。その手が震えるのを見て、ブラックは胸が痛んだ。レインはときどき子供のように小さく見えることがある。

「鳥男に近づいたのはあんただけなんだよ」

「近づいたわけじゃない。通報があったときいちばん近くに――」

「サムソンかもしれないし、ちがうかもしれない。でも、いますぐ何かして。時間がかかりすぎ。とっととサマーを見つけて。サマーがいないとあたしだめなんだから」

レインは戸口へ歩いていき、そこでふり返った。「あたしはこの話を父さんに知らせるつもりだったけど、ノアがあんたなら話を聞いてくれるって言ったんだよ、力になってくれるって。ノアはあんたを見習ってるし、ノアの父さんも立派な人だったけど……」レインはそこで言葉を切ってブラックを見た。ブラックが何か言うかどうか確かめたのだろう。闘志が残っているかどうか。

ブラックは床に目を落とした。

レインはがっかりしたように首を振った。「だと思ったよ」

15　サマー

わたしはサムソン・ルーメンに本をあげたことがある。あのウィスキー司祭と、ユダのメスティーソと、とこしえの力の物語は、サムソンの気に入るのではないかと思ったのだ。教会は滅ぼせない。教会はわたしたちの夜明けと死の埒外《らちがい》にあり、そこにわたしたちの持つべき慰めがある（『権力と栄光』は一九三〇年代メキシコの教会弾圧を背景にしている）。そしてサムソンはたぶん、わたしがこれまでに出会った誰よりも慰めを必要としていた。

ある秋の日、わたしたちが授業に遅刻しそうになっていると、男子が群がっているのが見えた。みんな最上級生で、わたしたちからすれば大きくて乱暴そうに見えた。

「なんなのか見てみようよ」とレインがわたしの手を引っぱった。

笑い声と囃《はや》し声が聞こえたので、レインはただの喧嘩だと思ったのだが、よく見ると男の人がそこに立っていた。まっ白な髪をしていたけれど、そんなに年寄りではない。背が高くてひょろりとしていて、肌の色がひどく淡かった。

男子たちはひとつの麦藁帽をパスしあっていた。

「サムソンだ。用務員の」わたしは言った。

彼らは麦藁帽を高く放りあげ、それがサムソンの足のそばに落ちた。サムソンは腰をかがめてひろおうとしたけれど、そこで男子のひとりジェシー・コールに蹴とばされて、地面に倒れた。別の男子が帽子を奪い取って、また最初からゲームが始まった。

「気の毒に」とわたしは言い、レインがこちらを向いてまじまじと顔を見るので、さらに言った。「感じのいい人だよ、いつも笑いかけてくれて」

レインはわたしがおろおろしているのに気づくと、真ん中に割ってはいった。レインは物怖じしない。したためしがない。

「返してやんなよ」とジェシーに言った。

サムソンはそれを、日光にも耐えられないかのように目を細めて見ていた。

ジェシーは薄笑いを浮かべていたものの、仲間のひとりの表情に気づくと笑いは消えた。その表情をわたしは前にも見たことがあった。わたしたちの父さんが誰で叔父さんが誰なのか、知っているという表情だ。

レインは麦藁帽をサムソンに渡し、サムソンは受け取ってうなずいたけれど、何も言わなかった。数日後ジェシーはひどく殴られ、お母さんがブラックに電話した。ブラックは学校にやってきたけれど、みんな何も話さなかったし、ジェシーも何も憶えていなかった。

わたしはカルマという考えが好きだ。因果応報の純粋さが。

ときどきわたしはボビーを、たくましい腕で息子を抱いているひとりの父親として見ることがあった。自分を彼のものだと空想してみたりするのだが、どちらになりたいのか自分でもはっきりしなかった。妻なのか子供なのか。願望と欲求——両者を分ける線はおよそ太いとは言えない。

ボビーとサヴァンナがキスをするのは見たことがなかった。ふたりはうちの両親がやるみたいにキスをしたりハグをしたり触れあったりはしない。それがわたしは悲しくもあったし、うれしくもあった。

ボビーが肩に触れてきたりするとわたしは体が火照った。ボビーが後ろにいると、やたらとゆっくり歩いたりした。一度そうしたら、ボビーがわたしを急かそうとしてお尻をぽんとたたいたからだ。これは愛だろうか、それとも愛未満の何かだろうかと、わたしは悩んだ。未満の何かだとしたら、罪など脅しでしかなく、まったく無意味だから、わたしたちはそんなものを一笑に付し、ボビーはわたしの体を祝福された手で聖別してくれるだろう。

肌寒かったのでわたしは上着を着ていき、教会に着くと脱いだ。そして後ろの席に腰かけた。そばにはふたりの聖人の彫刻があり、有限の命とは自分たちよりはるかに劣った状態なのだと悟ったばかりのような、悲痛な驚きにとらえられていた。

ブラを着けていないのは変な感じだった。

聖母マリアと幼子が見えた。聖母は顔を横に向け、幼子の手の上では一羽の鳥が飛びたとうとするように羽を広げている。

ボビーがこちらをちらりと見てから、書類を置いてゆっくりと歩いてきた。

わたしは深呼吸をすると、胸を少し突き出した。着ているシャツはすごく薄手だったから、ボビーに向かって暗黒の詩を叫んだも同然だった。たとえば、悪魔が具現しているとされる〝生命力あふれる実存〟と〝汚れなき叡智〟について。だってわたしはボビーの愛に感謝しており、無駄にするつもりはなかったからだ。

「きょうは何を読んでるの？」とボビーはわたしのために取ってあるあの笑みを浮かべた。

「また『ライ麦畑でつかまえて』」

ボビーは前のベンチに腰をおろすと、こちらに顔を向けた。「むかしはよくホールデン・コールフィールドになりたいと思ったもんだよ」

ボビーがわたしのシャツをちらりと見ると、わたしは呼吸に集中しようとした。心臓がいまにも飛び出しそうだった。でも、実際には何も起きていなかった。一歩下がってみれば、何も。

「ホールデンがその後どうなったかわからないじゃん。結婚して子供をつくって、一生銀行勤めをしたかもしれない」わたしは言った。

ボビーはまたわたしの胸をちらりと見た。わたしはもう少し背中を反らした。あの叫び。それがステンドグラスを粉砕し、聖母と幼子と聖人たちがわたしの失われた貞節のために泣くのが見えた。

「ときどき若いころの自分が懐かしくなるよ。別人だったみたいにふり返ることがある」ボビーは言った。

「わたしもそうなる？」

「選ぶ道しだいではね。良くても悪くても」

「どうすればわかる？」

「自分がどうなるかは、そのときが来るまでわからないさ」

わたしは微笑んだ。

「あなたはいい人間、ボビー？」

どうしてそんなことを訊いたのかわからない。魔法がかかっていたとしたら、それが解けてしまうかどうか試してみたのかもしれない。

「ぼくの経験では、善はつねに善ではないし、悪もつねに悪ではない。でも、人はのちのちまで暗い影響をおよぼすようなまねをして、そこから逃れられなくなったりする。自分もそんな人間になりたいかといえば、なりたくない。悪いことをしたことがあるかといえば、ある。じゃあ、ぼくは悪い人間か？　それにはどう答えていいかわからないな」

「答えてみて」

「ぼくを裁けるのは神様しかいないよ」ボビーはそう言って、自分がどこにいるのか突然気づいたみたいに苦笑いを浮かべた。

「わたしは裁かれたくない」

「それは当然の感情だな」

「悪いことってどんなことをしたの？」

ボビーは下を見た。床石が口をあけているかどうか確かめたのかもしれない。

「教えてよ」わたしは言った。

「タラシーに女の子がいてね。ぼくのところに来たんだけど、妊娠していたから、ディエットのクリニックに行かせた」

「どうして？」

「その子は十四だったし……お父さんだったんだ」

「そっか」

「おなかの子に罪はなかった。殺人かな？」

「ちがう」

「〝わたしはあなたを母の胎内に造る前から知っていた〟（「エレミヤ書」一・五）」

わたしはボビーの目をのぞきこんだ。「だいじょうぶ、ボビー？」

「だいじょうぶってなんだろう？」

「普通ってことかな」

「人は極端を求める、致命的欠陥のような」

「あなたのことが心配」

「心配要らないよ」

「そうよね」

ボビーはわたしと目を合わせた。わたしは肩を落とした。ボビーは手を伸ばしてわたしの髪を耳にかけ、そのままにしていた。彼の手がわたしの頰にいつまでも温かく触れていた。ふと目をあげると、戸口のそばにサムソンがいて、ひどく悲しげな目でわたしを見つめていた。

16　信仰

　ブラックは早朝にサムソンを静かに連れにいった。仰々しいサイレンも、警光灯も、警官隊もなしで。寝込みを襲うべきだったかもしれないと思ったが、玄関前の階段にサムソンが腰かけているのを見てもさほど驚かなかった。前夜のできごとを考えればなおさらだった。

　門の内にパトロールカーを乗り入れて、カーブした私道を途中まで行き、サルオガセモドキの蔓の下に駐めた。

　家には明かりがひとつだけついており、サムソンをかろうじて照らし出していた。

　サムソンは立ちあがった。「おはよう」

　ブラックは空模様を気にしながら近づいていった。朝という感じはあまりしなかったが、すでに六時をまわっていた。わずかに風があり、屋根のビニールシートが持ちあがっている。ブラックの聞いたところでは、その古屋敷の修理はレイ・ボウドインが請け負っていたが、牧師が病気になったあと支払いが滞ったために職人を引きあげたという。

「まだいるね」とサムソンは雲を見あげた。

「早起きなんだな、サムソン」ブラックはサムソンを見つめた。頬が赤く腫れているのに気づき、サムソンが子供だったころのことを思い出した。いつも目をつけられていた。

「うん」

「きみを連れにきたんだ、わかってるな」

「来ると思ってたから。眠れなかったよ。ひと晩じゅう」

「そのほっぺたはどうした?」

サムソンは手を頬にあてたが、何も言わなかった。

ブラックは一歩近づき、鎧戸を閉めた窓に目をやった。それから腐った梁と、ゆがんでぶらさがったブランコ椅子に。

サムソンは微笑んで、唾を呑みこみ、目をこすった。「ぼく、怖いな」

ブラックは視線を落とし、煙草でも踏み消すように靴底を地面に押しつけた。

「みんなが思ってるようなことはぼく何もしてないよ、わかってるでしょ」サムソンは親指でほかの指先を何度もこすりながら、あたりを行ったり来たりしはじめた。ズボンは踝《くるぶし》のところまでしかなく、青白い肌が一歩ごとにのぞく。「メイの店に行きたい。ビスケットを注文してコーヒーを飲みたい。教会に行ってお祈りをしたい。ずっとそうやって一日を始めてきたんだ。またそうできるようになると思う?」

「もちろんさ」

サムソンは重い溜息をついて立ちどまり、コーデュロイのズボンのポケットに両手を突っこんだ。

「先にいくつか質問していい?」

サムソンはまた雲をながめ、それからこんどは通りのむこうに広がる暗い畑地をながめた。「わかったよ」

「中にはいって必要なものを取ってきなさい。おれはここに座ってる」

問題は、誰にも姿を見られずにサムソンを署まで連れていけるかどうかだった。ヘッドライトを下げたまま裏手の駐車場にパトロールカーを乗り入れ、雲に紛れてこっそり連れこむのがいちばんだろう。気がかりなのはルーメン牧師とジョー・ライアンと、上空で渦を巻いている嵐だった。

家の中をのぞくとテレビがついており、テレビ伝道師のパット・ロバートソンが救済は自分だけの専売品だといわんばかりに説教をし、神に懇願していた。

「歯を磨く時間はある、ブラック？」サムソンが中から声をかけてきた。

「ああ」

ブラックはサムソンが好きだった。嫌う理由がなかった。神の厳格な側面にこれほど近い家で育つというのは、さぞつらかっただろうと思った。〝子供など溺死させなさい、真に無垢な子などいないのですから〟ブラックはルーメン牧師が教会の人々の前で少年のサムソンを叱りつけるのを目撃したことがあった。牧師は少年のピンクの目の中に人間の脆さしか見えていないようだった。生前のメアリーはサムソンを本当の天使だといわんばかりに溺愛していた。一度、サムソンと牧師のあいだに何か悪いことが起きたと通報してきたことがあったが、ブラックが家に来てみると、三人とも何も話そうとしなかった。

サムソンの用がすむと、ブラックは彼をパトロールカーに乗せた。サムソンはシートベルトを締めて、また空を見あげた。「たぶん今日が嵐の来る日になるね」

ブラックはうなずいたものの、サムソンが話題にしているのがどちらの嵐のことなのかはわからなかった。

ブラックは無言で車を走らせた。いつ無線がはいるかと、そればかり気にかけていた。いまだに沈黙しているのが驚きだった。ブラックはレインが帰っていくとすぐにミルクをライアン家の監視に行かせていた。あんな情報に接してジョー・ライアンがおとなしくしているはずはない。何か企んでいるに決まっていた。

ブラックは運転をつづけ、広場が近づいてくると窓をおろして耳を澄ました。メイの店に明かりがついているのが見えた。

つづいてピックアップトラックが見えた。署の外の、いまでは四六時中点灯している街灯の下に、都合三台。

ブラックは悪態をついて急ブレーキを踏み、ギアをガリガリとバックに入れた。別のトラックがすぐ後ろに停まった。

ブラックはパトロールカーを停め、ヘッドライトを下げると、無線をつかんだ。「ミルク、トラックが四台こっちにいるぞ」

「くっそ。ずっと見張ってましたよ、誰も家から出てません、明かりも消えたままです」

ライアン家から抜け出す道はもうひとつあった。北の畑を通ってウェストパイン・ロードに出るのだ。地面はでこぼこだが、車をゆっくりと走らせることはできる。

「戻ってこい」ブラックは言った。

署にいるのは二、三人だった。ブラックは無線で彼らに、いまは外に出ないで準備を整えろと命じた。

後ろのトラックにジョー・ライアンの姿が見てとれた。

ブラックはエンジンをかけたまま三つ数えてから、サムソンにじっとしていろと言いおいて、車をおりた。サムソンは何も言わずにおびえた目であたりを見まわした。

ブラックは銃に手をかけたまま広場のむこうに目をやり、メイが窓辺にいるのに気づいた。大きな眼鏡をかけ、口をきつく結んでジョーと署を交互に見ている。

ジョーがのんびり近づいてきた。そのむこうをちらりと見ると、署の外のポーチに巡査のジョン・ブルーネルが立っているのが見えた。

「おれはそいつから話を聞きたいだけだ」とジョーは言い、こうすれば拳は握れないといわんばかりに両の手のひらを広げてみせた。

　とはいえ銃は携帯しているはずだった。仲間も全員。ブラックにはわかっていた。ジョーがその気になれば、すぐにけりがつくはずだ。

「それはきみの仕事じゃない、ジョー。わかってるだろ、サムソンを渡すわけにいかない」

「そいつはうちの娘の居どころを知ってるのか？」

「仲間たちを下がらせてくれたら、おれが調べる」

「おれが質問すりゃもっと早く答えるぞ」

　ブラックはミルクが来ないものかと道路の先に目をやった。

「力ずくで奪ったっていいんだぞ、ブラック、わかってるか」

「ああ、わかってる」

「トミーはそうしたがってる」

　ブラックがちらりと後ろを見ると、サムソンがなりゆきを見守っていた。

「おれに仕事をさせてくれ、ジョー」

「あんたは仕事をしたくないんだろ。それはみんな知ってる。もう一週間以上になる。行方不明になったのが別の娘なら、ライアンて名前じゃなけりゃ、話はちがってたんじゃないか」

「おれはそんなまねはしない」

「あんたは途方に暮れてる。もうあんたの手には負えない」

　ジョーはブラックをじっと見つめ、選択肢を検討しているようだった。この男もおとなしくなったものだ、とブラックは思った。むかしならこんな会話はとてもできなかっただろう。ジョーはバーミンガムの犯罪ファミリーであるキッチナー一家の仕事をしていた。一家はあらゆることに手を出していて、ジョーはそこで頭角を現わしたのちに逮捕された。ブレイトンに蒸留所を所有する男が寝返ったあと、ノアの父親のミッチ・ワイルドが中心になって、山のような容疑でジョーを挙げたのだ。ただしジョーに手錠をかけたのも、新聞の第一面に載ったのもブラックだった。ジョーは有罪を認め、あとはしきたりどおりに口を閉ざした。おかげで名をあげ、みなに好かれた。

「あの娘は十五だ。それに妹とはちがうし……ブライアー・ガールズのこともある。近ごろはみんなあの娘たちのことをほっぽらかしてる。新聞にも載らない。すでに死人あつかいだ」

ブラックは用心深くジョーを見ていた。

「あんたはこの件に関心をなくしてる、ブラック、闘志なんか残ってない。おれの聞いたところじゃ、前にその野郎を見逃したことがあるとか。ショックだったからな、ミッチがあんなことになったときは。あんたは腑抜けになったんだ、時間稼ぎをしてるだけだ。おれはあんたの腰が引けてるのをとがめてるわけじゃない。ただ、脇へよけててもらいたいんだ。これ以上犠牲者を増やさないために」

ブラックはごくりと唾を呑んだ。痛いところをつかれて襟首がじっとり濡れていた。「おれは部下たちを捜索に出して、聞き込みをさせてる。アーニー・レデルにも頼んである。サマーの写真を渡したから、アーニーはマイアーズヴィルにも連絡してくれるはずで、輪はすぐに広がる」

背後でトラックのドアがあく音がしたのでブラックがふり返ると、トミー・ライアンが立っていた。トミーはポーチにいるジョン・ブルーネルを見ながら頭の中で人数を比較して、サムソンを拉致することの難易を見きわめていた。ブラックの一縷の望みはジョーがそれを命じないことだった。

「きみらがサムソンを拉致したら、警察はそっちの問題にも対処しなきゃならなくなる。サマーを見つけ出す役には立たないぞ。おれにサムソンから話を聞く時間をくれ、ジョー。知ってることを聞き出すから。なんでもないことかもしれん」

「大人の男が十五歳の娘を家まで送ってくるってのは、なんでもないことじゃないぞ、ブラック。世間はそいつのことを阿呆だと思ってるらしいが、だからなんだってんだ。そいつをエンジェルと呼んだところで、ただの言葉にすぎない。親が誰だろうと知ったことか。神のお墨付きだの、選ばれた少数者だの、そんなものはたわごとだ」

「おい！」

ブラックがさっとふり返ると、ジョン・ブルーネルがトミーに銃を向けていたが、逆に自分も三人から銃を向けられていた。

「やめさせろ、ジョー、頼む。いますぐ」

ジョーはまず弟を、つづいてジョン・ブルーネルを見てから、サムソンが乗っているパトロールカーに目を戻した。

「頼む、ジョー。おれに時間をくれ」

そのとき、ミルクのパトロールカーが角を曲がって広場にはいってくるのが見えた。ミルクは急停車すると、ドアをあけ、銃を抜き、陰にひざまずいた。

「約束しろよ、ブラック。サムソンを厳しく問いただして、何もかも吐かせて、おれに知らせにこいよ。これ以上は待たないからな」

ブラックはうなずいた。「おれがじきじきにやる。サマーを見つけ出す」

「約束だぞ。本気になって捜せよ」

「約束する」

「おれたちにあるのはその言葉だけだぞ。ほかには何もないからな」

＊＊＊

レインはひと晩じゅう眠らなかった。何があったのかを母親に話すと、ふたりで黙りこんだまま窓の外を見つめ、父親が捜索から帰ってくるのを待った。帰ってきた父親はレインにもう一度ゆっくりそれを話させると、トミーに電話した。だが、レインが知っているのはそこまでだった。少し寝なさいと母親に言われたからで、レインはサマーのベッドに倒れこんで、息ができなくなるほど強く姉の枕に顔を押しつけたのだった。

レインはいま、広場を通りすぎて一本の街灯の下でしばらく足を止めた。怖くはなかった。みんなが話題にしている雲のことなど。鳥男がそれを呼びよせているのだという噂など信じていなかった。罪や咎《とが》だの、天罰や怒りなど。母親はこれまでにも増して祈っていた。空を見つめては祈っていた。

ジャクソン・ランチ・ロードのほうへ歩いていき、気がつくと、サマーがとても愛していた古い教会の敷地にある墓地に来ていた。墓がならんでいた。古い名前と日付が刻まれた傾いたもの。もう少し新しいもの、もう少し最近に亡くなった人たち。ひとつはぴかぴかだった。この暗い中でもぴかぴかに見えるのは、誰かが頻繁に手入れをしているからだった。マンディ・ディーマー、ロープを首にかけてスツールから飛びおりたときに多くの人生を狂わせた、あの妊娠した少女だ。

レインは教会の中にはいった。蠟燭と書物のにおいが好きだったし、温かく揺らめく光も好きだった。高い天井を見あげ、彫刻をほどこされた梁と歴史をながめた。

ボビーがいた。放心したように大きな十字架を見つめたままじっとたたずんでいた。

「何しにきたのか自分でもわかんない」ボビーがふり返るとレインはそう言った。

ボビーもあまり寝ていないようだったが、それが似合っていた。目に宿る苦悩は彼にふさわしく、苦しみというものを知っているように見えた。

「ひとりにしておいてほしい?」ボビーは訊いた。

レインはその十字架を初めて見るかのようにしげしげと見つめた。「家にいたくなかったんだ。サムソンがどうなったか知ってる? 母さんが電話で話してるのを聞いたけど、ブラックに連れてかれたみたい」

「ブラックは今朝ぼくに電話してきたよ」

「犯人はサムソンなのかも」

「ぼくはそうは――」

「言わなくていいよ、牧師さん、それが聞きたくて来たんじゃないから。あたしはこれからも捜しつづける、サムソンじゃなかったらまずいからね」

レインはクッションつきのベンチまで行って、いちばん端に腰かけると、サマーの寝室から持ってきた本をバッグから取り出した。

ボビーのことはそれほどよく知らなかったが、でも好きだった。サマーが彼を好きだからだ。

「あの雲は神様と関係あると思う？」レインの声が静寂を切りひらいた。

ボビーはポケットに両手を深く突っこんだまま一歩近づいてきた。「思わないな。嵐が来て去るだけだと思う」

「そうは思ってない人たちもいるよ。頭のいかれたやつらだけじゃなくて」

「そういう人は暇がありあまってるんだよ」

レインはうなずくと、膝に本を載せてページをぱらぱらとめくった。

「これはサマーの本」

「なんていう本？」

「『カラーパープル』っていう題名だから選んだの」

「気に入った？」

「紫《パープル》はもういちばん好きな色じゃないかも」

ボビーは微笑んだ。

「神様はこのセリー（『カラーパープル』の主人公）の手紙をみんな読んでると思う？」レインは嗚咽をこらえた。「あたし、ページを折らないように気をつけてるんだ」と小声で言った。「折るとサマーがすごく怒るから」手の甲で目をこすった。人前で泣く娘ではなかったが、その最初の涙で気力が削がれて本を床に落としてしまった。鋭く耳ざわりな音が響き、軽い埃が舞いあがった。

レインは肩に手をかけられたのを感じても、蹴ったり暴れたりしなかったし、ボビーにもたれかかることにも屈辱は覚えなかった。

彼女は長いこと泣いた。

レインが落ちつくと、ボビーは彼女から腕を離した。レインは手のひらで涙を拭った。

「ああくそ」と、ごく小さな声で言った。

「いいんだよ、レイン。ここへ来るのも、本を読むのも、思いきり泣くのも。何をしてもいいんだよ」

レインはカットオフのジーンズで手を拭い、藍色の生地に涙の筋を残した。ふたたび天井を見あげ、いったいどのくらいの人がこれまでここにひざまずいて泣いたのだろうと考えた。教会とは、うれしいにつけ悲しいにつけ涙を流す場所だ。希望と絶望の場所、最初に相談する場所であり、最後に頼る場所でもある。そんな両極端にボビーはどうやって耐えているのだろう。きっと信仰心と関係があるにちがいない。レインは信仰心というものの自分なりの理解と格闘した。何がそれを駆りたて、何がそれを失わせるのか。そして、人生の基盤にするほど信仰にしがみつくなんて、どうすればできるのだろうと不思議に思った。

「いますぐサマーに帰ってきてほしい、もう長すぎるよ。しかもこのくそったれな雲のせいで町は暗くなっちゃったし」レインは腰をかがめて本をひろい、ページのあいだからサマーの図書館カードが落ちていたのに気づいた。「ま、大したちがいはないけど。あたしにとってはずっと暗かったんだから」

＊＊＊

パーヴは表のドアが激しくたたかれる音を聞いていた。父親が飲みに出かけたあと母親が錠をおろしたのだ。母親はすぐに錠をあけるはずだった。ドア枠にひびを入れられたら、また木工ボンドをそこに塗りこまなくてはならない。そうしないと、冬になったら隙間から寒気が忍びこんできて、肌がぞくぞくする。

隣家の犬がきゃんきゃんとやかましく吠えていた。

パーヴはニューオーリンズの地図をじっくりとながめた。ニューオーリンズは水が豊富だった。いくつもの湖やメキシコ湾がある。パーヴは水辺に住むという考えが気に入っていた。いまでもレッド川沿いを歩きながら、川がしぶきをあげつつ州のかなたへ流れていくのを見るのが好きだった。ミシシッピ河はどんな河なのだろうかと想像をめぐらせた。もっと水が澄んでいるのだろうか、それとももっと流れが速いのだろうか。

嵐雲が窓を暗くしていた。前はカーテンがかかっていたのだが、アラバマ大学がキックをミスして父親が五十ドル負けたときにむしり取られていた。

表のドアがあく音が聞こえ、パーヴはあわてて地図をたたんだ。

怒鳴り声がし、つづいて階段がぎしぎしときしむ音が聞こえてきた。

立ちあがったとき、スコッチの〈ウィリアム・ローソン〉の瓶を手にした父親が戸口に現われた。

「勉強してるか」

「はい」夏休みなのを知らないのだろうかと思いながら、パーヴは答えた。

父親と目を合わせるのと床を見つめるのを、パーヴは交互に繰りかえした。どちらも風向きしだいでは父親を刺激するおそれがあった。

レイ・ボウドインは長いあいだそこに立っていた。

「悪さはしてないか」

「はい」

パーヴはハンティングナイフをクローゼットの上段のフットボールの陰に隠していた。そのボールは六歳のとき父親が買ってくれたもので、投げかたを教えてくれるという口約束があったのだが、その約束は、パーヴが大きくたくましい少年に成長しなかった時点で反故になっていた。

「母さんはこないだおまえがライアンの娘と一緒にいるのを見かけたと言ってる。広場で」

「あの娘の姉さんが行方不明なんだ」

「あんなのとつきあうのはやめろ。見てくれは関係ない。ライアン家のことはうちの問題じゃない」

父親はむかしからトミー・ライアンといがみあってきた。理由はパーヴにはわからなかった。おおかた賭け事か商売のことだろう。

パーヴは黙っていた。それが正解の場合もあれば、そうでない場合もあった。

父親が部屋にはいってきてドアを乱暴に閉めると、パーヴの喉に恐怖のかたまりが迫りあがってきた。

「ごめんなさい」パーヴは言った。

それが精一杯だった。弱さを見せるのも強がるのと同じくらい殴られた。

レイ・ボウドインは非情な目でパーヴを見つめ、それから近づいてきた。

パーヴは身をすくめたが、レイは脇を通りすぎて窓の外をにらみつけた。

「あのワンころめ」と言って、壊れるかと思うほど激しく窓をバンバンたたいた。それから部屋を飛び出して、階段を駆けおりていった。

パーヴが窓辺に行くと、裏口のドアがあく音がして、父親が包丁を手にして闇の中へ出ていくのが見えた。父親がフェンスを跳びこえるところまでは見ていたが、犬の吠え声がやむとパーヴは背を向け、夜は死んだように静まりかえった。

17 サマー

ふたりは崩壊した結婚生活のなかでも輝いていた。わたしはふたりの家にはいると、そこが新たな一日の生まれる場所であるかのように、夜明けの空気を吸いこんだ。

庭のはずれには一本の柳が木の柵ぎりぎりに生えていて、裏の土地に枝を垂らしていた。夜遅くにわたしは家を抜け出し、その柳の下に腰をおろして枝をかき分けた。

ふたりはすてきなものをいろいろ持っていた。わたしが本で読んだことしかない場所から集めてきたものだろう。玄関ホールのサイドテーブルにはふたりの写真が飾ってあった。白い砂浜で頬を寄せ合うふたり、結婚式の日のふたり。どこかの小さなチャペルと、わずかなゲスト。ボビーには身寄りがないし、派手なことも好きではないからだ。わたしはその写真を、現実のものではないかのように——まるでお芝居かと思うほど美しいセピア色の夢のように見つめた。もしかしたらそれこそが神様の見たものであり、だからこそ神様は介入したのかもしれない。誰が糸を操っているのかふたりに忘れさせまいとして。でも、満足は罪なのだろうか、とわたしは疑問に思った。

ボビーは居間でテレビを見ており、サヴァンナは図書室で本を読んでいた。ふたりは一緒にいながらも別々に暮らしている。

ボビーはマイケルの寝室で寝た。彼は窓辺に立って外をながめたけれど、わたしの姿は見えていなかった。わたしの目はサヴァンナの目ほどきらきらしていないからだ。

わたしは葉っぱを押しひしぎつつ草むらに寝ころんで、柳の枝の隙間から垣間見える星をながめた。

やがて寒さで目を覚ました。物音がしたので怖くなって立ちあがった。すぐに彼女が見えた。サヴァンナが。ランニングパンツをはいていたけれど、ランニングをするでもなく、ジャクソン・ランチ・ロードをゆっくりと歩きだした。

わたしは遠くからあとを尾け、瀟洒な住宅街を歩いていった。どこの家も、よそ者を歓迎するみたいに玄関ポーチの明かりをひと晩じゅうつけっぱなしにしている。

日が落ちたらわたしたちは外に出てはいけないことになっていた。子供は。親からそう言われていた。

町はずれまでやってきて、サヴァンナが最後の通りを渡り、最後の畑を歩きだすと、わたしは声をかけそうになった。迷子になったのだろうと思ったからだ。でなければなぜ、ろくでもないことばかり起きているこの恐怖とパニックのさなかに、恐ろしい夜のヘルズゲートにはいっていこうとするのか。

「おまえたち、いつも一緒にいろよ。これから数週間は母さんに学校まで迎えにいってもらうからな」父さんは言った。

わたしたちはテレビを見ていた。コラリー・シモンズが行方不明になったばかりだった。四人目のブライアー・ガールが。アーニー・レデル保安官がまたニュースに出ていた。保安官は手短かにひとひとおりのことをしゃべったけれど、どれもわたしたちがすでに聞いたことばかりだった。

画面がレポーターに切り替わった。レポーターはチャック・キャッシュという男で、ネクタイを締めてカウボーイハットをかぶっていた。

チャックは八十四号線にあるグリーンエイカーズ・バプテスト教会の前に立っていた。チャックの後ろには大勢の人が懐中電灯を持って集まっていて、チャックはその人たちをこれから捜索に出かける人々だと伝えたけれど、向かう先がどこなのかは言わなかった。

それからコラリーの写真が映った。まだ歯列矯正具をはめていて、とても幼く見えた。

「許せねえな」と父さんは首を振りながら言った。

「行くの？」母さんが言った。

父さんはうなずいた。「トミーに電話して向こうへ行ってみる。手伝えることがあるかもしれない。人手が要るはずだ。ジン・クリークのほとりのあたりは、だだっ広くてなんにもないからな」

翌日の新聞はどこもブライアー・ガールズの話題を第一面に載せた。するとあの目撃情報が広まった。ヘルズゲートでサバイバルゲームをしていた高校生たちが、ぐったりしたその少女を肩にかついだ化け物を見かけたという情報が。たちまちのうちにその一帯は鳥男の噂で持ちきりになった。子供たちは学校で鳥の漫画を描いては、夜もおちおち眠れないという事実をごまかした。わたしたちはヘルズゲートのそばには絶対に近づかなかった。レッド川のほとりの絶好の日光浴場所にさえ。森に近いので、化け物が出てきて引きずりこまれるのではないかと怖かったのだ。レインは毎晩うちにいて、一緒にわたしのベッドに横になり、窓の外のオークの木々のてっぺんをながめながら、その森で何が起きているのだろうと考えていた。

学校に毎日黒い服を着てくる男子がふたりいた。爪と顔に化粧までしていて、ほかの子たちによくカツあげされていた。コラリーのニュースが広まった翌日、ふたりはひどく殴られたうえ、裸で広場のベンチに縛りつけられていた。犯人はダニー・トレメインたち体育会系男子だということはみんな知っていたけれど、黙っていた。天罰を加えてやったといって、ダニーはそれ以来大手を振って廊下を歩くようになった。

アビー・ファーリーは自宅のそばの林から悲鳴が聞こえたと思い、家の人がブラックに通報したため、ブラックはミルクと一緒に林を調べてみたが、何も見つからなかった。コラリーがさらわれてからの数週間、ブラックはへとへとになっていた。学校にやってきてもう一度わたしたちに話をしたけれど、今回はだいぶ追いつめられているふうだった。手が震えていて、疲れた目でわたしたちを見つめ、これは冗談ではないのだと言った。子供たちをさらってとんでもないことをしているやつがいるのだと。わたしたちに指を突きつけて、きみたちはもっと怖がれ、と言った。そうすれば警戒を怠らずにいられると。それから、教会へ行くのはもうやめなさいと言い、そこで校長先生がやってきて、ふたりはわたしたちに聞こえない声で何やら言い合いをしたのだった。

〝自分は彼らがやっていると確信している〟〝自分は彼らがやっていると立証できない〟テレビでもラジオでもわたしはそんな言葉を聞いた。地元紙でも全国紙でもそんな言葉を読んだ。その手の確信はそれ自体が信仰のようなもので、みんなそれに気づいていないだけだった。

悪魔は存分に暴れ、あの三流牧師たちも、あの局所麻酔薬の嘘も、あの警察の情報担当官たちも、あの突然光明を見出した（といってもそれは神の光明ではなく、テレビカメラの光だったけれど）ろくでもない悪魔崇拝の元聖職者たちも、みんな自分の役割をみごとに演じた。悪魔パニックにどっぷりとひたった。パニックがすばらしい目的をあたえてくれたからだ。宗教は恐怖を必要とする。それは秘密でもなんでもない。

わたしたちはジェラルド・リヴェラのトーク番組でジェラルドがアーカンソーで殺された三人の少年のことを語るのを見た。ジェラルドはその三人が殺されたのは悪魔崇拝の儀式の一部だったからだと述べ、死体にどんな痕跡が残っていたか説明してほしいと、しきりにその両親に頼んでいた。わが子を殺されたばかりの人たちに。わたしたちはみんなその事件のことを知っていて、そのニュースを追いかけていた。なぜならそれはもう別世界のできごとだとは思えなくなっていたからだ。

それは現実であり、自分たちにも襲いかかってきていたからだ。

18　ぴかぴかのメイデンヴィルの人たち

ルーメン牧師はベッドの上で体を起こして前かがみになっており、背中から突き出たチューブが肺から体液を排出していた。処置を受けている牧師の横には、長年の友人ディーリー・ホワイトが座っており、ディーリーの妻のカーヴェルが牧師の腕にずっと手をかけていた。夫妻はことのしだいを牧師に伝えた。

老牧師は顔をあげた。こけた頬、息子の髪のように白くなった髪、永遠のしかめ面の一部となった細い口髭。立ちあがれば長身で、片腕は力なく垂れさがっていようとも、いまだにがっしりとした堂々たる体軀をしている。

「ブラックは酔っぱらいだ」と牧師は冷ややかに言った。

ディーリーはうなずいた。かならずうなずくのだ。

「ブラックはライアン兄弟を怖がっている。ジョーとトミーとその仲間の罪人《つみびと》どもを」

「ブラックはサムソンに質問をしてるだけよ」とカーヴェルが言った。「サムソンはライアンの娘を見つける手伝いをしてるの」

「あの娘は生まれたときから堕落していた。で、ボビーは？」

「ボビーはサムソンに寄りそって最後まで面倒を見てくれると思う」

ルーメン牧師は速まった電子音で自分がどこにいるのかをかろうじて思い出し、かたわらのモニターをじろりとにらんだ。彼は精神的には壮健だった。壮健だと信じていた。

「ボビーにそんな心はないさ、自分の闘いじゃないんだから。あいつの息子のことを聞いたか？　答えを求めるなら下じゃなくて上を見るべきだ」

カーヴェルが手を伸ばして牧師の肩を優しくたたいた。

「わたしがサムソンに会いにいこうか？」ディーリーが言った。

ルーメン牧師はうなずいた。「ブラックにあの子と話をさせたくない」

＊＊＊

サムソン・ルーメンは気分が悪いようだった。最初に話を聞こうとしたときは、ひどく汗をかいて犬みたいにハアハアあえぎだしたので、しばらく中断して落ちつかせなければならなかった。二度目は、その場でふたりのあいだのテーブルに嘔吐した。

ブラックは医者を呼んだが、医者はとくに何もしてくれず、この男は不安なのかもしれないと言っただけだった。

その晩はサムソンを留置房に入れた。ライアン兄弟が署の表にトラックを駐めて居すわっていたからだ。

房は狭かったので、エアコンをつけてドアはあけておいた。

サムソンはいま、硬い椅子に腰かけて両手を膝に載せたまま、テーブルを見つめていた。

「じゃ、きみはサマーを学校から送っていったわけだな。どこでサマーを見かけたんだ？」ブラックは訊いた。

サムソンはごくりと唾を呑みこんだ。またしても汗をかきはじめていた。「学校の門から出てくるのを見たんだ」

「きみはどこにいた?」

「仕事が終わって帰るところだった。サマーは遅くまで残ってたんだ。楽器のケースを抱えてた。大きいし、把手が壊れてたから運ぶのに苦労してた」

サムソンはちらりとミルクを見あげた。

「それで?」

「雨が降ってて、急に激しくなってきた。だから追いかけてって、手を貸そうかって訊いたんだ」

「前にもやったことがあるのか?　生徒に手を貸したことが」

サムソンは首を振った。

「じゃ、どうしてそのときは?」

「よくわからない。かわいそうだなと思ったんだ。体が小さいのに苦労してて。教会でよく見かけるし」

「紳士になったってわけだ」ミルクが言った。

サムソンは下を向いた。「よくわからない」

「じゃ、きみはサマーを送っていったと。どの道を?」

「ビーソン・ロード」

「なぜそのままリヴァーウェイをオールセインツ・ロードまで行かなかったんだ?　サマーの家に帰るにはそれがいちばん簡単だろう?」

サムソンは咳払いをし、空になった水のグラスに目をやったが、もっと欲しいとは言わなかった。

「ぼくはサマーの後をついてっただけだ。家がどこなのか知らなかった。サマーはラッシングを抜けて——」

「森へはいったのか?」とミルクが驚いて言った。「十五歳の娘がおまえを、ろくに知りもしない男を連れて、森へ」

サムソンはうなずき、ボビーが置いていった聖書に目をやってから顔をあげた。「うん」

ブラックは溜息をついて両手を上に伸ばし、シャツを扇いだ。サムソンには弁護士を呼ぶ権利があると伝えてあったが、本人は首を振っただけだった。

「それから？」

「レッド川のほとりに出た。サマーのうちのそばの」

「うちがどこなのか知らなかったんじゃないのか？」

「サマーが……サマーが、もううちのそばだからって言って、ありがとうって言って、ケースをひったくって、さっさと歩いていっちゃったんだ」

「で、きみはどうした？」

「しばらくそこに立ってた」

ブラックはミルクのほうを見た。図体が大きいミルクは、体を起こしたら椅子が壊れてしまうとでもいうように前かがみで座っていた。

「サマーを見送ったわけか？」ミルクは言った。

サムソンはうなずいた。「雨はざあざあ降ってたし、レッド川は流れが速いし。近づきすぎると川が手を伸ばしてきてぼくをさらうって、母さんによく言われたから」

「おまえ、サマーをかわいいと思うか？」ミルクは言った。

サムソンはブラックを見て、それから聖書に目を落とした。

「いいんだよ、サムソン」とブラックは言った。

「ぼくはそんなふうに女の子を見ない」サムソンは言った。

「男が好きなのか」

ブラックはちらりとミルクを見た。

「サマーはまだ子供だよ」サムソンはまた吐きそうな顔をして小声で言った。

「じゃ、いまのが最初にサマーを家に送っていったときだな。二度目は？」

「ひと月ぐらいあとかな。そのときも雨が降ってたから送ってったんだ」

ブラックはグラスに水を注いでやり、きみはよくやっている、もうすぐ終わりだと励ました。

「サマーとどんな話をしたんだ？」

「雨の音がうるさくてよく聞こえなかった」

「森の中はそれほどでもないだろう。あそこならかなり雨を避けられるから、通りぬけているときに何か話したんじゃないか」

「よく憶えてない」

「頼むよ、サムソン。サマーは行方不明で、おれたちはサマーを見つけようとしてるんだ。あの娘は事件に巻きこまれてるのかもしれない。だとしたら、もう一度きみの助けを必要としてるはずだ」

「サマーは悲しいって言ってた」

「なぜ？」

「人生がこんなにつらいとは思わなかったって。すごく悩んでるみたいで、学校で何かあったみたいな感じだった。でなければ家で。ぼくはなんて言ったらいいかわからなかった。口下手だから。もう疲れたよ、ブラック。そろそろ帰りたい。父さんが病気だから、様子を見にいかなくちゃ」

「きみはよくやってるよ、サムソン、もうほとんど終わりだ。あとは何か見落としてることがないか確認したいだけだ。さもないとまたきみを連れてきて、これをもう一度最初からやらなくちゃならなくなる。そうしたらきみはまたメイのところで朝食を食べそこねるし、教会で朝のお祈りもできなくなる」

サムソンは首をうなだれると、肩から何かを払い落とした。ブラックは自分の判断がどこまで正しいのか、どこまでサムソンを追いつめるべきなのか悩んだ。

「本はどうしたんだ?」ブラックは訊いた。

「ぼくが教会で芝刈りをしてたら、サマーがくれたんだ。読んでいて、ぼくのことを考えたからって」

「ほかにもサマーが言ったことを思い出せるか? なんでもいいからあの娘を見つける手がかりになりそうなことを。ここで言うほどのことじゃないと思うようなことでもいい」

サムソンは自分の聖書を手に取って、エンボス加工された文字を親指でなでると、また置いた。それから、野菜はもういらないと拒む子供を思わせるようなしぐさで首を振った。


ふたりはサムソンを空いているオフィスのひとつに残し、トリックスにメイの店から彼のためにサンドイッチとコークを買ってきてもらった。ブラックとミルクは奥で一緒に食事をした。

「それはなんだ?」ブラックは訊いた。

ミルクはグラスに目をやった。「プロテインです」

「そんなものを飲まなくたって、蛋白質は肉から摂取できるんだぞ」

ミルクはひとくち飲んで舌なめずりをすると、背もたれにどさりと体を預けた。「今日はノアは?」

「来ないと思う。なんで?」

「あいつの着けてるバッジを見ました?」

ブラックはうなずいた。

「あの葬式を思い出しますよ、あいつの父親の。沿道にならんだあの大勢の人たち、千人はいたはずです。ノアはスーツを着てた。憶えてます？　あの小さなスーツとネクタイを。しかも泣かなかった。それから母親を亡くして、しかも病気ときた。踏んだり蹴ったりですよ」

ブラックははっきり憶えていた。ハロウ・ロードをゆっくりと進む長い葬列、はためく星条旗と、ほうぼうの町から来てくれた見知らぬ人々の強ばった顔の前を通過する八台のバイク。正装した州警の警官たち。ブラックも無言でその中に立っていた。ノアの母親はブラックの顔を見ようともしなかった。

「それでも、ボウドインの息子よりはまだましだと思うことがあります。あっちはやばい結末を迎えますよ、レイがあんなふうじゃ」

「おれはときどき行って、しばらく外に座ってるんだがな。レイがおれを見て、監視されてるのに気づいてくれるんじゃないかと思って」

ミルクは肩をすくめた。「あんなにカッとなりやすい性格じゃ、何をしたって止められませんよ」

ブラックは溜息をついた。

「サムソンのこと、どう思います？」ミルクは言った。

「まだなんとも」

「あいつは変わり者です」

「それは犯罪じゃない」

「何かでかい隠しごとをしてると思いますね。それに頬があんなに赤くなってるし、怪しいですよ」

「いまわかってるのは、サマーの本がサムソンの家にあったことと、サマーを家まで二度送ってったことだけだ。それ以上のことをする動機は？」

「性的なものでしょう、例によって。あの娘はきれいだし、あいつはそうじゃない」

「それだけか？」

「ええ、それだけです。あいつは気を引こうとして、はねつけられたが、それを受け容れられなかった。ルーメン邸を捜索すべきです」

「令状は取れないぞ」

「サムソンが入れてくれますよ。怖がってますから、言いくるめればいい。親父さんが入院してるあいだにやっちまいましょう」

ブラックはうなずいた。

「かりにサムソンがサマーに何かをしたとしましょう。あいつは自分のしたことを隠せるほど頭のまわる男じゃないから、サマーをあの家に結びつけるものが何か見つかるでしょう。そうしたら締めあげられます。あいつに弁護士を雇う金はないはずだから、フォーブスをあてがってやればいい」

フォーブス・L・ディリンジャー。それは実名ではなく、いかにも売れっ子に聞こえるよう本人がでっちあげたもので、実際は、探してもなかなか見つからないほどのぼんくら弁護士だった。ブラックらはときおりフォーブスに州の仕事を投げあたえていた。いくらがんばって弁護しても勝ち目のないものを。

「サムソンを家に送りかえすわけにはいきませんよ」

「わかってる」

「じゃ、どうするんです?」

「まだわからん」ブラックは自分のハンバーガーを見おろし、脇へ押しやった。

「ほかに誰かこのすべてを任せられる人間がいるんですか?」

ブラックは肩をすくめた。「あいつらが休憩するのを待つだけさ」

「おれたちはもう上がりですよ」

「そうだな」

トリックスが戸口に現われたのでふたりは顔をあげた。「ちょっと見にきてください」

ふたりは表の部屋まで行ってブラインドを押しさげ、広場をのぞいた。トラックが五台。ジョー・ライアンの仲間たちだった。ボンネットに腰かけ、煙草を吸ったりカードを配ったりビールを飲んだりしている。

「腰を落ちつけるみたいですね」ミルクが言った。

＊＊＊

メイデンヴィルのメイン・ストリートには赤煉瓦造りの美しい建物がならんでいた。三人は五百メートル離れたところにビュイックを置き、肩をならべてその通りを歩いていった。店はどこも洒落ているし、街灯にはすべて紫のデイジーがこんもりと咲くバスケットがついている。小さなホテルが一軒と、レストランや銀行があった。金物屋でさえ窓はぴかぴかだ。道の突きあたりにフェアライン公園の裏側が見え、木々が緑から金色へと、まるで絵の具をひと塗りされたかのように色を変えていた。

パーヴはあたりに目をやった。「スターバックスめ、小さな町をどんどんだめにしてやがる」

ノアは渋い顔でパーヴを見た。

ベーカリーの前を通りすぎると、外のテーブルでメイデンヴィルの母親たちがペイストリーを食べたり幅の広いカップから飲み物を飲んだりしており、子供たちがその横でじゃれあっていた。それからファウンテン・レコード店の前を通りすぎた。州でいちばん最初に、特定のアルバムのジャケットにオカルト的内容を警告するステッカーを貼った店だ。

レインは歩道にガムを吐きすてた。通りかかった男があきれたように首を振った。

「どうしたんだよ、あのおっさん?」レインが言った。

パーヴは肩をすくめた。

「おれ、こういうとこに住んでもいいな」ノアは晴れやかな顔であたりを見まわしながら言った。

レインはあっさりとそれをはねつけた。「日が照ってりゃどこだってましに見えるって」

「おれも住んでもいいな」とパーヴが洒落たコンビニエンスストアに目を留めながら言った。「店員はご婦人の食料品を車に積んでやるためにカウンターを離れる。その隙にこっちは棚を空っぽにできる」

メイデンヴィル公共図書館はメイン・ストリートの北のはずれ、十字路の脇の急な芝草の土手のむこうにあった。建物は古めかしく堂々としていた。横断幕が二枚あり、一枚は次の週末にベイク・セールがあることを、もう一枚は地元小学校のために本の寄付を募っていることを伝えていた。

「でかいとこだな」とパーヴが言った。「何冊ぐらい本があると思う？」

中は明るかった。洒落たカーペットと鮮やかな塗装、背の高い書架。レインは一冊抜き出してぱらぱらとページをめくり、周囲を見まわした。長テーブルのあちこちで子供たちが本を読んでいる。

「やたらと人がいるな」とパーヴが言った。「メイデンヴィルにはテレビってもんがねえのか？」

受付のデスクに若者がいた。分厚い眼鏡に、にきびだらけの頬。大学生ぐらいの年齢だろう。

「あっちだ」とノアは空いている端末のほうへ頭を振った。

三人はそのコンピューターの前に行って座った。レインはバッグからサマーの図書館カードを取り出して、登録番号を打ちこんだ。

「パスワードは？」パーヴが言った。

レインは自分たちの誕生日を打ちこんでみたが、だめだった。「ちぇ」

若者が三人のほうを見て立ちあがった。

「こっちへ来るぞ」ノアは言った。

「きみら、ここで見かけたことがないな」と若者は言った。〝ヘンリー〟と書いた名札を着けている。

レインはにっこりし、背中を少し反らせておっぱいを突き出した。

「何か手伝えることはあるかな？」ヘンリーは訊いた。

「パスワードを思い出せないの。ほんとまぬけ。この暑さのせいね」レインはトップスを少し下に引っぱって、ふうっと息を吐いた。「いまにパンティをはくのも忘れちゃいそう」

ノアは横目でパーヴを見、パーヴは横目でヘンリーを見た。ヘンリーはまっ赤になって眼鏡をいじっていた。

「なんとかしてもらえないかなあ」レインは甘ったるい声を出した。

ヘンリーは即座にうなずき、腰をかがめていくつかキーをたたいて、画面が明るくなるとにっこり微笑んだ。

レインはさっと身を乗り出し、ファイルがいくつかあるのを目にした。

ヘンリーは咳払いをした。「じゃ、ちょっと説明させてもらうと——」

「もういいよ」レインは言った。

「は？」

レインはあっちへ行けと手を振ってみせた。

ヘンリーはとぼとぼと立ち去った。

「ひでえ」パーヴが言った。

ノアもうなずいた。

「あんたたち、このファイルを印刷する方法わかる？」レインは言った。

ノアもパーヴも首を振った。

「マジかよ」とレインは言って立ちあがり、大声でヘンリーを呼んだ。彼女がまたトップスを下に引っぱると、ヘンリーは駆け足で戻ってきた。

レインはプリントアウトをめくった。二年前にさかのぼる地元紙と全国紙の記事だった。彼女は後部席に座っており、ノアはグレイスに向かってビュイックをがたごとと走らせていた。

パーヴが前の座席からふり返って言った。「サマーはブライアー・ガールズのレポートを書いてたのかもな。あの娘たちのこと何か話してたか？」

「そうかも。ニュースを見てすごく心配してたし、父さんが捜索から帰ってくると、事件のことをよく訊いてたもん」

「そこに何か見つかった？」ノアがルームミラーに目をやりながら言った。

レインは手早くプリントアウトを見ていった。知っていることばかりだったが、最後にようやく新たなものが見つかった。「メイデンヴィル学院がらみのやばい話が山ほどある」

「あのお金持ち学校の？　なんで？」パーヴが言った。

レインは揺れる車内でそれを読みあげた。「ブライアー・ガールズの三人目、リサ・ピンソンはあの学校の男子とつきあってた」

「サマーはそいつに話を聞きにいったと思う？」ノアは訊いた。

レインはプリントアウトを見つめ、サマーがブライアー・ガールズを捜しているところを、もしかすると鳥男を捜しているところを思い浮かべ、激しい胃の痛みに襲われて息ができなくなった。

＊＊＊

ジョーとトミーのライアン兄弟は、ルーメン邸の門の外に停めたトラックの車内にいた。エンジンはかけたままだが、ライトは消してある。ジョーはいま、数人の仲間と警察署の外に張りこんでいるオースティン・レイ・チャーマーズとの電話を終えたところだった。

トミーは煙草に火をつけると、携帯しているフラスクからたっぷりとひとくちウィスキーを飲み、ジョーにも勧めたが、ジョーは首を振った。

「中にはいるか？」トミーは訊いた。

「いや。それは警察にやらせよう。ヘマはしたくない。サマーが中にいるなら、お巡りどもにわかるはずだ」

トミーは窓をおろして腕を外に垂らした。

ジョーはゆっくりとトラックを前進させて屋敷の横手をのぞきこんだ。

「おまえ、ゆうべどこにいたんだ？」

トミーは肩をすくめた。「一緒に広場にいたよ」

「朝早くに目を覚ましたら、おまえのトラックはなかったぞ。サマーが見つかるまでおれたちはあそこを動かないからな。オースティン・レイたちとシフトを組むことにしよう。ブラックから目を離すわけにはいかない」

トミーは横目で兄を見てからまた窓の外に目を向けた。「家までひとっ走りしてシャワーを浴びてきただけさ」

ジョーはうなずいて外に目をやり、草むらに〈ウィリアム・ローソン〉の瓶が転がっているのを見て首をひねった。サムソンは酒好きなのだろうか。ブラックみたいに。ブラックのことはむかしから知っていた。ジョーがムショ送りになる前のブラックは志に燃えており、いまと同じく酒飲みではあっても、タフで抜け目がなかった。ミッチ・ワイルドとは信頼しあう相棒同士だった。ジョーがその事件を知ったのは夜のニュースでだった。自分の房にある小型の白黒テレビで見たのだ。ニュースでは報道されなかったものの、ジョーにはブラックがヘマをしでかしたのがわかった。なぜならミッチは骨の髄までプロであり、援護もなしにそんな家に近づいたりするはずは絶対になかったからだ。

「ブラックからほかにも何か聞いたか?」トミーが言った。

「ブラックはまだ何もつかんでない、きのうはサムソンの体調が悪かったらしい。これが長引くようなら、サマーが現われないなら……おれたちはあいつを連れ出すしかない」

「エンジェルを？　どうやって?」トミーは兄のほうを見た。

「中にはいって連れてくるだけさ」

「なるほど」

「おれが考えてたのは嵐を待つことだ。警察がいそがしいときにやるんだよ、みんなが上に気を取られてる隙に」

トミーはうなずいた。「嵐に乗じるわけか、いいな」

グラブコンパートメントをあけてみると、シグとスミス&ウェッソンがはいっていた。トミーはナイフを携帯していた。ふたりがまだ高校生のころ、ウィンデールの連中につかまってからというものずっと。ウィンデールの連中はジョーのほうが大きいからとジョーを痛めつけたのだが、本当の標的はトミーのほうだった。やつらの女のひとりと寝たからだ。ジョーはそれを自分だと言い張った。

「あいつのことはよく知ってるのか?」

「いや。エンジェルは最近まで幽霊みたいなもんだったからな。学校で働いてるのは知ってたが、それ以外は何も知らない。親父さんはあいつを恥だと思ってたらしいから、おれは教会でもどこでも、あいつを見かけたことはない。ママと一緒に家に閉じこめられてたんじゃないか」

「おれは最近見かけたぞ、聖ルカで。サマーたちをおろしたときに」トミーは言った。

ジョーはうなずいた。「それがまさにエイヴァの気にしてることだ。エンジェルはまた教会に行くようになったんだ。それも毎日だ、とエイヴァは言ってる」

「何がきっかけだ？」

「お袋さんが死んだときか。病気になった親父さんのためにお祈りに行きたくなったときか」

「サマーがいたからかもしれないぞ」トミーは静かに言った。

ジョーはアクセルを踏みながら、これからどうなるのだろうと考えた。こんなことは早く終わって、サマーが無事に帰ってきてほしい。誰にも暴力をふるわずにそれを実現させたいと。

19 サマー

聖ルカ教会の鐘楼は特別なものだ。鐘は毎正時に鳴る。本を読んでいても、レッド川の上にブランコでスイングするレインを見ていても、わたしはその鐘の音が聞こえればかならず気づく。いわばグレイスの鼓動みたいなものだ。

父さんは子供のころカロライナ・ロード脇の綿花畑で働いたことがあるそうだ。つらい仕事だったけれど、怠けるわけにはいかなかった。エズラ・キンリーの家の横には毎朝男の子たちが列を作るのに、エズラはその半数しか雇わなかったからだ。日射しが厳しさを増す正午になると、エズラはみんなに休憩を取らせ、キャスにレモネードのピッチャーを運んでこさせた。母屋の脇にはエズラがボールとミットとバットを置いていたので、父さんたちはいつも一時間野球をしてからまた作業に戻った。父さんによると、みんな鐘の音を数えつつ休憩時間が来るのを待ち、時間が来るとこんどは、鐘が壊れますようにと祈ったという。そうすればもっと長く遊んでいられるからだ。

鐘楼の中は狭く、暗くて埃っぽい螺旋階段がぐるぐるとつづいていた。ボビーはわたしに手伝いたいかと尋ね、機械を毎月点検しなくてはいけないのだと言った。わたしはボビーがすぐ後ろにいるのを意識して、一段ずつ数えながらゆっくりとのぼった。着ているのはボビーのための服だった。レインのクローゼットから借りて、早めに家を出てきたのだ。スカートは短く、はいている下着はお尻に食いこんでいた。一度足を滑らせそうになった。わざとやったのかどうか自分でもわからないけれど、ボビーは手を伸ばして腰を支えてくれた。

「だいじょうぶ？」

「ええ」

わたしたちはかつて鳴鐘係が座っていた部屋を通りぬけた。そこは前にも来たことがあった。壁に写真がならんでいて、一九六九年のハリケーン・カミーユが通過したあとの教会が写っていた。天井に穴があいていたけれど、その程度ならましなほうだった。ミシシッピ州では沿岸部の建物があらかた倒壊したのだから。

わたしは早くも息を切らしていた。梁を越えるときにはボビーに助けてもらい、足もとに集中した。中は暑く、あちこちの石材の隙間から日が射しこんでいた。梯子にたどりついたときにはもう、わたしは汗ばんでいた。腋の下に染みができていないことを祈った。サヴァンナならどんなときでも隙がないからだ。

上を見あげると、木製のホイールと、歯車と、つやのない鉄製の鐘が見えた。埃がきらきらと舞い、わたしは手を伸ばしてそれをつかまえようとした。

「戻ってもいいよ。ここは暑いから」とボビーは額を拭った。

ボビーの腕はこがね色をしていた。町の人たちを徒歩で訪ねたり、サムソンを手伝って敷地の手入れをしたりと、外で時間を過ごすことが多いからだ。

「てっぺんまで行ってみたい」わたしは答えた。

「高いから、途中でくらくらしたらのぼるのをやめて、下を見ないでしっかりつかまってるんだ。ぼくはすぐ後ろにいるから」

「落ちたら受けとめてね」わたしは言った。

「ぼくも道連れにされちゃうよ」

わたしは笑った。

そして上を見たままゆっくりとのぼった。梯子が揺れるのでボビーが下をのぼってくるのがわかった。途中でちらりと下を見ると、ボビーはまっすぐ上を見ており、やましさに頬を赤らめていた。

あと少しというところで、わたしはのぼるのをやめた。

「だいじょうぶ?」

「ちょっと休憩したいだけ」わたしは答えた。

もう一度下を見ると、ボビーの顔がわたしの踝のそばにあり、その目がわたしを裸にしていた。わたしは手を伸ばして触ってほしかった。教会の鐘楼の中でわたしに罪深いまねをしてほしかった。

わたしは母さんのことを思った。こんなわたしを想像できるだろうか、自慢の娘が牧師さんにお尻を見せているところなんか。

てっぺんに出ると空気がどっと押しよせてきて、わたしはそれをむさぼった。ずっと息を詰めていたことに気づいたのだ。そこがボビーの困ったところだった。ボビーのそばにいると自分が生身の人間なのを忘れて、別世界へ行ってしまうのだ。彼の視線で血液が循環し、彼の笑みで肺が満たされるところへ。

鐘楼の端まで行くと眼下にグレイスの町が見え、ブライアー郡とそのむこうの土地の起伏までもが一望できた。それはどこまでも遠く、どこまでも広く、どこまでも深く、どこまでも際限がなかった。その感覚がもしかしたらわたしは好きだったのかもしれない。自分は広大なキャンバス上の一点であって、そこからつまみ出されても誰にも気づかれない、みたいな感覚が。人々の恐れるその取るに足らなさ、それをわたしは求めていた。なぜなら取るに足らない存在なら、そういう卑小な行ないもすべて大目に見てもらえるからだ。

「わたしのうちはどこ?」

ボビーはそばに身を乗り出してきた。頬が頬をかすめそうになるほど。それからわたしの腰に腕をまわして、そちらを指さした。わたしがその方角をじっと見つめて息を凝らしていると、ボビーの手が下に移動してきた。

わたしたちは長いあいだそのままでいた。鐘楼の上は物音ひとつせず、ほんのかすかに風の音が聞こえるだけだった。ハイウェイ百二十五号線を疾走するピックアップトラックが見え、それらに乗っている父さんのような男たちのことが頭に浮かんだ。ひどく孤独な生活を送っているその家族のことも。それがわたしと母さんとレインだ。

わたしは身を乗り出して石の手すりの上に両肘をついた。スカートはずりあがり、ボビーの手は下へとさまよい、ついにわたしのお尻に載せられた。口はもうからからだった。

わたしはわずかに姿勢を変え、両足をもう少し離した。ヘルズゲートから鳥の群れが飛び立ち、何かのダンスのように散り散りになってまたひとつにまとまるのが見えた。

ボビーは手を離し、わたしは何かまずいことをしただろうかと不安になった。これはわたしにはやりかたもわからなければ、何が勝ちなのかもわからないゲームだった。

髪が顔の前に垂れた。わたしは五十まで数えた。

ボビーの手をスカートの内側に、太腿のいちばん上に感じると、わたしは跳びあがりそうになった。彼の手は火照り、手のひらは汗ばんでいた。

わたしの呼吸が荒くなった。

ボビーの手はさらに這いあがり、わたしのむきだしのお尻に置かれた。

「ときどき家に帰りたくなることがある」ボビーは言った。

わたしはすっかり濡れていた。

「でも、家なんてどこにもないんだ」

わたしは片足をまた少し外にずらし、背中を反らせ、下で燃えさかる炎でも見つめるように両手に顎を載せた。

爪先が反りかえった。

ボビーはわたしのお尻をなでた。下着に手のひらを押しつけて。

「ブライアー郡がそっくり見える」わたしは言った。

それからまた五十まで、こんどは急いで数えると、思いきってその手をお尻で押した。

最初はやんわりとした抵抗があった。

それからしだいにボビーは力をこめ、わたしも同じくらい強く押した。ボビーはゆっくりと手を下へ移動させ、指を這わせた。

わたしは目を閉じた。

そのとたんに鐘が鳴りだしてわたしは跳びあがり、ボビーは手を離した。

そのときばかりはわたしも、鐘が壊れてくれればいいのにと思った。

20　金持ちの子たちを利用する

最初の記者たちが早朝からハロウ・ロードの町境に集まった。ブライアー郡のほかの地域には朝日が昇っていたため、境目はいつものようにくっきりと見え、彼らはさかんに写真を撮った。みな地元民で、たいていはグレイスに知人がいて、いまだにその現象を嵐雲のせいにしていたものの、失踪した少女と鳥男と教会の男の噂も耳にしていた。グレイスの少女は家出であり、ブラックもアーニー・レデルも軽くあつかっていたから、ブライアー・ガールズとはなかなか結びつかなかったが、すべてが合わさると、そこにひとつの空気が醸成されはじめた。

《ブライアー郡新報》のティブ・タイラーは、黄色いコーデュロイのスーツに、紐タイ、黒のパナマ帽という洒落たなりをした男で、ブラックに取材を申し入れては断わられていた。ティブにはWXFBテレビに勤めるカメラマンの友人がいて、その男はいま取材用のバンと美人レポーターとともにここへ向かっており、この暗い町のことを明るいニュースにしたてるつもりでいた。

「いやな予感がする」とティブは言った。「じつにいやな予感がする」

横にいるのは《メイデンヴィル報知》紙に勤めるブレント・マンという男だった。「まったくだ。こいつはひどい嵐になる」

「嵐の話じゃない。女の子たちの話だ。ライアンの娘のことは聞いたか？」

ブレントはうなずいた。「家出したんだろ。どうせボーイフレンドと一緒さ。大したニュースじゃない」

ティブはペンの端を嚙んで上空をにらんだ。「鳥男が戻ってきたんだよ、悪魔を連れてな」

ブレントは首を振った。「そんなことを書いたらおまえ、アーニーに殺されるぞ」

＊＊＊

サヴァンナは芝生に膝をついて花を整えた。その石は子供の墓には大きすぎ、柔和であるよりもむしろ厳めしかった。聖マーガレット教会は白い板壁ときれいな尖塔を持つ質素な教会で、周囲には起伏するメイデンヴィルの緑の畑地が広がっている。

サヴァンナはプレゼントを持ってきていた。おもちゃの自動車で、テディベア模様の紙で丁寧に包んであった。生きていれば七歳になるので、そんな紙は幼稚すぎるのではないかと不安だった。七歳の男の子というのがどんなものかわからなかったからだ。

ボビーはチャイルドシートを正しく固定していなかった。ストラップは肩のところをくぐらせていなければいけなかったのだ。そうしていればトラックが衝突したとき、マイケルはせいぜい打ち身ぐらいで助かったかもしれない。サヴァンナはボビーが担うはめになったものを想像してみようとした。自分自身の痛みを超える痛みを想像してみようとしたが、つらすぎてできなかった。

「あの子に何を持ってきたの？」

ふり返るとボビーが微笑んでいた。「あなたが来るかどうかわからなかったから。またひと晩じゅう出かけていたでしょ」

「サマーの捜索だよ」

「何かわかった？」

ボビーは首を振り、サヴァンナの横にひざまずいた。

「自動車を持ってきたの。後ろに引いてから手を離すやつ。この包装紙、幼すぎる？」

「いや」ボビーは包みを受け取って墓の横に置いた。墓には鳩と天使と巻物が刻まれ、満面に笑みを浮かべたマイケルの写真がはめこまれている。

サヴァンナは鳥たちにしばらく歌うのをやめてほしかった。

「そのうち楽になるんじゃないかと思ったのに。だってみんなそう言うから」

ボビーはサングラスをかけて自分の考えを隠していた。

ボビーが墓に手をかけるとサヴァンナは泣きだし、泣きだすと涙があふれて洟が垂れてきた。

「あの子に会いたい」

「そうだね」

サヴァンナは手を差しのべ、ボビーはその手を取った。言いたいことは山ほどあったが、何を言ったところでとくに何も変わらないはずだった。

＊＊＊

「無口なのね」ピーチが言った。

ブラックは煙草を手にしていたが、火はつけていなかった。

要らないと言ったのに、ピーチは食べるものを作ってくれた。家も掃除してあった。ブラックが立ち寄るとわかっていると、いつもそうするのだ。レモン・クリーナーか何かのにおいがした。罪も元どおりに洗いながしてくれるとでもいうように。

ピーチはソファのクッションをふくらませてから腰をおろし、ブラックに微笑んだ。それは、ブラックにもう来るのをやめようと思わせるほど不安げな笑みだった。

ピーチは新聞記事の切り抜きを箱に入れてベッドの下にしまっていた。ブラックはふと、ピーチは鳥男と知り合いなのではないかと思った。鳥男はピーチの客のひとりではないかと。来てイッて帰るだけの無口な男たち。自然の暗い側面だが、自然であることに変わりはない。

「飲む?」ピーチは訊いた。

「いや」

「飲まないの?」

「ああ」

「サマー・ライアンのこと、何か進展はあった?」ピーチは訊いた。いまではもう誰も彼女に電話してこなかった。保安官のアーニー・レデルも、州警の刑事も。連絡をくれる人間はひとりもなく、それがピーチを悩ませているのをブラックは知っていた。

「まったくない」

「でも、教会の男をつかまえてるんでしょ」

「いまに騒ぎが起こるはずだ、気配を感じる。みんな腹を立てていて、暴れる口実を探してる。牧師の息子を拘束してるおれが、それなのかもしれん」

ピーチが近づいてきてそばに腰かけたので、香水をつけているのがわかった。窓辺にはデラの新しい写真が飾ってあった。デラはもの静かな子だった。ピーチが男をもてなして、することをするあいだ、デラは自分の寝室に閉じこもって鍵をかけていた。男たちはデラがそこにいるのを知らなかった。そのほうが安全だった。それがはっきりしたのは、一度デラが通報してきたときだった。母親が殴られている音が聞こえてくると、当時十一歳だったデラは、母親に教えられたとおり九一一番に通報したのだ。

「あいつが戻ってきてサマー・ライアンをさらったんだと思う?」

ブラックは答えず、無言でテレビを見つめていた。

ピーチは身を乗り出してブラックにキスをした。そんなふうにしてふたりの関係は始まった。ピーチは耐えられなかったのだ、何もせず待つことに。その緊張に。口には出さないことがたくさんあった。州警がピーチをどうあつかったか、新聞がデラとピーチのことをどう書いたか。新聞はすぐさまデラを切って捨てた。妊娠して家出したのだと。けれども時間がたつにつれて世論は変わり、ピーチはそこから慰めを得た。全国紙のインタビューを受けて、記者にデラの成績表を見せると、記者は公平にもそれを掲載して、デラを雑草のなかに育った薔薇として描いてくれた。母親は売春婦でも、娘は聖女として。そのとき初めてブラックはピーチを見た。彼女の本当の笑みを。それは美しかった。

「あの男は来てないか?」ブラックは訊いた。

「来たら知らせるって言ったでしょ」

ブラックはうなずいてそれを認めた。ときどきピーチに電話したくなることがあった。電話をしてやるだけでも、何もしないよりはましだと思うことが。

「このあいだ預かった写真だが」とブラックは言った。それらを持ち帰ったあと、ミルクの前でじっくりと見てみたのだった。

持ってきた封筒から問題の写真を取り出して光に向けた。

それは鮮明なショットで、デラの後ろに写った顔はまっすぐにカメラのほうを見ていた。まちがいなくトミー・ライアンだった。

「この男を知ってるか?」ブラックは言った。

ピーチは写真を見つめ、ブラックをちらりと見てからまた写真に目を戻した。

「いつからだ?」ブラックは訊いた。

「たぶん一度だけ。ずいぶん前」

ブラックは目をこすった。

ピーチがひどく悲しげな顔で手を差し出してきたので、ブラックはその手を取らずにはいられなかった。

「あの日には来なかったよ。もう長いこと会ってない」ピーチは言った。

「こいつが来たときデラは家にいたのか？」

ピーチは肩をすくめた。「たぶんね」

「おれはトミー・ライアンを知ってる。有名なんだ」

「かっとなりやすいの？」

「ああ、だがもっと有名なのは女たちとの噂だ。もてるんだよ」

「負け犬だけがあたしに金を払うんじゃないんだよ、ブラック」

「すまん、そんなつもりで言ったんじゃないんだ」

「わかってる」

そうだろうか、とブラックは思った。

「そろそろ帰るよ」

ブラックはまたあの表情を目にした。「夕食をありがとう」

「あんまり食べなかったくせに」

ブラックは身を乗り出してそっけないキスをしたが、ピーチはキスのあともブラックを抱きしめて放そうとしなかった。彼女の背骨や肋《あばら》が、皮膚の外にでもあるかのようにありありと感じられた。ピーチはだんだんクリーンになっていた。パイングローヴ福祉センターがやっている何かのプログラムのおかげだった。あのセンターは祈りとヘロイン依存症治療薬を、両者が等価だとでもいうように分けあたえている。

ピーチはブラックを抱きよせた。「あんたはデラを捜しつづけてくれるよね、ブラック？」

ブラックはうなずいたが、ブラックしか頼る相手のいないピーチを憐れんでいることを本人に悟られまいとして、目は閉じていた。


帰りはコイェッティ街道を行き、ジン・クリークを通過して州境のそばの、二十九号線沿いに建ちならぶ邸宅の前を通った。ブラックは窓をおろして夜気を入れた。八十四号線のグリーンエイカーズ・バプテスト教会の前にさしかかった。数カ月前にそこでちょっとした事件があったと聞いていた。高校生たちがスプレー缶で落書きをしたというのだ。ブラックは教会の前に車を停めた。

心はライアンの娘たちに飛んでいた。まだ幼かったころのふたりをよく広場で見かけたものだった。きれいなワンピースを着て母親の手を握っていた。パーティにでも出かけるようにおめかしをしていたが、実際には父親に面会するためホルマン刑務所まで、くたびれるバス旅に出るところだった。ふたりはにこにこしていて饒舌で、無邪気で正しいものに満ちあふれていた。そして夕暮れには、ワンピースも目もくしゃくしゃにして帰ってきたものだった。

ブラックは溜息をついてフロントガラスのむこうをながめ、レインに言われたことをすべて思い出した。レインの目に浮かんでいたあの苦痛と怒りを。

教会は白く、明かりが煌々とついていたものの、静かだった。柵のそばの壁にスプレーで描かれた鳥男の輪郭がかすかに残っていた。ブライアー・ガールズの四人目はこの教会に通っていた。その娘《こ》の顔をブラックははっきり思い浮かべることができた。赤みを帯びた茶色の髪も、全員に共通するあの内気な笑みも。

車をおりて歩道にしばらくたたずんでから、カーブした小径を歩いて教会の入口まで行った。

正面は円柱がならぶ堂々たる造りで、滑らかなスタッコ仕上げだった。横手を歩いていくと、赤、黄、青に着色された高さが三メートルもあるアーチ窓がならんでいた。

「何かご用ですか？」

ブラックはふり返った。その少女はまだ十代だったが、笑みが返ってくるかどうかなど気にかけずに見知らぬ相手に微笑みかける、敬虔な自信をまとっていた。

「わたしはブラック、グレイス警察の署長です」

少女は手を差し出し、ブラックがその手をそっと握るあいだにこう言った。「イライザ・マックサックです。父がここの牧師をしています。中はちょうど終わったところですから、父にお話があるのであればどうぞ」

ブラックは首を振った。

イライザはうなだれた。「コラリーのことでいらしたのかと思いました」

「そうだったんだと思う。というか、そうなんだ。誰かから話を聞くためじゃなくて、ただ教会を見るためにね。コラリーとは知り合いだったの？」

ブラックはゆっくりと歩きだし、イライザもならんで歩調を合わせた。敷地は広く、明かりがともり、手入れされていた。

「ええ。コラリーはわたしと同じクラスで、毎週教会に来てました。当時レデル保安官に話したんですけど。まだ聞いてなかったですか？」

ブラックはうなずいた。ふたりはヒマラヤスギのそばで立ちどまった。がっしりとして美しく、梢が優しく揺れている。

「わたしたち、コラリーのために毎週祈ってるんです」

ブラックはうなずいた。

「コラリーとは仲よしでした。いい娘だったんですよ、知ってます？　ほかの娘は悪い娘だっていう意味じゃないですけど、コラリーはほんとにいい娘だったんです。犯人はどうしてコラリーを選んだんでしょう？」

「わからない」

「母は悪魔のしわざだって言ってますが。そんな言いかたは大嫌いです。それじゃ非難されるべき人間はいなくて、顔のないのっぺらぼうの悪だけがあるみたい。それが現実で、それをわたしたちは受け容れなくちゃいけないみたい。どうして犯人は教会に通う女の子を選んでるんですか？」

「わからない」ブラックは自分のバッジをなで、輝きが消えてきているのを感じた。

「でも、署長さんはまだ犯人を捜してるんですね？」

「ああ」

ブラックは横目でイライザを見た。足首まであるワンピースを着ていた。

「コラリーはまだどこかで生きていると思います？」

嘘をつこうかとも思ったが、イライザが目を大きく見ひらいているので、黙って微笑むと、イライザはその笑みをきちんと読み取ったらしく、ブラックに失望したというようにうなずいた。

ふたりは入口のほうへ戻りはじめた。

「わたし、友人たちとグレイスへ行ってみました。暗い壁のところまではるばる。あれは驚きでした」

「ああ」

「そのあと、両親が信じないのでもう一度行きました。すると母はあれを見て泣きだしました。なぜだかわたしにはさっぱりわかりません。父は黙ったまま上を見あげて、どこからが空なのかわからないと言いました。空と大地。それがわたしたちの世界です。太陽と星々が。それが変わってきてるのが心配です。子供のころはこんなふうじゃありませんでした。人間は残酷になってるんでしょうか？」

「人間はむかしから残酷だったよ」ブラックは言った。

「わたしたちは道徳観念を失わないようにもっと一生懸命闘わなくちゃいけない、と父は言います。クラスには黒い服を着てハードメタルを聴いてる子たちがいますけど、そんな時期は過ぎ去ります。あの子たちは自分が何に反抗してるのかもわかってないんです」

イライザはブラックをパトロールカーまで送ってくれた。

「お気をつけて。コラリーを捜しつづけてくださいね」

ブラックは乗りこんでエンジンをかけた。イライザは手まねでブラックに窓をおろさせた。

「神様がグレイスを暗くしたんです。大切なのはそこを理解して手を打つことです。あの雲が雨を降らせたら、大量の水が人類に降りそそぎますから」

「イライザ、ひとつ頼みがあるんだ」

「なんでしょう」

「しばらく教会に近づかないでくれ。警察が犯人をつかまえるまで」

イライザは微笑んだ。「わたしは臆病じゃありません。神様が復讐と天罰をもたらしてくださいます。いまにわかりますよ。でもわたし、署長さんのために祈ります」

「ありがとう」

イライザは温かく微笑んでブラックに手を振ろうとし、そこでブラックのむこうの、助手席に置かれている写真に目を留めた。

「それ、デラ・パーマーですか？」

ブラックは写真を渡した。

「後ろにいる男を知ってる？」

イライザは長いあいだ写真を見つめてから、ゆっくりとうなずいた。

＊＊＊

そこを見つけるのに時間はかからなかった。ダラスコート・ロードにバーは一軒しかなかった。床におが屑をまいた安酒場で、ネオンは切れ、板壁には南部連合旗が留めてあった。

ここに来る前にレインは、メイデンヴィル図書館に戻ってヘンリーに二、三分また甘えてみせ、ブライアー・ガールズの三人目のリサ・ピンソンとデートをしていたウォルデン・ローダーという生徒のことを、できるかぎり聞き出してきたのだった。ウォルデンはメイデンヴィル学院のゴールデンボーイだった。頭がよく、フットボールが得意で、ハンサム――まったくいやな野郎、というのがヘンリーの言葉だった。ヘンリーは〈バワリー〉というそのバーのことも教えてくれた。メイデンヴィルやブルックデールやホワイトポートの高校生に酒を提供し、金さえ払えば身分証を見せろとは言わないという。レインも前にダニーと一緒に来たことがあったかもしれないが、へべれけだったから、そこが近隣五町のどの町のクソ溜めだったか記憶になかった。

「ほんとについていかなくていいの？」とノアが言った。「おれがバッジを見せりゃ、そんな金持ちのガキどもは、警官が来たってんでビビって――」

ノアがまだしゃべっているうちにレインは車をおりた。

店内は暑くて混んでいた。煙に霞んだ小さなステージで男がひとりブルーグラスを演奏していたが、おしゃべりと笑いにほとんどかき消されていた。カットオフのジーンズにブーツといういでたちのレインは、父親と同じ年頃の男たちの飢えた視線を集めた。

ウォルデンは店の隅にいた。一緒にいる連中より頭ひとつ分背が高く、《メイデンヴィル報知》の写真で見たとおり、茶色の髪に黄金色の肌をしている。テーブルには空瓶がずらりとならんでいた。きつい顔つきの女たちがお尻を餌のように突き出して踊っているのをながめながら、レインはゆっくりと近づいていった。がたいのいい男たちが、その女たちをじっと見つめている。

近くまで行くと、熱気を感じるほど低いところから紫の光を投げているライトの下に立った。二曲後にウォルデンはレインと目を合わせて微笑んだ。こっちへ来いよ、というしぐさをしたが、レインはにやりと笑っただけで背を向けた。一分後、ウォルデンはレインのところへやってきた。

「きみ、かわいいね」頬は赤らみ、髪はもつれ、酒のせいで呂律はまわらない。

「うん」とレインは言った。

「どこから来たの？　ここで見かけたことはないよね。見かけたら憶えてるはずだから」

「ホワイトポート」

ウォルデンはにっこりした。「ホワイトポートの娘は楽しい」

レインはウォルデンのビールをひったくって飲みほした。ウォルデンはテーブルにもう一本取りにいき、いい女を引っかけたというように仲間たちに目配せをしてみせた。

ふたりは駐車場でぴかぴかのSUVの車内に座っていた。レインはウォルデンにまたがって舌を彼の口に差し入れ、尻を抱えられていた。店からは音楽がズンズンと聞こえ、人が出入りするたびに光がこぼれてきた。ウォルデンはレインに感心してもらえると思ったのだろう、オレンジ・ビーチにある父親のボートについて何やらたわごとをならべていた。レインは店内でウォルデンにテキーラを注文させ、ふたりで飲みくらべをして、ウォルデンの脚がふらついてくると外に連れ出したのだった。

キスをやめて体を少し離し、質問をはじめようとしたとき、ドアがあいた。最初にバッジが見えると、レインは溜息をついた。

「両手を見えるところに出せ」

「なんなんだよいったい……」とウォルデンが言うのを無視して、ノアとパーヴが後部席に乗りこんできた。

レインは助手席に移動した。

「あたし、姉を捜してんの」と言ってバッグから写真を取り出した。

ウォルデンはちらりとそれに目をやった。「見たことないな」

そう言って車をおりようとしたが、レインはバッグから銃を取り出した。

「おい、冗談だろ」とウォルデンはたちまち酔いが醒めて言った。

「もう一度見せてやれよ」ノアが言った。

「姉はあんたを捜してたのかもしれない。リサ・ピンソンを捜してたのかもしれない」

ウォルデンはまたドアをあけようとした。レインはその横っ腹に銃を押しつけた。

「くっそ。おまえ、頭がいかれてんのか」

「撃っちゃえよ」ノアが言った。

「そうだね」

「よせ……勘弁してくれ。おれはなんにも知らないんだ。リサを二、三度連れ出したことがあるだけで。もう警察に話したよ。居どころは知らない。あいつにさらわれたんだ、鳥男に」

「リサと出会ったのはどこ？」

「ここだ」とウォルデンは銃を見つめながら言った。「ここで出会ったんだ」

「あたし、どうしても鳥男を見つけたいの」レインは言った。

「警察に見つけられないものが、どうしておまえに見つけられるんだよ」

「さっきあんた、ホワイトポートの娘は楽しいって言ったよね。あれどういう意味？」

ウォルデンは首を振った。

レインは頬を張りとばした。

「くっそ」ウォルデンは悪態をついた。

レインは銃口を少しあげ、こんどはウォルデンの胸に押しつけた。ウォルデンは汗をかいており、駐車場を見まわした。

「教えて。あたしは姉を見つけ出そうとしてるだけだから。あんたが洗いざらい話してくれたら消える。ほかの誰にもしゃべんない」レインは言った。

ウォルデンはしばらくレインを見つめてから言った。「リサは激しかった。新聞に書いてあったイメージとはちがう。教会に通う娘？……あいつはおれを裏に引きずり出して……フェンスに押しつけて、そこにもたれかかったおれとやったんだ。それを友達にしゃべったもんだから、それでお巡りがおれのところに話を聞きにきたんだよ」ウォルデンの手は震え、目は赤く暗かった。「でも、おれはそんなことをしゃべるわけにいかなかった。お袋が同席してたからさ。お袋にばれちまう。うちの親父は……おれは大学を目指してるんだ。将来があるんだよ」

「どうってことないじゃん、女の子とファックしたってだけでしょ。だからなんだっての？」

ウォルデンはフロントガラスのむこうを見た。重たげな月と低い星々を。「ひと月ぐらいして、リサがここへやってきた。で、おれに検査結果を見せた……最初、おれは真に受けなかった」

ノアは黙って聞いていた。

「なんの検査だ？」パーヴが言った。

ウォルデンは答えずに外を見つめていた。

「妊娠してたんだよ」とレインは銃をきつく握りしめながら言った。「リサ・ピンソンは妊娠してたんだ」

21　サマー

毎晩ボビーのことばかり考えて、わたしは眠れなかった。不思議なことに、いつのまにか考えているのだ。崇拝することと夢中になることのあいだにちがいはあるだろうか？　あったとしても大したものではないはずだ。

『ロリータ』を読んだ。ハンバートはモンスターであり、それは高貴な翼がなくてもわかる。でも、わたしがあこがれたのはローだ。ローとローラとドリーであって、ドロレスではない。ドロレスには人間らしいところが少しもないからだ。わたしは唯我論の説く外界のことを考え、観客ひとりというのは自分に望みうる最高のものだろうかと不安になった。

ボビーは大人の男だし、こちらはまだ高校生なのだ。

わたしはレインのしぐさを観察した。片手を腰にあてて立ち、小首を傾げてぼさぼさの髪でかわいらしく微笑む様子を。スカートは短いけれど、見せすぎはせず、襟ぐりは深いものの、ブラはうまく隠している。笑顔で感情を掻きたて、歩きかたでズボンを突っぱらせる。苦もなくやっているのに、ものすごく疲れる。

一九九四年の秋に聖ルカ教会でお葬式があり、わたしはブライアー・ガールズのことを思った。そのころには彼女たちのことを思わない人はいなかった。わたしたちは毎晩テレビの前に座ってブライアー郡のニュースを見た。レポーターたちは風説を広め、彼女たちと話をしたこともないような生徒

かった。

棺は小さく、どこかの老婦人で、子供より軽い人だったのか、かつぎ手たちは汗ひとつかいていな

だろうと述べた。父さんはその男を、おそらく大嘘つきだろうと言った。

鳥男は孤独な人物だと思う、おそらく信心深く、おそらく肉体労働者で、おそらく人づきあいが苦手

ウスの前で話を聞いた。メタルフレームの眼鏡をかけた男に画面が切り替わると、男は自説を語り、

たちにインタビューし、青いオーバーオールを着て脂じみた髪をした近所の人たちからトレーラーハ

わたしは彼らが棺をおろすのを見守り、それから花びらをまいた。それらもまた朽ち果てるという

のに。わたしはお葬式にかならずいた。どうしてそんなものに参列するのか誰にも訊かれなかった。

寂しいのかもしれない。話しかけられると、そう答えている自分がいた。軽い同情のようなものにひ

たっていたのだ。

お葬式がすんだあと、わたしたちは鋳鉄製のヒーターのそばに腰をおろした。

「だいじょうぶ?」ボビーが言った。

「あの娘たちのことを考えてたの」

「いま書いてるレポートのこと?」

サヴァンナにはしじゅう訊かれていたけれど、わたしはまだ何も書いていなかった。

「すっかり怖くなっちゃった」

「気をつけてね」

ボビーはわたしの手を取ってきゅっと握り、いかにも親密そうに指をからませた。お葬式のたびに

ボビーは何かを奪われているように見えた。

「わたし、誰よりもあの最初の娘のことを考えちゃう。デラのことを。誕生日がわたしと一緒だから。

デラはいまどこにいると思う?」

「天国だよ」

「それならいい、ほんとにそうなら。天国なら安全だもん」

ボビーはわたしの手を口もとに持っていき、息で温めた。

「どうして鳥男みたいなやつが現われたの？　悪魔と関係あると思う？」

「〝人はみなおのれ自身の悪魔であり、この世をおのれの地獄にする〟」ボビーは言った。

「そう書いたとき、オスカー・ワイルドは酔っぱらってたのかも」

ボビーは微笑んだ。

「わたし、あの本を読んだ。『ミシェルは思い出す』を（悪魔崇拝の儀式のため虐待された少女が、のちに精神科医の助けを借りてその封印された記憶をよみがえらせたと主張するノンフィクション。悪魔パニックの引金ともなった。一九八〇年刊）」

「あんなことが事実だったとは思えないよ」

「ミシェルは事実だったと信じてた」

「というより、手っとり早くお金を稼げると信じてたのかも。ミシェルは自分の精神科医と一緒にその本を書いて、のちにその医者と結婚したんじゃなかったっけ？」

「ミシェルがされたことの場合、悪は霊的な存在でしょ。デラのことを考えるとわたし、彼女は最期にどんな目に遭ったんだろうって考えちゃう。最期が来たならだけど」

「そんなことは考えないようにするんだ」

ボビーはわたしを引きよせてきつく抱きしめた。わたしはふわふわした白い帽子をかぶっていたので、それを耳の上まで引っぱりおろした。

ボビーに手を触れられると心臓がものすごい速さで打ちだした。胸を突き破ってボビーにわたしの血を浴びせてしまうんじゃないかと思うくらい。

「秋のグレイスは美しいところだ」ボビーは言った。

わたしはボビーにのしかかって彼の舌を噛みちぎり、それを自分だけのものにして、ほかの人たちが二度と彼の声を聞けなくなるようにしたかった。

「わたしがもしブライアー・ガールズみたいにさらわれたらどうする?」

「ぼくが助けにいくよ」

22 完璧に生きる

警察がトミーをつかまえたのは早朝で、ジョーがシャワーを浴びるついでにエイヴァに状況報告をするため家に帰ったときだった。

ミルクがコーヒーカップを手にのんびりと男たちのほうへ歩いていった。

トミーは中央のベンチに腰かけ、火のついていない煙草をくわえたままブーツの紐を結んでいた。日ごとに緊張が少しずつ高まり、男たちは徐々にうずうずしはじめていた。何人かはもう何年も定職に就いていなかった。身につけたのは時代遅れの仕事で、丸太を運んで誇らしげに汗を流す父親の背中を見て人生を無駄にしてしまった。

いまは遠くの町々で半端仕事をやっていた。グレイスから百五十キロも車を走らせていっては、一日じゅうきつい肉体労働に従事するのだが、帰りにはそれに見合う気分を味わえた。みなサマーのことに——すなわちジョーに協力して警察と対峙しつづけることに集中していた。それにたぶん、教会と対峙することにも。なにしろ妻たちの祈りはいつまでたっても聞き届けてもらえないし、顔のない企業と笑顔の株主によって自分の志が息の根を止められたときに感じたむなしさは、怒りのようなものに変わりつつあったからだ。そんなわけで、彼らは昼も夜も暗い広場に座っていることに不平は言わなかった。自分たちは何かをしている、闘う準備をしている、そう感じていた。

「おはよう」ミルクが声をかけた。

「朝なのか?」トミーは言った。

「五キロむこうじゃたぶん」

トミーは靴紐を結びおえて立ちあがった。彼は背が高かった。ジョーほどがっちりはしていないものの、ヘルズゲートで化け物探しをする高校生からすれば、充分に大柄で恐ろしげに見える。

「ブラックが話したいとさ」

「ジョーは一時間ばかり家に帰ってる。戻ってきたら署に行かせるよ」

「ジョーじゃなくて、あんたとだ」

トミーはあたりを見まわして仲間のひとりにうなずいてみせると、口から煙草を取って耳にはさんだ。

＊＊＊

ふたりはイーストパイン・ロードに車を停めてそのクリニックを観察した。林の中に立つ平屋の建物で、周囲に調和する苔のような色合いに塗られている。ディエット婦人科クリニック。看板が見あたらないのは、開院初日からごたごたがあったからだ。レインはニュース映像を思い出した。〝中絶反対〟〝アメリカの恥〟〝命を選べ〟というプラカードを。そのセンターを運営しているのはカーラ・ディレイニーという女性で、数年前マスコミをにぎわせたことがあった。窮地に立った少女たちを助ける資格もないのに助けたとして、起訴されたのだ。

レインは窓をおろした。朝だというのに横手の駐車場には車が数台駐まっていた。

「じゃ、あの野郎はここにリサを送りこんだわけか」ノアが言った。

レインはリサ・ピンソンに思いを馳せながらうなずいた。ウォルデンは洗いざらい白状した。リサに五百ドル渡して、彼女をディエットまで乗せていった。平然とそう言ったので、レインはもう一度そのハンサムな顔をひっぱたきたくなった。

「ここで待ってて」

「一緒に行こうか？　そうすりゃおれの子だってふりができる」ノアは言った。

「それは信じてもらえないんじゃないかな」

レインはビュイックをおり、朝の光に目を細めつつ通りを渡った。朝日になどもはや耐性をなくしていたのだ。銃と地図を入れたバッグを背負い、ノアの視線を感じつつガラスドアまで歩いていった。

中は空調がきいていて涼しく、肌がひんやりした。プラスチック製の椅子が一列、古びたテレビに向かってならんでいて、テレビはCNNを無音で流していた。ニュースキャスターの顔と、O・J・シンプソンが医者と弁護士らのやりとりを見ている背景映像を。

レインのむかいに女の子がひとり座っていた。まだ高校生ぐらいで、顔をうつむけて髪を前に垂らし、目は雑誌を見つめたままだ。爪先から踵《かかと》へと靴で床をこすり、また逆にこすった。不安なのだろうが、それはさほど驚きではなかった。

ファイルを持った年輩の女性が出てきた。「アンバー・キング？」

緊張した少女はうなずいて立ちあがり、その女性について中にはいっていった。

「何かご用？」

レインがふり返ると、燃えるような赤毛の女性が優しい笑みを浮かべていた。

「あたし、妊娠してるんです」レインは言った。

＊＊＊

「レインから聞いたが、きみはあの双子と仲がいいそうだな。ふたりのためならなんでもするとか」

ブラックは言った。

それを聞いてトミーは態度を和らげて、椅子にいくぶんゆったりともたれ、トリックスが運んできたコーヒーに初めて口をつけた。

「ああ。ま、そう言ってもいいかな」

「でも、レインとのほうが仲がいいんだろ？」

「むかしからじゃない、レインが問題を起こすようになってからだ。サマーはしっかりしてるからな、自分の面倒は自分で見られる」

「レインにきみ自身を見てるわけか」

「レインはライアン家の火を受け継いでるんだ、わかるだろ？　だからサマーよりよく森に行くんだよ。狩猟や追跡に。そっちの才能があるんだ。でも、だからっておれは依怙《えこ》贔屓《ひいき》してるわけじゃない。サマーは自慢の姪だ。あの娘《こ》がレインと一緒に泊まりにくるとわかると、おれは特別に……あの娘の好きそうな映画なんかを借りたもんだ」

「ジョーがホルマンに送られると、きみは一段と肩入れしたな」

トミーは大したことじゃないというように肩をすくめたが、ブラックはよく憶えていた。トミーは日曜の教会のあといつもふたりをメイの店に連れていっていた。三人で窓辺に座り、サマーとレインはサンデーを分け合って食べ、トミーは目を細めてそれを見ていたものだ。

表の部屋で電話をしているミルクの声が聞こえた。嵐雲のことでまた通報があったのかもしれない。

「ピーチ・パーマーという女性と会ったことはあるか？」

トミーの目の奥を何かがよぎった。罠に気づいたような気配が。

「あるかもしれない」

ブラックは例の写真をトミーのほうへ押しやった。

トミーはそれを手に取った。

「あのブライアー・ガールか？」

ブラックはうなずいた。

「あんた、おれに不意打ちを食らわせようとしてんのか？」トミーはすばやく立ちあがり、椅子が後ろにばたんと倒れた。

「きみの姪を見つけようとしてるだけだ。無事に連れもどそうと。そのためにきみを動揺させなければならないのなら、そうするまでだ」

トミーはブラックをしばらくにらみつけていた。

「なんなら正式にやったっていいんだぞ。録音を始めたって。きみを勾留して、メイデンヴィルから弁護士がやってくるのを待とうか？　そいつがわずか数キロのために何百ドルもきみに請求するのを。おれはどちらでもかまわない」

トミーは椅子を起こしてふたたび座った。「タフなお巡りに逆戻りしたってわけか」

「それがきみらの望みだろう。おれはジョーに約束したんだ。レインにも」

トミーはしばらくブラックを見つめていた。なんらかの変化を探していたのかもしれないが、変化はなかった。外面的には。「あんた、これをおれのしわざだと思ってるのか？　ブライアー・ガールズのこの騒ぎを。ふざけんな、ブラック、後ろめたいことがあるなら、警察署の外になんか座ってるわけがねえだろうが」

「ピーチ・パーマーは？」

ブラックはピーチの写真を見せた。数年前にピーチが麻薬所持で起訴されたときのファイルにあったものだ。

「見憶えがあるかもしれない。一度デートしたことがあったかかな。おれは大勢の女とデートするんだよ」

「デラが失踪した日のアリバイはあるか?」

トミーはちょっと考えてから答えた。「ウィーラー湖で何日か釣りをしてたな。ガンタースヴィル・ダムの下流じゃ最高の場所だ。そのニュースは帰りにラジオで聞いたよ」

「きみが釣りをしてるのを誰か見てるか?」

「マールと一緒に行った」

「で、それはきみと一緒にいるデラ・パーマーだ」

トミーはその写真をもう一度見た。「一緒にいるわけじゃない。これはレッドオーク・マウンテンのロデオ大会だ。おれは毎年行ってる。みんなに訊いてみろよ」

「グリーンエイカーズ・バプテスト教会はどうだ? 行ったことはあるか?」

トミーはブラックをにらみ、ブラックもトミーをにらみかえした。

「どうだ?」

「そこに女がいる。八十号線のそばに住んでる。その女とつきあってた。いまはつきあってないが」

「その女性がきみを教会に引っぱってったのか?」

「教会だけじゃない、当人がボランティアをしてるパイングローヴの福祉センターにも連れてかれた」

「ひとりの女のためにそこまでしたわけか?」

「いい女には目がないんでね」

「その人の名前と住所を書け」

「あんたらどれだけ追いつめられてるんだ? おれたちはどれだけサマーのことを心配しなけりゃならないんだ? サマーは帰ってくるとおれは思ってたんだぞ。男の子か友達と喧嘩でもしたんだろう、でなけりゃ、エイヴァにきつく叱られでもしたんだろうと。あの男はもうやめたんだと思ってた。鳥男は」

ブラックはトミーにペンを渡し、トミーが書くのを見守った。


トミー・ライアンを帰して自分のオフィスに行くと、ディーリー・ホワイトが待っていた。ブラックは溜息をついて自分の椅子にどさりと腰をおろした。

ディーリーはむかいの椅子に座って腹の前で両手の指先を突き合わせ、とりとめのないことを考えているようだった。赤ら顔に白い眉の老人で、顎はもはや脂肪のかたまりでしかない。

「あててみましょうか……ルーメン牧師があんたをここへよこしたんでしょう」ブラックは疲れていて不機嫌だった。

「二度とあの子と話さないでもらいたい。なんらかの罪で起訴するのでないかぎり」

「サムソンは子供じゃありません。自分のことは自分で話せます」

ディーリーはブラックの愚かさにも困ったものだといわんばかりに目を閉じた。「ルーメン家にはミルト・クロールという弁護士がついて——」

「ミルトのことなら知ってますよ、牧師さんより年寄りです。ここへ来るように伝えてください、おれが話しますから」

「まあ、ミルトはいま休暇中だが、ミルトの事務所が——」

「というより、あの人はライアン兄弟を相手にするのがどういうことかわかってるんで、関わりたくないんでしょう」

「牧師の意向は明快だ。誰もあの子と話をしてはならない。何ひとつ訊かないでほしい」

「なぜです？　サムソンは何か隠してるんですか？」

ディーリーはまた目を閉じた。

「目をあけろ」ブラックは言った。

ディーリーはぎくりとした。

ブラックは片手をあげた。「おれはいそがしいんです。女の子が行方不明なんですよ、いま心配すべきことはそれだけです。サムソンに何も隠すことがないのなら、なんの問題もないでしょう、ちがいますか？」

「わた……わたしはただ――」

「おれはやりたいようにやる、そう牧師さんに伝えてください。サムソンはものごとがわかってます。弁護士とは話したくないと言ってます。それはもう記録に残してあります」

ディーリーは破裂するのではないかと思うほどまっ赤な顔をして立ちあがった。「牧師を病人だと思わないことだな、ブラック。それはまちがいだぞ」

ディーリーが出ていくのを見送り、ブラックは溜息をついた。抽斗に手を伸ばして〈クラウン・ロイヤル〉ウィスキーの瓶を取り出すと、キャップをあけて深々とにおいを吸いこんだ。それからまた、キャップを閉めて瓶をしまった。

＊＊＊

「おれ、ディズニーにはもううんざりだ」とノアはテレビに顔をしかめてみせた。

「しっ」とパーヴはノアを黙らせた。「音を大きくしてくれ。どうなるのか見たい。あの雌は本物のレディみたいだけど、あの野良はダメといわれても聞かねえ。とっくに去勢してなけりゃいけなかったんだよ。どうしようもねえワンころだ」

ノアは唇をなめ、それから目をこすった。椅子の上で体をもぞもぞさせ、腕のチューブをむしり取って出ていきたいという衝動と闘った。ノアはよくこんなふうになった。いろんな悩みが肺に重くのしかかって、息をまったく絞り出せなくなるみたいな気分に。メイランド病院に来るのは大嫌いだった。幼いころは家に機械を設置してもらい、母親が使いかたを教わった。けれども機械はうるさかった。あまりにうるさいので夢の中にまではいりこんできて、それを不快な夢に変えた。夢の中では機械がノアを生かし、ノアをがっちりととらえて血管に爪を食いこませ、彼をモンスターのようなものに変えてしまうのだ。

「地球がもし逆に回転したら、熱帯雨林が砂漠になって砂漠が熱帯雨林になるんだぜ」パーヴが言った。

「面白いな」

ノアはそう言うとミッシーのほうを向いてにやりとしてみせたが、ミッシーはノアがまた透析をすっぽかしたので、むすっとした顔をしただけだった。病院から祖母あてに手紙が届いたのに、ノアはそれをゴミ箱に放りこんだのだ。

「警察は今朝トミー・ライアンをしょっぴいたぞ」ノアは言った。

「なんで?」

ノアは肩をすくめた。「なんでもないだろ。サマーのことをもっと訊きたかったんじゃないか。部屋に近づこうとしたんだけど、ミルクがドアのそばにずっといたからさ」

「レインに知らせるつもりか?」

「いや、知らせるほどのことじゃなさそうだ」

「クリニックのほうはどうだった?」パーヴは訊いた。

ノアは肩をすくめた。レインはグレイスへ帰るあいだじゅう黙りこんでいたのだ。「今夜また行く

「あたりまえだ。おまえら、錠のあけかたを知らねえだろ」
「来るか？」
ノアが首を振ると、パーヴは溜息をついた。
「あそこは夜もあいてんのか？」
ことになってる」

日付が変わるまでビュイックの車内に座っていると、駐車場にも通りにも車はいなくなった。レインは前日の朝のことをノアとパーヴに話した。燃えるような赤毛の女性に別室へ連れていかれ、甘い紅茶を飲みながら山ほどの質問に答えたことを。

レインはでたらめな名前とハスケルの住所を伝えた。親には話してあるのかと三回も訊かれ、友達には話したかとまで訊かれた。支えてくれる人がいないと心配だからと。

女性はドロレスという名前で、予定帳をチェックしてから電話すると言った。あなたがもう一度来て誰かと話をするのはかまわないけれど、法律により親の承諾がなければ処置はできないと。

片時もひとりにしてもらえなかったので、クリニック内を見てまわるチャンスはなかった。

「ブラックに知らせるべきだよ」とノアは言った。「ウォルデンから聞いたことをさ、全部ブラックに話すべきだ」

「話したって、あのおっさんはなんにもしやしない。それか、保安官にたらいまわしして、保安官もなんにもしないいか。ブラックはサマーがブライアー・ガールズとつながるのが怖いんだ、酒びたりの腰抜けだからさ」

「これ、気乗りがしねえな」と車をおりながらパーヴが言った。「警報がついてたらどうするよ？」

「そしたら迅速に動くしかない」レインは言った。

三人は刈りこまれた芝生を横切って建物の裏手へまわった。木の枝に星条旗がからみついており、そこに何か言葉が書いてあるようだったが、暗くて判読できなかった。

パーヴはドアの横にしゃがみこんでポケットから細い針金を取り出すと、錠をあけにかかった。

レインはそれをじっと見つめ、数分がじりじりと経過した。「彼、自分が何をやってんのかわかってんの？」

「しっ、いい子だから黙っててくれ」ノアは言った。

レインはむっとして首を振った。

「パーヴィス・ボウドインのことを少々教えておくとだな。錠に関しちゃ専門家で――」

そこでふたりは跳びあがった。パーヴが石ころで窓ガラスをたたき割ったのだ。

「どうしたんだよ？」ノアが言った。

パーヴは首を振ってうつむいた。「外国製だな、きっと」

ノアは友の肩に手を置いた。「自分を責めちゃだめだ」

「なにそれ」レインは顔をしかめてふたりを見た。

「警報が鳴らないな」ノアが言った。

「外で待ってて」レインは言った。

「時間があれば、おれは指紋を採取できるから、サマーがここにいたかどうかわかるぜ」とノアは言った。「タルカムパウダーとホホバオイルがちょっとあればいいんだ」

「《冒険野郎マクガイバー》か？」パーヴが言った。

ノアはうなずいてパーヴと拳をぶつけあった。

レインはスニーカーで破片をばりばり踏みながら慎重に中へはいり、ノアもそのすぐあとにつづいた。暗い廊下を進んでいき、オフィスを三つのぞいたあとようやくファイルキャビネットを見つけた。

全部で八段。高さも幅もあるが、整然としている。レインは懐中電灯をつけた。

「何を探すんだ？」ノアが言った。

レインはポケットから紙を引っぱりだした。「ブライアー・ガールズ。あんたはブレイマーとハインズを探して、あたしは残りを探すから」

ふたりはぱらぱらとファイルをめくり、手早く探した。ブライアー・ガールズはひとりも見つからなかった。

別の部屋にはいると、ベッドと衝立と、器具のトレイがいくつかあった。壁には紅葉した林の絵と、荒漠とした別世界の砂浜の絵。

「この部屋に女の人たちを連れてくるんだね」レインは言った。

「うん」

薬品のきついにおいがした。

「ニュースであの人たちを見たけどさ、プラカードを持って表に立ってた人たちを」レインは言った。

「憶えてる」

「あの人たちの目つきって、まるで神様を味方につけてますって感じだったよね。でも、神様がなんて言うかなんて誰にもわかんないじゃん……実際には。ときどきあたし、マンディ・ディーマーのことを考えるんだ」とレインはベッドに手を置いた。シーツの上に。「前はあの話をでたらめだと思ってたけどさ。想像してみると、自分の命を絶つなんて、きっとものすごく追いつめられてたんだよね。そんなの絶対まちがってる。そんなふうに思いこむのも、思いこまされるのも」

「そうだね」とノアは絵の中の海を、折り重なる白い波を見ながら言った。

「母さんの話だと、マンディは頭のいい娘で、ディーマー家の人たちは頑固な人たちだったって。マンディもお兄さんも、よく教会に来てたみたい……だけど罪なんて誰だって犯すじゃん。あの批判した人たちだって。完璧になんか生きられないんだから、そんなの……」レインはブラインドの隙間から夜空の様子を見た。「自分でもなに言ってるかわかんない。とにかく悲しい」

ふたたびビュイックに乗りこんでハイウェイ七十二号線を走っていくと、警光灯を点滅させたパトロールカーがビュイックとすれちがい、ケントン・ロードをクリニックのほうへ曲がっていった。

「やっべえ」とパーヴが言った。「無音警報器だったのか。えらく時間がかかったけどな」

レインは見えなくなるまでそのライトを見送った。デイヴィッド・ガン医師のことが頭に浮かんだ。ガン医師はフロリダの片田舎で中絶サービスを行なっていたが、二年前、中絶反対派に自分のクリニックの前で射殺されたのだ。「お巡りからすれば、デイエット婦人科クリニックなんてどうでもいいんだよ」

＊＊＊

サヴァンナは廊下を渡っていってボビーの寝姿を見つめた。ボビーはショーツしか身につけておらず、彼女は浅い呼吸を繰りかえす胸の曲線に目を這わせた。ボビーはランニングをし、バーがしなうほど重いウェイトをガレージのベンチで持ちあげている。彼を駆りたてているのは見栄ではなかった。

マイケルの事故以来、ふたりは一緒に寝ていなかった。サヴァンナはセックスが恋しかった。それはひとり息子を埋葬したあとに痛感した真実だった。セックスとは肉体的行為であると同時に、それにともなう感動でもある。それは言葉にできないほど贅沢な感覚だ。

サヴァンナは何度も試みた。そういう髪型がボビーの好みだからと、髪をアップにしてみたこともあれば、フランス製の香水をつけてみたこともあったが、夫のことはよくわかっていたので、厚かましいまねはどうしてもできなかった。彼女はまだボビーのことを愛していた。それは慰めになるのと同時に悩みの種にもなった。

母親がまた電話してきた。母親はバーミューダ旅行のことやら家政婦がものをくすねることやら、どうでもいいことをしばらくしゃべったあと、サヴァンナを急かしはじめた。パターソン家の息子のことを話題にし、あの人はたいへんな離婚を経験しているけれど、でもハンサムだし、事務所の共同経営者に昇格することも決まっていると。サヴァンナは電話をたたき切った。

彼女にはまだボビーを守ることができた。これ以上苦しませないようにしてやることができた。何が迫っているにせよ、まだ過ちを正すことはできた。だから彼女はそっと家を抜け出して深い夜の闇に紛れ、ヘルズゲート国有林のほうへ歩きだした。ボビーのためだ、そう自分に言い聞かせた。これはもはやボビーのためなのだと。

23　サマー

チェロを弾いていると、サヴァンナに見つめられているのに気づくことがあって、そんなときのサヴァンナはいつも、神様を見たような顔をしていた。神様を見たけれど、なんで神様がこんな普通の姿をしているのか理解できないという顔を。


「あのレポートはもう書いた？」ボビーが言った。

「まだ」

「すぐに取りかかるように伝えてほしいと、サヴァンナに言われたよ」

「なんでサヴァンナはそんなに気にしてくれるわけ？」

「彼女にはきみに見えてないものが見えてるんじゃないかな」

「あの学校にいるわたしを想像してみてよ。道具を使う猿みたいなものじゃん。みんながふり返るはず。〝おい見ろよ、貧乏白人の娘がチェロを弾くんだとさ〟と。よく耳を澄ませば、どの曲にもわたしの苦痛が聞こえるはず……汚れた暮らしのこだまが」

「心配しすぎだよ」

「心配じゃない」

「じゃあなに？」

わたしは肩をすくめた。「わたしは若死にするから。こういう決断はしなくていいの」

「それはいい計画じゃないな」

「人は計画して若死にするわけじゃない、若死にしちゃうだけ。この世界には向いてない人間もいるの」

「なるほどね」

「音楽は人を別の場所に連れていけると思う？」わたしは訊いた。

「たとえばメイデンヴィルのお金持ち学校とか？」

「そうじゃなくて、どこか聞いたこともないような場所ってこと。音に乗っかるだけでどこかへ連れ去ってもらえるの」

「チェロを弾いてるときそんなふうに感じてるわけ？」

「かもしれない。目をつむってるときのサヴァンナは、そんなふうに感じてるのかも。目をあけると、目が涙でいっぱいになってるから。わたしの曲のあいだどこかへ行ってたのかもしれない。エルガーのときはもっとひどいのかもしれない。涙がね」

横目でボビーを見ると、ボビーはひどく悲しそうにしていた。サヴァンナと同じところへ行ってしまったみたいに。

「だいじょうぶ？　あなたとサヴァンナ、ふたりともうまくいってる？」わたしは教えてほしかった。

ボビーは目をこすった。わたしはボビーの肩に手をかけた。

サムソンが執務室から出てくるのが見えると、あわててその手を離した。サムソンはわたしたちをちらりと見てからすばやく目をそらし、入口の扉から出ていった。

「結婚てのは簡単なものじゃない」

「そうね」

「ふたりの人間がひとつになるんだから」

ボビーはわたしの膝に手を置いた。

わたしは聖なる壁に目をやり、聖母とふくよかな幼子を見あげた。巻き毛の幼子は這い這いをしており、聖母は聖人たちに向かって手をあげて、彼らに悪さをさせまいとしているように見える。でも、彼らは聖人だ。悪さはしない。

それから下に目をやると、ボビーの魔性の手がわたしの腿に大胆に置かれていた。

「サヴァンナは苦しんでる」

ボビーはそう言ってわたしの腿をそっとつかんだ。

わたしは冷静だった。呼吸をゆっくりにするこつを心得ていた。頭の中で数をかぞえた。

「結婚なんて……権利と義務の不均衡だ。ぼくは新郎新婦を、何も知らないふたりの幸せな笑顔を見ながら、そのふたりを夫婦にするんだ。想像してみてくれよ、そんなことをいつまでもつづけられるかどうか」

わたしはうなずき、清純と世間知らずにちがいはあるのだろうかと考えた。

「でも、邪魔をしてはいけないんだ……子供たちの。子供たちは天の王国の一員だ。ぼくはもう一度信じようとしてる。キリスト教青年会の仕事をしてる。あちこちの教会へ出かけて、十代の子たちと話をしてるんだ。グリーンエイカーズ・バプテスト教会、ウェストエンド伝道団教会、ヴェイルデール教会」

わたしはごくりと唾を呑んだ。

ボビーは悲しげにも腹立たしげにも見える表情で首を振った。それから手を二、三センチ上にずらし、入口のほうに目をやった。わたしはボビーにキスをしようとも、抱きつこうとも思わなかった。それは触れたりまさぐったりすることとはレベルがちがった。もっと低いレベルがあるのだ。でも、人生の多くがその上に積みあがっているので、たいていの人はそんなものが存在することすら知らないのだと思う。

「牧師になるというのは、自分が自分のものじゃなくなるってことなのかな」

わたしは正しい答えを言ってあげたかった。ボビーがあわてて手を引っこめなくてもすむような答えを。

バッハのチェロ組曲第一番という曲には、プレリュードの最後に音がどんどん上昇していく箇所がある。すごく高くまで上昇するから、死というものがどんな感じなのかそこでわかる。とても鋭くてとても繊細になるから、命の終わりなんてごくありふれた、ほとんど存在しないようなことなんだとわかる。

「わたしは短くて果てしない日々を指折り数えてる」

また二、三センチ、こんどはスカートの下まで手が動いた。それから長いあいだそこにとどまっていた。

わたしは自分の本を手に取り、膝の上でひらいたまま持った。『野性の呼び声』。バックが野生に戻ったことを思い、慎みも大罪のひとつとして嫉妬と傲慢の横に置かれるべきだったのではないかと思った。

「人生ってどこで生きられてるんだろうと思うことはない?」ボビーは言った。

「ある」

また二、三センチ。息を止めているうちに、光は見えても闇は見えなくなった。

わたしはページをじっと見つめていた。単語というのは長いあいだ見つめていると、へんてこなものに変化する。直線と曲線と点に。

「ぼくは後ろめたい思いをしたくない。たとえば悲しみを目にするよね。打ちひしがれた顔に悲しみを。その人たちはすっかり迷子になってる。もう一度見つけ出してもらったんだと思いながらぼくのところへ来るんだ」

「後ろめたく思うことなんて、あなたにはひとつもない」

「あるよ。これまでしてきたこと、これからすること」

ボビーは手を横にずらして、本を持ったままのわたしの股間にしっかりと置いた。わたしは冷静なつもりでいたけれど火照っていた。ボビーはそれを感じたはずだ。わたしの心臓は激しく高鳴り、古い教会の壁を震わすほどだった。壁がぼろぼろ崩れだして崩壊するのが見え、わたしはアウグスティヌスと原罪のことを考えた。息をする間もなく業火に焼かれるのがわかっていれば、気休めになるからだ。

「きみに出会わなかったらと考えるよ」とボビーは言った。「自分がグレイスに来ていなければと。きみはどこかで自分の岐路を見つけるんだ、さもないと岐路のほうがきみを見つけてしまう」

「悲しくなるのはいや」とわたしは言った。喉がからからになっていた。

「谷があるから山があるんだ」

「なら、山を価値あるものにするのが大事ね」

ごく軽い刺激。わたしは死にそうになった。その崖っぷちをわたしはずっと恐れてきたし、その崖っぷちでレインは人生を生きている。

「人は意識を上のものに向けてなくちゃいけない」

「それは誰も下を監視してないってことだよ」

上に下に、軽く強く。本が震えだし、わたしは全力でそれをつかんでいた。

「石と木。それだけでしかなくなることがある。この場所は。人間の手が刻んだものでしか。きみには何が見える?」

言葉を口にするのがどれほど難しいか、ボビーにはわかっていなかった。「石と木しか見えない」

下着がずれるのを感じ、肌と肌がじかに触れるのを感じると、わたしは本で自分を隠して、そのままにしていた。ボビーは淡い体毛に一条の線を引き、迷子になったみたいにあたりをそっと探った。

「ぼくの人生を取り巻いてるのは沈んだ色合いばかりだ。赤や黄色はない。前はあったのかもしれないけど、それはもう終わった。自分が死んでいればいいと思うこともあるけど、いずれは死ぬからね」

ボビーがわたしを見つけた瞬間、わたしは本をびくんと動かした。

そして声を呑みこんだ。動くまいとしたけれど無理だった。

ボビーはやめなかった。前のものを全部だめにしているのがわかっていないみたいに、同じところを何度も何度もさすった。

「でも、美しいよね、石と木は。どんな意図があったにせよ、誰のために造ったにせよ、これを造った人たちは虚無の世界で何かをなしとげたんだ」

「ボビー」わたしは息も絶え絶えに言った。

どうして彼の名前を口にしたのかわからない。

「美しいものを造りあげたんだ」

彼は押した。

「ボビー」

アブラハムと三人の天使を見あげると、アブラハムの妻のサラが笑っていた。九十歳のサラは、自分がアブラハムの子を身ごもるという天使のお告げを真に受けていないのだ。

「ボビー」わたしはもうまともにしゃべれなかった。

横に倒れこんでボビーにもたれかかり、ボビーの肩で声を押し殺した。彼はやめなかった。わたしは体を震わせた——頭のてっぺんから爪先まで全身を。

「美しすぎて、ぼくはときどき耐えられなくなる」

24　チャーチ・ストリート・ブルース

ブラックは牧場風の堂々たる白いゲートに車を乗り入れたが、私道の突きあたりにあったのはくたびれた建物だった。人影はないものの、午後の日射しの中に国旗が掲げてあり、ブラックは短い車の列の横にパトロールカーを駐めた。

パイングローヴ福祉センターは州の補助金とブライアー郡一帯の教会からの寄付金でまかなわれていた。ピーチがときどき来ている場所だ。ピーチは禁酒とたわむれ、気があると思わせては袖にしてへべれけになり、記憶を失っていた。

重いドアを押しあけると、むっとする空気が押しよせてきた。受付デスクには誰もいなかったので、ゆっくりと奥へはいっていった。廊下のドアはみな閉まっており、それぞれにボードが留められていて、さまざまな集会の準備ができていた。一緒に来ないかとピーチに誘われることもあったが、ブラックは見ず知らずの人々がそんなふうに内面をさらけだすことを考えるだけで飲みたくなった。

グレタ・グレイは建物の裏手にいた。高い木の下に座って一服しながら明るい雲をながめていた。ブラックが近づいていくとグレタは立ちあがり、男をノックアウトするような笑みを浮かべた。

ふたりはしばらく雑談をした。グレタは八十号線のそばに住んでおり、病気の父親がいて、家計をやりくりするために仕事をふたつかけもちしているという。

「トミーは口がうまいんです」とグレタは悔しいというより面白がるように言った。「あの手の男は何人も見てきました。調子のいいことばかり言って、きっとわたしのことを馬鹿だと思ってたんでしょう」

ブラックは微笑んだ。

「トミーはすごくハンサムですけど、わたしはうまくあしらってると思ってました。彼がわたしを夕食に連れていくと、わたしは彼をここへ連れてきたし。彼がわたしを映画に連れていくと、わたしは彼をグリーンエイカーズの教会へ連れていったし。テストというほどのものじゃありませんけれど……やっぱりテストだったのかしら。トミーには別の側面があるんです。もっと優しくて親切なところが。もしかしたらわたし、それがどうなるか見たかったのかもしれません」

グレタは煙草をもみ消して、ふくよかな唇をなめた。

「でも、トミーに愛想が尽きたわけですね」

グレタは彩色されたようなひどく青い目でブラックを見た。「逆です。トミーのほうがわたしに愛想が尽きたんだと思います。ベッドにもどこにも誘いませんでしたから」

「そうなんですか？」

グレタは肩をすくめた。「別れたあとトミーは何度かここに現われました」

「あなたに会いに？」

グレタは首を振った。「わたしが出勤してないのがわかってる日にです」

「なぜ？」

グレタは小さく微笑んだ。「あなたが考えてるような人じゃないからでしょう。トミーはわたしたちがやってる仕事を見たんです、わたしたちが助けてる人たちを。それに感化されて、自分も何かの足しになりたいと思ったんですよ。だからまあ、意味はありました。わたしたちが一緒に過ごした時間にも。わたしはそう思ったので、無駄じゃありませんでした」

トミーのことなら自分のほうがよく知っているとブラックは思ったが、グレタが熱心に言うので黙っていた。

「何年か前にここでゴタゴタがありましたよね」ブラックは言った。

「ええ。あの人がいなくなって、わたしたちも変わりました」

〝あの人〟というのはケン・ケリーのことだった。ケンはニュー・クリスチャン・ガヴァナンス運動を主導し、多額の寄付金と引き換えにパイングローヴを、自分の奇跡の男たちが癒やしと清めを行なう場に変えた。けれども横領の噂でＦＢＩが捜査に乗り出し、ブラックが最後に聞いたところでは、いまは長く不本意な人気の凋落に直面しているという。

「もちろんわたしたち、資金集めには苦労していますけど、いまはわたし、晴れやかな気持ちで毎日仕事を終えてます。宗教という枠を越えて、わたしたちを必要とするすべての人たちの力になっていますから。毎週火曜日にはお医者さんたちにも来てもらっていて、その日がいちばん混むんですよ」

ブラックはうなずいて立ちあがり、グレタも立ちあがると、連れ立って建物のほうへ戻りはじめた。

「記録はありますか？」ブラックは訊いた。

「ええ、でも時間の無駄ですよ。トミーは鳥男じゃありません」

ブラックはグレタのあとから廊下を歩いていき、デスクとファイルキャビネットがひとつずつある一室にはいった。広口瓶いっぱいに造花の向日葵が挿してある。

グレタは抽斗をあけて数冊の来館者名簿を取り出した。

「ゲストには名前を書いてもらっています。たいていの人は偽名を書きますけど、何もないよりはましですから」

ブラックはデスクの前に腰をおろしてページをめくり、名前をチェックしはじめた。トミー・ライアンの名を週末に五回連続で見つけた。

「必要なものは見つかりました？」グレタが訊いた。

ブラックは何かをなくしたように溜息をつき、それから立ちあがろうとしたが、そこで別の名前を見つけた。ページのいちばん下にひょろひょろした字で、サムソン・ルーメン、と書いてあった。

＊＊＊

ノアとレインとパーヴは、その家から五十メートル離れたところにいた。家は四十五号線からまばらな林を抜けてブライアー郡の境界のほうへ延びる道沿いにぽつんと建っている。

有刺鉄線の柵が左右に延びていた。鉄線の棘は錆びているが鋭く、手書きの看板には血のしたたるような〝立入禁止〟の文字。

ファイルに載っている名前はジェイムズ・クウィンテル・メイアーだったが、男は〝ポップ〟という名で通っていた。ポップの前科はレインに、こんなやつをなぜ生かしておくのかと不思議に思わせるようなものだった。ポップは六十五年の人生のうちの三十年をセントクレア矯正施設で過ごしていた。若い娘が好みなのだ。

「この野郎を、どうしてやろうかな」レインは言った。

「どうもしない」と後部席でファイルを読んでいたパーヴが言った。「中にははいらない。はいるとこがないんだからさ」

レインはルームミラーに目をやり、ファイルを持つパーヴの手が震えているのに気づいた。

「もっと近づこう」とレインが言うと、パーヴは何か言おうとしかけたが、何も言わなかった。

ビュイックはそろそろと前進した。窓は低くおろされ、気温は高い。家の横にトラックとバンが一台ずつ駐まっていたものの、どちらもタイヤはぺしゃんこで、フロントガラスにはひびがはいっている。

窓にテレビの光が見え、ポーチに酒瓶がならんでいるのがわかった。

「あたしはどうしても行くよ」とレインは言った。「こないだと同じように、ビュイックのドアはあけといて。やばそうだったら即逃げるから」

「前回はその作戦がばっちり成功したもんな」パーヴはそう言いながら車をおりた。

レインはバッグを肩にかけた。中には銃がはいっていたし、ハンティングナイフも入れてあった。いざというときに必要なものをパーヴかノアが持っているかどうかわからなかったからだ。ノアはたしかに勇敢ではあるけれど、人を刺したり撃ったりするのは、それとはまったくちがう。

レインが先頭に立った。頭を低くして、もつれた雑草と長い芝草の上を一直線に走った。有刺鉄線は膝の高さまで踏みつけられているところが何カ所かあり、レインはそこを乗りこえると、ふり向いてノアとパーヴに手を貸した。

三人はもはや暗がりに慣れていた。月明かりの下を慎重に歩くのに。木々伝いに進んでいくと、やがて家とのあいだに障害物はなくなり、ひらけた土地だけになった。ポーチの酒瓶やゴミが、さっきよりよく見えるようになった。腐った肉のようないやなにおいがした。

三人はひらけた土地を走り、ゴミ袋で埋まった手掘りの穴の脇を通りすぎた。家にたどりつくと、壁にぴたりと張りついた。

レインの耳に音楽と、すぐ後ろにいるパーヴの息づかいが聞こえた。彼女は汗をかいていて、濡れた髪が縞模様になっている。そろそろと移動して窓ガラスに顔をくっつけてみたが、汚れが分厚くこびりついていて何も見えなかった。

レインはパーヴをふり返り、〝見張ってて〟と口の動きだけで伝えて、ハンティングナイフを渡した。

それからノアとともに裏手のポーチの階段をあがり、ノアが網戸に手を伸ばすと、バッグから銃を取り出して安全装置をはずした。

家の中は暗く、悪臭がした。あたりを見まわしてサマーのいる形跡を探したが、見えるのはゴミばかりだった。廊下を歩いていき、両方の寝室をのぞいてみると、染みだらけのマットレスが床に置いてあるだけで、がらんとしていた。

音楽がうるさかった。トニー・ライスの〈チャーチ・ストリート・ブルース〉。あまりにうるさいので一音ごとに体が振動する気がした。影が動くのが見え、レインはすばやくノアを浴室へ引っぱりこんだ。窓が板でふさがれ、息もできないほど強烈な悪臭がする。

バッグから懐中電灯を引っぱり出してスイッチを入れたとたん、レインは悲鳴をあげた。あげざるをえなかった。

シンクは血と肉ですっかりふさがれていた。レインは目を見ひらいたままノアとともに耳を澄ました。胸は大きく上下し、手は銃をきつく握りしめている。

ノアが浴槽のほうへ首を振ってみせたので、そちらを見ると、切りひらかれた鹿が横たわっていた。レインは荒い息をし、汗が伝い落ちるのを感じた。

自分がどのくらい大声をあげたのかわからなかった。音楽より大きかったのかどうか。そこでふたりはすばやく居間にはいったが、居間には誰もいなかった。

するど曲が終わってそれが聞こえた。叫び声が。

「パーヴだ」ノアがレインの腕をつかんだ。

「まだ最後の部屋をチェックしてない」レインはその手を払いのけた。

ノアはレインの手をつかんで彼女を玄関から外へ押し出した。するとパーヴがふたりに逃げろと叫びながら、ハンティングナイフを握ったまま合流してきた。三人は林を目指して走った。脚をめまぐるしく動かし、胸をひりひりさせて。最初の銃声が轟くとパーヴはけつまずき、ノアが引っぱって立たせた。ノアはシャツの腕を有刺鉄線に引っかけたが、すぐにもぎ離した。

レインはふり向いて暗闇に一発撃ちこみ、それがポップの眉間を撃ちぬいていることを祈った。ファイルで見たろくでもないことがらのすべてが、心に熱い怒りを掻きたてていた。

ビュイックにたどりつくと、ノアはもたもたとキーを取り出した。レインは家のほうをうかがい、トラックのライトが見えると叫んだ。トラックが横手の林から出てくると、窓をおろして銃を突き出した。

パーヴは後部席で首をすくめており、後ろのドアは大きくあけっぱなしになっている。

「こっちへ来るよ」とレインは言った。「ドアを閉めて、パーヴ」

パーヴは反応せず、目を閉じて耳に指を突っこんでいる。

トラックが突進してきたので、レインは立てつづけに引金を引いた。パーヴが悲鳴をあげるのを聞いたような気もしたし、震えているのを見たような気もしたが、そこでノアがようやくエンジンをかけた。ギアをガリガリと入れ、ハンドルをまわした瞬間、トラックが突っこんできた。ビュイックのドアがきれいにもぎ取られ、トラックのフェンダーの下で火花を散らしながら道路を引きずられていくのが見えた。

「出して！」レインは叫んだ。弾倉を抜き、もっと弾がないかとバッグをかきまわす。

ノアはアクセルを踏み、タイヤは悲鳴をあげて路面をつかんだ。

ビュイックは狭い脇道に曲がり、荒れ地を縫うようにして突っ走った。ここなら誰もついてこられないはずだった。

＊＊＊

ブラックは椅子の上でもじもじするサムソンを見ていた。メイの店から何を買ってきてやっても、サムソンは食べようとしなかった。

ミルクが戸口から顔をのぞかせた。「手伝うことはありますか？」

「いや、雑談をしてるだけだ」

「うちに帰ってちょっと寝てきます」

ブラックはうなずいた。

全員がシフトを延長しており、影響が徐々に出はじめていた。どんな手が打てるか、ふたりは延々と話し合った。サムソンの家に警官を配置してもいいし、ジョーに尾行をつけてもいいと。けれどもいちばん確実なのは、サムソンを署に足止めしておくことだった。サムソンは自由の身だったが、自由にしたらサムソンの身を守ることはできなかった。

「ずっと寝てないんだ」サムソンは言った。

「すぐに家に帰れるさ。騒ぎが収まってサマー・ライアンが戻ってくるまでだ」

「わかってる」

どこまでわかっているやらとブラックは疑問に思った。

「ゆうべは眠れなくて、ずっとサマーのことを考えてた」

「サマーのどんなことを？」ブラックは訊いた。

「あんなに大勢の人が捜しに出てることをさ。それはみんなが気にかけてるってことだよね。サマーには愛してくれる人たちがいっぱいいるんだ。でも、みんな心配しなくていいのかもしれないって、そうも考えてた。だって人は決して本当には迷子にならないんだから、神様を信じてればさ。神様には計画があるんだよ、それは信じるでしょ、ブラック？」

「もちろんさ」

「十代のころのことを憶えてる？」

「ああ」

「どんな感じだった？」

「おれはおとなしい子で、それほど利口でもそれほど馬鹿でもなかったんで、こうなったわけさ」

「ずっと警官になりたかったの？」

「ミッチ・ワイルドと一緒に育ったんだ、ミッチを憶えてるか？」

サムソンはうなずいた。

「おれとは兄弟みたいに仲がよかった……ミッチは親父さんが警官だったんで、自分も警官になりたがってた。だからおれも一緒に行ったんだ。一緒に訓練を受けて、ブライアー郡に配属された。それからあいつは結婚して、おれも結婚して、一緒にグレイスに落ちついた。まずまずの人生だったよ」

「いいね」サムソンは言った。

ブラックはうなずいた。「ミッチは署長になってたはずだ、まちがいなく。タフな警官だった」

サムソンは水をひとくち飲んだ。

「きみはどうだった？」ブラックは訊いた。

「ぼくもおとなしい子だった。ていうか、いまでもそうだけど」

ブラックはサムソンが先をつづけるのを待った。

「前はよく、自分は祝福されてるのかもしれないって思った……こんな見かけだから。みんながぼくのことをエンジェルって呼んでるのは知ってる。母さんがそう呼んだからだけど、それはただ、そうすればみんながぼくをいじめないと思ったからだ。でも、ぼくは怖いんだよ、ブラック。神様はぼくのためになんか闘ってくれない。だってぼくはみんなとちがうから。父さんやなんかとは」

「パイングローヴに行ってきたよ、サムソン」ブラックは言った。

サムソンの手が震えるのが見えた。サムソンがあそこで何をしていたのかは見当もつかなかった。グレタ・グレイは何も語ろうとしなかったし、ブラックもそれを尊重したからだ。ブラックはいま鎌をかけたのだ。

サムソンは片手をあげて額をぺったりと押さえ、それからぶるぶるとひどく震えだした。

「助けてもらえると思ったんだ」

サムソンは泣きだした。ブラックはじっと見ていた。

「でも、助けてもらえなかった。ほんとには。あの人たちの言うことなんか役に立たない。あの人たちのしてくれたことも、手や清めも」

サムソンは泣きじゃくり、前かがみになってゲホゲホと咳きこんだ。それほど混じり気のない圧倒的な恐怖を、ブラックは見たことがなかった。

「だいじょうぶだ、サムソン――」

「だいじょうぶじゃない。ぼくのしたことはもう、絶対だいじょうぶにはならない。元に戻しようがない。怖いよ」

「なんだって？　何をしたんだ？」

物音が聞こえた。見るとドアがあいており、ディーリー・ホワイトが立っていた。その横には、腹を立てたように頬を紅潮させたトリックスもいた。

一時間後、サムソンは弁護士のミルト・クロールを雇っており、真相がわかるかもしれないというブラックの期待はあえなく息の根を止められた。ミルトは署に電話してきて、いちばん安全なのはサムソンを署にとどめておくことだという点には同意したものの、その一方で、自分の事務所からブラックとアーニー・レデルにこのごたごたを早急に終わらせるよう圧力をかけさせるとも伝えた。

＊＊＊

ノアはまだ呼吸が落ちつかなかったし、目がちかちかしてもいたので、ビュイックを路肩に停めた。三人は外に立って車の被害状況を確認した。

「ひでえ」とレインは言った。それからノアのほうを向いた。「あんた、いったい何考えてたんだよ。もうひとつ部屋があったのにさ」

「あいつはおれたちを狙ってた。銃を持ってたんだ」ノアはまだ呼吸に苦労しながら言った。青ざめてふらふらしていたので、パーヴがそばに来て肩を支えてくれた。血圧が下がりすぎると、ときどきこうなるのだ。

「だいじょうぶか？」パーヴが言った。

「すぐに治る」ノアは答えた。

レインはノアをにらんで首を振った。「あの家からあたしを引っぱり出すなんて。あたし、自分の面倒は自分で見れる。サマーがあそこにいたかもしれないじゃん。怪我をしてたかもしれないじゃん。あたしは銃を持ってるし、撃つのは怖くないんだから」

「あの部屋には何もなかったよ。おれ、窓からのぞいたんだ」パーヴが言った。

ノアは体を起こして一度ふらついたが、パーヴがまだ支えてくれていた。

「きみにもしものことがあってほしくなかったんだ」ノアは静かに言った。

「そんなことなんだってあんたが気にするわけよ。あたしがかわいいから？　あたしとファックしたいの？　だから？」レインはノアに近づいていき、ノアのつけている安物のコロンのにおいがわかるほどそばまで詰めよった。

ノアはうつむいて首を振った。「きみが好きなだけだよ……それにおれは警官になりたいんだ……

ブラックの手伝いをしてる」

レインは笑った。「あんた、まるでジョークだよ、バッジなんか下げちゃって。つきあってらんない。なんでそんなにずれてるわけ。自分じゃ本物だと思ってんのかもしれないけど、警察署にいるあんたを見たって、なんにもしてないじゃん。お巡りたちをながめてるだけじゃん」レインは手で顔の汗を拭い、地面に唾を吐いた。「あたし、もうブラックのところへ行く。ブラックに何かあたえる、サマーを売る。あんたに助けてもらえると思ったけど、あのファイルを持ってきてくれたから。でも、もうだめ。あんたは足枷になってる。あたしは森をさっさと歩けたのに、あんたがのろいからちっとも進めなかった。だいたいなんだよ、そのざまは。ちょっとやばい目に遭ったぐらいでビビりまくって、腰を抜かしちゃって」

「こいつはビビってるんじゃない」とパーヴが言った。「こいつは――」

「黙れ、パーヴ」ノアは言った。

レインがさらに言いつのろうとしたとき、突然、何かが朗々と始まるのが聞こえた。人声が高く響きわたるのが。

三人は土手にのぼって畑のむこうを見渡した。レインが光のほうへ歩きだすと、ノアとパーヴもあとにつづいた。

三人の読みでは、そこはハスケルの東部のどこか、ホワイトマウンテンから十五キロほどの場所だった。その集団は五十人ぐらいだったが、三人は充分に距離を置いていた。何が起きているのかよくわからなかったからだ。

ベニヤ板をペンキ缶で支えただけの粗末なステージがあった。牧師はいかめしい顔をしているくせに、することは派手だった。会衆の叫びに合わせて声を高く張りあげる様子から、煽りかたを心得ているのがわかった。

「伝道団だな」とノアが言った。

レインはうなずいた。ウェストエンド伝道団、狂信者と紙一重の原理主義者たちだ。デラ・パーマーが拉致された直後に自分たちの教会を火事で失い、ステージを設置できる場所でとにかく礼拝を行なっている。

ホワイトマウンテン界隈にはほかにもこういう人々がいた。自分たちのやりかたで自分たちの神を伝道する人々が。学校ではよく、コールドリーフ・クリーク近くの空き地にいる神霊治療師のことが話題になっていた。口から泡を飛ばして体を震わせたあとに蛇を登場させる、本格的なやつだという。

「グレイスのことをしゃべってるぞ」パーヴが言った。

牧師が雲や論争や偶像崇拝のことに言及しているのが聞こえ、人々がうなずいたり叫んだりしていた。

「イエスは言われた――〝右の目が汝らに罪を犯させるのであれば、それをえぐり出して投げすてよ。体の一部を失おうとも、全身を地獄に放りこまれるよりはましだからである〟」

「あいつらが自分の目ん玉をえぐり出すのが見えるようだぜ」パーヴが言った。

ノアはうなずいた。

引き返そうとしたとき、レインはその女に気づいた。さらに近づいていくと、ノアが後ろから呼ぶのが聞こえたが、どうしても確かめる必要があった。

「誰だよ？」パーヴが言った。

レインはいったん女の姿を見失ったが、会衆が立ち去ると、女はそこにいた。燃えるように赤い頭を垂れ、手を組んで目を固く閉じて祈っていた。

「デイエット婦人科クリニックの人」

25　サマー

「あんまりしゃべらないのね」わたしは言った。

サムソンは微笑んでちょっとはにかんだような顔をした。片手で傘を差し、片手でわたしのチェロケースを持っていた。

わたしたちはゆっくりと歩いた。ワイパーを作動させた車がタイヤからしぶきを跳ねあげながら慎重に通り過ぎていった。

そばで見ると、サムソンの唇はびっくりするほど濃いピンク色をしていた。サムソンはボビーの手伝いをしてわたしと同じくらいよく聖ルカ教会にいたけれど、目的は彼のほうが純粋だった。学校でやっているのと同じように建物の管理をし、畏敬のようなものをこめた目でボビーを見ていた。

「猫と犬が降ってる（土砂降りのこと）」とわたしが言うと、サムソンはまた微笑んだ。

サムソンを連れてビーソン・ロードを抜け、レッド川のほとりに出た。雨降りのレッド川を見るのがわたしは好きだった。あふれそうなほど増水している様子をながめるのが。

コラリー・シモンズがさらわれてからというもの、グレイスはおかしくなった。うまく説明できないけれど、町じゅうがぴりぴりしていて、わたしたちはただ自分の番を待っているだけ、おたがいを横目で見ながら次は誰だろうと考えているだけみたいな気がした。父さんはわたしたちに、鳥男がつかまるまで教会へ行くなと言い、わたしは聞いているふりをしてうなずいたものの、心はボビーに飛んでいた。柳の下に座ってまた家をのぞいていると、サヴァンナは前回と同じルートを通ってヘルズゲート方面へ出かけていった。でも、森の中まであとを尾けるのは無理だった。わたしはサヴァンナが懐中電灯をつけて森の小径を走っている姿を想像した。心臓をどきどきさせながら悪魔を挑発しているところを。その取り澄ましたうわべになんとかして亀裂を入れてやろうと。

「本を読むのは好き、サム?」わたしは訊いた。

「サムなんて呼ばれたのは初めてだ」とサムソンは言い、またちょっと微笑んだ。「本をほんとに読んだことは一度もない」

「わたしが窓辺で本を読みながら紅茶を飲んでると、母さんはわたしがほんとに自分の娘なのかわからなくなるって言う」

わたしたちは森へはいっていった。雨は木々が受けとめてくれるので落ちてこなくなり、枝がこすれたりきしんだりする音と、足の下で小枝が折れる音が聞こえた。

「そんなふうに白いのってたいへん?」とわたしは言い、そのおかしな言いかたにサムソンは笑いだした。

「ときどきね……こんなふうだと」

「わたし、その髪好きよ。すてき」

サムソンは赤面した。

わたしはサムソンと森の端に立って雨の降る土地をながめ、雨がグレイスを水びたしにしてくれればいいのにと言った。するとサムソンは箱舟が要るねと冗談を言い、わたしはノアのことを思い出した。ノアはわたしと同じ学校に通う子で、腎臓が正常に機能しないので透析を受けている。わたしは進化と自立について思いをめぐらせ、鳥男みたいな人たちはただの異形の天使なのかもしれない、頭数を減らして恐怖を維持するために地上に遣わされたのかもしれないと思った。一石で二鳥を得て、しかも多くの波紋を広げるために。神の御業はかならずしも清廉ではないのだ。苦痛の科学に誰よりも精通しているのは神なのだから。学ばれては忘れられる教訓。

「お父さんの具合はどう?」わたしは訊いた。

「父さんはぼくにはあんまり話さないんだ……病気のことはね、ぼくには教えない。看護師さんに来てもらってるけど、ぼくもときどき手伝わなくちゃならない。浴槽から抱えて出したりとか。ぼくに腹を立てて、いっぱい怒鳴るよ」

「きまりが悪いからじゃないかな」

サムソンはうなずいたけれど、わたしにはわかっていた。ルーメン牧師がどんな人かは誰でも知っていた。陰険で偏屈で、みんなすごく怖がっていた。ほかの子たちよりもよく教会にいるわたしでさえ、悪いものでも見るような目で見られたものだ。

「きみが教会へ通うのはいいことだよ、サマー。たいていの子は親に引っぱっていかれてるだけだ」

「わたしはむかしから聖ルカ教会が好きだったの。小さいころはよくステンドグラスをながめてた。射しこんでくるあのピンクの光を。あれはすごくきれい」

「話ができてよかったよ、サマー」

わたしは微笑んだ。「送ってくれてありがとう」

わたしは自分のチェロを受け取った。本当はわたしのものではないけれど、サヴァンナは二挺持っているので、一挺貸してあげると言ってくれたのだ。そうすれば家でも学校でも練習できるからと。

「サマー」

わたしはふり向いた。

「きみはいい娘だね。ほかの娘たちはそうじゃないけど、きみはいい娘だ」

「あなたもいい人よ、サム」

わたしはサムソンに見つめられているのを感じながら歩き去った。

母さんに頼んで髪をかわいく結ってもらい、一キロ半歩いて日没直前にボビーの家に着いた。わたしはその時間が好きだ。オレンジ色の夕暮れが青い夜に変わるその完璧な時間、最初の蛍が現われて虫の音が鳥のさえずりを呑みこむころが。

わたしはドビュッシーの〈亜麻色の髪の乙女〉を弾いたけれど、清純とも世間知らずともかけ離れている気がした。清純さというのは過大評価されていると思う。わたしたちはみんな清純とは言えない。でも、ボビーはそれを期待しているから、わたしはその期待にそむくつもりはなかった。

わたしが弾き終えるとサヴァンナは一度拍手した。

「ところで亜麻色ってどんな色？」わたしは弓を置きながら訊いた。

「あなたの髪と同じ色」サヴァンナは答えた。

彼女はときどきひどく長時間黙っていることがあった。最初わたしはそれをテストみたいなものかと思った。沈黙の広がりのなかで何かを聞くことを求められているのかなと。

「もう一度弾こうか？」

「いいえ。まだいい」

わたしは部屋の隅に目をやった。「あれは何？」

サヴァンナはわたしの視線の先を見た。「リュート」

「端が折れちゃったの？」

サヴァンナは微笑んだ。「ああいうものなの」

「ほんと？」

彼女はうなずいた。

「そういえば見たことあるかも。絵で見たんだっけな、オルフェウスかなんかの。合ってる？」

サヴァンナは首をちょっと傾げた。「ええ、合ってるかな。わたしの好きな戯曲に『貞淑な娼婦』っていう作品があってね……ヒロインがリュート弾きなの」

「『貞淑な娼婦』？　それってエッチなやつ？」

サヴァンナは笑った。彼女の笑いには手綱がついているような感じがする。笑いたくて笑うんじゃなくて、必要だから笑うみたいな。

「いいえ、エッチなやつじゃない。エリザベス朝の劇作家トマス・デッカーの作品」

「どんな話？」

「ヴァイオラという淑女がいてね、カンディドという男と結婚してるの。カンディドはおとなしい人で、ヴァイオラはそこが気に入らない。だからカンディドを憤慨させる方法を考え出すわけ。彼が癇癪を起こすのを見るために」

「わざとその人を怒らすの？」

「そう、基本的にはね。それが滑稽なの」

「どんなふうにするわけ？」

「あの手この手で。弟に協力してもらってね」

「うまくいくの？」

「カンディドは癇癪を起こさないけれど、最後は頭がおかしいと思われて幽閉されてしまうの」

「ヴァイオラはそれで満足なわけ？」

「むしろ打ちのめされる」

わたしはもう一度リュートを見た。ぴかぴかの板と金色の弦を。それらがサヴァンナとわたしのあいだの隔たりを如実に物語っていた。

「その人、うちの父さんと結婚してたら、そんなことしなかったはず。でも、相手がトミー叔父さんだったら、したかも。叔父さんはのんびりしてるから、きっと挑発されちゃう」

サヴァンナはまた笑った。トミー叔父さんのこともうちの家族のこともよく知ってるみたいに。

「レポートはもう書いた？」

「ほかの生徒はわたしのことをいやがるんじゃない？　だってわたしはグレイスの娘《こ》だもん」

サヴァンナはわたしの手を取った。「あなたは強い子だと思うわよ、サマー」

わたしはドアのほうばかり見ていた。

「ボビーは留守よ」サヴァンナは言った。

そのとき、わたしは彼女が何か知っているのに気づいたけれど、すぐにこう考えていた。でも、サヴァンナはわたしもグレイスの女の子たちみんなと同じように、ボビーに熱をあげているだけだと思っているのかもしれない。それならだいじょうぶだ。サヴァンナはそれをかわいいと思っているのかもしれない。この娘は潑剌とした新任牧師に夢中なのだ。教科書にハートを描いてその中に彼のイニシャルを書きこんでいるのだろう。彼と結婚すること、聖ルカ教会の通路を歩く白衣の乙女になることを夢見ているのだろうと。

そのときサヴァンナが泣きだした。突然だったので、わたしはどうしていいかわからなかった。だからそのまま見ていて、それからトイレに行きたいと言うと、サヴァンナはごめんなさいねと言った。

ふたりの家にはわたしの背丈ほどもあるグランドファーザー時計があった。ダークウッドとガラスでできていて、チックタックという大きな音は寝室からでも聞こえそうだった。

ふたりの寝室。ドアを押しあけると、淡い光とクリーム色の絨毯が見えた。小ぎれいで、整頓されていて、ぴかぴかだった。わたしはベッドをながめた。クッションが五つも載っていた。シーツはひんやりしていて、たぶんシルクか何かだった。

それからドレッサーのところへ行った。真ん中の抽斗をあけると、花と香辛料の香りがした。サヴアンナのブラを引っぱり出してみた。レース製の高級品で、自分が子供みたいな気がした。香水がひと瓶あった。フランス製だったので、わたしはそれを取って自分のバッグに入れた。

その夜、自分のベッドに横になり、わたしはそれを鼻にあてて目を閉じた。下に手を伸ばして、ふたつの暮らしのあいだを行き来した。

26　香水をつけた少女たち

その教会の裏には一本の淀んだ流れがあり、細波に揺れる空を映しつつ森林地帯を何キロも蛇行して、郡境のあたりでレッド川に合流していた。

教会は全焼しており、残っているのは建物の骨組みだけだった。

ウェストエンド伝道団。

そこにデラ・パーマーは通っていた。松林を通りぬければ、自宅のあるスタンディング・オークからわずか十分だったからだ。

火事のあと、人騒がせなことに、何者かがそこに栗鼠《りす》の死骸をひと山と大きな五芒星を飾った。しかも牧師自身がマッチを擦ったのだと噂され、火がついても焼失しないかどうか確かめようとしたのではないかとささやかれた。伝道団は原理主義を取っていて、その信仰心は揺るぎないものだったからだ。

一年前、事件が大きく報道されていたころ、ブラックはブルックデール近郊の賃貸住宅でパーティが収拾不能になっているという通報を受けた。行ってみると、例によって例のごとく高校生たちが酔っぱらい、ハイになり、音楽がやかましくかかっていた。ところが裏手へまわってみると、女の子が三人、恐怖で真っ青になって森のほうを指さしていた。ブラックは応援を呼び、ミルクとともに銃をかまえて森へはいっていった。ふたりは危うくその高校生の頭を吹っ飛ばすところだった。なりばかり大きくて頭が空っぽの、絵に描いたような体育会系男子だった。そいつはガールフレンドをおどかしたら面白かろうと考えて、羽根でおおわれた衣装を自作していたのだ。

それが悪ふざけの第一号だった。

悪魔を持ち出してきたのは新聞だった。根拠などなかった。人々はそれをむさぼり読み、悪魔パニックが再燃した。《ブライアー郡新報》の大馬鹿記者は、羽根におおわれた悪魔《バフォメット》のスケッチをでっちあげ、どの町でも売り切れになったというのでそれをさらに何週間もつづけて第一面に掲載したため、ついに地域じゅうの子供の心にその姿が刻みこまれた。それは子供らをヘルズゲートからは遠ざけたものの、ウィジャボードなどの馬鹿げた降霊術へと追いやり、恐慌をきたした連中が週末のたびに通報してくる結果となった。

ブラックは教会のほうへ歩いていき、長さ六メートルの焼けこげた材木に手を這わせた。

「生贄にされたウサギを探してるんですか？　それともインコでしたっけ？」ミルクが言った。

「でたらめさ、あんなのは」ブラックは言った。

地面を見ると、〝ボウドイン建設〟の看板が落ちていた。

「レイはなんにもしてないみたいですね」ミルクが言った。

ロバーツ牧師は苦情を申し立てていた。それによれば、教会は会堂を再建するため焼け跡を片付けてほしいとレイ・ボウドインに五千ドル支払った。レイはその金を何カ月も前に受け取ったのに、いまだに手をつけていない、というのだ。

「まだあの女とつきあってるんですか？　名前は忘れましたけど、ここへ通ってたあの娘の母親と」

「ピーチ・パーマーだ」とブラックは言った。「母親の名前はピーチ・パーマー、娘の名前はデラだ」

「デラが最初でしたよね」ミルクは口調を和らげて言った。

「ああ」

ブラックは目をこすった。

「連中はすでに関連づけてます。ありもしない点と点を結んで」

ミルクが言っているのはボンクラ記者たちのことだった。鳥男が帰ってきたんだ、神が雲をもたらしたんだ、なぜならヘルズゲートで悪魔が活動しているからだ。

「おれたちはまた影法師を追いかけるのに戻ったわけですね」ミルクは言った。

「こいつは影すら持ってない」

「何か見落としてることがあるんですよ」

「かもな。おれたちはほかの連中に見えないものを見ようとしてる。だが、そんなものはないのかもしれん」

ミルクは横目でブラックを見た。

「前科のないどこかの男が、やりはじめたらやめられなくなったのかもしれん。おれたちの唯一の希望は、こいつがミスを犯すことだ。しかし、その前にはたして何人が被害に遭うことか」

ブラックは溜息をついた。

「トミー・ライアンはどうでした？　何か見つかりました？」ミルクは言った。

「トミーがつきあってたグレタ・グレイという女を見つけた。女のほうもそれを認めたよ。デート場所のラインナップもな。トミーを教会やパイングローヴへ連れてったらしい。結局ふられたそうだが」

「トミー・ライアンが教会へ通って、福祉センターでボランティアですか。いい女でした？」

「信仰に目覚める価値はあるかな」

ミルクは笑った。

「奇妙なのは、その女をふったあと、トミーはパイングローヴを何度か訪れてるんだ。彼女が出勤してないのがわかってるときに」

「なんと、トミー・ライアンが人助けですか。世の中どうなっちまうんです？」

ふたりがパトロールカーに乗りこもうとしたとき、車の停まる音が聞こえた。その小道は奥まっていたので、誰が来たのかわからなかった。落ち葉を踏んで歩いていくと、チェイソン・ロードのかたわらの空き地に出て、タイヤに泥のこびりついた古いトーラスが見えた。エンジンはかけっぱなしだったが、車内には誰もいなかった。

あたりを見まわしていると、やがて林から女が現われた。若そうな赤毛の女で、疲れた目をして、鼻を横切るようにそばかすが広がっていた。

女は顔をあげると、ぎょっとして一歩あとずさり、転びそうになった。

「すみません、驚かすつもりはなかったんです」ミルクが言った。

女は乾いているわけでもない唇をなめた。「ここで人を見かけることはないもので。それだけです」

「伝道団のかたですか？」

「はい」と女は答え、ほかに人がいるわけでもないのにあたりに目をやった。「郵便物を……取りにきてるんです。ホワイトマウンテンの人たちのなかには、いまだにこの住所に手紙を送ってくる人がいるので。すっかり草が茂ってしまって、郵便受けを見つけるのにも藪をこいでいかなくちゃなりません」

「いまはみなさんどこにいるんです？」

「エイリングのホールとか、畑の中とか、ロバーツ牧師が見つけてくる場所ならどこでも。平気です、どこにいても神様にはわたしたちの声が聞こえますから」

「なるほど」とミルクは言い、横目でブラックを見た。

「お金のことで来たんですか？　わたしたち、資金を集めてあのグレイスの人に全額渡したんですよ」女は言った。

「レイ・ボウドインと話をしてみます」ミルクは言った。

女はうなずいて歩きはじめ、そこでふり向いた。「わたしたち、デラのために祈ってます。全員が、あの娘のために毎日祈ってます」

ふたりは女が歩き去るのを見送ると、パトロールカーと焼け跡のほうへゆっくりと戻りはじめた。

「みんなあの娘たちのために祈ってるんですね」とミルクは言った。「その祈りに耳を傾ける誰かが、ほんとにいてほしいもんです」

＊＊＊

まもなく日付が変わるというころ、ジョー・ライアンが警察署にはいってきて、ブラックと話をしたいと要求した。ジョーがそんなふうに単身で玄関口からはいってくることは誰も想定していなかった。

ブラックはミルクを従えてすぐに現われた。

ブラックがジョーを奥の部屋に案内すると、ミルクは玄関口に鍵をかけ、表に駐まっている四台のトラックを見張った。広場は静かに眠っていたものの、事態がどれほど急激に変化するものか、ミルクはよく知っていた。

ジョーが腰をおろすと、ブラックは何か飲むかと尋ねたが、ジョーはあっさり断わった。

「サムソンが弁護士を雇ったそうだな」ジョーは言った。

ブラックはサムソンの弁明を残らず話して聞かせ、手の内を最初から正直に明かしていることを証明するため、テープを聞かせようかとまで言った。

「あいつを信じるのか？」ジョーは言った。

「いまのところ信じない理由はない」

ジョーは溜息をついて首筋をもみ、目を閉じた。ジョーの腕は太く、手は拳のあたりが傷痕だらけだった。ひげは日を追うごとに濃くなっている。

「だからそのままにしとけってのか？　あんたの言うことを真に受けろと。あいつの言うことを——」

「あした朝一でアーニーが人手をよこす。そしたら一緒にルーメン邸へ行って、くまなく捜索する予定だ。それでサマーがあそこにいたかどうかわかるだろう。正直言うと、あの家を捜索する根拠はあまりない。ほとんどないんだ、ジョー」

「率直に話してくれて感謝するよ」

「こっちも穏やかに来てくれたことに感謝する」

「まだ時間はある」

「わかってる」

ブラックはジョーの立場になってみようとし、それがあまり楽しい立場ではないのに気づいた。ブラックの娘たちは、まだ幼いころ妻が連れていってしまった。何度か手紙を書いてみたが、〝宛先不明〟で返ってきただけだった。十代の娘をふたりも育てるのがどんなものか想像してみた。とんでもない悪夢だろう、ブラックはそう思った。

「エイヴァはどうしてる？」

ジョーは自分の両手に目を落とし、結婚指輪を意味もなく左右にまわした。「あいつはおれがこれまで出会ったなかで一番と言っていいほど強い女だが、さすがにまいってきてる。最初の数日はだいじょうぶだったんだが……外はひどく暗いし、嵐は迫ってるし、サマーはひとりぼっちでどこかにいるわけだしな。新聞は手ぐすね引いてる。鳥男のことをまた話題にして。おれたちはまだ捜索してる、交替制でやってる。そうすりゃ常時ここに人を置いて見張ってられるからな。

双子だとわかったときのことを、おれはいまでも憶えてるが、男女ひとりずつか、でなけりゃ男の子ふたりだろうと思ってたんだ。そしたら野球を見に連れていける、釣りに連れていけると。まさかどっちも女の子だとは思いもしなかった。どうしてだったのかな」ジョーは咳払いをした。「われながら馬鹿なことをしたもんだよ、あんたには想像もつかないほどいろんなことを見逃しちまった」

「ホルマン刑務所は荒っぽい場所だ」

ジョーは肩をすくめた。「おれはおびえたことなんかない。子供のころだってそうだ。恐怖なんて……そんなもの感じた憶えがない。だけどそれを――初めて歩くところとか、初めてしゃべるところとかを、見逃すんだとわかったときには……あのにおい、面会に来たときの髪のにおい。あそこに座って、左右の膝にひとりずつ乗っけてたもんだ」

ブラックは微笑んだ。

「あいつらはいつも手をつないでた。憶えてるか?」とジョーは言った。「出所したとき、エイヴァがパーティをやってくれたんだが、おれはしばらく外にいて、中をのぞいてた。娘たちが手をつないで不安げな顔をしてるのを、じっと見てたんだよ。あいつらはおれが現われないと思ってたんだ」

「きみはずいぶん変わったよ、ジョー」

「いや、そうでもない。でも、いいんだよ、嫌いな仕事をするのはかまわないんだ。エイヴァは勤務を余分に入れて、どうにかやりくりしてくれてるし。あいつらはちゃんと乗りきったんだ。レインはあんたを恨んでるけどな、知ってるか?」

「知ってる」

「なあ、これはブライアー・ガールズとは無関係だよな。あの男がうちの娘をさらったんじゃないよな」

ブラックはふたりのあいだのテーブルに目を落とした。

「五人の少女……教会、それは関係あるのか？　あの儀式だのなんだのの噂と。悪魔崇拝と。おれがムショにいたころ、エイヴァはそれのせいで気が変になりそうだった。悪魔パニックのせいで。現実かどうかもわからないものから、娘たちを守らなくちゃならなくて」

「サマーがさらわれたという証拠はない。ブライアー・ガールズはバッグに荷物を詰めて出ていったわけじゃない。家出したわけじゃないんだ」

ジョーは暗い目をしてうなずいた。「あんた、その野郎をつかまえられたかもしれないんだって？その日、鳥男を。世間の噂じゃ……」

ブラックは顔を少々うつむけた。「噂と事実はちがう」

ジョーはわかっているというようにうなずいた。

「サマーのことをもう少し訊いてもいいか？　全体像をつかもうとしてるところなんだ。学校の先生たちからも話を聞いた」

「あいつが聖ルカでチェロを弾いたのを見たか？」

ブラックはうなずいた。その場にいたのだ。あれは誰にとっても忘れられない日だった。

「あの日おれはあいつがわかったんだ。ほんとにわかったんだ」

「というと？」

「前は話で聞くだけだったから、曲名や番号ばっかりで、おれにはちんぷんかんぷんだった。けれどあいつが弾くのを見てたら、何を弾いてるのかもよくわからないってのに、美しいと思った。泣いてるやつらもいた。日曜のたんびに最前列に座って泣いてるような阿呆どもだけじゃなくて、デイル・

クラショーまで泣いてやがった。デイルぐらいひねくれた野郎もいないってのに。そんなわけでおれはあのとき初めて、自分の娘のすごさがわかったんだ」

外から騒ぎが聞こえてきた。ブラックはすばやく立ちあがり、平静な目でジョーを見つめた。ジョーも立ちあがり、ブラックのあとから部屋を出た。

ミルクはまだ玄関口に立っており、銃に手をかけてはいたものの、抜いてはいなかった。ドアの外にトミー・ライアンが立っているのが見えた。

「どうした？」ブラックは言った。

「トミーにはトラックを離れるなと言ってある。これはおれたちのせいじゃない」ジョーが言った。

「あいつはドアをバンバンたたいて、中に入れろと言ってる」ミルクが言った。

「じゃ、入れてやれよ」ジョーは言った。

「サムソンはどこだ？」ブラックが訊いた。「無事です」

ミルクは顎で奥のほうを示した。

「あいつはサムソンを奪いにきたわけじゃない。サムソンが欲しけりゃ、おれがこんなふうにおとなしくはいってきたりすると思うか？」

トミーがまたドアをバンバンとたたいた。かなり頭にきているようだ。

ブラックはすばやく歩いていって鍵をあけてやり、ミルクは銃を抜いて体の前でかまえた。

ブラックは人がなだれこんでくるのをなかば覚悟していたが、トミーはそこで脇によけた。すると後ろにレインが立っていた。警察署の光の下では彼女はひどく小さく見えた。

「どうした？」ジョーが言った。

「話さなくちゃなんないことがあるの」レインは答えた。

レインはブラックのむかいに座り、ジョーは奥の壁ぎわに立った。

ミルクは部屋の外で、サムソンの房へ行く階段のおり口に立った。

「サマーにボーイフレンドがいたんだよ」

ブラックは微笑み、ジョーがたじろぐのを見まいとした。

「ま、ボーイフレンドだったのかどうかはわかんないけど、とにかく好きな人が」

「それはいいんだ、警察が知ることが大事なんだから」

「あたし、約束させられたんだ……サマーを売らないって。でも、長すぎるから、心配になってきちゃってさ。自分でサマーを見つけられるんじゃないかって思ってたけど、そうはいかなくて——」

「きみが黙ってたのはちっともかまわないよ。きみはサマーとの約束を守ったんだ。それについてきみを責める人なんかいない」ブラックはそう言い、レインに水をついでやった。

「もっと強いものない？」とレインは言い、ジョーににらまれた。「サマーはあたしに訊くのを恥ずかしがってた」

「訊くって何を？」

「やりかたを」

ジョーは娘をじっと見ていたが、何を考えているのかわからない目をしていた。肩は落としたままで、両手はポケットに突っこんでいる。レインは自分のはめている指輪をまわした。青い石のついた指輪で、サマーも同じものをしていた。

「なんのやりかただ？」とブラックは言い、レインにジョーのほうを見るなと念じた。おれとサマーから意識をそらすなと。

「男子の気を惹く方法とか」

「なるほど。そういうことはきみのほうがよく知ってるからな」

「あたしはあばずれじゃない」レインは鼻をつんと上に向けてブラックをにらんだ。

ブラックは首を振った。「そういう意味で言ったんじゃない。おれが言いたかったのは、そういうことに関しちゃサマーはきみに教えてもらえると考えてたってことだ」

「たぶんね。サマーはデートの経験がないから。ただし、これは普通の関係じゃなかった」

「じゃ、どういう関係だったんだ？」

「相手は年上だって言ってた。ずっと年上だって」

ブラックは緊張を感じ取った。

「その男の子は――」

「大人だよ。子供じゃない」レインは言った。

「名前は言わなかったのか？」

「言おうとしなかった。相手がやばいことになるからって」

「きみは知りたかっただろうね」

「最初はあたし、サマーが嘘をついてるんだと思った。作り話じゃないかって。何かの本で読んで、自分でも経験してみたくなったんじゃないかって」

ブラックはサムソンを思い浮かべた。不器用な生きかたと十ドルのブーツを。病人のような白さを。おずおずした第一印象を。つづいてサマー・ライアンを思い浮かべた。才能ある輝かしい少女を。いくら想像してみても、まったく釣り合わなかった。

「で、きみはなんて答えたんだ？」

レインは父親をちらりと見た。

「しばらく外に出てたらどうだ、ジョー？」ブラックは言った。

ジョーは首を振り、レインに笑いかけようとした。それはさすがにうまくいかなかったものの、ブラックはジョーの努力に感謝した。

「いいにおいをさせてるといいよって教えた。男の子は香水が好きだからって」

「サマーの寝室にあった香水は――」

「あたしのじゃない。母さんがどう思ったかはわかるけど……母さんはあたしの言うことなんて絶対信じないから」

「あれをサマーがどこで手に入れたか知らないか?」

レインは肩をすくめた。「相手の人が買ってくれたんじゃないかな。見るからに高そうだったもん」

「ほかにはどんなことを教えた?」

「口紅をつけるといいよって教えた。そしたらその人はあんたの唇のことを考えるし、そしたらあんたの唇にキスすることも考えるって」

ブラックはにっこりした。「それは理にかなってるな。それだけか?」

レインは下を向いた。「それから……」声が少し震えた。「男の人はどんな下着が好きかって訊かれた」

ジョーがすばやく動いた。ブラックが立ちあがるまもなく猛然と部屋の外へ飛び出していった。

ミルクの怒鳴り声が聞こえてきたが、ブラックが戸口にたどりついたときにはもう、ミルクは鼻を血だらけにして尻もちをついていた。

ブラックが大急ぎで階段をおりていくと、ドスドスという重たい連打音が聞こえてきた。

サムソンの房の外でジョーがドアを殴りつけていた。血まみれの赤い拳で白く硬いドアを。

27 サマー

ブライアー・ガールズの五人目、オリーヴ・ブレイマーの場合はさらに悲惨だった。オリーヴはブライアー郡のワガモントという未自治体化地域で母親と一緒に暮らしていて、毎週ノースウッド・キリスト教会に通っていた。

鳥男はオリーヴを自分のバンではねたのだ。わたしは現場の写真を見た。ガラスの破片と、こぼれたミルクと、茶色の食料品袋を。それまで、わたしは自分にこう言い聞かせることができた。聖ルカ教会でこう祈ることができた。鳥男は何かほかの理由で彼女たちをさらっているのです、もしかしたら高潔な収集家なのかもしれませんと。彼女たちがブライアー郡の蝶になってみんなでひらひら舞っているところを想像して、鳥男はそれをうっとりとながめているのだろうと考えることができた。ながめるだけで鳥男には充分なのだと。

ところがオリーヴ・ブレイマーは、オリーヴのお母さんに言わせれば〝戦う娘《こ》〟だった。警察はオリーヴの血痕を見つけた。膝をすりむいたか頭をぶつけるかしたのかもしれない。なんてことだろう、オリーヴは怪我をして、鳥男の翼の下でぐったりしたまま墓場に連れていかれたのだ。

「あの男の逮捕に少しは近づいた？」わたしは訊いた。

ミルクは自分がひとりではなかったことに初めて気づいたみたいにこちらを向いた。わたしはミルクが好きだった。大きな体をしているのに、そのことにすごく平然としているからだ。

「そう言いたいがね」

「でも、警察は嘘をつくから」

ミルクはにやりとした。彼はお母さんのお墓のそばのベンチに座っていた。お墓の日付から、亡くなって二年になるのがわかった。ベンチは一週間前にステインを塗られたばかりで、わたしはその曇天の日、刷毛を動かすサムソンを見ていたけれど、声はかけなかった。彼が一心不乱に作業をしていたからだ。サムソンとレインには共通点がある。ほかの人なら簡単にできることが、なかなかできないのだ。レインは読み書きはできるものの、やや時間がかかる。双子というのは限りある特徴を取り合わなくてはならないのかもしれない。ひとりが強ければもうひとりは物怖じし、ひとりがお利口ならもうひとりは苦労するのだ。

わたしはそばに立ってそのお墓を見つめ、土の下でわたしたちのおしゃべりを聞いているかもしれないミルクのお母さんのことを考えた。肉体のない魂とはどんなものだろうと。

わたしはお墓参りの人たちが来ては去るのを見ているのが好きだった。かならずその人たちの立ち寄ったお墓に行って、誰を悼んでいたのか確かめては、その人たちの気持ちを味わった。子供は最悪だった。デュペレ夫妻の赤ちゃん、両親があまりにうち沈んでいるので、わたしもふたりのために泣きそうになった。ギャンブレル家の男の子、お母さんがひとりで来ては毎回少しずつ元気をなくしていた。マンディ・ディーマー、大きな男の人が片膝をついてお墓に触れていた。

あまりの悲痛さに、わたしは自分の体から血がなくなったみたいな気がした。

「わたし、彼女たちのためにいつもお祈りをしてるの」とわたしは言った。それは事実だったし、すごくふさわしく思えたからだ。わたしは背中で手を組み合わせた。

「そうか、それはいいな」とミルクは言った。「きみは気をつけるんだぞ。きみやほかの娘たちは」

「わかってる」

ミルクは悲しげだった。お母さんのことを考えていたからかもしれない。わたしは自分の親がいなくなる日のことを想像して、自分の人生から何が失われるのだろうかと考えた。

「鳥男はそのうちやめると思う？　もう充分にさらったら」わたしは訊いた。

寒くなりはじめていた。冬が迫ってきて木々が裸になり、その葉叢《はむら》のきらめきを人がすっかり忘れてしまう季節がやってきたのだ。

「かもな。そう思いたいね……遅くまで外にいないこと、森に近づかないこと。友達にそう伝えてくれ」

「了解」

デラ・パーマー、ボニー・ハインズ、リサ・ピンソン、コラリー・シモンズ、そしてオリーヴ・ブレイマー。みんな死んでいるとしたら、お墓にはなんと刻まれるのだろう。

〝あまりにも早く召されし〟か。

最後にはみんな召されるのだから。

「父さんには教会へ来るなって言われてる。ブラック署長にも言われた」

ミルクはわたしを見あげた。サングラスをかけていたけれど、太陽は出ていなかった。「だけどきみは来てる」

わたしはうなずいた。

ミルクは微笑んだ。

ときどきこの騒ぎが息苦しくなることがあった。テレビをつけても新聞を手に取っても、まるで世界が逆回転しているみたいにかならず堕落を、ありとあらゆる形の罪深い不従順を目にした。わたしは新聞でフェアフィールド郡の子供たちの記事を読み、チャンネル17で彼らを見た。ぼかされた顔と機械で変換された声が、熱心な母親たちに涙ながらにうながされて、おきまりの恐怖を語るのを。わたしたちはみんな終わらせたくてたまらなかった。せめてしばらくのあいだだけでも。

わたしはミルクをその場に残して教会にはいり、ステンドグラス越しに彼を見つめた。片目を閉じるとミルクは赤くなり、緋のような罪にすっかり染まった。ミルクもやはり男だったからだ。彼は片膝をついて一輪の花を手向けた。とても白くて神々しい花だったので、ミルクがいなくなるとわたしは行ってそれを手に取り、花びらを一枚ずつむしった。

28　この打ちひしがれた人々

ふたりは一キロ近くゆっくりと歩いた。早朝だというのに暗い通りから、暗い森にはいった。

「ナイフを持ってきたか？」ノアは訊いた。

「あたりまえだ」とパーヴは答え、肩にかけたバックパックをぽんとたたいた。

ふたりは乾いた落ち葉と折れた枝の上を静かに歩いていった。パーヴは一度つまずき、ノアにがっちりとつかまれた。梢《こずえ》を吹きぬけてくるほどの風は吹いていないので、頭上の葉はそよともしない。聞こえるのは、天候がどうであれいつもどおり流れつづけるレッド川の絶え間ない川音だけだ。

「足が冷てえ」とパーヴは言い、立ちどまって太い木の幹に寄りかかると、片足を持ちあげた。スニーカーがぼろいのだ。

「穴があいてる」

ノアも立ちどまった。「テープを貼るか、中に新聞紙を詰めればいいかもな。しばらくはもつぞ」

木に寄りかかっているあいだにパーヴは煙草に火をつけてノアに渡し、自分のためにもう一本火をつけた。

パーヴは朝早くにやってきて、キッチンでひと袋の〈チートス〉を朝食がわりに食べていたノアを見つけた。それを分けあいながらニュース番組を見ていると、広場の真ん中に立つ色白のレポーターと、その後ろの窓から苦々しげに外をのぞいているメイが映った。

「おまえのばあちゃん、もうあのビュイックを見たのか？」パーヴは訊いた。

「見たとしても、なんにも言ってこない。あれなら、ドアは四つも要らないと言いくるめられると思う」

ふたりはまた歩きだした。ねじれた煙の筋がおのおのから立ちのぼり、煙草の火だけがくっきりと見えている。

ふたりはさきほど、レインの家のある通りのはずれで男たちを見かけていた。いろんな噂のある大男たちで、視線を交わしたり周囲に目を配ったりしていた。ノアはその男たちが捜索に加わっていることがうれしかった。ジョーにそういう仲間がいることが。

パーヴが地面をじっと見つめ、急に膝をついて落ち葉をかき分けた。「一本見えた気がしたんだ」そう言うとまた立ちあがった。

ふたりは幼いころからアラバマ・ピンクを探していた。見つけたことは一度もなかった。

「一本五十ドルで買ってくれるって男がウィンデールにいるんだ」パーヴは言った。

ノアの表情は冴えなかった。パーヴは何年も前からそう言いつづけている。

「まじだぜ。リッキー・ブラノンは兄貴がヘルズゲートでどっさり見つけたと言ってる。数千ドルになったらしい」

「リッキー・ブラノンの話なんかでたらめばかりだ」ノアは言った。

ふたりはまた歩きだした。

「考えてたんだけどさ、おまえなんでレインに透析のことを話さないんだ?」

ノアは肩をすくめた。「どうせわかることだからさ」

ふたりはレッド川のほとりで、岸に両脚を垂らして座っているレインを見つけた。

レインは目を赤くしており、ふたりにあっちへ行けと言った。

ノアはレインの横に腰をおろした。悲しそうだったので手を握ろうとしたが、レインはその手を払いのけ、こんどそんなまねをしたらその手を切り落としてやると言った。

「ブラックが言ってたけど、警察は今日ルーメン邸を捜索するんだってさ」ノアは言った。

「おまえサムソン・ルーメンが鳥男だと思うか?」パーヴが言った。

「いや。サムソンは教会に通ってる。世間の噂じゃ、鳥男は悪魔だ」ノアは言った。

「あんた、悪魔を信じてるわけ?」とレインはノアを見た。

「神を信じてるなら、悪魔を信じるのもそう難しくないだろ」

「神を信じてるなんて、あたし言ってないよ」

「じゃ、何を信じてるのさ」ノアは言った。

「なんにもかな。あたしに尊敬してほしいなら、自分が下におりてくるべきだよ……自分で証明するべき」

「信じなきゃだめだよ」とノアは目を丸くして言った。「信じなきゃ」

「なんで?」

「だって、いつまでもこのままのはずはないんだから。まだ時が来てないんだ……近づいてさえいないんだよ」

パーヴが石ころをひろって川に放った。

「あのクリニックの女は? どうする?」パーヴは言った。

「見張る」とレインは答えた。

「関係なかったらどうする? ただの悲惨な物語だったら」

「念のために見張る。調べつづける。すべての手がかりを追う」

レインは川を見つめた。曲がりめと早瀬を。

三人はならんで座り、何が去って何が来るのだろうかと考えていた。

＊＊＊

ブラックはルーメン邸の前に立って、険しい表情でマグボトルからコーヒーを飲んでいた。家宅捜索はできなかった。ディーリー・ホワイトが弁護士のミルト・クロールを休暇先から呼びもどしたのだ。ミルトは、ケイニーフォーク川で釣りを楽しんでいたところだったので不機嫌ではあったものの、やるべきことはやっていた。サムソンは中へはいってかまわないと言ってくれたのだが、サムソンは法的には家の所有者ではなかった。ブラックからすればそれは一キロ先からでも飛んでくるのが見えるパンチであり、だからこそ令状を請求したのだが、ディレイン判事は拒否した。根拠が薄弱なのは誰もが承知していた。

ブラックはブライアー郡保安官事務所から人手を集めていた。その連中はいま、グレイス署で外のトラック軍団を監視しながら待機していた。

ブラックが早急に手を打たなければ、ジョーはおそらく行動を起こすだろう。

ミルクを殴りたおした件でジョーをしょっぴくことはできた。ジョーを有罪にしてしまえば、前科持ちのジョーはそこそこの刑期をまた務めることになるはずだった。が、それにはミルクがうんと言わなかった。ジョーの娘はまだ行方不明なのだから。

ルーメン邸のむかいには畑が広がっていた。かつては耕され色づいていた長くまっすぐな畑だ。

まもなくアーニー・レデルがやってきた。アーニーが保安官になったのは十年前だったが、ブラックは二十年前から彼を知っていた。鋭い知性と気さくな魅力をそなえたアーニーには、ブラックの記憶にあるかぎりむかしから上院選に出るという噂があった。アーニーはつねづね、自分は自分の愛することをしているのだ、人々に奉仕しているのだ等々と公言していたが、ブラックの耳にする噂だと最近は疲れているようだった。ブライアー・ガールズのせいでまいってしまったのだ。いまアーニーの笑みは、形になるまで一拍余計に時間がかかったし、声からは滑らかさが少々失われていた。

ふたりは握手をし、アーニーは屋敷を観察した。雲が垂れこめているので明かりがついていた。警察は投光照明も何基か設置していたものの、チームはすでに機材を片付けはじめていた。ディーリーはぎりぎりになって悠然とやってきて、ミルトが自分のメルセデスからむっつりと見守るなか、捜索を中止させたのだった。

「けっこうな天気だな、きみらの町は」アーニーは言った。

ブラックは微笑む気力もなかった。

「だいじょうぶか、ブラック?」

「この件がじわじわとこたえてましてね、思ったとおりにいかないんですよ」

「地元の連中と何やら揉めてるそうだな。ま、驚いたとは言えんがね、その子がジョー・ライアンの娘だと聞いては。きみがうらやましくはないな」

「みんなそうでしょう」

「手がかりはだいぶつかめてるのか?」

「いいえ」

「われわれが彼を預かろうか?」

「穏便に彼を移動させる方法がわかりません」

「じきに落ちつくよ」

アーニーはブラックの肩をぽんとたたいた。

「バーンズとアーリスにヘルズゲートのわれわれの側の聞き込みをさせてる。それと、広場でもっと応援が必要ならすぐに集められる人手もある。ヘリはこの天候じゃ飛ばせないが、雲が晴れしだい――」

「ええ。晴れしだいね」ブラックは言った。

「きみはブライアー・ガールズのことを考えてるのか？」アーニーは訊いた。

「考えずにはいられませんよ」

「鳥男狩りか。やつは五回、それもほぼ完璧に実行した。そこで疑問が生じる」

「どんな？」

アーニーは肩をすくめた。「やつの運は尽きはじめているのかどうか。やつはどこへ行ったのか。なぜしばらく鳴りをひそめていたのか。なぜ教会に通う少女なのか……そういう疑問さ。これまでさんざん考えてきた」

「悪魔がどうのという説は受け容れないんですね」ブラックは言った。ふたりはしばらく前にビールとウィスキーを飲みながら同じ会話をしたことがあったが、細かい内容は憶えていなかった。

「宗教的側面があるのは否定できない」

「できますよ。さらわれたのはみんな美少女だ。それが最大の共通点です。ブライアー郡じゃ信仰を持たない娘を見つけるほうが難しい」

アーニーはバッジに手を這わせた。「けさチャンネル14でメイを見たよ」

「らしいですね。いまは中継車が駐まってます、来る途中で見ました。何が望みか知りませんが、広場に馬鹿どもがぞろぞろやってくるのだけはごめんです」

「きみはむかしからあんまり社交家じゃなかったな」

「無人島をひとつもらったら喜びます」

アーニーは笑った。

ブラックはアーニーが帰っていくのを見送った。アーニーはヘッドライトを点滅させてブラックの前を通りすぎ、グレイスをあとにした。ブラックは息苦しくなって襟をゆるめた。どこからともなくパニックが忍びよってきたのだ。

頭の中で考えをひねくりまわした。サムソンと鳥男は同一人物ではないのかと。そう考えると、宗教的側面とも単独犯という点とも整合はする。終わったのかもしれない。思いきってそう考えてみた。自分たちは鳥男をつかまえて、事件は落着したのだと。

ルーメン家の土地は広大で、ヘルズゲートまでつづいていた。ブラックは裏手へまわってみた。がたがたになった柵の残骸が闇の中へ百メートルほど延びていた。懐中電灯をつけてそのむこうを照らしてみた。隣のマールの農場住宅と納屋のほうまで。

根元の湿った深い草むらを歩いていった。果樹が植えられていた。

ブラックはブライアー・ガールズのことを考え、ピーチ・パーマーとピーチが寝た男たちのことを考えた。それはつらかった。その程度にしか必要とされていないというのは。自分がひどく無価値になった気がした。自分の後ろにも誰かがならんでいる、自分が不首尾に終わるのをそいつらは首を伸ばして待っている、そんな気がした。

表側に戻り、パトロールカーの座席にどさりと腰をおろして目を閉じた。まったく進展していない。グラブコンパートメントからウィスキーの瓶を取り出し、それを飲みほした。量は多すぎたし、ピッチは速すぎた。つづいて、ピーチの抽斗からくすねてきた包みを取り出した。酔いで手元がおぼつかなくなり、鼻から吸いこんだのと同じくらいの量をシートにこぼしてしまった。車をおりてボンネットによじ登ると、ボンネットがきしんだ。はるかかなたにかろうじて日光が見えた。ブラックは銃を抜くと頭上に高く差しあげ、雲に向けて引金を引いた。

＊＊＊

両親はパティにサヴァンナの好物のクラブ・ポットパイを作らせたが、サヴァンナはほとんど手をつけなかった。食後、三人はオレンジ栽培温室のガラス屋根の下に座り、父親はクリスタルのグラスからブランデーを飲み、母親はサヴァンナの手を握った。

サヴァンナは空にどれほどの星が輝くものか忘れていたように上空を見あげた。

「ドナルドが電話してきてね、あなたが先へ進む気になったかどうか知りたいって」母親は言った。

「わたしまだ……ていうか、わたし――」

「やってしまえば気が楽になるさ」と父親は言った。

サヴァンナは父親に目をやった。父親は母親よりうまく年を重ねており、ハンサムな顔を縁取る豊かな髪はいくぶん灰色になっただけだ。

「わたしは言っただろう、あの男はふさわしくないと」と父親は言った。「最初からそう言ったのに、おまえは意固地になってばかりいた」父親はそれで棘が和らぐというように片目をつむってみせた。

「ボビーはあの手の目つきをしている。そういう目つきをわたしは、福祉制度を通過してきた少年たちの目に見たことがある。ダリーはパイングローヴで無料奉仕をしているが、時間の半分はそういう連中を相手にしているそうだよ」

「そういう連中？」とサヴァンナは訊きかえした。

父親はそう言われて微笑んだ。「それはボビーのせいじゃないし、彼がやっているのは立派なことだ、それには敬服するよ。彼を牧師に迎えられて聖ルカ教会は運がいい。しかし彼とおまえは……それにわたしたちもだが――」

「あのね、先週また別の男が起訴されたのよ」と母親が言った。「その男はボビーがいたあのホームで働いていて、やっとつかまったの。そういう傷は治らないものなのよ。人にどんな影響をおよぼすかわかったものじゃない。痛ましいことだけれど、とっても痛ましいことだけれど、わたしたちはわたしたちのことを考えなくっちゃ。それにあなたは、いまチャンスなのよ――」

「〝いま〟ってどういう意味？」とサヴァンナは言いながらハンドバッグをつかんだ。

「どういうって――」

「以前のおまえは出ていこうにも出ていけなかった、マイケルのことを考えなけりゃならなかったからな。あの子にそんな仕打ちはできなかった。おまえは善人なんだから」と父親が言った。それがどう聞こえるかわかっていないのか、それともブランデーで頭が鈍っているのか、いとも気楽に。「しかしいまだって、おまえが微笑んでも、それはわたしのかわいい娘がよく見せた笑顔とはちがう。ひどく悲しげに見える」

サヴァンナは頬がかっと熱くなるのを感じた。自分たちの立場から自分たちなりに気をもんでいる両親を見て、サヴァンナは一瞬、ふたりを憎んだ。だが、腹は立てなかった。わめいたり悪態をついたりはしなかった。

「書類にサインしてうちへ戻ってきなさい、そうすればもう一度やりなおせる」と父親は言った。「デートのことなんかまだ考える気にならないのはわかるが、おまえは若くてきれいなんだから――

――」

サヴァンナは立ちあがった。「わたしはまだ彼を愛してるの」

彼女は母親の表情に気づいた。父親のほうを見るその様子に。まるでクラブで一緒に踊った男の子への愛を叫んでいる十五歳の娘だ、とでも言いたげだった。

「わたしはまだボビーを愛してるの」

両親をその麗しい暮らしに残して家を出るサヴァンナの耳に、ふたりの嘆きが聞こえてきた。絶望の声が。なぜなら娘は正気を失っているからであり、どうすれば正気に返せるのかふたりにはわからなかったからだ。

＊＊＊

「今夜はましな顔をしてるな」ブラックは言った。

ピーチはブラックをにらんだ。

「いや、いつもだ。いつもいい顔をしてるよ、ピーチ」

ピーチは微笑んだ。そこには何か新鮮なものがあった。「体調がよくなったの。あんたに話してたあのプログラムの人たちに――」

「パイングローヴか」

「その人たちに相談して、助けてもらってるから」

ブラックは家の中を通りぬけて裏庭に出た。

「あたりまえのことだと思ってたな。星が見えるなんてのは」と空を見あげながら言った。

ピーチはアイスティーのグラスをふたつ持って外に出てきて、ブランコ椅子の脇に置いた。ふたりはならんで腰かけた。

ブラックがアイスティーをひとくち飲んで顔をしかめると、ピーチは笑った。

「テキーラもウォッカもないのか」ブラックは言った。

「ラムもない」

ピーチはブラックの手を取って軽くなで、裏庭をながめた。

裏庭は長かった。柵がなく、そのまま林までつづいている。夜の歌があちこちから聞こえてきて、ブラックは自分がグレイスから遠く離れているのを感じた。

「あたしこれまであの娘が……もう死んでるみたいに考えてた。ずっとそんなふうにしゃべってたし、考えてたけど、でも、だからってあの娘がもう死んでるとはかぎらない」

ブラックは下を向き、ピーチと目を合わせなかった。

「ほかの娘たちもおんなじ。もしかしたらどこかに身をひそめてるのかもしれない。じゃなければ、あの男にまだつかまってるか。そこがいいところじゃないのはわかってるよ、あたしだってそんなふうに考えるほど馬鹿じゃない。けど、だからって……あの娘はまだ生きてるかもしれない。息をしてるかもしれない。いろんな統計を見たけど、はっきりしてないときにはそんなもの、実際には意味がない。そうでしょ、ブラック？」

ブラックはピーチの手を握りしめた。

「そのワンピース、なかなかいいな」彼は言った。

薄手で、花模様がプリントしてある。ひなぎくの。ピーチは髪をアップにして、口紅をつけていた。

「仕事の面接に行ってたの。十一号線沿いのあのダイナー。知ってる？」

ブラックはうなずいた。

「ただのウェイトレスだけど」

「いいじゃないか」

「そう？」とピーチは横目でブラックを見た。

月はやたらと大きく、やたらと青かった。

「あたしもう……」とピーチは言いさしてやめた。ブラックの顔に手をかけて自分のほうへ向け、しっかりと押さえた。「あたしもうやめる。いまやってるああいうもの、もうやめる」

「うれしいよ」とブラックは言った。「心配なのは……その男のことだ。おれはきみが通報してこないか絶えず気にしてる。誰にもきみに暴力をふるわせたくないんだ」

ピーチはうなずいた。

「泣くときのきみは嫌いだ」ブラックは言った。

「知ってる」

「じゃ、やめるんだ」

「あんたがあたしに何を見てるかはわかる。あたしにも見えるから。いやだけど見えるから」

「おれは――」

「いつかはちがうものを見るはずだって思ってんのよね、あたしがもう少しましな人間になったら」

「なぜそんなふうに言うんだ？」

「そんなふうって？」

「おれがいい人間で、自分はそうじゃないみたいに」

「人は誰でもいまの自分よりよくなるつもりでいるの」

ブラックはピーチを抱きよせた。

「最初はあたし、とにかくあんたに娘を捜しつづけてほしかった」

「わかってる」

「でもいまは、とにかくあたしを捜しつづけてほしい」

「おれにはきみが見えてるけどな」ブラックは言った。

「見えてないよ、ブラック。始まりはセックスだったにしても、もうちがうんだから。あたしはそういう女なの。知ってることといえば、お金めあてのセックスか親切めあてのセックスだけだとしても、最後にはそこにありえないものが生まれるの。いまは……あんたが電話してくれるのや来てくれるのを待ってるけど、それはあんたがデラとつながってるかもしれないからってだけじゃない」

ピーチはブラックを深く見つめ、ブラックは顔をそむけたいという衝動と闘った。

「じゃ、パイングローヴの連中はそう言うわけだ。自分の気持ちに正直になって立ち向かうことが役に立つと。なら、おれもそうしてみよう」

後刻、ブラックはピーチが眠っているあいだに、抽斗から最後の古い彼女をくすね、裏庭の揺れる木々のあいだから漏れる斑な青い光の下に腰をおろした。結晶をスプーンに載せ、それを父親が遺してくれた銀のライターの炎であぶった。

「もうたくさんだ」そう言いながら深々と溜息をついた。「たくさんだ」

ブラックはピーチの家をそっと抜け出してグレイスに帰った。そしてルーメン邸から五百メートルほど離れた雑木林にパトロールカーを乗りすてた。

あたりは暗く静まりかえり、ブラックは急速に覚醒した。何ひとつおろそかにしないつもりだった。いかなる代価を払おうと、すべての秘密を一点の疑問も残らないところまで暴くつもりだった。ピーチの言うとおり、そろそろ隠れるのをやめて立ち向かうときだった。

サマー・ライアンのことを考えつつ、ブラックはルーメン邸に忍びこんだ。すばやく慎重に部屋を検めていった。家は広かったものの、大半の部屋は空っぽで、使われているのは二、三部屋にすぎなかった。古い屋敷全体を暖める余裕がないのかもしれない。

壁の写真を見ていくと、老牧師があの硬い笑みを浮かべており、そのまなざしはレンズを突きとおすほど鋭かった。サムソンの存在を示すものは、額の中にもほかの場所にもいっさいない。二階にはがらんとした埃っぽい客用寝室があり、手入れされていない寒々しいにおいがした。壁紙ははがれ、金の突き出し電灯は壁からはずれかけている。家具は古くて茶色い無骨なものだった。

サムソンの寝室が見つかった。ベッドが一台と、その上の壁にかけられた十字架がひとつ、机が一脚、小さな簞笥の上にきちんと積み重ねられた野球カード。簞笥を調べてみたが何も見つからなかった。それから老牧師の部屋へ移動して同じことをした。

グランドファーザー時計のチャイムを聞きながら、ブラックは額の汗を拭った。何を発見しても証拠として使えないのは承知のうえだったが、サマーのために捜索をつづけ、屋根裏へつづく古い階段を目にすると、音を立てずにすばやくそれをのぼった。

屋根ははがされていて、雨を防ぐ白い防水シートが見えたが、夜の物音は筒抜けだった。隙間から嵐雲がのぞいていた。雲の腹はひどく重たげで、落ちてきたら町がぺしゃんこになると人々が言うほどだった。

床を歩いていくと、薄い板は一歩ごとにきしみ、うなり、たわんだ。木材は腐り、がらくたが積みあげられている。しばらく調べまわり、そろそろ引きあげようとしたとき、それが目にはいった。前面に埃よけの布をかけられた古いファイルキャビネットが、奥の隅にあるのが。

近づいてみると、錠がついているのがわかったが、錠は鉄梃《かなてこ》でこじあけられでもしたように壊れていた。ブラックは扉をあけて、はいっていた雑誌を取り出した。かなりの冊数があった。ラッキー・デルフレイのガソリンスタンドで売られているようなしろものが——肉欲の罪の数々が、ブラックの手の中で熱く燃えていた。

ブラックはそれらを懐中電灯で照らした。牧師のことを思い、サムソンの恐怖を思い、目を閉じてうなずいた。これで辻褄が合った。

29　サマー

悪魔は細部にひそむ。この格言をわたしは全然わかっていなかった。

脳卒中で倒れる前のルーメン牧師が説教をする姿を見て、わたしは正気とはなんだろうと考えた。どんなふうに訪れて、どんなふうに留まったり去ったりするのかと。

会堂内に座って、数時間がまるで数分のように過ぎるなか、わたしはボビーが自分の仕事をするのを見ていた。ボビーは人々に話しかけられると笑顔を返したけれど、わたしはそれがボビーの本物の笑顔ではないのを知っていた。だって本物は全然ちがうのだから。人々はお追従を言った。目を丸くしてボビーに感心し、ボビーもおとなしく感心されていた。人々の尊敬と信仰心はひどく盲目的で、ボビーに祝福を求めるときも、ボビーの心にひそむ虚無は彼らに見えていなかった。

サムソンはほかの誰よりもよく教会にいた。最初はお父さんのために祈っているのかと思ったけれど、それだけではなさそうだった。サムソンがひざまずくと、苦痛のようなものが体をおおい、筋肉が攣《つ》ってでもいるようにきつく肩が丸まるのだ。それほどまでに主を必要としているのに、主は聴いてさえいないのではないか。そんな根強い不安が見て取れた。

「きみは聖歌隊で歌うべきだと思うな」ボビーは真顔で言った。

「あなたは主を捨てるべきだと思うよ」

わたしはレインに口紅の塗りかたを教わり、唇がアレルギー反応でも起こしているみたいに大きくふっくらして見えるようにしてあった。

「きれいな声をしてるのに、自分では気づいてないのかもしれない」

「わたしが歌うのはシャワーを浴びてるときだけ。ほかじゃ歌わない」

ボビーは微笑んだ。何か言いたかったのかもしれないけれど、それは呑みこんだらしく、表面上はあまり変わっていなかった。

「どうして神様を選んだの?」わたしは訊いた。

「ここは、神様がぼくを選んだんだ、と答える場面かな?」

「かもね」

「信じてるからだよ、サマー。心をひらいてそれを受け容れてくれ」

「でなければ馬みたいに目隠しをつけるか」

「きみが訊いたから答えたんだぞ」

「大した意味はなかったんだ」

「わかってる。まあとにかく、ほとんどのときはそれが事実だ。考えれば考えるほど、そう思えてくる」

「そうじゃないときは?」

ボビーは顔の汗を拭った。わたしたちは日向に座っていたのだ。

「そうじゃないときは、はたしてもう一度神を選ぶかどうか。人生をやりなおせるとしたら、他人に赦しをあたえるなんていう苛酷な道をまた歩むかどうか、自信がない」

「ご両親も信仰が篤かったの?」

「ぼくは児童養護施設で育ったんだ」

「そっか」

「幼かったからそれ以前のことは憶えてないけど、ま、それはむしろありがたいことだと思う」

こんなふうに話したのは初めてだった。ざっくばらんに話をして、わたしは思った。真実はもっと出発点の近くにあるのかもしれない、教会がボビーにすごく大きな家族をあたえたのかもしれないと。

「サヴァンナはぼくのことを誕生日に何ももらえないような孤児だったと想像したがるけど、実像はそれとはだいぶかけ離れてる。サヴァンナがぼくの過去を知りたがると、ぼくはほんのうわべしか話さない。だってサヴァンナの家は……知ってる？　彼女の一族のなかには、一八八〇年にペンサコーラ鉄道に資金援助をした人たちもいるんだぞ。ぼくは写真を見たことがある。彼女はそれをすごいことだと思わないんだ、そんなむかしまでルーツをたどれるのが」

わたしはうなずき、ボビーを見て、手を触れたくなったけれど、我慢した。

「その養護施設は、アーンズデールにあるんだけど、そこはぼくの記憶の中じゃ白黒なんだ」ボビーはわたしを見ずに話した。

「どうしてわたしのことを好きなの？」

「好きだなんて言った憶えはないぞ」

わたしは微笑んだ。

「わたしは四六時中あなたのことを考えてる。それって悪いこと？」

「考えに、いいも悪いもないよ。考えは考えでしかない。心は自分だけのものだ。そこだけが真の自由が存在する場所だ」

足の下で地球がぐるぐるまわっていて、わたしはその場にとどまるだけのために走っていた。

「わたし、眠れない。あなたのことを考えると眠れない」

「考えるって、どんなことを？」

「あなたがわたしにいろんなことをするところ」

「いろんなことって？」ボビーはわたしのほうを見ず、ほかのものにばかり目を向けていた。教会や、お墓の石や、長く伸びた草や、高くそびえる鐘楼に。

「本で読んだこと。話に聞いたこと。映画で見たこと。正しいとはとても思えないほど恥ずかしいこと。一線があるとしても、わたしには見つけられない。もう自分のことさえよくわからない。それをするとわたしはどうなっちゃうの？」

ボビーはゆっくりと立ちあがった。そしてゆっくりと歩きだした。

わたしも立ちあがってついていった。

教会の中は薄暗くて人けがなく、ひんやりしていたけれど、わたしは何も感じなかった。

ボビーをじっと見ていた。彼は自信を持って動き、邪魔をする者があれば軍隊だろうと薙《な》ぎ倒さんばかりだった。

わたしたちは祭壇の前に行った。周囲の彫刻はとても手がこんでいて、完成には百万年かかったにちがいない。

わたしはそこで立ちどまり、大胆になろうとした。ボビーはわたしと向き合い、わたしは足元を見おろした。サンダルはピンクだった。

ボビーは異様なほどきれいな肌をしていた。あなたは現実なの？　そうわたしは訊きたくなった。手を触れたら、絶対にごまかせない指紋を残しそうだった。

「夢の中のわたしは言われたとおりのことをする。なぜだと思う？　自分の夢に自分で指図できないの。そのせいで無力になったり従順になったりするのかな、そもそもそこにちがいがあるのかな」

ボビーはわたしの手を取り、自分の執務室に連れていった。

ドアに鍵をかけるとボビーはひざまずき、わたしはエピクロスの言う空虚な欲望のことを考えた。

もっと話してもいいけれど、あとは内緒にしておく。

悪魔は細部にひそむ。
それをわたしは結局理解したのかもしれない。

30　ペンキを塗った柵

レイ・ボウドインがブラックの前に立った。少々近すぎたが、ブラックは一歩も退くつもりはなかった。レイは長身でたくましく、金と地位をどちらも失うまではハンサムでもあったかもしれない。

「サムソンと話がしたい」レイは言った。

「それは無理だ」

レイはブラックをにらみ、ブラックもレイをにらみかえした。

「どうしても──」

「無理だと言ったろ」

レイは顎を強ばらせ、ブラックはにやりとした。レイが殴りかかってくれれば、それほどうれしいことはないが、そうはならないはずだった。レイは乱暴だが馬鹿ではないからだ──少なくともしらふのときは。ブラックはレイがパーヴ相手に鬱憤を晴らしているところを想像してみた。不平等なんてものではなかった。

「おれはルーメン邸の工事をやってて、時間の半分をあのくそ屋根に費やしてる。牧師が病気になってからはサムソンが小切手を切ってる。金をもらうまで工事は再開できない」

ブラックはしばらくレイを見つめ、その短く刈りこんだ髪と、百ドルのブーツと、ジャケットをじっくりと見た。いまだに大物のようななりはしていても、ブラックはレイが銀行に大金を借りているのを知っていたし、レイがキッチナー・ファミリーの面々と手を組んでそいつらの金まで失ったという噂も耳にしていた。

「ウェストエンド伝道団の工事はもう始めたか？」とブラックは言った。「その件で伝道団から苦情が来てる。おれは暇を持てあましてるわけじゃないんだぞ」

「それには金が要る。ルーメン邸の仕事の金がはいったら取りかかるつもりだ」そこでレイは自分をぐっと抑え、「頼むよ、ブラック」と言った。

ブラックは微笑んだ。「やっとそう言ってくれたか、レイ」

レイはブラックをにらみ、ブラックもレイをにらんだが、やがてレイが視線を落とした。

「サムソンは下にいる、三号房だ」

レイは部屋の奥にいるトリックスのほうに、次いでノアのほうに目を向けた。それからブラックに微笑みかけると、サムソンに会いにいった。

＊＊＊

監視が長期化してくると、ジョー・ライアンはさらに助っ人を呼んだ。いまでは六台のトラックが署の外に駐まっていた。彼らは交替でメイの店に行ってはトレイでコーヒーを運んできて、夕方にはそこに酒を垂らした。通りの反対側には地元局のニュース中継車が駐まっていたが、おっつけ全国ネットのキー局もやってくるという噂だった。少女が行方不明になり、教会のメンバーが勾留され、空では三週間近くも夜が昼の血を吸い取っているのだ。

キー局がやってくるのも当然だった。

ブラックはゆうべ遅く署に戻ってきた。ジョーは変化の兆しを求めて注意深くブラックを観察したが、ブラックはなかなかのポーカーフェイスだった。サムソンの訴追に関してはいまだになんのニュースもなかった。

トミーはコーヒーを飲んで煙草を吸っていたが、ランチを食べている美人レポーターに半分注意を奪われていた。

ハンク・フレイリーは〈ウィスキー樽〉の外にさらにテーブルをならべており、テーブルにはそれぞれ太い蠟燭がともしてあった。

シュプレヒコールが聞こえたので一同が顔をあげると、ショッピングカートもどきに乗ったルーメン牧師が、二十人ほどの連中を引きつれて現われた。

美人レポーターはサンドイッチを道に落として中継車に走り、クルーを集めて準備をさせた。

ブラックがミルクとラスティを従えてあわてて外に出てきた。階段を一段飛ばしでおりてきて、一行を阻止しようと芝生を駆けていく。

ジョーは署に目をやった。煌々とともる照明と旗と柱に。七歳のとき、その階段に座って父親が出てくるのを待っていたことがあった。罪名はもう憶えていないが、たしか重罪を犯す前の微罪のひとつだった。

あれから広場はだいぶ変わり、輝きはほとんど失われた。八軒の店がシャッターをおろしており、今後も増えそうだった。

ジョーたちは一部の連中よりうまくやっていた。ダントンにいる従弟は何もかも失っていた。製材所の合併とはなんだったのか、金額以上の犠牲を払って利益を得た連中がはたしているのか、ジョーにはよくわからなかった。彼は仲間たちを見た。みな彼の娘への心配でやつれて疲れた顔をしていた。

またシュプレヒコールがあがったので、ジョーはおもむろにそちらを向き、狂気の沙汰が繰りひろげられるのをながめた。

二時間後には双方のあいだに線が引かれていた。ルーメン牧師は後ろにさがり、味方が自分とサムソンのために闘ってくれるのを見ていた。ブラックは一歩も退かなかったが、老牧師ににらみつけられていてはそれもなかなか容易ではなかった。教会の人々は一団になっており、大胆な連中はジョーたちのほうへちらちら視線を向けていたが、ジョーたちのほうは無言でそれを見ていた。サムソンの釈放を求めるプラカードが何枚も見えた。

途中で、ディーリー・ホワイトがオースティン・レイ・チャーマーズにガンを飛ばし、地面に唾を吐いた。オースティンはすかさず詰めよった。ミルクが割ってはいらなかったら、ディーリーはこてんぱんにされ、ざまあみろと罵られていただろう。

次にディーリーの妻が、立ち去ろうとしたオースティンに唾を吐いた。唾はオースティンのズボンの脚の裏に命中した。オースティンは銃を抜き、トミー・ライアンがそれを手からもぎ取った。あちこちから悲鳴があがった。

お次はローリー・ガーナーズの番だった。ローリーは自分のステットソン帽を脱いで、フリスビーのようにライアン側に放った。ローリーが何を期待していたのか、ブラックにはいまひとつよくわからなかったが、ジョーの仲間のひとりがそれに火をつけると、レポーターが色めきたつのがわかった。

ブラックは部下たちを署の奥の部屋に行かせ、砂袋を運んでこさせた。レッド川の氾濫に備えて用意してあったものだ。警官たちはそれを緑地の中央に一列にならべて双方を分断した。たやすく乗りこえられる高さだったし、長さも道路までしかなかったものの、どちらも相手側とさほど仲よくするつもりはなかったので、それで充分だった。

ブラックはディーリー夫妻を脇に連れていき、こう伝えた。また挑発行為があってもこんどは放っておけとミルクに命じるから、あんたがたは試しにオースティン・レイ・チャーマーズを相手にしてみるがいいと。ふたりから闘志がみるみる失われるのがわかった。

三時に中継車がもう一台広場にはいってきた。すぐにもう一台、また一台とつづいた。キー局がやってきたのだ。

ルーメン牧師は出番が来たのを見て取り、ローリーに命じてディーリーのトラックの荷台に据えつけられた大型スピーカーにマイクをつながせた。牧師は低く身をかがめ、動かせるほうの拳を右から左に勢いよく振ると、高々と立ちあがって群衆を沸かせた。そして荒れくるった。この雲は神が御《おん》みずから遣わされたものである。なぜなら良からぬことがこのグレイスで起きているからであり、それを追いはらうにはまずサムソン・ルーメンを釈放せねばならない。牧師は低いうなり声を漏らすと、空に向かって腕を突きあげた。大半の人たちは一緒に拳を突きあげ、それから頭を垂れて目を閉じ、ひとつになって祈った。牧師はブラックを見つめ、指をさして聖別した。

＊＊＊

ノアとレインとパーヴの三人は頭を寄せあって草の上に星形に寝ころび、まっすぐに空を見あげていた。パーヴは太い葉巻を吸い、なんとか煙の輪を吐こうとしては失敗して顔をしかめていた。

「なんでこんなに静かなのかな」ノアは言った。

「鳥たちのせい」レインが答えた。

その日ノアがシフトを終えて帰宅してみると、裏庭でレインが待っていた。先日の夜の話は出なかった。ノアが足枷になっているという話は。運転手を務めてくれる男がほかにいなかったのかもしれない。それが真相なのかもしれない。ノアはそう思ったが、それを暴きたてるほど冷淡でも残酷でもなかった。

ふたりはビュイックに乗り、パーヴをひろってデイエット婦人科クリニックに向かった。

夕方だというのにグレイスの町の外はまだ暑く、気温は三十八度を超えていて、通りはさまざまな噂とともに煮えたぎっていた。パーヴは後部席に座らされていることに不平を言った。ビュイックが左に曲がるたびに前の座席にしがみつき、ドアがなくなったあとの穴からふり落とされまいとした。ノアは顔がまっ赤になるほど笑った。

三人は女が勤務を終えるのを待って女のトーラスを尾行した。ノアはつねに車を何台かあいだに入れて、本物の警官のような気分を味わった。

燃えるような赤毛の女が住んでいるのは、クリニックから五キロほど離れたフォースト・ロードの安物雑貨店〈アドラー〉の上階にある小さなアパートだった。三人はもう何度かその女を監視していた。

その結果、女には三人の子供がいるものの男はいないことと、借金のトラブルがあることが判明した。レインが女のゴミをあさって数枚の赤い封筒を見つけたのだ。

女はいつも、子供たちを家に置きっぱなしにしてウェストエンド伝道団の祈禱集会に出かけていた。そこには何か意味があるという点で三人は意見が一致した。あの説教師が烈火のごとく命の神聖さを説くのを目撃したからだが、しかし、その何かがなんなのかはいまひとつよくわからなかった。パーヴの考えでは、女は狂信的原理主義者たちがクリニックを焼きはらうとか、何か良からぬことを企んでいる場合に備えて、そいつらを監視しているのかもしれなかった。

帰る途中、レインはワイナンズ・ロードの菜畑の横でノアに車を停めさせた。レインのあとについて延々と油菜の畑を歩いていくと、やがて小さな草の丘に一本だけ生えている林檎の木にたどりついた。五十メートルと離れていないところで夕陽が沈むのが見えたが、三人はそこが自分たちの居場所だというようにグレイス側を離れなかった。

レインはあおむけに寝ころぶと、雲の一部をむしり取れるとでもいうように手を伸ばした。

「あれ低くなってきてるかな。ここにいると息が詰まりそうだ」ノアは言った。

「おまえだけじゃないさ」とパーヴが言い、咳きこんだ。「この〈バックウッズ〉ってのはろくでもねえ葉巻だな」

「どこで手に入れたんだ？」

「〈樽〉だよ。雲見物の観光客が鞄から目を離してたんでさ。そう言えば、ゆうべブラックが来たぜ。隅っこにひとりでこっそり座って、〈ジムビーム〉を一本空けちまった。あのおっさん、なんだってあんなに飲むんだ？」

「過去の事件に取り憑かれてるのかもな」ノアは言った。

「平凡」とレインが言い返した。

「ウィスキーの味が好きなだけかも」パーヴが言った。

パーヴは葉巻をもみ消して、吸い殻をかたわらの地面に埋めた。パーヴがかがむとTシャツがずりあがり、ノアはパーヴの背中にまたひとつ、ひどいみみず腫れができているのに気づいた。横目でレインを見ると、レインも気づいているのがわかった。

「考えてたんだけどさ、おれたちボビー牧師に会いにいくべきじゃねえかな」パーヴは静かに言った。

「どうして？」ノアは訊いた。

「この雲さ」

「雲？」

「どうせおまえはでたらめだと言うだろうが、世間じゃみんな、これは神がなんらかの理由でグレイスにもたらしたもんだって言ってる」

「ああ、おれは言うよ——そんなのはでたらめだ」

「けど、でたらめじゃなかったらどうする？　神と関係あったら？　おれたちはまだ全然準備ができてねえ」

「なんの準備さ?」とノアは言った。また夕陽のほうに目をやると、一羽のアマツバメが地面に舞いおり、闇をちらりとのぞきこんでからまた飛び去った。

「終末のだよ」とパーヴは言い、馬鹿にされるのを恐れるようにレインとノアを順に見た。それから手をあげて自分の髪に触った。「おれたちは長年にわたる悪事の数々を残らず白状しなきゃなんねえ。神が見逃しちゃくれねえような悪事は、残らず。白状したら、神はおれたちを許して、天国に入れてくれるんだ。ちがうか?」

「ま、そう言われてるよね」レインが言った。

「だとしたらボビーに会いにいくべきだ。用心するに越したことはねえんだから。あくまでも〝悪いことが起きるとしたら〟だけどな」

「別に牧師に話さなくたってかまわないじゃん。ただ白状すればいいんだよ。いまここで、大きな声で話せば。神様にはなんでも聞こえるんだから」レインは言った。

「ようし。おまえがやったいちばんの悪事は?」ノアは言った。

パーヴは下を向いた。「おまえがかけてるあのサングラス……あれをおれ、ウィンデールの盲人から盗んだんだ」

ノアは頰をぷっとふくらませた。

「ついでにそいつの犬もさらおうとしたんだけどさ――」

「ひどい」レインが言った。

「どうしてもついてこなかった。金色の毛をしたきれいなやつだったのに」

「忠犬だったわけか」ノアは言った。

「ほかには?」レインが訊いた。

パーヴは黙りこんだ。

「しゃべっちゃいなよ」レインは言った。「終末が来たら天国に行きたいんじゃないの?」

パーヴは誰かが聞き耳を立てているかもしれないといわんばかりに、空と周囲に目をやった。「あと、あいつを殺すことも考える」その目は誇らしさか恥辱か、あるいはその両方で爛々としていた。

ノアはパーヴの肩に手をかけた。

「神は理解してくれると思うか?」そう言いながらパーヴは上を見あげた。

「ああ」とノアは答えた。

「うん」とレインも言った。

パーヴは気が楽になったというようにうなずくと、もう一本葉巻を取り出して火をつけた。「ほかに誰かいくか?」

「長くなるけどいい?」レインが言った。

パーヴはにやりとした。

「あたしはときどき母さんを憎んでる」レインは言った。

パーヴはレインを見つめた。葉巻を吸い、むせ、レインの顔をおおう影を見つめた。レインが自分のバッグからマールボロを取り出すと、パーヴは火をつけてやり、先端が赤く光るのを見つめた。

レインは淡々とした口調で話した。「母さんがあたしを見る目つきが頭にくるし、サマーを見る目つきも頭にくる。あたしたちのあいだにちがいしか見ないのが頭にくる」レインは雲をめがけて煙を吐いた。「これが罪かどうかはわかんないけど、いけないことだって気はする。母さんは苦労してきたんだから、父さんのせいやなんかで」レインはこみあげてくる感情を呑みこんで顔をそむけた。

そのあとの沈黙をノアは自分の番のように感じた。憎める親がいるなんてふたりとも幸せだ、などと言うつもりはなかった。ひとりのほうがいいと何年も前に答えを出していた。看護師たちが家にやってきては母親の叫びを薬で静めていたあの長い夜々に、裏庭に座って母親の部屋の窓をじっと見あげながら、それを思い知ったのだ。つらさはもはや薄れたものの、あのころの昼は短く、夜は長く曲がりくねっていた。母親は痩せおとろえ、ノアは母親になんと声をかければいいのか、母親をどう見ればいいのかわからなくなった。母親は痩せおとろえ、その新しい笑顔はノアを怖がらせた。かつての笑顔とは似ても似つかぬものだったからだ。ある晩、ひとりの女性がやってきて母親と話をした。女性は年を取ったベテランで、ノアが戸口で聞き耳を立てていると、命の終わりのことと、遺産のことを話した。

ノアは泣かなかった。当時も、その後も、いまも。彼は勇猛だった。果敢だった。

まもなくパーヴがうとうとしはじめた。家であまり寝ていないのだ。

レインが立ちあがると、ノアも立ちあがった。ふたりは林檎の木まで歩いていった。その根元から三メートル離れたところでは最後の光が消えつつあった。

「面白いと思わない？　おれたち、学校でもどこでも一度も口をきいたことがなかったなんてさ」ノアは言った。

「思わない。あんたとパーヴは負け犬だもん、気を悪くしないでほしいけど」

ノアは顔をしかめた。「気を悪くしないわけにはいかないな」

レインはうなずいた。

それから向きを変えて、血を流す夕陽の中へ歩いていった。ノアは金色に染まって立っているレインを見て息を呑んだ。

「ときどきあたし、小さかったころのことを忘れちゃう。人生がいまとは全然ちがったころのことを。それはいい日々だってことになってる。楽な時代だってことに。もしそれが事実だったら、この先どんな悲惨な人生が待ってるのかなって思っちゃう」

「きみはだいじょうぶだよ、レイン」

「なんにも知らないくせに」

「それはそうだけど、ただね、目に浮かぶんだ——」

「何が？　何が目に浮かぶわけよ」レインは問いつめた。

　ノアはじっと下を向いていた。「小ぎれいな家がさ。ヘルズゲートのむこう側に建ちならんでるやつみたいな。ブルックデールの小ぎれいな地区に。ペンキを塗った柵があって。子供がふたり見える。たぶん双子だな——どっちも男の子だけど。きみはケーキなんかを焼くのが得意になってるかもしれない」

　顔をあげたとき、ノアは笑みの尻尾をつかまえたような気がしたが、レインはすぐに顔をそむけてしまった。

「ブラックはサムソンを無実だと考えてる」

　レインはノアのほうを向いた。「ブラックがそう言ってんの？」

「ブラックは何度かサムソンを問いただしたけど、サムソンはぶれてない。答えは毎回同じで、サマーのチェロのケースが壊れてたから持ってあげてただけだって言ってる」

「母さんが調べた。ケースは壊れてる。把手が折れてんの」

「じゃ、少なくともその部分は本当なんだ。それは大きいよ」

「そう？　もしサムソンがサマーをさらったんじゃないとすると、もしサムソンがサマーの居どころを知らないとすると、あたしたちにはなんにもなくなっちゃう。うちの父さんはそう考えてる。だからサムソンをほっとかないんだよ。サマーを家まで送ったことは、サムソンをトラブルに巻きこむのに充分なの。あんたも父さんの顔を見たでしょ、めちゃくちゃいらだってる。しかもそれは、サマーが年上の男に夢中になってたって話が出る前だから」

「おれたちで捜しつづけよう。鳥男を見つけよう」ノアは言った。

「で、見つけたら？」

「おれたちで――」

「あんたはタフガイじゃないんだよ、ノア。脅威に直面したときの反応ってのは、身に備わってるもんなの。あんたはでかい生徒たちに立ち向かってパーヴのかわりにひどい目に遭わされたりして、それはそれで立派な行ないかもしれないけど、これから起こることはあんたには向かない」

ノアは下を向いてレインの視線から目をそらした。

「あたし、感じるの。自分の人生が変わりはじめてるのを、あそこで何か悪いことが起きてるのを。あんたはだいじょうぶ。あんたとパーヴは、家庭に問題を抱えてるかもしれないけど、そんなの大したことじゃない。いつか終わりが来る。あたしの闘いはあんたたちのとはちがう。もしかしたらあんたは、あたしと仲よくなったつもりかもしれない。あたしに親切にしてくれるみたいだし、それこそあたしが必要としてるものだしね。でも、あんたはわかってない。あんたたちは。あたしはサマーがいないとだめなの、必要なのはサマーだけ」

ノアが近づくと、レインはあとずさった。

「おれはサマーを見つける。きみを手伝う。きみがなんと言おうと関係ない。おれがどれだけ勇猛で果敢で強いかなんて関係ない」

レインはノアをじっと見つめた。

「それにおれたちには銃がある」

「あんた、銃を撃ったことあんの、ノア？」

その林檎は、二十メートルほど離れたところにレインが手で築いた土の小山に置かれていた。レインは土と汗で顔を汚したままノアの横に立ち、狙いかたを教えた。ノアは二発、大きくはずした。後ろをちらりとふり返ると、パーヴが暗がりからじっと見ていた。

「こいつは制式拳銃じゃねえからな」とノアは顔をしかめて言った。「おれにコッホを持たせてくれりゃ、アップルソースを作ってやるぜ」

レインはしばらく背中を向けており、肩を震わせているのがわかった。

「笑ってるのか？」ノアは言った。

レインは首を振るとノアのほうに向きなおったが、笑いをこらえているのか口をきつく結んでいた。

「もう暗すぎるんだよ」ノアは言った。

「こんどは呼吸を忘れないで」

ノアはもう一発撃ち、またはずした。

しばしの間。「親父は射撃の名人だったのにな」

「あんただって命中させられるよ」

「命中させたら、きみをディナーに連れていかせてくれる？」

「だめ」

「頼むよ」

「あんたには命中させられない」

「なら、心配することないじゃないか」

「ま、いいけど」

片膝をつき、引金を引くと、パシッという音が聞こえ、林檎が土から跳ねあがるのが見えた。

ノアはレインのほうを向いてにんまりと大きく笑うと、レインを抱きしめにいき、撃ち殺すよ、と脅された。

31 サマー

その冬の残りから春にかけて、わたしたちは息をひそめて過ごした。毎晩ニュースを見て何かが起こるのを待っていた。母さんは日曜日ごとにわたしたちを教会に連れていき、父さんとトミー叔父さんはジャクソン・ランチ・ロードのはずれの車内でコーヒーを飲みながら警戒していた。新聞によればブライアー郡じゅうが警戒していた。あいつは世間の目がきつくて活動を再開できないのかもしれない——数週間が数カ月になると人々はそう言うようになった。レインはあいかわらず夜になると家を抜け出し、パーティのようなものに行ってはよろよろと帰ってきた。ときには打ち身をこしらえて泣いていることもあった。わたしのベッドに這いこんできては体を押しつけて眠り、わたしはそんなレインが世界に対して目を閉じるだけで無垢になるのをじっと見守っていた。

グレイスがふたたび色づきはじめると、ブライアー・ガールズのことはしだいに話題にされなくなった。いつまでもそうしてはいられないからだ。人生とはそういうものだ——当事者でない人たちにとっては。わたしたちは当事者ではなかった。さらわれたのはグレイスの娘《こ》たちではなかったし、ヘルズゲートはわたしたちの町に接してはいても、わたしたちには免れたという意識があった。雷は頭上をかすめて周辺に落ちたという意識が。もちろんダメージは感じていたけれど、それは余波であって深刻なものではなかった。

あちこちの街灯にひと組の目だけのポスターが貼られた。それが大人たちの実行したことであり、それだけで子供たちは充分に危険を思い出すはずだった。わたしは忘れなかったけれど、ほかの娘たちは元のように男の子のことやプロムのこと、恐怖が去ったあとの暮らしのことを話題にしていた。

「ちょっとワインを飲んでいい？」レインが言った。

母さんがレインをにらんだ。

ボビーと父さんは裏のポーチに座ってビールを飲みながら、フットボールのことを話していた。それが無難な話題だったからだ。サヴァンナはわたしの隣に座っていて、おなじみのフランス香水が濃厚に香った。その夕食会は母さんの発案で、ふたりがしてくれたいろんなことへのお礼だった。母さんはロイヤルレッド・シュリンプを出し、ボビーがそれをグレイスに着任してから食べたいちばんおいしい食事だと褒めたので、顔が痛くなるんじゃないかと思うほど大きくにっこりした。

「じゃ、ジンは？」レインが言った。

「レイン」父さんがあけっぱなしのドアのむこうから怒鳴った。


わたしたちは裏庭でふたつのブランコにならんで腰かけていた。サヴァンナは靴を脱ぎすて、黄ばんだ芝にはだしの足を載せていた。母さんがレインを叱る声が聞こえてきた。レインが食卓の片付けを手伝うはずだったのに、わたしが自分の分を片付けずに外に出てきたことに、ぶつくさ文句を言っていたからだ。

「ボビーとわたしは十年前の今日結婚したの」

わたしはサヴァンナのほうを見た。「言ってくれればよかったのに。これは別の日に変更できたんだから」

「わたしたち、大騒ぎはしないの」

わたしは心の中ではボビーと結婚しているつもりでいたけれど、それではだめなようだった。法的にも神様の目からも、結婚しているとは見なしてもらえないのだ。わたしはボビーの心が欲しかった。それにもしかしたらサヴァンナの心も。そこにふたりの息子が帰ってきてくれたら、三人の作っていたような完璧さを味わえる。

「どうしてそんなに気にかけてくれるの?」とわたしは訊いた。「どうしてここにいるの?」サヴァンナを傷つけたくはなかったので、棘のある口調にならないようにした。

「ときどき思うんだけどどね、あなたは自分の持ってるものがわかってない」

「チェロをわたし程度に弾ける人なんか、ごまんといる。もしかしたらわたしのほうが上手か、上手になるかもしれないけど。でも、それがなんだっていうの?」

わたしはまたブランコをこいだ。コオロギが絶えず騒々しく鳴いているのがありがたかった。わたしはサヴァンナみたいには考えられなかった。どうでもいいことを重要だとは。

「レポートは書きあげた?」サヴァンナは穏やかに尋ねた。

「こないだ図書館にいたら、メイデンヴィルの娘たちがはいってきてわたしのことを笑うから、家に帰ってきてよく見たら、母さんがワンピースから値札をはずしてくれてなかった」

「サマー――」

わたしはブランコをもっと高くこいだ。

「あなた幸せ、サヴァンナ?」

サヴァンナはわたしを見つめて、見たこともないほど悲しげな笑みを浮かべた。

トミー叔父さんがぶらぶらと現われたので、わたしたちは顔をあげ、ボビーは立ちあがって叔父さんと握手した。わたしはサヴァンナに答えてほしかったけれど、サヴァンナはふたりに気を取られているか、気を取られているふりをしていたので、その質問はわたしが自分で答えられるものだったのかもしれない。

しばらくするとボビーがやってきて、わたしはボビーに微笑みかけ、ボビーはにっこり笑った。彼はビールを持っていて、目がきらきらしていたので、ちょっと酔っているように見えた。

「それ以上高くこいだら一回転しちゃうぞ」

「むり。あたしやってみたもん」レインが窓から叫んだ。

ボビーはそこに立って星を見あげた。ボビーを見つめているわたしをサヴァンナが見つめているのがわかった。

「おめでとう」わたしは言った。

ボビーはぽかんとしてわたしを見た。

「十周年」サヴァンナが言った。

ボビーは微笑むと、また空のほうへ顔を向けた。

32　グレイスの美少女

全国ネットでニュースが流れたあとの週末、グレイスの町境からかなたのウィンデールまで長い車の列ができた。みな徐行しながら闇に突入した。警笛が鳴らされ、子供たちが窓から手を突き出し、老婦人たちが錆びたピックアップトラックからおりてきては十字を切った。キンリー家の若者のひとりは、まっ暗な壁の三十センチ手前で終わっている自家の畑に、一台二ドルで車を駐めさせた。

正午前、ノアとパーヴは噂を聞きつけて見物人たちのところへ出かけていった。一時間がかりで小さなテーブルを適当な場所に据え、さらに三十分かけてジニーのコンビニエンスストアの裏からレモネードを二ケースくすねてきた。レモネードは飛ぶように売れ、値段をメイデンヴィルなみに引きあげたというのにたちまち売り切れた。

「もっと要るな」とノアは折り畳み椅子にもたれ、日射しの中へ伸びている長蛇の列を見つめた。

ミシシッピ・ナンバーのシボレーが目の前でエンコして停まると、パーヴは顔をあげた。老人がおりてきて、不安げな目で空をちらりと見あげた。

「天の賜物ってとこだな」とパーヴは言い、立ちあがって近づいていった。「誰かエンジンを見てくれる人を連れてきましょうか？　有料ですけどね」

パーヴは老人からもらった十ドル札を、ノアはレモネードの売り上げを持って、てくてくと町へ引き返した。

「最終的にいくらになった？」札を数えているノアにパーヴが訊いた。

「まずまずだ」とノアは答え、半分をパーヴに渡すと、パーヴはそれをそっくりノアに返した。

「今晩の軍資金だ。レインをメイの店よりましなとこへ連れてってやれ」

ノアは微笑んだ。「レインが来るかどうかもわからないんだぞ」

ふたりはずっと道路を歩いていた。暗すぎてそうせざるをえなかった。懐中電灯も使わなかった。ヘルズゲートでの鳥男狩りのために電池を節約していたのだ。

ごったがえす広場に戻ってみると、報道陣がさらに増えていた。中継車は屋根にパラボラアンテナを載せ、側面に鮮やかな文字を躍らせている。〈アクション〉に〈アイウィットネス〉に〈NBC〉──まるで空の雲などよりもっと重大な事件が起きているかのようだった。

ピックアップトラックはすべてブラックが移動させたので署の前からいなくなっていたが、男たちはジャクソン・ランチ・ロードの角に二重駐車して徒歩で戻ってきていた。数はさらに増えて十五人ぐらいになっている。見るからに荒っぽそうで、ルーメン牧師が味方につけている五十人と互角に渡りあえそうだった。双方とも相手を無視していたものの、ルーメン牧師はカメラが自分たちのほうへ向けられると立ちあがって演説をぶち、そのたびに少しずつ消耗していた。ディーリー・ホワイトは老牧師のローンチェアのそばをうろつきながら、ときおり東洋風の扇子で自分をあおいでいた。

教会の人々はランタンに火をともして自分たちの周囲に置いて、ろくに話しかけたこともない男のために無言の抗議を行なっていた。

ノアはトリックスから、雲に関する通報で回線がパンクしていると教えられた。大半は町の老人たちからで、この不吉な闇の中で死ぬのを、神に自分たちの魂を見つけてもらえなくなるとでもいうように心配していた。

キンリー家はハスケルで田舎っぺをひとり、古いスクールバスとともに雇った。そしてその男にたっぷり金を払い、毎朝教会に来させては、老人たちを日帰りで日射しの中へ運ばせていた。

ノアとパーヴはワトリー通りを突っきってセイアー通りにはいり、マールの修理工場のほうへのんびりと歩いていった。工場は間口が車三台分ほどの小さなもので、もとは赤白青に塗り分けられていた外壁の鉄板は、歳月とともに色褪せて茶色になっていた。表にはトラックが数台置かれ、タイヤが三メートルも積みあげてある。工場内には電気がついていた。

「マールはあの爺さまを助けにいくと思うか？」ノアは言った。

「ああ。ただしケツの毛までむしり取るだろうな。ボンネットをあける前に百ドル請求してるはずだ」

コンクリートの土間を歩いていくと怒声が聞こえ、ふたりはジャッキアップされたダッジの陰に身をひそめた。

それから車の窓ごしに奥をのぞいた。

「誰だ？」パーヴが訊いた。

「トミー・ライアンだ」

トミーは何かわめいており、マールはうつむいて自分の靴を見おろしていた。マールが何か言い返すと、トミーはかっとして四五口径を抜き、水平に高くかまえた。マールはやめてくれと懇願しはじめた。

ノアとパーヴは目を丸くしてそれを見ていた。

「ギャンブルの借金だな」とパーヴが言った。「まちがいなくギャンブルの借金がらみだ」

「撃つと思うか？」

「まさか。殺しちまったら金を払わせられねえだろ」

＊＊＊

レインは自分のクローゼットの前に立って、服を手早く見ていった。スカートを一枚手に取って体にあて、短いのがわかると床に放り出した。次を引っぱり出し、同じようにして放り出した。デートなどしたことがなかった。男の子たちと車に乗るときにするのはデートとは言えなかった。そいつらはレインを迎えにきたりはしなかったし、連れていくところといえば暗い小道ばかりだった。そういう場所にいつも車を駐め、窓はレインのあえぎで曇るのだ。

家にいるとき、レインの心はサマーから決して遠くへ離れなかった。つねに耳を澄まし、サマーがすぐそばにいるというあの感覚を取りもどそうとしていた。それは説明も理解もしにくい感覚だったが、ふたりともそれを感じていた——おたがいに。前にレインは学校をサボってダニー・トレメインとその仲間のひとりと酔っぱらっていたことがあった。それからヘルズゲートへ車を走らせ、ふたりはレインにとても思い出せないような、思い出したくもないようなまねをした。家に帰ったあと浴槽につかっていたら、部屋がぐるぐるまわりだし、レインはお湯の中に沈んでしまった。するとそこへサマーが息を切らせて駆けつけてきて、泣きながらドアを蹴破ってくれた。六時間目の途中で学校を飛び出し、一キロ半の道のりを走りとおして、助けに帰ってきてくれたのだ。

レインは廊下を歩いていってサマーの寝室にはいった。電気をつけ、クローゼットをあけてそのワンピースを見つけた。そのワンピースを着てサマーは教会でチェロを弾き、みんなを泣かせたあと、なんでもないことのようにおしゃべりをしたのだった。

＊＊＊

「いかしてるな」パーヴが桃色の麻のジャケットを着せかけてくれると、ノアはそう言った。「どこで手に入れたんだ？」

パーヴはにやりとした。「そいつは訊かないでく――」

「ディーの店のウィンドウにそれとおんなじジャケットがあったけどね」トリックスが言った。

「もうない」パーヴは言った。

「女物だよそれ。肩パッドがはいってるじゃん」トリックスは言った。

トリックスがノアの家に立ちよったのは、ノアの様子を見て、冷蔵庫に食料をストックするためだった。トリックスはひと月に一度はそうするように心がけていた。

パーヴはトリックスをにらんだ。「《マイアミ・バイス》を見たことねえのかよ。むこうじゃみんなこういうのを着てんだぞ」

ノアはジャケットのボタンをかけ、またはずした。「そうさ。それにおれはあんたのファッション・アドバイスを受けるつもりもないね、トリックス」

「そういうこと」とパーヴは言った。「悪いけど、トリックス、あんたは年なんだよ。それにその髪……なんか男みたいだぜ」

「ノア、あんたに話があるの」トリックスは真顔になって言った。「ミッシーから電話があったよ。あんたがまた透析をサボったって。最近三度目じゃないの？」

「ミッシーは嘘つきだ」パーヴが言った。

トリックスはさっとパーヴをにらんだ。

「いそがしくてさ」とノアは言った。

「まったくもう、ノア、あんた馬鹿なの？　お母さんが生きてたらなんて言うと思う？」

ノアは肩をすくめた。

「わかってるでしょ」

「あした行くよ」ノアは言った。

「おれがちゃんと行かせる」パーヴが言った。

「ミッシーに確認の電話をするからね」

ノアは大きくひとつ息を吸うと、くるりと身をひるがえした。「これでいいか?」

パーヴはうなずいた。「ほぼ。爪楊枝を取ってくる」

＊＊＊

ふたりはならんで庭に腰をおろした。エイヴァはたがいのグラスにストレートのウォッカをついだ。

「ボビーはあいかわらず毎晩出かけてる」とサヴァンナは言った。「通りを歩いたり、ときにはヘルズゲートまで車を走らせたりして。聖ジョージ教会のミルバーン牧師と教会員の人たちとも話をしたみたい」

エイヴァは煙草の煙を深々と肺にためた。

「つまり……あの人たちもサマーのために祈ってくれるということよ。それがどう聞こえるかはわかっているけれど、でも――」

「ありがとう」とエイヴァは言った。「あなたたちには感謝してる。こんどのことだけじゃなくて、サマーのためにしてくれたことのいっさいに」

庭のそばをレッド川が流れていたが、虫たちがまだ歌っていて水音は聞こえなかった。

「あの娘があそこにいるかと思うと、あたし気分が悪くなる」とエイヴァは言い、何かが見えるわけでもないのに闇を見つめた。「これは現実じゃない——夜中に眠れないとそうつぶやくの」

サヴァンナはエイヴァの手を取ってしっかりと握った。

「あの娘はいつもあなたたちのことを話してた。あなたとボビーのことを。〝ボビーがこう言った、サヴァンナがああ言った〟って。夢中になって帰ってきた。最初のときなんか、お宅にはすてきなものがいろいろあるって言って、ジョーに予備の部屋を使わせてくれないかって頼んでた。自分の本を全部置いて図書室みたいにしたいって」

「かわいい娘ね」

「あたしたちもうれしかった。あの娘にあなたたちっていう知り合いができて。あの娘が尊敬できる人たちが。珍しいことだもん、若い夫婦だし、ボビーは牧師さんだし、それって特別なことだよ。あの娘からすれば、あなたたちふたりはほとんど完璧なの」

「完璧とはほど遠いわ」

隣家がカーテンを閉めたのであたりが暗くなった。

「息子さんのことは聞いてる」エイヴァは言った。

「マイケルよ」

「話さなくていい。お気の毒にと伝えたかっただけ」

「わたしはあの子のことを話すのが好き。でも、なかなか……ボビーがね」サヴァンナはグラスに手を伸ばしてウォッカを飲み、胸がカッと焼けるのを感じた。「わたし、ふだんはあんまり飲まないの。ボビーもそう。ボビーはマイケルを亡くしたときに飲んだけれど、その後やめた。強いのよ、ボビーは。いろんな意味で強い人。だけど話さないの」

「神様に話してるんじゃないかな」エイヴァは穏やかに言った。

「わたしにはでも、ボビーが必要なの、ここではどうしても必要。それって自分勝手かしら」

「自分勝手じゃないよ」

サヴァンナはグラスを空にした。「ああもう、ごめんなさいね。あなたたちのために来たのに、場所柄もわきまえずに自分の悩みなんか聞かせちゃって」

エイヴァは微笑んだ。「マイケルはどんな子だった？」

サヴァンナは大きく息を吸った。「生まれたときは、あんなふうだと思わなかった。とても虚弱で変わっていて、気難しくて完璧だった。夜はちっとも寝なかった」

「うちの娘たちもそうだった」

「わたしは母親であることになかなかなじめなかった。最初の数カ月はあっぷあっぷしているだけでね。絆も感じなかった。世間で言われているようにすぐにはね。ボビーは逆だった。ボビーはいつも夜中にマイケルと一緒に起きて、わたしが眠れるようにしてくれた。それが彼には少しも苦じゃなかったのよね。家族ができて、ただもう幸せなだけだったの」

「だけど、あなたも少しは楽になったんでしょ」

「ある晩、歯が生えはじめていたのか、マイケルが何時間も泣き叫んでいたことがあってね。部屋をのぞいてみたら、ボビーが手を焼いていた。彼が途方に暮れているのを見たのはあれが初めて。まるでお手上げという感じ。そこで、わたしがチェロを持ってきて《白鳥》を弾いたらね、マイケルは泣きやんだの。ボビーを見たら、ボビーもにっこりしてくれて、あのときのことはわたし、忘れられない」

物音がして遠くにトラックのライトが見えた。

「でも、そこがボビーの問題点なの。いつも意義を探していて、マイケルにそれを見出したんだと思う。自分の目的をようやく。牧師であることより大きな目的を。自分はマイケルを育てるため、マイケルを守るためにここにいるんだって、そう思っていたんじゃないかしら」

エイヴァはごくりと唾を呑んだ。「でも、守れなかった」

「ええ」

「ジョーもいま、それを感じてる。自分は大きくてタフな男なのに、何もできないって。そう感じて苦しんでる。口には出さないけど苦しんでる。レインもね。強い子だけど傷ついてる」

「さぞたいへんだったでしょうね、ジョーが刑務所にいたときは」

「ええ。そしたらこんどはこれだもの……ルーメン牧師は悪魔が戸口にいるんだって言ってる。なのにレインときたら、あの娘はあたしがあの娘に厳しすぎると思ってるけど……」エイヴァの声が震えた。「あたしはあの娘たちを心から愛してる。あたしにはあの娘たちしかいないんだから、あの娘たちとジョーしか」

「サマーは帰ってくるわよ、エイヴァ。そう信じましょう」

サヴァンナは立ちあがり、横手の門から出ていった。エイヴァはサヴァンナが暗い通りをゆっくりと孤独な暮らしへ戻っていくのを見送り、その絶望の重さと大きさを感じ取った。

それから、家の中で明かりがついたので、ふり返って窓の奥を見ると、そこにサマーが立っていた。どこへも行っていなかったかのように、輝かしく立っていた。

エイヴァはポーチの階段を駆けあがってキッチンに飛びこみ、立ちどまって目をこすった。そのワンピースを彼女は知っていた。自分が買ってやったかわいい白のワンピースだった。

サマーは胸を張り、首をすらりと立て、恋しくてたまらないあの気品をまとってそこに立っていた。完璧だ。あたしの完璧な娘だ。

「サマー」とエイヴァは声をかけたが、声はひどく遠くに聞こえ、自分の声なのかどうかよくわからなかった。

するとサマーは彼女のほうへ顔を向けたが、それはやはりサマーではなかった。だからエイヴァは、そのワンピースを脱ぎなさいとわめき、飛びかかって肩紐をはずそうとして、そこで転んだ。見あげるとレインが出ていくのが見えた。

それからエイヴァは長いあいだおいおいと、娘のために、両方の娘のために泣いた。

＊＊＊

レインは足早に歩いた。街灯を見あげると涙のむこうで光がにじんだが、その涙をこぼすつもりはなかった。自分は母親よりも強いのだから。

トラックが横に近づいてくる音が聞こえても、そちらを向かなかった。窓がおろされ、乗っているふたりの少年がレインの名を呼んだときも、そのまま歩きつづけようとした。自分自身から逃げつづけようとした。だがそこで、母親の目を思い出した。その目は逃げるなと告げていた。逃げ場などどこにもないのだと。そこでレインは立ちどまり、少年たちのほうを向いた。ふたりは年上で、レインの学校の卒業生かもしれなかった。前に片方と遊んだことがあったかもしれない。ふたりは言った。ウィスキーがあるんだが、ちょっと楽しみたくないか。

レインはとてもそんな気分ではなかったが、それでも乗りこんだ。

＊＊＊

レインが現われないので、ノアはグレイスの通りを一本一本ビュイックで捜してまわった。なくなったドアの穴から夜が忍びこんできた。勇を鼓してレインの家のドアをノックしてみたが、家はまっ暗で誰も出てこなかった。

デラ・パーマーたちブライアー・ガールズのことが頭に浮かんだ。彼女たちの写真が、雲や広場やルーメン牧師の話題とともに、また新聞に載っていた。

広場に行ってみると、人の数がますます増えていた。〈ウィスキー樽〉の外には大勢の人々がビールのグラスを手にして立ち、その馬鹿騒ぎを見物していた。パーヴに言わせれば、客はますます飲むようになっていた。なにしろハンク・フレイリーが〈ウィスキー樽〉を朝からあけているので、みんな昼の時間と夜の時間の区別がつかなくなっていたのだ。

闇には闇の時間があった。

あちこちの郡から日帰り客がグレイスを――怪奇の世界を目指してやってきた。

ノアは酔っぱらいをよけて歩いているうちに、砂袋の列のすぐそばまで来ていた。教会の人々はかたまって腰をおろし、おしゃべりをしながら食事をしていた。なかには洒落たピクニックにでも来ているつもりか、上品に陶器の皿を使っている者もいた。ノアはジョーたちの側へ歩いていった。そちらでは数人の男がビールを飲みながらバーベキューをやっていた。彼らは観光客やメイデンヴィルの連中をにらみつけていた。ひとりが写真を撮ろうと後ろに少々下がりすぎ、トミー・ライアンに手荒く押しもどされた。怒鳴りあいになったが、ブラックがすかさずやってきた。赤い目をして銃に手をかけ、いつでも撃つぞといわんばかりだった。

奥のほうに、ずっと奥のほうに、ノアはひとりで座っているジョー・ライアンを見つけた。その瞬間ジョーもノアに気づき、ノアを手招きした。ノアの最初の衝動は踵《きびす》を返して逃げようというものだった。ジョーが怖かったのだ。けれどもそこでレインのことを思い出し、ノアは大きく迂回して歩いていった。肉体とビールと煙のかたまりの中を突っきりたくはなかったのだ。

「座れ」ジョーは言った。

ノアは座った。

ジョーは煙草を吸っており、ビールを一本持っていたが、手はつけていなかった。シャツの腕はぴちぴちに張りつめ、二の腕は盛りあがっている。

「レインはどうした?」

ノアが下を向くとジョーは微笑んだ。

「娘が誰とつきあってるか、おれが知らないとでも思ったか?」

「レインを捜しにきたんです。もしかしたらここにいるかもしれないと思って」

ジョーは首を振った。「母親とうちにいるはずだ。なんだってそんなにめかしこんでる? あいつをどこかへ連れてくつもりか?」

ノアはごくりと唾を呑んだ。

「おれはかまわないと言ってある。うちのそばをうろついてるあの年上のやつらより、おまえのほうがましだと。おまえは少なくとも上着を着てる。ま、そいつは女物みたいな気はするが」

ノアは溜息をついた。

「あいつの面倒を見てやってくれるか?」

「はい。それは逆になってる気もしますけど」

ジョーは笑ってから、煙草を落として踏み消した。「どこへ連れてくつもりだ?」

「クライドの店を考えてました」クライドの店はメイの店より少しだけ上等だ。

ジョーはポケットから二十ドル札を出してノアに渡した。「あいつのことを、くれぐれもよろしく頼むぞ。なにせこんな状態だからな。あいつには友達が必要だ」

「はい」

ジョーはもう一本煙草に火をつけ、炎がその顔をぼんやりと染めた。ひげは濃く、目は疲れていた。

「おまえの親父さんとは知り合いだった」

ノアは顔をあげた。

「タフな男だった」

ノアは微笑んだ。

「立場は逆だったが、おれはずっと親父さんのことが好きだった。みんなを公平にあつかってくれて、その点には感心した。親父さんのことを憶えてるか？」

「あんまり」

ジョーはゆっくりとうなずいた。「残念だよ……あんなことになって。おれは子供のころからジャスパー・スティムソンのことを知ってる。ろくでもない野郎だ。頭のネジがどこかゆるんでる」ジョーは街灯のほうへ煙を吐いた。「ブラックはいまだにあれを引きずってる」

「あの人のせいなんですか？」ノアは訊いた。読めるものはすべて読んでいたし、噂もいろいろ聞いていたが、一九八五年のその日ほんとうは何が起きたのか、母親はついに話してくれなかった。

ジョーは肩をすくめた。「いちばんいいのは、引金を引いたやつのせいにすることだ。引かなかったやつじゃなくて」

ノアは警察署のほうをちらりと見てから立ちあがった。

「サマーとは知り合いか？」ジョーは言った。

「そうでもないです。学校では見かけたし、教会でチェロを弾いたときにはその場にいましたけど、話をしたことはありません」

「そうか」

「サマーはじきに帰ってくると思います。まあ、あくまでぼくの考えですけど、きっと無事ですよ」

ジョーはその言葉に飽き飽きしているかのようにうなずいた。

ノアは諦める前にもう一度レインの家に行ってみることにし、何台かのトラックとすれちがいながらロット・ロードをくだった。

草むらにビュイックを乗りすて、オールセインツ・ロードを歩きはじめた。すると、姿が見える前に音が聞こえてきた。それほど遠くないところから、ガサゴソという物音と、さらに咳をするような音が。急いで藪をくぐり、森に沿って歩いていくと、レッド川の岸辺の空き地に出た。

水際に人影が見えた。

「レイン？」そう言いながら近づいていった。

「来ないで、ノア」

レインは起きあがった。手脚はだるそうで、髪はぼさぼさだ。ウィスキーのにおいがした。

「だいじょうぶ？」

「ほっといて」

ノアは長いあいだレインの横に座っていた。その夜のレッド川の流れはゆるやかだった。

「月が見たいな」ノアは言った。

「星もね」レインは言った。

「うん。星も」

レインは靴をはいていなかった。どこへやったのか気になったが、ノアは訊かなかった。レインは品のいいワンピースを着ていた。肩紐がちぎれかけている。

頬にはできたばかりの赤い小さな傷。

「お母さんを呼んでこようか？」

「やめて」

レインは体を横に傾けて、目を川に向けたままノアの膝に頭を載せた。別の夜だったら、ふたりには川面に映る星が見えたことだろう。

「パーヴがさ、ときどきあんたにくだらないことを教えるのはなんで？　一緒に歩いてるときとか、あんたに豆知識みたいなものを教えるじゃん。脈絡もなく、いきなり」

「おれが何かに苦労してたり、緊張してるように見えたりすると、あいつはおれの気をそらすためにそうするんだ。うちのお袋があいつに教えたんだよ、効き目があるって。自分がよくやってたからさ」

「あんたらしいね、緊張するなんて。効き目ある？」

「あることもある」

「何か教えて」

ノアは咳払いをした。「とんぼは肛門から呼吸してるって知ってた？」

レインは適度に嫌悪感を示して首を振った。

ノアは彼女を見おろし、ぴかぴかしたヘアクリップをつけているのに気づいた。安物で、かわいくて、見ていると喉に何かがこみあげてきた。

「もっとましなのは？」レインは言った。

「愛してる人の手を握ってると、痛みやストレスや恐怖が和らぐことがある。これは科学的にも証明されてる」

「あたし、あんたの手なんか握ってないよ」

レインは仰向けになってノアを見あげた。その目には涙がたまっていた。

「悲しくてしょうがない」

ノアは彼女を見おろして微笑もうとした。「わかるよ」

「わかってない。あんたは何ひとつ真剣に受けとめない」

「受けとめるよ。ただ……」

「あんなバッジをぶらさげちゃって、みんなに笑われてんだよ、ジョークか何かみたいに。それで平気なわけ？」

「きみは気になる？」

「あたしはどうでもいい。でもあんたが、あたしたちのあいだに何かが芽生えてるみたいなつもりであたしとデートしたいと思ってて、それが本気なら、あたしはいや」

「なぜ？」

「それじゃ不満だから」

「それって？」

「いまのままのあんた」レインはすばやくそう言ったが、その言葉は夜の空気の中に長いあいだ漂っていた。

「そうなんだ」

「自分の育ったクソ溜めみたいな町で警官になりたがってるどこかの男子とデートするだけじゃ、あたしはいや」

「きみはおれのことをなんにも知らない」ノアは穏やかに言った。

「知ってるよ。あんたはどこへも行かない。願いをかなえて警官になって、五十年後もまだこの町にいて、それで満足してるはず。でも、あたしはそれじゃいや、サマーと同じで。いま以上のものが欲しい」

「おれは五十年もここにいないよ」ノアは言った。

「希望的観測だね。あたし見にくるよ、ノア、あんたの人生がどうなったか。どうせからっけつだろうけど」

レインは川のほうへ顔を向けた。

ノアは深く息を吸い、雲がまた数センチ町の上におりてきたのを感じた。ほかの話題を探したものの、口にできる言葉はもうひとつも残っていなかった。

レインを見おろして、その頭の形と風にそよぐ髪をじっと見つめていると、やがてレインは目を閉じて眠ってしまった。

ノアは時間がたつのも忘れてそこに座り、レインの息づかいに耳を澄まし、胸が上下するのを見ていた。

「それにさ、そのジャケット、女物だよ」レインが目をつむったまま言った。

「わかってる」ノアは答えた。

33　サマー

レッド川にはところどころ、川幅が狭まって木々のあいだの細い流れでしかなくなる場所がある。そんな緑の鏡のような場所をふたりで通ると、わたしは石を投げては波紋を見つめたものだ。

町が詰めていた息を吐くにつれ、わたしはブライアー・ガールズとともに生きるようになった。あのレポートを書きはじめたときには、自分のことで頭がいっぱいだったから、彼女たちの存在はわたしの暮らしの一部でしかなかった。でも、見たり読んだり考えたりするうちに……彼女たちはわたしたちになった——わたしとレインに。ちがいはなかった。わたしは彼女たちの教会へ行き、彼女たちの家の庭に立ち、月夜の窓から母親たちの断片を観察した。男というものを、善と悪を、宗教や愛や戦争によって曖昧にされる善悪の境界を。ブライアー・ガールズはわたしの祭壇となり、彼女たちの前にわたしはひざまずいた。神と教会は安全なところだとずっと思ってきたのに、ブライアー・ガールズはそんな考えをわたしから奪い、わたしの世界を一変させ、わたしを慣れ親しんだ暮らしにつなぎとめていた絆を断ち切ってしまった。

家を抜け出して川沿いを歩いていくと、火が燃えているのや、高校生たちがスプレー缶を手にしているのを見かけた。悪魔なんてただの概念だ。手首を縛って頭を垂れさせる仮説だ。たぶんわたしはいろんなことを考えすぎるのだろう。それは何も考えないよりたちが悪い。

わたしはデラ・パーマーがボニー・ハインズと手をつないで歩いている夢を見た。ふたりの顔はムンクの〈叫び〉になっていた。リサ・ピンソンとコラリー・シモンズとオリーヴ・ブレイマーの夢も見た。三人はわたしのベッドの足もとに立って、ボビーがわたしの股間に押し入ってくるのを無言でながめていた。それはただの夢だけれど、夢では終わらないだろう――わたしとわたしの時代の物語に、わたしの人生を形づくるブライアー・ガールズの物語になるだろう。

レインはもっとひどかった。レインの行状や非行の数々、それは衝動的で大っぴらで、どうすれば進路を改めさせられるのか、わたしにはわからなかった。

わたしたちは食卓で頭を垂れてほかのことを考えながら食前の祈りを唱えた。テレビの前に座って《ロザンヌ》を見ては、ロザンヌたちコナー家の人々を笑った。オクラホマで連邦政府ビルの爆破事件があったときには、黒煙とねじれた金属とおびえた人たちの顔を見た。周囲ではいろんなことが起きていたのに、わたしはそれを生きておらず、人生にともなうすべてに対して傍観者だった。ただし、ボビーといるときだけは別だった。

わたしたちはさらにいろんなことを話すようになったけれど、マイケルのことだけは話さなかった。マイケルはボビーのものであり、ボビーはマイケルを他人と共有するつもりはなかったのだ。予感が日増しに強くなり、喪失にともなう痛みのように深くなって、ついに苦痛のありかすら判然としなくなった。わたしはいつかボビーを失うはずだった。

ときどきわたしは過去をふり返りたくなった。目を閉じていると、それらの時がよみがえってきた。わたしはレインと一緒に家の裏の畑を歩いていた。畑はでこぼこなので、わたしたちは手をつないでいた。足の下で世界が揺らぐときにはいつもそうしていたのだ。わたしたちは十二歳で、知るべきことはすべて知っているつもりでいた。

「考えてたんだけどさ」とレインが言った。

「うん」

「去年父さんがビロクシからあんたに買ってきたあのスノードーム。あのちっちゃな家がならんでる村のやつ」

「うん」

「あたし、あれ大好き」

わたしはレインの手をぎゅっと握り、レインはあの満面の笑みを浮かべた。それは男の子向けの笑みとはちがって、わたしだけのものだった。

「あんたにあげる」とわたしは言った。レインがそれを欲しがっているのを知っていたからだ。レインはよくわたしの寝室でドームに雪が舞いおりるのを見つめていた。

「どうしてあれが好きかわかる？」

「どうして？」

初霜がおりて空気が引きしまり、わたしたちは大きなコートを着ていた。ちょうど日没だったので、レインはわたしを引っぱって硬い地面に一緒に座り、ふたりで燃えあがる最後の色彩を見つめた。

「夜にふたりで裏庭にこんなふうに座ってたときにさ、雪が降ってたことがあったじゃん。あのときのこと憶えてる、サマー？」

「うん、憶えてる」

レインがわたしの額に額を押しつけてにやりとしたので、わたしもにやりとした。

それからレインは手を引っぱってわたしを立たせ、わたしたちはまた歩きだした。

「レッド川は凍ってると思う？」レインは訊いた。

「凍ってるかもね、ウィルソン家のあたりは」

「氷の上を歩いてみようか」

わたしはうなずいた。「うん。歩いてみよう」

そこまで行くと、わたしたちは指をからみあわせて慎重に川へおり、流れを閉じこめている氷の上にそっと長靴を載せた。

「母さんは氷が割れるって言ってたよ」

「割れないよ」レインは言った。

そろそろと歩いていくと、やがて月が昇った。わたしたちの息は白く、青白い光はからっぽの冬の林を抜けて氷を照らした。レッド川は上流で曲がっていて、わたしたちは氷に亀裂がはいる音が聞こえないかと、歩きながら耳を澄ましたけれど、何も聞こえなかった。

川の曲がりめをまわるとその子たちが見え、わたしは立ちどまった。

「どうしたの？」とレインに訊かれ、わたしは指さした。

レインを見ると、レインはその子たちをじっと見つめており、わたしの手をやたらときつく握りしめた。

「なんでここにいるのかな？」とレインは小声で言った。

わたしは首を振った。その子たちを見たのはそれが初めてだったからだ。氷の上に座り、うずくまって首をからみあわせており、羽根が真っ白だった。

「かわいい」

「あの子たちは死ぬまで一緒にいるんだよ」わたしは言った。

「あたしたちとおんなじだね」

「うん。わたしたちとおんなじ」

わたしたちは凍ったレッド川に座りこんで長いあいだそのつがいの白鳥を見ていた。二度と見ることはないはずだと感じたからだ。

34　業火

　ノアがドアをあけると、ブラックが食料品の袋を持って立っており、パトロールカーが私道に駐めてあった。まだ早朝で、ノアは一瞬、やばいことになったのだろうかと思ったが、ブラックはにっこりして、はいってもかまわないかと尋ねた。

　ブラックは台所を見まわした。破れたリノリウムや、はずれかけた戸棚の扉を。

「おばあさんは在宅か？」

「眠ってる」とノアは答えた。「このごろはよく眠るんだ」

　ブラックはテレビに目をやった。グレイスの広場と、ランタンをともしての抗議集会に。それから、いまだに信じられないというように首を振った。

「レインはどうしてる？」

「怖がってる。そうでないふりをしてるけど」

「そうか」

「あんたはだいじょうぶなの、ブラック？」

「ああ。ま、疲れてるのか、たいていの日は頭痛がするが。きみはしばらく署に来ちゃだめだ。きみがトリックスと何やら取り決めをしたのは知ってる。毎年せがんでたからな。来てくれるのはうれしいが、広場があんなことになってる以上……きみを来させるわけにはいかない。危険だ」

「わかった」

「ジョーがいつ乗りこんでくるかわからんし、何を持ってくるかもわからん」

「了解、いいよ」

ブラックはうなずいた。「けさは教会へ行くか？」

「うん。むこうは大騒ぎになるはずだよ。いまジャクソン・ランチ・ロードにテレビカメラが据えられてる」

「きみとパーヴは見物人を相手に金儲けをしたそうだな」

ノアは顔をしかめた。

「パーヴはどこかの老人から金を受け取って、マールを連れてくることになってたのに、何もしなかったとか。その人が、手を貸してくれる人間はいないかと、署にやってきたぞ。まるでおれたちにはほかにすることがないみたいに。人から盗むのはよせと、パーヴに言っときなさい」

「盗んだわけじゃないんだ。マールのところへ行ったんだけど、マールがトミー・ライアンと揉めてたんだ」

「ほう？」ブラックは言った。

「パーヴに言わせれば、ギャンブルの借金がらみらしい」

「ま、そんなところだろう」とブラックは言い、しばらく別のことを考えているかのようにそこに立っていた。「朝食はもうすんだか？」

ノアは首を振った。

「卵を買ってきた」ブラックは戸棚の前へ行って順に扉をあけていき、ソースパンを見つけた。

スクランブルエッグを作り、ふたりは腰をおろして一緒に食べた。

「ひとつ質問してもいい？」

「いいとも」

「いままで撃ち合いになったことはある？」

ブラックはナプキンで口もとを押さえた。「おれはきみのお父さんと一緒に州警にいた」

それは知っていたのでノアはうなずいた。切り抜きも写真も、記事になったものはすべて持っていた。

「リック・ファロンという男がふたりの息子とともにサン・トラスト銀行を襲った。おれたちはそいつらを十キロ追跡したが、むこうはトラックを乗りすててトウモロコシ畑へ逃げこんだ。おれたちには何ひとつ見えなかった。弾が耳元をぴゅんぴゅん飛んでく音がするだけで」

「撃ち返した？」

「銃声のするほうを狙っただけだ」

「勝った？」

「撃ち合いに勝者なんてものはないさ。あるのは被害の程度だけじゃないかな。きみのお父さんは最終的にリックを倒した。リックは即死だった」

ノアは少々目を丸くしてうなずいた。

「おれは息子たちをやった。片方は十五歳だった」

「うわ」

「そっくりだよきみは……お父さんに」

ノアは思わず顔をほころばせた。抑えられなかった。「タフだったんだよね？」

「タフだった」

ノアは咳払いをした。「父さんはおれのことを……好きになったと思う？　つまり、いまのおれのことをさ。だっておれ、そうじゃない気がすることがあるんで」

「そうじゃないというと？」

「だって……わが家には警官の血が流れてるじゃん？　自分でもなに言ってんのかよくわかんないけど」

「ミッチはきみのことを誇りに思うはずだよ、ノア」

「ほんとに？」

ブラックはうなずいて、自分の皿に向きなおった。


ジャクソン・ランチ・ロードはパンク寸前だった。路肩の草地にはびっしりと車が駐まり、人がぞろぞろと聖ルカ教会のほうへ歩いていた。見物客たちが目をあげると、地元民たちの厳しい視線に出くわした。不穏な空気があたりに満ち、メイデンヴィルのSUVが広場に二重駐車したり、グレイスの地元民がメイの店に席を見つけられなかったりすると、そのたびに爆発しそうになった。喧嘩がいくつかあり、ひどくなる前に止められたが、広場はもはや人でいっぱいだった。

教会の門のそばにはカメラがならび、つやのいいレポーターたちがその前に立っていた。ノアはけさがたそいつらをテレビで見ていたが、宗教と悪魔とブライアー・ガールズについてしゃべり、グレイスの人間はことごとく頭がおかしいか、おかしくなりかけているかのどちらかだと、結論づけようとしていた。ぱりっとしたスーツを着た男がマイクを手に、住民が神の赦しを求めてやってきていますす、頭上の闇を取りはらって日光を授けたまえと祈りにきています、としゃべっているのが聞こえてきた。デイル・クラショーがその男に突っかかっていってマイクをたたき落とすと、歓声があがった。スーツの男は愕然とし、大声でミルクを呼んだものの、ミルクは薄笑いを浮かべてそれを見ているだけだった。

ノアは列から抜け出して墓のあいだを突っきり、数人の見知らぬ女性たちより先に教会にはいった。見ると、後ろのほうの席にパーヴが座っていた。その横にはラスティとラスティの息子のひとりが見えたが、その子が兄なのか弟なのかは思い出せなかった。教会は追加の蠟燭と照明でクリスマスのように明るく照らされ、新顔たちが天井のアーチを神自身の手仕事でも鑑賞するみたいに見あげていた。

ノアは子供のころからクリスマスが好きで、クリスマスが近づくとそれだけで透析が楽になる気がした。メイランド病院にはクリスマスツリーが飾られ、ミッシーはエルフの衣装をつけ、パーヴはノアの椅子をアルミ箔で包んでくれた。そうすればお祭り気分が出ると思っていたのだ。ノアが幼かったころは、病院のはからいでサンタが会いにきてくれたこともあった。ノアは啞然とし、クリスマスに何が欲しいかと尋ねられたときにはまともに口もきけなかった。パーヴが助け船を出してくれたが、〝使える腎臓〟と口走ってミッシーにひっぱたかれた。

「席があってラッキーだったな」とノアは言いながらパーヴの横に腰をおろした。

「おまえが現われないから早めに来たんだ」

「すまん、夜が遅かったんで」

パーヴはノアのほうを向き、つながった眉の片端を持ちあげてみせた。

ノアは首を振った。「話すと長くなる」

「なんの話をしてるんだ、おまえら？」ラスティが言った。

「ノアがレイン・ライアンとデートしたのさ」

「なんとまあ」とラスティは首を振った。「レインの親父さんにバレてもおれを呼ぶなよ」

「ジョーは知ってるし、あの人はだいじょうぶだ」

「おまえがゆうべ広場であんなジャケットを着てたんで、おまえのことを女だと思ったのかもな」ラスティは言った。

ボビーが前に立つと会堂内は静まりかえった。ベンチに二百人がぎっしり腰かけているうえ、すべての壁ぎわに人が三重に立っていた。

今回もボビーはサマーのために祈りましょうと言った。サマーが無事に帰ってくるように祈りましょうと。そして今回も、レインとエイヴァとジョーのために祈りましょうと言い、この困難なときを乗りこえる希望と力を彼らにおあたえくださいと祈った。その声は朗々としてよく通り、ノアはきつく目を閉じた。

ボビーは雲のことには触れず、ノアはそれがうれしかった。雲など祈るようなことではなかった。サマーやブライアー・ガールズのような現実ではなかった。扉があく音がしてノアは顔をあげた。エイヴァの姿が見え、人々のささやきが聞こえた。それからボビーがエイヴァに微笑みかけ、前列近くのサヴァンナが取っておいた場所を示すのが見えた。

エイヴァは頭を起こしていたし、服装もきちんとしていたものの、以前とはちがっていた。このひと月がレインにとってつらいものだったとすれば、彼女の母親はそれに打ちのめされていた。

＊＊＊

礼拝が終わってしばらくして、会堂内が静かになって祈りのうつろなこだまだけが残ったころ、ボビーはサマーがいつも座っていたベンチを見ながらひとりでたたずんでいた。すると足音がして、レインが幽霊のように建物にはいってきた。双子の姉の幻に、見るもうれしいその姿に、ボビーは長い溜息をついた。

レインは片手で髪をなでつけ、目もとにある擦り傷に気づかれないよう、顔をほんの少し横に向けた。

「お祈りするときってどうしてみんなひざまずくの?」レインは訊いた。

「聖書の一節にあるんだよ。〝いざわれら拝みひれ伏し、われらの造り主のみまえにひざまずくべし〟」

レインは一歩近づいてきた。「あたし、サマーは帰ってこない気がする」と異議でも申し立てるように言い放った。「ゆうべサマーのワンピースを着ちゃった。母さんはそれを、サマーがこの教会でチェロを弾いたときに、衣装として買ってあげたの。あの日のこと憶えてる?」

「もちろん憶えてるよ。町じゅうの人が憶えてると思うね。あれはいまやグレイスの民間伝承のひとつだ」

「母さんは、牧師さんたちふたりがサマーに親身になってくれたことにすごく感謝してる。鳥男やなんかのこともあるから、信頼できる人を見つけるのは難しいって言って」

ボビーは長いあいだ黙りこんでいた。

「あたし、サヴァンナときちんと話したことがない。サヴァンナはあたしたちとは――」

ボビーは微笑んだ。「彼女はメイデンヴィルの生まれだからね、無理もないよ」

レインはうなずいた。

「サヴァンナのことでひとつ教えてあげよう」そう言いながらボビーはレインに近づいた。「サヴァンナはチェロを弾く。まあ、それはきみも知ってるだろうけど、彼女はもともとコンサートで演奏してたんだよ、オーケストラで。それはサヴァンナの人生そのものだった、音楽は。それから息子が生まれて、死んだ」ボビーは咳払いをした。「サヴァンナは弾くのを永久にやめたわけじゃなくて、ただ悲しかったんだ。だからあまり弾く気にならなかったんだよ。そこへサマーが現われて、サヴァンナはサマーに教えはじめた。ぼくはあれを聞いたとき、自分が音楽をものすごく恋しく思ってたことに気づいたんだ。音楽がないと、ぼくらの家がものすごくひっそりしてることにね」

ボビーは背を向けて立ち去りかけた。

「ひとつ訊いてもいい？」

「もちろん」

レインは教会の奥を指さした。洗礼盤のあるほうを。

「あのちっちゃいドアはなんのドア？」


「見てみる？」

レインはまず下を見おろして、明かりのともるグレイスの町をながめた。まだ午前中で、地平線は夏の太陽に照らされているというのに、街灯がみな明るく光っている。

「晴れた日には何キロも先まで見える」とボビーは言った。「あそこのあれがヘルズゲートだ」と指をさした。

レインはその森を、いくぶん暗いものの自然のままの広大な森を見て、そこにあるものに思いを馳せた。

「いつかサマーをここへ連れてきてもいい？」

「ああ」

レインは広場の雑踏と、メイの店の明かりと、中継車を見つめた。

「あの報道陣はなんで居すわってるわけ？」

「神様についてのこの噂のせいだろうね。ハロウ・ロードに行ってみた？」

レインはうなずいた。

「あの暗い壁。あんなものは見たことがない。あれがどこかほかの町のできごとだったら、ぼくもみんなに交じって見物にいってるかもしれない」

レインは指を口へ持っていって爪を噛んだ。「サムソンのことを訊いてもいい？」

「いいよ」

「牧師さんがどう考えてるか、あたしに話してくれるかどうかわかんないけどさ。たいていの人はあたしのことを、そこらのガキみたいな世間知らずだとしか思わないから。でも、あたしは世の中ってものをわかってないわけじゃないし、男がかわいい女の子を見て考えることぐらい、知らないわけでもない」

「ぼくはサムソンがサマーに何かをしたとは思ってないよ、レイン」

「けど、確信はないでしょ」

「サムソンは雨降りの日にサマーを家まで送っていった。たぶんただの親切だったんだろう。あとのことは推測するしかない。というか、推測する必要はないんだ。ぼくらは目の前にある事実を受け容れる、それだけさ。だから今夜家に帰ってベッドにはいったら、事実を思い出してみることだ。あとのことを心配するのはきみの仕事じゃなくて、ブラックの仕事だよ。きみは自分のことを気にかけるだけでいい。そしてご両親に心配をかけないようにするんだ。それがきみの仕事だよ」

「そんなの、言うのは簡単だけど――」

「わかってる」

身を乗り出すと、下の墓地と、門にかけられたランタンが見えた。疲れきっていて我慢できなくなり、レインは目を拭った。

「だいじょうぶだよ、レイン。いまはそう思えないかもしれないけど、きっとうまくいく」

「どうしてそんなことわかんの?」とレインは言い返し、ボビーをきっとにらんだ。

「いくに決まってる。サマーは無事だよ。ぼくはそう信じてる」

「信じてるだけじゃ意味ないよ、牧師さん」

ボビーは悲しげに微笑んだ。残酷きわまりない真実を告げられたというように。

「きみは捜しに出てるそうだね」

「牧師さんもね」

「気をつけるんだぞ」

「ノアが一緒だから。パーヴも」

ノアのことを思うとランタンの光がにじんだ。レインはボビーから顔をそむけて涙を拭ったが、ボビーは見えなかったふりをしてくれた。こんなに泣いたのは初めてだったし、そのせいで自分がますます弱くなった気がした。

ゆうべノアは、レインが元気を取りもどすまで長いあいだ一緒に座っていてくれた。それなのにレインはいろんなことを言ってしまった。自分にとってノアがどんな存在か、ひどいことをいろいろと。

ノアはレインを家まで川沿いに抱えていってくれた。レインの顔を自分の胸に押しつけ、彼女の膝の裏に優しく手をあてて。ノアは何も訊かなかった。それは大したものだった。コロンをつけていたけれど、あれはまちがいなくパーヴが万引きしてきたものだろう。ノアはがんばったのだ。クライドの店の席を予約して、勇気をかき集めてレインを誘ったし、女物ではあってもとにかく服を選んで、髪をとかして、緊張と闘ったのだから。レインのために。

「ノアはどうしてる？」ボビーが訊いた。

レインは肩をすくめた。「前はあたし、あの子のことをおつむの足りないアホだと思ってたけど。いまもそう思ってるかも」

ボビーは微笑んだ。「彼はたいへんな思いをしてるんだぞ、透析で」

「なにで？」

「透析で」

レインはボビーをまじまじと見た。

「ノアは病気なんだよ、レイン。ごめん、知ってると思ってた」

ごくりと唾を呑みこむと、喉が痛んだ。頭をかきむしると、手が震えているのがわかった。

「どういうこと……ノアは病気じゃないよ。そんなはずない」

ボビーは悲しげに微笑んだ。

「だけど、よくなるんでしょ？　みんな移植するじゃん、子供がそういう病気になったらみんなそうするじゃん」

「ノアはもう三回やってるんだよ。これ以上は無理なんだ」

レインはうなずいた。体が熱くなり、汗がちくちくと目にしみるのを感じつつ、曲がりくねった階段をてっぺんから駆けおりた。

古い教会を飛び出して全力で走りつづけたので、ノアの家についたときには胸が痛くなっていた。ドアを激しくたたくと、ノアの祖母が出てきた。困惑におおわれた目をしていても、彼女は孫の居場所は知っていた。なぜなら孫は透析の日を忘れたことはないからだ。幼いころから一度も。

レインは照明に照らされた広場からひとりで路線バスに乗り、ハロウ・ロードの喧噪を通過した。目を閉じたまま町境を越え、目をあけると夕陽が見えた。座席がタイヤの上だったので、疲れた体に路面のでこぼこが伝わってきた。

メイランド病院につくと、しばらくそこに立ったまま、看護師や医師たちが笑ったり微笑んだりしながら通りすぎていくのを見ていた。

それから明るい受付ロビーにはいり、院内の案内図で自分の行きたい場所を見つけた。そのあとまた外に出ると、花壇の横をてくてく歩いてその窓の前まで行った。

夜の闇がおりてきて星が昇っても、レインはそこにたたずんだまま、いつまでもノアを見つめていた。腕にチューブをつけて警察のバッジを首から紐で下げたまま、テレビの前の椅子に座っている姿を。

＊＊＊

ブラックは記者たちに先を越されたが、現場には消防車が数台到着しており、消防署長が手を尽くしてそいつらを遠ざけていた。

通報を受けたのはトリックスだった。彼女はどうせまたいたずらだろうと思いはしたが、念のため、いちばん近くにいたラスティに無線で連絡した。ラスティはウィンデールのニューホープ・バプテスト教会で牧師と話をしていたところだった。牧師は気難しい老人だったものの、警戒は怠らないようにするし、親たちにも娘を目の届かないところへ行かせないよう伝えると言ってくれた。

「ひどいな」ブラックはそう言いながら車をおりた。ラスティはパトロールカーの横に立っており、熱気が感じられるほど火の近くにいた。家はラドリー・コークのものだったが、ラドリーは数年前老人ホームに引っ越していた。

炎は明々と燃え、煙は雲をめがけて立ちのぼり、カメラはそのすべてを撮影していた。

「じきに鎮火しますよ」ラスティはそう言いながら両の親指をウェストバンドに引っかけ、ショーを楽しんででもいるように体を前後に揺すった。

「やめろ」とブラックは言った。

「誰のしわざだと思います？」ラスティは言った。

「頭のいかれた連中さ。原理主義者どもだ。悪魔を追っぱらおうとしてるんだろう。いや、逆か。悪魔を町に呼びこんでるのかもな」

「黒騎士団に率いられて？」

「ああ。黒騎士団か、でなけりゃ幻覚剤に」

ラスティは笑った。

甲高いモーター音が聞こえたので振りむくと、ルーメン牧師が電動車椅子で近づいてくるのが見えた。

「いったいどうやってここまで来たんだ?」ブラックは言った。

「あそこにディーリー・ホワイトのトラックがありますよ」ラスティは答えた。

ルーメン牧師はカメラの列の前で車椅子を停め、自分のメダルのひとつをつかんで体の前に掲げた。

「地獄の業火だ。消しがたい」ルーメン牧師はカメラを向けられるとそう言った。

カメラマンたちは値千金の写真を撮った。体の不自由な牧師が暗い空の下で地獄の炎に赤く包まれている姿を。明日の朝にはそれが各紙の第一面を飾っていることだろう。

ブラックは家のほうに向きなおった。

ルーメン牧師のがなり声が聞こえてくると、ふたりはさらに一歩熱気に近づいた。炎がめらめらと建物をなめた。

「まったく地獄の夏ですね」ラスティが言った。

無線の音が聞こえ、ブラックはパトロールカーに駆けもどった。

「どうしたんです?」ラスティが訊いた。

「また火事だ。デニソン家の納屋のひとつだとさ」

ブラックはエンジンをかけた。

「くそ。グレイスが燃えてる」ラスティは言った。

35　サマー

あの日は空で何かが壊れたのかと思うほど雨音がやかましかった。わたしは林から雨をながめ、サムソンはわたしの横で雨水をしたたらせていた。サムソンの立ちかたはぎこちない。滑稽な姿をしているから、なじむ場所なんかどこにもないように見える。

わたしたちは長いあいだおしゃべりをした。わたしは暇だったし、サムソンもたぶんそうだったからだ。教会でよくサムソンを見かけたけれど、彼はいつも、話しかけたいのにどうしていいかわからないという顔でわたしを見ていた。

「家を出て自立したいと思ったことはないの、サム?」とわたしは訊いた。彼が自分はまだ子供みたいな気がすることがあると言ったからだ。高校を卒業していないみたいな気がすると。

「父さんに、ぼくの稼ぎじゃ無理だと言われた。父さんはぼくのお金を管理してて、必要な分だけ渡してくれるんだ」

わたしはうなずいた。「でも、お父さんは病気でしょ」

「いまはホワイトさんがお金の面倒を見てくれてる。あの人が……ぼくはうまくできるかどうか自信ないから」

わたしはサムソンのことが不思議だった。性格からものの見方までいっさいが。

「いいわね、お父さんがそんなふうに心配してくれて」わたしは言った。

ぽきりという音がしたので見ると、灰色のヒタキが木のてっぺんから見おろしていた。

「みんな父さんのことを厳しい人だと思ってるけどね」サムソンは言った。

ルーメン牧師以上に厳しい人など思い浮かばなかったけれど、わたしは微笑んだだけだった。

「母さんが言ってたけど、それは父さんがぼくらみんなのことを気にかけてるからだって。みんなの行く末を。ぼくも父さんをがっかりさせたくなかったけど、ただ……きみは自分の中に暗い闇みたいなものがあるのを感じることある、サマー？」

「うん」

「母さんが言ってたけど、それは誘惑なんだって。いけないとわかってることをしたくなるのは。だけどどうして、それをしたくなっちゃうのかな」

わたしは肩をすくめた。「あの林檎を見たことあるでしょ、いろんな絵に描かれてるやつを。あれよりおいしそうなものをわたしはたぶん見たことがない。そうじゃなければ試練にならないもん」

「ぼくは自分を強いと思ってた」

「みんなそう。現実は厳しいものよ、サム。お母さんだってきっと、いけないとわかってることを何かやってたはず」

言いすぎたかな、とわたしは不安になったけれど、サムソンはにやりとした。

「母さんはよく花を摘んでたし、ぼくにも摘ませたよ。摘んじゃいけないはずの花をさ。でも、それは大したことじゃない気がする、実際にはね」

「善と悪のあいだのグレーゾーンね」

サムソンはポケットから一輪のピンクの花を取り出した。「ひとつきみに持ってきたんだ、教会で会うんじゃないかと思って。きみがあのステンドグラスを好きだって言ったから」

わたしはその花を慎重に受け取った。

「その暗い闇――神様はぼくにそれをまた明るくするチャンスをくれると思う？」とサムソンは言っ

た。

「もちろんよ、サム」林の外に出ると雨が降りかかってきたが、それは浄化の雨ではなかった。「こんなにつらくなるなんて思いもしなかった」

「何が?」

「何もかも」

わたしが背を向けて歩きだすと、サムソンは後ろからわたしに声をかけ、家に帰ったらその花を光にかざしてみて、と言った。


ときおりその暗い闇にさいなまれると、わたしは電気スタンドをつけて本に手を伸ばし、その世界へ逃げこむ。それが『グレイト・ギャツビー』の舞台となった二〇年代のウェスト・エッグだろうと、『ものまね鳥を殺すのは』の舞台となった三〇年代のメイコムだろうとかまわない。ここよりははるかに暖かくて明るい。故郷に帰ったような気がする。

カミーユ・サン=サーンスの〈白鳥〉。それが、これまでわたしが聴いたなかでも、いちばん好きな曲だ。そこにふくまれる音にはわたしの心臓を止める力がある。演奏したなかでも、ある日わたしがそれをサヴァンナの前で弾きはじめると、サヴァンナはいつものように目を閉じたけれど、いつもと何かがちがっていた。つらそうにぎゅっと目をつむっていたからだ。

やがてサヴァンナは立ちあがってマイケルの写真を手に取った。それから窓辺に行き、体をふたつに折って泣きだした。泣きつづけるうちに何もかもが流れ出し、とうとう完璧なひとすじの亀裂がはいった完璧な殻だけが残った。わたしは彼女の内面が流れ出すのを見ながら弾きつづけたが、それは自分のあたえるものがサヴァンナには必要なのかもしれないと思ったからだった。

やがてボビーが部屋にはいってきてサヴァンナを抱きしめたので、わたしは目を閉じて、本物の白鳥たちのいる場所へ行った。優美な白鳥たちと、それを見つめるレインのいる場所へ。首をからみあわせた二羽の姿を思い浮かべて、わたしは幸福とは何かを知り、自分がそこからどれほど遠くにいるかを悟った。

わたしは命を絶ちたくなった。

それが本心なら、そう口にしてもかまわない。けれど、助けを求める叫びでしかないのなら、ほんとに惨めなことになる。心のどこかでは、まだこのすべてにしがみついているのだから。空がまったく見えなくなるまで地中深くに引きずりこまれて初めて、わたしはこの人生から抜け出せるようになるのだ。でも、かりに人生から抜け出したとしても、事態はとくに変わらない。胸はまだ張り裂けたままだし、世界はわたしなんかいなかったみたいにまわりつづけるのだから。

ボビーはサヴァンナをしっかりと抱きしめて彼女とひとつになっていたけれど、その目は空をじっと見つめていて、わたしには彼がサヴァンナからもわたしからもグレイスからも離れて、遠いところへ行ってしまっているのがわかった。

もしわたしにボビーがいなかったら、あるいはサヴァンナがいなかったら(わたしにはサヴァンナも必要だった)、わたしなどせいぜい両親のパーツの寄せ集めでしかない。肝心なところでうまくいかない化学反応でしか。

わたしたちはみんな幸せになれないのだ。

わたしは悲しくてしかたなかった。

悲しくて。

悲しくて。

「凍えそう」とわたしはレインに言った。ぜんまい仕掛けのおもちゃみたいに歯がカチカチ鳴っていた。

レインは震える手で煙草を口の前にかまえた。わたしたちは十一歳で、あたりには小雪が舞っていた。

わたしはマッチを擦って煙草の先端に持っていき、レインはそれを強く吸った。

それからむせて咳きこんだ。

「どう？」わたしは訊いた。

レインは顔をあげて潤んだ目でわたしを見ると、うなずいて雪の上に唾を吐いた。

「あんたもやってみて」

わたしはフィルターを唇にあてて吸った。

「だめ、奥まで吸いこんで」とレインは言った。わたしにもむせてほしくて興奮していた。

首を横に傾げて、わたしをじっと見つめていた。

「吐いて」レインは言った。

わたしはやってみた。

レインは完璧な目をまん丸にしてわたしを見つめ、にっこり笑った。「煙はどこ行っちゃったの？」

わたしは肩をすくめた。

「まだ中にあるのかもよ」とレインはわたしの背中をぱんぱんたたいた。

何も出てこなかった。

「食べちゃったんだ」レインはそう言って笑いだした。

わたしは何度もハーと息を精一杯吐いた。

「やだ、たいへん。わたしどうなっちゃうの？」

レインはけらけら笑った。「そのうち出てくるよ。ただし、父さんのそばでは息をしないようにしないとね」

わたしはレインを押した。レインは尻もちをつき、草の上に座りなおすと、ますますひどく笑いながらわたしも座らせた。ズボンを通して冷たさが染みこんできた。

「特別な星がまた見えると思う？」とレインは空を見あげた。

「うん、ずっと見てればね」

レインはコートから〈シーグラム〉の瓶を取り出した。

「ジンくさい息をしてるのがばれたら、母さんに怒られるよ」

「母さんはいつだって怒ってる」レインはひとくち飲んで舌を鳴らすと、顔をしかめた。「うまい」

レインが瓶を差し出すので、わたしも受け取ってひとくち飲んだ。「うわ」

「わかる、おいしいよね」

「うーん」

「あたしたち、いつか結婚すると思う？」

わたしはうなずいた。レインはわたしの手を取って握った。

「あたしたちがそれぞれ結婚して、同じ通りに住んでるところを想像してみて。子供たちは一緒に遊べるんだよ。おたがいに双子が生まれるかもしれない」

「なにそれ」わたしは言った。

レインは笑った。

レインには人を破滅させるかわいさがある。

「降ってきたね」彼女は言った。

わたしはくるくると渦を巻きながら落ちてくる雪を見あげて、めまいを覚えた。

あれはこのうえなく純粋で完璧なひとときだった。わたしが忘れてしまうはずの記憶、わたしのお葬式の静寂だ。

36　うっとりした教会の少女たち

ふたりはコロンバス・ハイウェイのそばのダイナーの店内に座っていた。小さな店だったが席は半分あいていて、窓は蒸気で曇り、持ち帰り用のハムのかたまりが売られていた。

サヴァンナはふたりにコーヒーを運んできたウェイトレスに微笑みかけた。

ふたりはしばらく無言で座ったまま、道路工事のせいで渋滞が始まるところを見ていた。

「グレイスはほんとにひどいことになってるそうね」ピーチ・パーマーが言った。

「ええ。サマー・ライアンとはわたし知り合いなの、チェロを教えているから」

「雲のこともあるし」

「雲のこともある。でも、それは大騒ぎするほどのことでもないような気がする」

「噂じゃ、かなりひどいとか。悪いことが起きそうだって聞いたけど」

ウェイトレスがやってきてパイを勧め、ふたりが要らないと答えると立ち去った。

「今日はデラの誕生日なの」ピーチは言った。

サヴァンナはテーブルのむかいに手を伸ばしてピーチの手をぎゅっと握った。ピーチとはパイングローヴ福祉センターで出会ったのだ。

「けさはあの娘が教会へ行くのに使ってた道筋を歩いた。よくそうするの、暑くなる前に。淀みのそばにイトスギの林があってね。径のかたわらの木なんかは、根がもう土におおわれてなくて、地面を這ってるもんだから、まるで蛇みたいに見える。でなければ腕か何かみたいに。でも、野の花はきれい」

サヴァンナはピーチが話すのを、ピーチの口が動くさまを見ながら、この人はこれまでどんな人たちと暮らしてきたのだろうと考えた。訪ねてくる男たちのことを。喜びはあったのだろうか、一度でもあったのだろうかと。

「あの娘が痛い思いをしなかったのならいいんだけど」ピーチはそう言うと、自分のコーヒーを掻きまわして涙をこらえた。「終わってほしくなるときもあるけど、そんな代価を払う覚悟はできてない。でも、こんな状態にはもう耐えられそうにない。考えたり考えまいとしたりで、宙ぶらりんになってるのは。あの娘を葬ってさよならを言っちゃえば、そのほうが楽なのかな……もうよくわかんない」

「あなたは立派にやってるわよ、ピーチ」

「みんなあの娘をあばずれだと思ってた。最初、あの警官たちがやってきてあたしの商売を知ると、あいつらはデラを実際のあの娘じゃなくて、あたしの娘《むすめ》としてしか見なくなった。頭がよかったなんてことは関係なかった。教会に通ってたことも、優しい娘だったことも」

「つらかったでしょうね」

「あたしは毎週保安官事務所へ行った。保安官は親切だったけど、ほかの連中は憐れみと嫌悪の入りまじった目であたしをじろじろ見て、聖書地帯の偏見であたしを断罪しようとした。それでわかった気になってたわけよ、あのご立派な良識あるお巡りたちは」

「でも、それが変化したのね」

ピーチはうなずいた。「ほかの娘たちがさらわれたあとね。もっといい家庭の娘たちが。デラのことを調べるうちに実像が見えてきたんじゃないかな。《報知》に載ったあの記事、書いた人はデラの先生に話を聞いてて、先生はいいことをいろいろ言ってくれた。プライドなんてあたしにはろくにないけど、デラのことは誇らしいと思ってるし、みんなにはあの娘の実像を知ってもらいたい」

「みんなって?」

「誰もかれも。みんながあの娘を見るとき、あたしの過ちを見させたくない。そんなのは死んでもいや。人生は自分の犯した失敗だけでできてるわけじゃないんだもん」

その言葉はサヴァンナの身にしみた。

「このところあたし、眠れないんだ」とピーチは言った。「不思議だよね、いまは誰がうちにやってくるのか心配しなくてよくなったってのに」

「理由はわかってるの?」

「ときどき彼が外にいるのを見かけるから。車の中に座ってるのを」

「あなたがつきあってる人?」

「そう。でも、彼ははいってこない、車の中に座って窓を見つめてるだけ。だからあたしはひざまずいて祈るの」そう言いながらピーチは、うふふ、と笑った。

「どうして?」

「わからない。あたしは彼にほかのものを見てほしいの。それは彼が予想してるものとちがうから、彼は面食らうんじゃないかな。あなた、もしかしてあたしのことをちょっといかれてると思ってる?」

「わたしは誰でもちょっといかれてると思ってるわ」

大きな男が通りすぎざまにふたりをそれぞれ一瞥したあと、カウンター席に腰をおろして新聞に手を伸ばした。男は目もとに傷痕があり、サヴァンナが男に目をやると、気まずそうに顔をそむけた。サヴァンナは目に見える傷と見えない傷のことを考えた。人が彼女を見るとき、どれほどわずかしか見えていないかを。

「あたしの望みは彼がドアをノックしに来て、あたしをどこかへ連れてってくれること」

「でも、その人はしないのね」

「恥ずかしいのかも。だってあんなことがあったせいで、世間はもうあたしを知ってるから。あたしのことも、あたしの商売も。だけど、彼はいい人なの。自分のしてしまったことで苦しんでる、自分をひどく責めてる。だからこそあたしは彼を愛してるのかも。彼はそういう人間に同情してるから」

ピーチはコーヒーをひとくち飲んで目をこすった。マニキュアを塗ったその爪は割れていた。

「訊いてみれば？　その人にあなたをどう思ってるか訊いてみれば？」

「彼を失うわけにはいかない。あたしはこれを受け容れる、それがなんだろうと無条件に受け容れる。そんなことをしたら弱くなっちゃう？」

「あなたは弱くなんかないわよ、ピーチ。全然弱くない」

「あたしは夢物語なんか別に期待してない、あなたとボビーが手に入れたようなものは」

「それはちがう――」

ピーチは暗い目をして口をつぐみ、こんどは自分がテーブル越しに手を伸ばした。「ごめんなさい、そんなつもりじゃなかったの……マイケルのことじゃ」

サヴァンナは微笑んだ。

「あたしはただ、あなたとボビーのことを言っただけ……ボビーはいい人ね。それは伝わってきた。前に一度来てくれたの、ウェストエンド伝道団に」

「そうなの？」サヴァンナは言った。

「日曜日でね。礼拝のあいだボビーはいちばん後ろに座ってた。そしたらロバーツ牧師が彼を立たせて、みんなに紹介したの。ボビーははにかんでたけど、そのあとキリスト教青年会運動のことを話しだした。独特の魅力がある人ね」

「ボビーは仕事熱心なの。州じゅうの教会を訪問してる」

「デラはうっとりして、あの小犬みたいなつぶらな目でボビーを見てた。教会の女の子たちはみんなそうだった」

＊　＊　＊

ノアとレインがビュイックを駐めてきたのは、ハロウ・ロードでも人混みから離れた場所だった。人々はいまや四六時中、町境に集まっていた。

ふたりはアイスクリーム・トラック二台と、ピックアップトラックの荷台でコーヒーを売っている男の横を通りすぎた。男は大型の古いコーヒー沸かしを一台と、ミルクを二本入れたアイスボックスと、札束を手にした険しい顔つきの妻をそばに置いていた。

群衆は暗い壁のきわに立って、まず陰のむこうに手を突き出してから、禁断の場所へでも踏みこむように、そこへはいっていく勇気を奮い起こしていた。

参詣者たちは恐れ畏《かしこ》んで神と光について語っていた。みなかわるがわる写真を撮った。ひざまずいて祈る者もいた。手をつないで頭を垂れ、見物人のところまで届かない程度の小声で詠唱しているグループもいる。ノアが聞いたところでは、ヴァイカーヒルかどこか、荒寥とした土地からおりてきた信心深い人たちのようだった。

笑っている連中もいた。サンドイッチを手にローンチェアに腰を落ちつけ、雲見物の一日を楽しもうとしている。

目を血走らせた黒人の男がひとりで立っていた。手にしたプラカードには〝空が落ち、世の終わりが来る〟とあった。

男はノアのほうを見てうなずいた。ノアもうなずき返した。

世界は平らになり、グレイスはその端にぶらさがっているのだ。

ふたりはならんで歩いた。ノアはウィンデールの光の中を、レインはグレイスの闇の中を。地面はでこぼこしており、ふたりはゆっくりと進んだ。

「アリゾナ・ナンバーの車が何台かいたよ」ノアは言った。

「あたしはコロラドを見かけた」

「まじ？」

「ちょっと前だったらあたしたち、こういうことが起こるのを歓迎したんじゃないかな」

「かもね。パーヴは楽しんでるよ、いまは毎日あぶく銭を稼いでる」

ふたりは歩きつづけた。

「あんた、ときどきあたしのことを見てるよね」レインは言った。

「うん」

「かまわないよ、男子はみんなあたしのことを見るから」

「どうしておれにそんな優しくなったのさ？」

「なってない」

ノアはレインの手を取ろうとした。

「やめろよ、馬鹿」レインは言った。

「そっちのほうがいい」ノアは言った。

三人はゆうべ三軒の家をあたり、それから燃えるような赤毛の女と、さらには遠くのミッドウェイにある安酒場も監視した。夜の半分は張り込みをしていた。パーヴとレインはときどきうとうとしていたものの、ノアは注意を怠らなかった。チェスター・マルハーニーという男の家に行ったときには、旧モンロー鉄道脇のその一軒家の地下室の窓から明かりがちらちら漏れているのが見えた。ひとりで車をおりてその窓ににじり寄り、四つん這いになって中をのぞいてみると、マルハーニーは粒子の粗いビデオを見ながらマスをかいていた。

怒鳴り声が聞こえてノアとレインはふり向いたが、壁沿いに遠くまで来ていたので何も見えなかった。

「キンリーの連中がやばい相手から金をふんだくろうとでもしたんだよ」レインは言った。

地面は穴ぼこと起伏とこちこちに焼けた土のかたまりに変わりつつあり、ふたりは苦労して歩きつづけた。ノアはまた透析をサボっていた。それはノアがレインに必要とされているからであり、日々がどんどん過ぎていくからだった。

ノアは疲労を覚えた。ミッシーから電話がかかってきても出なかった。トリックスが家にやってきてもドアをあけなかった。透析の間隔をあまり空けすぎないかぎりで、これまでどおり協力するつもりだった。

「サマーはもう死んでると思う?」レインが唐突に言った。「鳥男にさらわれたと思う? ブライアー・ガールズみたいに」

ノアは立ちどまってレインのほうを向いた。レインを自分のほうへ、光の中へ引っぱり出すと、レインはまぶしさに目を細めてノアをにらみかえした。その目は、嘘をつけるものならついてみろといわんばかりにぎらぎらしていた。

「帰ってくるよ。サマーは帰ってくる。おれが約束する」

ノアにはいまのこの瞬間が、終わりの日までいつまでもつきまとい、ついてくることになるのがわかった。奇妙な雲が自分たちの暮らしを翳らせた夏に、いくら神に頼もうが祈ろうが自分には守れるはずのない約束をした一瞬として。

ノアはまたレインの手を取ろうとしたが、レインはするりとその手を逃れた。

「あたしと手をつなぐのはサマーだけ」

「ごめん」

「いつかサマーをここへ連れてこようよ。たとえ雲はもう消えててもさ」レインは言った。

「いいよ」

「いい？」

「サマーはおれのことを好きになってくれると思う？」ノアは言った。

「むり」

ハロウ・ロードまで引き返すと、ノアはレインが止めるのも聞かずに彼女にアイスクリームをおごった。レインは溶けるペースに遅れまいと、コーンを持ってあちこちをぺろぺろなめた。ビュイックに戻ると、ふたりはべこべこのボンネットによじのぼり、フロントガラスにもたれて空を見あげた。

「あの雲の上にさ、空がなかったらどうなるかな。空が消えちゃってたら」ノアは言った。

「そしたら雲がいなくなったとき、何があるわけ？」

「ただの空間。おれたちはまるで宇宙で暮らしてるみたいになるんだ。星がすごく明るくなるから、もう太陽も要らなくなる」

「あの雲がさ、重力も一緒に持ってってくれたらどうなると思う？　あたしたち、ふわふわ飛びまわれるんだよ。町に戻るときなんか、町境にたどりつくとビュイックが浮かびあがんの」

「どこかに結びつけとかなきゃなんないな。何もかも結びつけとかなきゃ。さもないと、人もふわふわ浮きあがってどこかへ行っちゃう。何もかもどこかへ行っちゃう」

「それも悪くないかも」レインは言った。

「おれ、あそこへ行きたいな。宇宙へ。子供のころ、パーヴがあのジニーの店の隣にあったおもちゃ屋からロケットを盗んできたことがあってさ。それをおれたち、花火に縛りつけてレッド川の川べりで点火したんだ。そしたら導火線が火を噴いたとたんにそいつが倒れてさ、まっすぐおれたちのほうへ飛んできたんだ。あわてて逃げ出したよ。おれはげらげら笑ってたし、パーヴは女の子みたいに金切り声をあげてた」

レインは微笑んだ。

「おれ、学校で一生懸命勉強したら宇宙飛行士になれるってお袋に言われてさ。それを信じてた。不思議だよね、毎年だんだんそれが消えてくんだから」

「それって?」

「希望、かな。外にはもっとすばらしいものがあるって信じること。おれが持ってるものより。ま、おれが持ってるものなんて、そんなに多くないけど」

「こないだの晩あたしが言ったこと、あれ本気じゃなかった」

ノアは大したことではないというように肩をすくめた。「気にしてないよ、おれもパーヴも」

「あんたたちは勇猛で果敢だからね」

「そう。だけど、夢見るのは止めないでくれ」

「どんな夢?」

「警察署で本物の警官を見てると、ほんの束の間だけど、おれもあの人たちの一員になった気がするんだ。自分の人生から抜け出て、あの人たちのにはいったみたいな気が。おれは別人になりたいっていう欲求がどうしようもなく強いんだよ」

「でも、あんたはあんたのままでいいんだよ、ノア。どんな仕事をすることになっても、どこで暮らすことになっても関係ない。あんたはあんたのままでいいんだよ」

「おれはおれのままでいたくないんだ」

「どうして?」レインの声は静かだった。

ノアは空を見あげて何も言わなかった。

「わかってる」とレインは言った。「あんたを見かけたから……メイランド病院で」

ノアはごくりと唾を呑みこんだ。「おれもきみを見かけた」

「いまにすべてうまくいくようになるよ」レインは言った。

「ああ、おれだけはならないけどな」ノアは言った。

＊＊＊

ブラックは墓地の木製ベンチに座っているボビーの隣に腰をおろした。教会内には明かりがついており、ステンドグラスを通して色つきの光が落ちてくる。

ブラックはゆっくりとビールをひと口飲んだ。ジニーの店で六缶パックを買って、ひと休みしにきたのだ。ボビーがそこにいるのを見て驚いたが、さらに驚いたのはボビーが一本受け取ったことだった。

「どうして家に帰らないんです？　こんな時間なのに」ブラックは言った。

「自分でもよくわかりません。ときどきここに座ってるんです。死に近づいた気分になれるので」

「じゃ、神にも近づくわけですね」

「かもしれません」

ブラックは横目でボビーを見た。疲れはてているように見えた。もはやまったく眠れない男のように。それはブラックも同じだった。

「牧師さんてのは辞めたりするんですか？　地位を放り出して、おれたち下々の一員になったりとか」ブラックは尋ねた。

「そんなふうに思ってるんですか？　ぼくのことを一段高いところにいるみたいに」

「牧師さんには欠点が少ないのかもしれない。おれはそんなふうに育てられましたよ、教会や何かを敬うように」

「前にこんな人がいました……ハティーズバーグの牧師です。彼はその仕事を愛してるようでした。雄弁で、温厚で、思いやりがあって、剽軽な人でしたからね」

「ところが？」

ボビーは缶のまわりを人差し指でなぞった。「ところがある日突然、信じるのをやめてしまいました。急にすべてが嘘になり、ナンセンスになった、そんな感じです。ずっと罪悪感を抱えてたんですよ。自分の人生を無駄にしてる、教会員の時間を無駄にしてると」

「自分にもそんなことが起きるんじゃないかと不安になったことはあります？」

ボビーはうなずいた。

「なるほど、いわば正気を失うみたいなもんですね」

「もしくは正気に返るか」

ブラックは微笑んだ。

「子供のころはよく礼拝のあとここへ来ました」とブラックは言った。「墓碑銘を読んだものです。いちばん古いものを探して、それからいちばん新しいものを探すんです。いまでもやりますよ。墓に刻まれたメッセージにはちょっとうるさいんです」

「というと？」

「うまく言えませんが。みんな多くのことを言おうとしすぎです。飾り立てようと。そこがおれは不満でしてね」

「では、完璧な墓碑銘とは？」

「誰かにとって何かを意味するものです」

「というと？」

「簡潔なのに、まっすぐここに響くものです」とブラックは拳で胸をたたいた。

「ミッチ・ワイルドのみたいな？」とボビーは言った。「ぼくはいつもあのお墓に引きよせられるんです」

ブラックはうなずいた。ブラックの座っているところからでもその墓は見分けがついた。ノアが頻繁に手入れしているので大理石がつやつやしていて、ランタンの光を受けた文字が誇らしげに見える。

〝勇猛かつ果敢にグレイスの人々に仕える〟

「あれはほぼ完璧です」ブラックはそう言って煙草に火をつけた。「ボーイントン・オークってのを聞いたことがありますか？」

ボビーは首を振った。

「モービルの墓地にあるオークの木です。チャールズ・ボーイントンという男がいたんですよ。一八三〇年代にモービルに住んでいた画家で、賭博師でもありました。あるときチャールズは別の男と一緒にいるところを目撃されます。その男はナサニエル・フロストといって、チャールズに借金があると思われてたんですが、その後、教会通りの墓地のそばで死体となって発見されました。めった刺しにされて金を奪われてたんです」

ブラックはボビーにもう一本ビールを渡した。

「当然チャールズ・ボーイントンが容疑者となりました。チャールズは処刑されてその墓地に葬られたんですが、しかし縛り首になる前に彼は、自分の心臓からたくましいオークの木が生えて、自分の無実を証明するだろうと、そう言いつづけてたんです」

「で、生えてきたんですか？」

ブラックはうなずいた。「まさにチャールズの墓からね。墓石なんかよりもいいですよね？」

ボビーはにっこりした。

ブラックはビールを置いて目をこすった。「くそいまいましい雲め」

「ここからでも何度かルーメン牧師の声が聞こえましたよ。あの人がマイクを手にしたときにね。あの人と話そうとしたんですが――」

ブラックは手を振ってそれをさえぎった。「あの人は誰にも耳を貸しませんよ。貸したためしがない。あんたとサヴァンナが町に来たとき、おれたちはみんな喜びました。いや、病気になればいいなんて思っちゃいませんが、あの人はいつも無慈悲な物言いをしますからね。おれはいま手一杯なんです、この暗い空とあの少女たちで」

「捜索を手伝いましたよ、ジョーのところへ行って彼の仲間たちと一緒に歩いて」とボビーは地面を見つめながら言った。「サマーがどこかにいると思うと、いても立ってもいられないんです」

「犯人は教会に通う娘たちを餌食にしてる。それは知ってますか？」

「知ってます」

「そういう世界なんですよ、いまのこの世界は。はたして将来はましになるんでしょうかね。宗教は……その点について楽観させてくれません。プラスもあればマイナスもある」

「あなたは何を信じてるんです？」

「キッチンの壁に十字架をかけてますよ」

ボビーはうなずいた。

「あんたはどうなんです？」とブラックは言った。「人を憐れむなんて、よくできますね。善人でもない連中を、それも大勢。そいつらが赦しを乞うても、また同じことをするのはわかってるのに」

「赦すのはぼくの仕事じゃありません。人にはいくつ顔があるんでしょうね。ぼくにはもう必要な共感力がありません。周囲の人たち、親しい人たちは見えるし、その人たちが見たがってるものも見えますが、でも、見えたからってリアルにはなりません。ぼくは何年も前に死んだんです、まだ動いてる理由はひとつしかありません」

「息子さんですか？」

ボビーはうなずいた。「ぼくが神を信じるのをやめてしまったら、マイケルはどこへ行ってしまうんです？」

「自分を責めてもいいことはひとつもないですよ」

ボビーは空に光を見た。「あなたが捜してるその男」

「鳥男ですね」

「早くつかまることを心から願ってます」


ノアはベッドに横になったが、眠気は訪れなかった。

ノアの悩みなどレインには余計だった。レインにはレインの悩みがあるのだから。

あれからノアはレインを家まで送っていった。ビュイックで未舗装道路をがたごと走っていると、あまりの静けさに自分たちはここに残された最後の人間なのではないか、あとの人々はすっかり重たくなった空気に、すっかりくすんで暗くなった空に吸いこまれ呑みこまれてしまったのではないか、そんな気がしてきた。

レインはノアが見送るなか、自宅の通りを歩いていき、ノアのほうをふり返ることもなく闇に消えた。

ノアはベッドの上で目をこすった。まぶたの裏にさまざまな色彩が現われたとき、部屋の窓をたたく音がして、彼はすばやく起きあがった。

レインの顔がガラスに押しつけられ、そのむこうの世界が一片の雲にまで切りつめられた。ノアが窓をあけると、レインは平屋根からノアの寝室に這いこんできた。

そしてスニーカーを脱ぎすてた。

レインはノアに横になれと言うと、自分もノアの隣に寝ころんで、呼吸に合わせて上下するノアの胸に頭を載せた。

それから這いあがってきてノアに激しくキスをした。

それから起きあがってTシャツを脱ぎ、ブラをはずした。

ノアは目をそむけた。

レインはノアの手を取って自分の胸に導いた。

「どうしてこんなことするの？」ノアは言った。

「憐れみ」

「その憐れみを受けるよ」

レインは微笑んだ。

「おれ、きみのこと愛してると思う」

「うるさいな」レインは言った。

＊＊＊

それは広場がゆっくりと目覚めはじめたころだった。疲れた目が朝の闇に向けてひらかれ、芝地に陣取るふたつの陣営が長い一日にそなえはじめたころ、キー局の報道陣がにわかに活気づいたのだ。レポーターたちが位置につき、あわただしくメイクがほどこされ、カメラマンたちが仮のベッドから起き出してきた。

ジョーは立ちあがると、隣のベンチで眠るトミーを残して中継車のほうへ歩いていった。どうしたんだ、とレポーターのひとりに尋ねたが、相手はジョーの顔に浮かんだ表情がなければ答えなかったかもしれない。

ジョーは平然としたまま話を聞いた。

ほどなくして、そのニュースは野火のように町に燃えひろがった。

またひとり、少女が行方不明になったのだ。

37　サマー

わたしはボビーの金色の胸に頭を載せて彼の心臓の鼓動を聞きながら、愛について、感情の複雑さと不安定さについて思いをめぐらせた。古代ギリシャ人の言う精神的な愛〝アガペー〟と肉体的な愛〝エロス〟のことを考えると、ｌｏｖｅという四文字単語には余地《あそび》がありすぎではないかと思った。

当初、わたしが無知だったころは、ボビーの魂は冬の庭園で、わたしの体は春の最初の色彩だった。わたしは死というものがこれほど陰鬱で、これほど果てしなく、これほど絶望的だとは知らなかった。セックスとその形態のことにも思いをめぐらせた。指や舌や熱い涙のことを。終わったあとのこと、行為の反動からボビーがうつろな目でわたしを見たときのことを。

わたしは図書館に行って、ボビーが育ったアーンズデールの児童養護施設のことを調べた。たくさんの記事があって読みきれないほどだったけれど、どれも神の摂理を否定するような内容だった。施設は一九八四年に閉鎖されて、卑劣な連中は訴追された。死んだ目をしたその男たちは裁判でも沈黙を貫いた。後悔というのは、たとえ見せかけであってもきわめて人間的なものなのだ。

「わたしはいつか傷つくことになるの？」わたしは言った。

ボビーはわたしを見つめ、わたしは微笑んだ。

「それがわたしの役割？　だまされやすい生娘が」

「うん」

「サヴァンナはうすうす勘づいてると思うよ」

「わかってる」とボビーは言った。

「わかってるの？」

「サヴァンナを傷つけるわけにはいかない」

「いつかぱったりやめるつもり？　わたしが予期してないときに。いちばんいいのはたぶん、その日が来るのにわたしが気づいてない場合だね」

ボビーはうなずいた。

「つらい日になりそう」

「ああ、それはぼくも同じだよ」

「でも、あなたはやめざるをえない。わたしはあなたと別れるつもりはないから」

「わかってる」

わたしはボビーの手を血が流れなくなるほどきつく握った。

「あしたは面接だよ」ボビーは言った。

「わかってる」

「緊張してる？」

わたしは首を振った。行かないのがわかっていたからだ。

「こないだフォーレの〈エレジー〉を弾いたの。メイデンヴィルの学校から人が何人か来ててね、サヴァンナの知り合いが。その人たちが立ったままじっと見てて、終わると拍手してくれた」

自分のものではない相手でも、失ったら嘆いてかまわないのだ。アイドルが聖人のふりをするのをやめたとき、追っかけたちが自傷行為をするみたいに。でも、やっぱりつらかった。ありえたかもしれないものを思うと、やっぱりつらかった。

「レポートは書きあげた？」ボビーは訊いた。

「あの娘たちはどこかにいる」わたしは言った。

「ブライアー・ガールズのこと？」

「どこかに埋められてるのが目に浮かぶ。土にむせたり、木を引っかいたりしてるのが」

「サマー」

「犯人はあの娘たちをレイプしたと思う？」

「サマー」

「したに決まってる。それがあいつらのすることだもん、モンスターたちの。地の底に棲んでるから、地表に出てくるとすべてか無かになる。完璧な快感は完璧な苦痛に。そのふたつはどうしてそんなに近いと思う？　神様がそうしたからだよ。苦痛はもうひとつの林檎なんだよ」

「サマー」

「なに？」とわたしは鋭く言い、顔を上に向けてボビーと向きあった。

「どうして泣いてるの？」

「泣くぐらいしかすることがないときもあるの」

ボビーはわたしの肩を優しくなでた。

「世間の人はあなたをすごく仰ぎ見てる」わたしは言った。

「彼らにはぼくが見えてないんだ」

「いまでもブライアー・ガールズのことを考える？」

「彼女たちのために祈ってるよ」

「あなたにとってわたしは何？」

「人生はひとすじの道だ。ぼくらのすることはその道筋を変えるかもしれないけど、終点はやはり終点であって、それは何があっても変わらない」

「じゃ、あなたはあくまでもその終点を目指すわけね」

「うん」

ボビーはわたしの頭のてっぺんにキスをし、わたしはその日、髪にオレンジの香りをさせていてよかったと思った。

「でも、だからってぼくが気にかけてないわけじゃないよ」

「わかってる」わたしは言った。

「きみを傷つけるのは本意じゃない」

「でも、傷つける」

「うん」

「あなたはいつ見ても悲しそうな顔をしてる」

「悲しいんだ」

「いつかまた子供を持ちたいと思う？」

「思わない」

「思わないの」

「もし天国があるとして、ぼくがそこへ行くとしたら、ぼくは息子を探し出して、ぼくがあの子のためだけに生きてたことを知ってもらうつもりだ」

わたしはあらゆる形態の誠実さに思いをめぐらせた——率直で残酷で美しいその姿に。

その夜わたしはキンリー家の畑に立つ悪魔の看板の前を通りすぎながら、永く記憶される存在になったブライアー郡の少女たちのことを考えた。人々の最大の恐怖は忘れ去られることだとボビーは言う。わたしたちはみなこの生が永遠ではないことを知っている。けれど、わたしたちがあとに遺していくものは、わたしたちより計り知れないほど長生きする。

わたしは自分自身から逃れられるのだ。そう考えて、わたしはそれをひとりで実行することに決めた。しばらく疑問符でいようと。自分の葬儀を思い浮かべたことのない人がいるだろうか？　吐露される嘆きとあとに残る穴の大きさに、ぞくぞくしたことのない人が。

わたしはボビーにそれを感じてほしかったのかもしれない。初めて会ったときから自分が耐えてきたあの痛みを。でも、いま思えばそれは明快すぎる気がする。わかりやすすぎる気が。なぜなら実際には、ボビーはわたしたちみんなに行きわたるほどの苦痛を味わってきたのだから。

なんにでも理由があるわけではない。ただたんにそうなっているものもある。たんにそうだったものも、そうなるものも。

わたしたちは閉じこめられた乗客なのだ。

神を信頼すれば、心から信じれば、人は不死になる。

道をまちがえるわけにはいかなかった。わたしは自分を神にゆだね、邪魔するならしてみろと神に挑んだ。バッグに荷物を詰め、置き手紙を書いて〝ごめんなさい〟と伝えたけれど、謝罪など無駄だ。誤解はない、誤解のはいる余地は。

38　常用癖については

ブラックはミルクとともにキング家へ急行した。道中はずっと警光灯を点滅させ、トラクターに前をふさがれたときには、運転している老人がなかなか脇によけようとしないのでサイレンを二度鳴らした。

「またひとり行方不明だ」ミルクが言った。

「まだわからんさ、詳しいことはこれからだ」

「みんなつながってますよ。やつが戻ってきたんです、鳥男が。もうまちがいない」ミルクは額の汗を拭った。

ブラックがキング家へ向かっているのは、アーニーに頼まれたからだった。目下チームを編成中だが、そちらのほうが近いから先に行ってほしいと。

町境を越えたとたんに日射しが照りつけてきて、ブラックはエアコンを始動させた。

大勢に見つめられながら人混みを通過してアクセルを踏みこむと、速度計の針がみるみる上昇し、地平線が迫ってきた。

キング一家はサンダウンに住んでいた。グレイスの西数キロにある土埃と雑草の町だ。ブラックはストックデールへ曲がる道を見落としそうになり、急ハンドルを切って、危うくスティル・クリークへ突っこみそうになった。

家は静かだった。マスコミもこちらへ向かっているはずだったが、ブラックのようには道を知らないはずだった。サンダウンに道路標識はない。

「地獄より暑いですね」ミルクがまぶしさに目を細めて言った。

ブラックはしばらく待った。家は小さかったものの、キング家の土地は広かった。四、五百メートルむこうに一台のコンバインが見えた。しばらく前から置きっぱなしになっているらしく、鳥たちが止まっている。

ふたりが近づく前に網戸があいて、裸足の子供が笑顔で駆け出してきた。ほどなく母親も出てきた。ジェシー＝パール・キングはふたりによく来てくれましたと礼を述べ、ピッチャーにアイスティーを作りましょうと言ってくれた。家の中があまりに暑いので、ブラックは不平を言いそうになった。隅に扇風機があり、ついそちらに目をやってしまった。気がついたときにはもう、ジェシー＝パールが壁にプラグを差しこんで扇風機をふたりのほうに向けていた。使用時間を制限して電気代を抑えているのだとわかった。夕方に一時間ばかり、子供たちが眠りにつくのを助けるために使うのだろう。

「アンバーはいい娘です」とジェシー＝パールはさっそく言った。「あなたがたの考えてることはわかります、ほんとです。わかりますけど、あの娘は夜遊びするような娘じゃないんです、それはわかってください。ボーイフレンドがいますけど、隣の子だし、あたしたちと同じくらい心配してくれてます。あの娘は友達と喧嘩してもいません。あたし、するべきことはわかってます。警察がどこを捜すのか知ってます。ほかの親にはみんな電話しました。ブレイゼル牧師とも話しました」

「アンバーは教会に通ってるんですか？」ミルクが言った。

「ええ、ブルックヒル・バプテスト教会に毎週、弟とあたしと一緒に。それが何を意味するかもわかってます……鳥男はまだつかまってないですからね」

「アンバーのお父さんは――」

「捜しに出てます。通りを走りまわってます」

「近所に何か知っていそうな人や、手伝ってくれそうな人はいますか？　われわれは目下、人手不足でして」ブラックは言った。

「グレイスの騒ぎのことは知ってます。ニュースで見ました」

「使えそうな最近の写真はあり――」

ジェシー＝パールは何枚か渡した。笑顔のアンバー、ソフトボールをしているアンバー、ホットドッグを食べているアンバー。

ふたりは状況を整理した。最後にアンバーを見たのはいつか、彼女はどこへ出かけたのか、いつ帰る予定だったのか。ミルクが詳細を聞いているあいだにブラックはアンバーの寝室へあがってみたが、意外なものはとくになかった。時間がないので、保安官事務所はアンバーがさらわれたという前提で動き、要所要所にバリケードを設置するはずだった。それはアーニーの仕事だったが、ブラックも逃れられなかった。

階下におりていくと、ミルクはちょうど聴取を終えようとしていたので、ブラックはもう一度座るのはやめて、立ったまま窓から黄色い平野を見渡した。日射しは強烈で、この一週間だけで野火の通報が三件もあった。

ミルクが子供に微笑みかけると、子供も笑みを返したが、母親にぴたりとしがみついた。

「ブラック署長、ひとつお願いがあります」

ブラックは彼女と目を合わせた。

「ありもしない手がかりを探すところは端折《はしょ》ってほしいんです。あたしたちやあたしたちの身のまわりのことを調べたり、アンバーやアンバーの身のまわりのことを調べたりするところは。これについてはあたしを信頼してもらいたいんです」と彼女は涙を拭いながら言った。「誰かがあの娘に何かをしたんです。家出じゃありません。新たな地獄にいたらない道は、たどっても時間の無駄です。どう聞こえるかはわかってますけど、そこは了解してもらいたいんです」

ブラックはミルクを横目で見、ミルクもブラックを横目で見た。

アーニーが部下を連れてやってくると、ふたりは家を出た。

ジェシー＝パールは前庭の人混みの中に立って、肩をじりじりと日に焼かれながら、自分の世界が手から滑り落ちていくのを感じていた。


ブラックとミルクは帰路のほとんどを黙りこんだまま空を見つめて過ごした。かなたのグレイスの上空に、忌まわしい生き物のように雲が重く垂れこめているのが見えた。ブラックは速度を落としてハロウ・ロードを走っていった。ニュースのせいで群衆がふくれあがっていた。

パトロールカーが暗い壁に呑みこまれると、ふたりともほんの少し身をすくめた。

「帰ってくるのがどんどんつらくなるな」ブラックはそう言いながらヘッドライトをつけた。

「ですね」

「これは故郷じゃない。これは……なんなのかわからん。ひと月で世界が変わっちまった」

ミルクは自分の二二口径をなでた。

「あんな禿鷹どもはうろついてるし。おれたちは教会からもジョーたちからも責められてるし。おれたちが監禁してる男は、事件には関係なさそうなのに、釈放したら口をひらくまもなく吊るされちまうから、釈放はできないし。サマーは行方不明だし、時間がたてばたつほど、おれはサマーが帰ってくることはないと思うようになってるし」

ミルクは窓をおろした。広場は火と揉めごとのにおいがした。メイデンヴィルのプレートをつけたSUVが駐車場の入口をふさいでいた。

「やれやれ」ブラックはクラクションを延々と押しつづけた。警光灯を何度か点滅させ、サイレンも鳴らした。

ルームミラーをのぞくと、ジョー・ライアンが何よりも不安のまさる目でブラックを見つめ返していた。ブラックはジョーに話をしにいくことにした。アンバーのことを伝えれば、ジョーもサムソンの首にかけた賞金を下げてくれるだろうと思ったのだ。

ブラックはクラクションからいったん手を離してから、さらに二回鳴らし、悪態をついた。

ミルクがドアをあけて銃を抜くと、ブラックには何がなんだかわからないうちにそのSUVに発砲した。弾はホイールアーチのすぐ上に命中した。教会の連中からは悲鳴が、ジョーの仲間たちからは歓声があがった。

ミルクが車内に戻ると、メイの店から男が現われてSUVのほうへ走ってきた。弾の穴を見ると男は青ざめた。両手を上にあげ、ブラックがもう一度クラクションを鳴らすと、小便をちびりそうになった。

＊＊＊

ルーメン牧師がブラックを待っていた。いつもならブラックはトリックスに悪態をついただろうが、トリックスはそんな気分ではないという顔をしていた。

ルーメン牧師はいちばん上等のスーツを着て聖職者のカラーをつけていた。

「なんの用です？」ブラックは言った。

牧師はその敵意を平然と受けながした。「息子を釈放してもらいたい」

「だめです。ほかには？」

「噂を聞いたが、本当か？　また子供が行方不明になったのか？」

ブラックがうなずくと、老人は悲しげに首を振った。

「サムソンは無実だ」

「ええ」

「きみは犯罪者どもに屈服してるんだぞ、ブラック署長。世間からどう見えると思ってるんだ？」

それはブラックが毎朝出勤してくるたびに自問する問いだった。「おれがどう見えるかの問題じゃありませんよ」

「いや、きみがどう見えるかの問題なんだ。信頼の問題なんだよこれは。きみへの。この町はもはやわたしが子供だったころとはちがう。きみが子供だったころとも。世間はそれを悪魔パニックと呼ぶが、そんな生半可なものじゃない。良心なき世界への緩慢な転落だ。民衆は荒れている。腹を立てている」

「民衆はいつだって腹を立ててますよ。仕事はない、金はない。国は好景気に沸いてるのに、自分たちはそんなものをまるで感じられないんですから」

「それでもわたしは影響力を保っている」

「恐怖につけこんでね」とブラックは言った。「子供のころおれはあんたが怖かった」

「その多くは見せかけだがな。しかしわれわれには恐怖が必要なんだ。きみには。きみへの恐怖、法への恐怖が。わたしにも必要だし、教会にも必要だ。地獄で焼かれることへの恐怖が。きみはいまでも夜眠れないのか？」

ブラックは牧師を見つめた。

「きみの常用癖については承知してるよ、ブラック署長。きみはこれでまた動揺するはずだ、少女がまたひとりいなくなったことで。きみが自分の感じる苦悩と罪悪感をどうやって和らげるか、わたしは知っている」

ブラックは目を閉じて老人を締め出した。

「ほかに誰もいなくなって、きみはわたしのところへ来た」

「あれは助けになりませんでした。あんなふうに求めたところで、赦しなんてこの下界じゃなんの意味もない」

「ならばつづけるがいい、転げまわるがいい、立って闘うがいい。相棒の死を嘆いて死ぬまで酒を飲むがいい。それが慰めになるならな……いまのきみにできるのは自分の罪悪感をなだめることだけだ」

「それはちがう。おれはこの世での自分の立場に疲れてる、それだけです」

「それだけか。うちの息子を勾留したまま――」

「あんたにはどうでもいいことでしょう。あんたがサムソンをどう見てるかはわかってます。あの日メアリーが通報してきたとき、レッド川でいったい何が――」

「亡くなった妻の名は口にしてほしくなかったな」

「父親をあんなに怖がってる子供は見たことがない。サムソンに何をしたんです？　服をあんなにびしょ濡れにして」

「あの子は川で泳いでたんだ。わたしらがやめろと言うのに」

ブラックは微笑んだ。「服を着たまま泳いでたんですか？」

「サムソンは指導が必要な子なんだ。悪魔はあの子をわがものにしようと必死で働きかけてる」

「サムソンはもう子供じゃありません。あんたは彼のことなど気にかけちゃいないんですよ、それははっきりわかります」

「あの子はわたしの姓を受け継いでる」

「なら理由は虚栄ですよね。それは罪じゃなかったですか？」

ルーメン牧師は憐れみのようなものを目に浮かべて微笑んだ。「あの子を釈放したまえ」

「あんたにはサムソンを守れません。血が流れます」

牧師は立ちあがった。「危機の時代には血が流れるものだ。この雲——わたしが思うには、時が来たんだ。清算の時が迫ってるんだよ。きみに対処できるかな、ブラック署長」


それからの数時間でブラックはアーニーと連絡を取り、記者たちに情報をあたえ、郡全体がアンバー・キングを捜して目を光らせているのを確認した。署を出たときにはすでに深夜零時をまわっていた。ブラックは石段のてっぺんに立って広場を見渡した。メイの店にはまだ明かりが煌々とともっていた。夜更けまで客が絶えないので、メイはボーレガード家の娘ふたりを手伝いに雇っていた。〈ウィスキー樽〉の外には騒々しい連中が集まっていた。大半はよそ者だったが、マールの姿がちらりと見えた。

教会の人々は夜間はプラカードをおろしていた。なかには芝生に寝ころんで、グレイスで起きていることがまだ本当には信じられないというように、ぽかんと口をあけて雲を見あげている者もいた。ジョーの仲間たちはローンチェアにゆったりと座り、銃をかたわらの地面に置いて眠っていた。

ブラックは階段をおりてジョーのほうへ歩いていった。ジョーは遠くのベンチに座って煙草を吸いながら監視をつづけていた。

ブラックはジョーの横に腰をおろし、銃を抜いてあいだに置いた。

「エイヴァはいつも、あんたがなぜそうするのか不思議がってる」ジョーは煙を深々と吐きながら言った。

「銃か？」

「ああ。あいつの考えじゃ、あんたは相手に銃を携帯してるのを見せようとしてるか、自分は無害だってことを示そうとしてるらしい」

ブラックは笑った。

「だけどおれはあいつに、それは深読みのしすぎだと言ってやった。あいつはいつもそうなんだ。みんなたいていそうなんだよ。ありもしないものを見ようとしたり、理由を考え出そうとしたりするんだ。なぜこうなのか、なぜああなのかと」

「それはこいつが腰に食いこむからだと、エイヴァに言ってやってくれ」

「言ってもあいつは信じようとしないさ」

「キング家の娘のことは聞いたか?」ブラックはジョーの差し出した煙草を受け取りながら言った。

「聞いた」

「州警が来ることになってる」

「すばやいな。こんどはぐずぐずしないわけか」

ブラックはうなずいて煙草を吸った。

「おれはキング夫婦を知ってる。十五のときジミーとつるんでた。ドーソンの酒屋に強盗にはいったことがある、憶えてるか?」ジョーは言った。

「憶えてる」

「ジミーの親父さんの車を盗んで、それを店のまん前に停めて、ナンバーを隠したりもしなかった。中にはいったら店主のじいさんがいて、名前は憶えてないが、おれがレジスターをあけろと言ったら、いやだとぬかした。じいさんは落ちついてて、おれがシグを振りまわしても平気だった。そいつは模造品で、撃てもしない安物だったから、おれはもう一度、レジスターをあけろと言ったんだが、じいさんはまた、いやだとぬかした。おれがなぜだと訊くと、気が進まないと言いやがった」

ブラックは笑った。

「〝気が進まない〟だぞ。なんだよ、そりゃ？」

「で、きみはどうしたんだ？」ブラックは煙を胸の奥にため、肺がひりひりするのを感じながら言った。

「店を出た」

「何もせずに？」

「何もせずに。こいつはまずいことになるって予感がしたんだ。頭の奥で〝今回はよせ、今回は無理をするな〟って声がしてさ。だからおれたちはおとなしく店を出たんだが、まさにそのとき、おれはじいさんが二二口径を手にしてるのに気づいた。そいつがまっすぐおれに向けられてたのに。じいさんは手をカウンターに寝かせてたんで、おれは気づかなかったんだ。無理をしたら撃たれてたろう。それはまちがいない」

ジョーの仲間のひとりがブラックのほうを見たが、ブラックが目を合わせると、その男は目をそらした。ブラックに対して恨みがあるわけではないのだ、とりたてて。本当は家に帰って元の生活に戻りたいのだろうが、逆の立場だったらジョーは自分たちに同じことをしてくれるのがわかっているのだ。

「キング家の娘の件がサマーと関連してたらどうなると思う？」ブラックは訊いた。

「どうなるんだ？」

「サムソンは無関係ってことになる」

「あんたには時間があった、ブラック。どこを捜せばいいか、おれと同じくらいたくさん心あたりを持ってた。なのに見つかった手がかりはサムソン・ルーメンだけだ。あいつだけなんだぞ、わかってるか？　おれならあいつが何か知ってるかどうか突きとめられる。あいつの目を見て、うちの娘に何があったのか問いただせば、あいつは嘘をつけないはずだ」

ふたりはまた静寂に近いものに身をまかせた。聞こえてくるのは、中継車の一台に寄りかかったカメラマンたちのぼそぼそした話し声だけだった。

「とんだお祭り騒ぎだなここは」とジョーは言った。「さっきまでおれはこの雲のことを考えてたんだ……こいつが現われた日のことを」

ブラックは横目でジョーを見たが、ジョーはそれ以上何も言わなかった。

ブラックは煙草を最後まで吸うと、芝生に落として立ちあがった。「あんたがその老人を相手に感じた予感。無理をするなと告げたその予感。それと同じものをおれはいま感じてる。あんたがこの件でおれを相手に無理をすれば、悪いことが起こると思う」

「なに言ってるんだ、ブラック。悪いことなんかもう起きてるんだよ。まわりを見てみろ。これが見えねえのか？　おれは思うんだよ、もしサマーがもう死んでたら――」

「馬鹿なことを考え――」

「サマーがもう死んでたら、おれはあいつのために手を尽くしたと言えるかと。この問いはあんたも自問する必要があるぞ、ブラック」

＊＊＊

ブラックは背もたれの高い椅子に座って壁を見つめた。震える手で新聞からアンバー・キングの写真を切り抜くと、立ちあがってその可憐な顔をほかの少女たちの横に留めた。ブライアー・ガールズの六人目。ことによると七人目か。

それからバーボンの〈オールド・クロウ〉をまる一本、体に障るのも気にせずごくごくと飲みほした。肩凝りがひどかったので鎮痛剤をのみ、その錠剤を、さながら彼のために死ぬ覚悟ができている兵士たちのようにずらりと一列にならべた。つづいて足指の股に、針痕が何度も癒えたところにクスリを打った。それから、自分はなぜ死なないのだろうと不思議に思った。人ひとりを殺すのになぜこれほど手間がかかるのかと。ブラックは死ぬどころか、ふわふわ漂いはじめた。子供のころルーメン牧師から聞かされた天国の街路さながらにきらきらと輝く金色の畑を、どこまでもふわふわと。

その夜は永遠になった。夢の中でブラックはあちこちの教会を訪れ、耳の聞こえない人々に懸命に訴えた。〝けりがつくまでは、この男がつかまるまでは、少女たちを教会に近づけないでください〟と。八十四号線沿いのぴかぴかのバプテスト教会ではイライザを見かけた。イライザはブラックを呼んでいたが、ブラックは体がすっかり重たくなっていて動けなかった。意識が戻ったのは一度だけで、それは甲高い電話の音が夢を切り裂いたときだった。電話はずいぶん前から、ことによると何時間も前から何度も鳴っていたのかもしれない。

やがてブラックは、自分の頭の中で聞こえているのではないかと思うような静かなノックの音で目を覚ました。起きあがり、瓶や錠剤の載ったテーブルをひっくり返した。

キッチンへ行き、ふらふらとシンクの前に立つと、蛇口をひねって冷たい水を顔にたたきつけた。廊下に鏡があったが、のぞきはしなかった。

そのままならブラックはだいじょうぶだったかもしれない。それを目的地のない長い旅路における些細なできごとにしてしまえたかもしれない。だが、そこでブラックはドアをあけ、めちゃめちゃになった女の顔を見てしまった。

「ひどいな、ピーチ。そりゃひどい」

「何度も電話したんだよ」ピーチは言った。

39 サマー

子供が悪魔崇拝に誘いこまれているかもしれない徴候というのが、《ジェラルド・リヴェラ・ショー》で挙げられたことがある。感情の唐突な変化と、親の価値観の拒絶だ。ティーンエイジャーでいるのがこれほど危険だったことはかつてないだろう。

一九九五年の春に、人々は立場を逆転しはじめた。悪魔にあれほど関心を持ち、パニックをあれほど煽りたてていたにもかかわらず、ＦＢＩは子供たちの証言の多くを、誘導的な質問に導かれた結果であり、偽の記憶が種を蒔かれ水をあたえられたものであるとして、ついには倫理観そのものを問題にした。人々こそが悪魔であり、統計は恐るべき手口で捏造されていたのだ。

この変化はあらゆることを変えたものの、ブライアー郡では何も変わらなかった。五人の少女は依然として行方不明で、犯人はいまだにつかまっていなかった。

あの夜、必要ないと思うものまで詰めこんだ重いバッグを肩に家をあとにしたとき、わたしはデラ・パーマーたちに親近感を覚えた。まるで自分も彼女たちのような敬虔な少女になって、二度と帰ってこられない場所へ向かって歩いている気がした。

歩いているとき、わたしはしばらく目を閉じて、何が迫っているのかを神に伝え、邪魔をするならしてみろと神にいどんだ。ボビーになんと言われるだろう、サヴァンナになんと言われるだろうと気にはなったものの、それはもう重要ではなかった。そのときも、たぶんこれからも。

そのバンにわたしはすぐさま気づいた。回転数を抑えてゆっくりと近づいてきた。わたしはふり返らなかった。それが何者なのかも、そいつが来ることもわかっていたからだ。わたしは選ばれたのだ。ヘンリー・フューズリの〈夢魔〉に描かれた眠る女のように、むきだしの白い喉を種馬に見つめられているのだ。そのとき恐怖を感じなかったのは、わたしも自分の悪夢の登場人物だったからかもしれない。

わたしがロット・ロードのはずれにたどりつくと、バンのエンジン音が大きくなり、それからふっつり消えた。ハッチンソン・アヴェニューから一台の車が現われて、わたしの横に停まったのだ。それは古いステーションワゴンだった。色は青だったかもしれないが、細かい点は思い出せない。救出者の登場に有頂天になっていたからだ。

わたしはすばやく乗りこみ、わたしをのがしたバンが脇を通りすぎていくのを見送った。わたしが大きく息をつき、彼が無言でギアを入れたとき、わたしは運命というのがいかに冷たい手で人をあつかうものかを悟った。その未来からも、定められた時刻からも、わたしたちは逃れられない。

わたしの物語にアニメの《スクービー・ドゥー》みたいなオチはない。

悪者は変装などしていない。

誰もが起こらないでほしいと思うこと……それが起こる。

40 つらい死

ブラックがマールの家についたのは夜明けの一時間前だった。三つ前の嵐で母屋の屋根が陥没したため、マールは裏の納屋で寝起きしている。ブラックはパトロールカーを納屋のそばまで乗りつけ、赤と青のライトを点滅させたままにした。ピーチのほうはさきほど病院へ連れていき、医者にただの打撲だと言われるまで付き添ってやった。熱い怒りが血管を駆けめぐっていた。

ブラックはドアを乱暴に二度たたいた。「マール、あけろ」

数分後、マールが無精ひげだらけの顔で現われ、何時だと思ってるんだ、と、自分でもわかっていないくせにぶつくさ言った。

「やっとお目覚めか」ブラックは言った。

マールは空に目をやって首を振った。「悪魔がおりてきやがるな」そうつぶやきながらブラックを中へ通した。

足もとには古い絨毯が一枚、地面にじかに敷いてあった。マールはカウチで寝ていた。雨降りのときは、雨漏りがするので防水シートをかぶっている。

「広場はえらい騒ぎだな」とマールは言った。「取材の連中はいるし。だけどまあ、あのニュース・ガールたちは――」

「ゆうべは遅かったのか?」

マールは肩をすくめた。「レイ・ボウドインさ、ポーカーだよ、あいつは狂犬だな。ウィリーがストレートで一杯食わしたら、テーブルをひっくり返して清算もせずに出ていきやがって。ウィリーのやつ、おれがやめろと言うのに追いかけたんだ」

「だいぶやられたのか？」

マールはまた肩をすくめた。「殴られただけじゃねえ、目に煙草を押しつけられた。あんなひでえまねは見たことがねえ。言っとくが、ウィリーはしゃべらねえぞ、おまえさんがその気を起こしてもな」

ブラックはうなずいた。

「このあいだトミー・ライアンと揉めたそうだな」

マールはあたりを見まわしてから下を向き、首を振った。「おれじゃねえ」

「デラ・パーマーが行方不明になった日、あんたはどこにいた？」ブラックは訊いた。

マールはブラック自身よりひどい二日酔いだとわかるまっ赤な目で彼を見あげた。

「おれが日記をつけてるような男に見えるか？」

ブラックはすでに情報をつかんでいたので、マールがじきに白状するのがわかっていた。マールは刑務所に何度かはいったことがあり、最長は十五カ月という苛酷なものだった。もう七十に手が届こうという年齢だ。

「あんたはウィーラー湖でトミー・ライアンと釣りをしてた」

マールは目を丸くして腰を浮かせた。手がひどく震えている。「ああ。ああ、そうだった。ウィーラー湖で、トミーと。そのとおりだ」

ブラックは溜息をついた。「キンリー家のアナ、あの娘の車がその朝パンクした。あんたはタイヤを交換してやってる。ガストン・リー・ロードの道端で」

「その日じゃねえ。そんなはずはねえ」

「アナは現金で支払ったんで、そのあと父親があんたの修理工場へ立ち寄って領収書をもらってる。そういうことにぬかりはないんだよ、キンリー家は。金があんなにあると、ボブ・バトラーみたいなヘマをして国税局にごっそり持っていかれたくないんだ」

「その日付はまちがいだ」とマールはうつろな声で言い、窮地から抜け出す道でも探そうとしたのか、納屋の中を見まわした。

「おれもそう思ったんでね。ミルクにアーリーンのところへ電話させたよ」

「あのアマはおれをクソ溜めに落とすためならどんなことだって言うさ」

アーリーンはしばらくのあいだマールと夫婦だった。調停で修理工場の半分をもらい、自分がそこから確実に収入を得られる程度にはまっとうに帳簿をつけている。

マールはまた腰をおろし、溜息をつくと、まっ黒な親指の爪を噛みながら選択肢を秤にかけた。

「あんたを逮捕したっていいんだぞ、マール。したくはないが、とりあえず証拠はそろってる。郡の拘置所に送って何週間かくさいめしを食わせてやる。アーニーが酔っぱらいや売人と一緒の房に入れてくれるだろう。司法妨害だ、だいぶ食らいこむことになるぞ」

マールは目を閉じた。

ブラックは梁を見あげて、隙間から雲が見えるのに気づいた。「トミー・ライアンにいくら借りがあるんだ?」

「大金だよ」

＊＊＊

ふたりはパトロールカーを藪の中に残して歩きだした。懐中電灯は持っていたが使わなかった。

トミー・ライアンは四十三号線の路肩から自宅まで、五百メートル近くも径を切りひらいていた。噂では、ブラックは登記簿を調べて、その土地がトミーの曾祖父のものだったことをつかんでいた。キンリー家の誰かからポーカーの勝負で巻きあげた土地らしい。

「雨乞いの踊りでもしてみるかな」ミルクが空を見あげながら言った。

「じゃ、カメラを持ってくるよ」ブラックは答えた。

トミーの土地と平行に延びる林を歩いていくと、切りひらかれた場所に出た。ミルクが懐中電灯をつけると、家が目に飛びこんできた。

用材は焦げ茶のステインを塗られ、正面はポーチに包まれている。ふたりはしばらく様子をうかがったが、あたりを支配する静寂が、邪魔はいらないだろうと告げていた。ふたりが署をあとにしたとき、ライアン兄弟は今夜も待機と監視をつづけるため広場に腰を落ちつけていた。

「なぜこれを放置してたんです？」ミルクが訊いた。

ブラックは肩をすくめた。「アリバイがあったし、パイングローヴのあの女性もいたしな。そのあとノアから、トミーとマールが揉めてるのを見たと聞いたんで、勝負に出ることにしたんだ」

「早急に何か見つけたいですね。このままじゃマスコミの餌食にされちまいます。国じゅうの目がグレイスに向けられてるのに、見えるものといえば広場の緑地で繰りひろげられてる珍妙な見世物だけ。いかれた教会の連中と、がさつな貧乏白人どもが、砂袋をはさんでにらみあいながら、映画館にでもいるみたいにスナックをまわしあってるだけですからね」

ブラックは笑い、ミルクが錠をいじっているあいだ警戒をつづけた。錠はまもなくあいたが、それはトミーが不法侵入をさほど心配していなかったからかもしれない。

ふたりは中にはいってドアを閉めた。広々とした小ぎれいなワンルームだった。内装は艶出しした白木で、床には毛足の長いラグが敷いてある。暖炉と小さなキッチンと、家の左手に出るドアがあった。

天井は奥がアーチ形になっている。

「簡単に調べられそうですね」ミルクが言った。

ふたりは令状を持っていなかった。書類仕事などすっ飛ばしていた。ブラックは手の内をさらす前に、家をのぞいて下準備をしておきたかったのだ。トミーはデラ・パーマーが行ったロデオ会場にもいたし、八十四号線沿いのバプテスト教会にも行ったことがある。マールと一緒にいたと嘘もついているし、サマー・ライアンとも仲がよかった。背も高いし——存命の誰よりもヘルズゲートに詳しいかもしれない。それらを考え合わせると、トミーはまちがいなく疑わしい人物だった。

カウチの下の偽の床をはずすと、複数の銃が隠してあった。多数の狩猟道具を収めたクローゼットもあった。発電機の横に鍵のかかるクローゼットがあるのにもブラックは気づいた。そこにもしまってあるのだろう。

双子姉妹の写真が、赤ん坊のころから現在まであった。

「トミー・ライアンが鳥男だと思いますか？」

ブラックは溜息をついて首を振り、うなじをなでた。

「だとしたら驚きだよ、トミーはこの間ずっとグレイスで暮らしてたんだから」

ミルクは寝室に消え、ブラックはキッチンの戸棚を片端から調べた。

「署長」と呼ばれたので、ブラックは寝室へ行った。ミルクは繊細な金のネックレスを持ちあげてみせた。イニシャルが刻んであった。ＳＲ。

「どう思います？」

ブラックは頬がかっと熱くなるのを感じた。この数週間、この一年、あの少女たち、ピーチ・パーマー。トミーとマールと数々の嘘。銃に手をかけて大きく息を吸った。

「嘘をつかれるのにはもううんざりだ。そのネックレスが何を意味するにしろ、いますぐ突きとめてやる」

ブラックは家を出て、パトロールカーへ戻るためにヘルズゲートをずんずん歩きだした。後ろからミルクが落ちつくよう叫んでいたが、頭に血がのぼったブラックは足をゆるめなかった。

ブラックはパトロールカーを歩道に乗りあげると、すべてのライトをつけっぱなしにしたまま車をおりた。ミルクもあとにつづき、人だらけの広場を見まわしてオースティン・レイとジョーを捜し、ブラックが馬鹿なまねをした場合にそなえた。

ブラックは足早に歩いた。教会の人たちに注視されているのがわかった。彼らが持ちこんだランタンが、枯れはじめた芝生にいくつも突き刺してあり、炎がゆらゆら踊っている。メイの店からあふれた連中が、脂じみた包み紙を手にホットドッグやフレンチフライを食べ、コークを飲んでいた。野球帽を目深にかぶった屈強な男たち、疲れた髭面。

数人のレポーターが群衆に背を向けて夜のニュースを収録しており、悪魔がヘルズゲートに住んでいるのに警察は腰抜けなのでつかまえにいけないという、町に広がりつつある噂を伝えていた。

ミルクはあたりに目を配りつつ小走りでブラックについていった。

ブラックはトミーがベンチのそばに立っているのを見つけた。煙草を口から垂らし、伏し目がちに周囲をうかがっている。

ブラックは全力で走りだしてトミーに体当たりし、大の字にひっくり返して上からのしかかった。

ミルクは銃を抜き、人々は悲鳴をあげ、カメラが向けられた。

ラスティが外を見ていて、あわてて人手を集め、広場はほどなく大混乱におちいった。ジョーが弟を助けにきたが、ミルクはそれを待ちかまえていた。前に進み出て銃をかまえ、狙いをつけた。ジョーは片手をあげ、トミーに目をやった。トミーはあおむけに倒れてブラックに膝で胸を押さえつけられている。

ジョーの仲間たちがこっそり銃を抜こうとしたので、ラスティが空に向けて一発撃つと、混乱は鎮まり、張りつめた静寂が一キロ四方に広がった。

「どけ」トミーは目をぎらぎらさせて言った。

「よくも嘘をついてくれたな、トミー。おれは黙って様子を見てたが、もう限界だ、我慢できない。問答無用でおまえを撃ちたくてうずうずしてる」

「ブラック」とジョーが言った。

「口をはさむな」とミルクが言い、銃口をジョーの頭の高さまであげた。

「駆け引きしてる時間はないんだ、トミー。あいつらに見られてたっておれは屁でもない、撮らせてやる。おまえらはおれが腑抜けになったと思ってるようだが、頭に風穴をあけてやるぞ。おまえにはつながりがあるし、おれには行方不明のブライアー・ガールズがいる。おまえが鎖の環なんだよ。おれの見当ちがいかもしれんが、それはおまえが招いたことだ。おまえがおれをこのダンスに誘ったんだ」

ミルクはあたりに目をやり、ルーメン牧師と目が合うと、老牧師の顔に笑みに似たものが見えた気がした。報いだ、そう思っているようだった。

「デラが行方不明になった日、おまえはどこにいた？　サマーが家出した晩、どこにいた？」

トミーはあおむけのまま荒い息をしてブラックの背後の空を見あげていた。

「教えてやれ」ジョーが言った。

トミーが外では話したくないと言うので、ふたりは警察署にはいった。カメラのフラッシュを浴びながら石段をのぼり、夜のニュースではその様子が流れた。

ブラックはトミーを奥のオフィスへ連れていった。トミーが弁護士は必要ないと言うので、彼が制度をいちおう知っているのがわかった。すると鼓動がゆっくりになり、重い疲労がブラックの全身を毛布のようにすっぽりと包んだ。これからどうなるのかはわからなかったが、トミーもブラックと同じくらい疲れているようだった。

トリックスがコーヒーを運んできて、ふたりの前に置くと、ドアを閉めて出ていった。

ブラックはネックレスを取り出してテーブルに置いた。

トミーはそれを見て、ブラックを見ると、闘志を失ってぐったりと椅子にもたれた。

「サヴァンナだよ」とトミーは言った。

「なにが？」

「おれが一緒にいたのは。サヴァンナ・リッターだ」

「ボビー牧師の奥さんのサヴァンナか？」

「ああ」

ブラックは長いあいだ目を閉じていた。「なんてことをしたんだ、トミー」

「レディってのは、ときたま身を落としてみたがるんだよ」

「こんどはこれのおよぼす影響を、おれは心配しなきゃならないのか？」

「おれはもう切られたよ。女に捨てられたのは初めてだ」

「サヴァンナから話を聞くからな」

「わかってる」

ブラックは目をこすった。「出会ったいきさつは？」

「パイングローヴさ。グレタに引っぱってかれたんだよ。それはまあ、町でサヴァンナを見かけたことはあったけど、口をきいたことなんかなかった」

「だろうな」

「で、グレタは自分の仕事を、デスクワークを始めたんで、おれは煙草を吸いに外へ出た。そしたらサヴァンナがいて、日向にしょんぼり座ってたんだ。泣いてたのかもな」

「で、おまえはそのチャンスをものにしたわけか」

トミーは首を振った。「サヴァンナとの場合はそんなんじゃなかった。あんた、サヴァンナと話したことあるか？」

「ああ」

「ならわかるだろ。サヴァンナはおれみたいなのに引っかかるタイプじゃない。きみはきれいだとかなんとか言われてコロリといくようなタイプじゃ」トミーは咳払いをした。「つらい経験をしてきたんだよ」

「息子のことをおまえに話したのか？」

「すぐにじゃないけどな……彼女は悲しんでるんだよ」

「だからそばにいてやったわけか？」

「話を聞いてやったんだ。おれはそんなことを考えもしなかったのに、ある晩遅く、彼女がうちにやってきて、こんなふうにひとりぼっちでいるのにはもう耐えられないと、そう言ったんだ。おれはたんに、たまたまそこにいただけで、それ以上の意味なんてなかったんだ」

ブラックはしんみりとうなずいた。「なるほど。おかげで危うくおまえを殺すところだった。あれだけのカメラの前で」ブラックは溜息をついた。「牧師の妻か。グレイスが闇に包まれてるのも燃えてるのも無理はない」

トミーが帰っていくと、ブラックはデスクの抽斗から〈クラウン・ロイヤル〉の瓶を取り出した。

もはや八方ふさがりだった。少女たちは次々に斃《たお》れているのに、手がかりは尽きていた。調べる場所はもう残っていない。

瓶に残っていたものを飲みほしてしまうと、ブラックは署の裏口からこっそり外に出た。ざわめきと喧噪は耳を聾するほどで、もはや耐えられなかった。

＊＊＊

「あれがあんたのやりかた？　留守電にメッセージをひとつ残すのが」ピーチは言った。

ブラックはポーチに座りこんで雲をながめた。

ピーチの目はまだ腫れていた。額には切り傷もある。

「あたし、こんなことをつづけてられないよ、ブラック。あたしたちの関係がどんなものか知らないけど、つづけてられない」

「なら、よせよ」とブラックは冷たく無気力に言った。袖をまくりあげてあり、注射痕が腕を行進していた。

ピーチはブラックの横に腰をおろして、空をにらんだ。「あいつら、ふざけてるわけじゃなかった」

ブラックは彼女の視線を追った。「あの雲が好きになったよ。居すわってほしくなった」

ピーチはブラックの手を取って握りしめた。「あたし、こんなことに耐えられるほど強くないって言われた。パイングローヴで。自分のことを気にかける時間が必要だって」

ブラックは木々のてっぺんを見つめた。「帰ってくれるか」

「あんたってどうしてそうなの？　どうして何もかも投げやりなわけ？　そりゃあたしだって奥さん

と子供のことや、相棒のことは知ってるよ――」

ブラックはさっとピーチのほうを向いた。「何を知ってるんだ？」

「あんたのしてること。これ。眠らない。やたらとお酒を飲む。生気がまるでない。死にたがってる。まだある？」

ブラックは酒瓶に手を伸ばしたが、瓶はポーチから石畳の通路に転げ落ちて割れた。

「もう、ブラック」ピーチがにらむと、ブラックは木目の浮き出た床にごろりと寝ころんで、雲を見あげた。

「それでおれたちがどれほど無力かわかるだろう。おれたちがなんにも知らないってことが。つねにもっとたちの悪いやつが袖に控えてて出番をうかがってるんだ。誰が警官になったところで、そういうやつらを減らすことはもうできない。おれには向いてないんだ。おれはもう人生からおりたよ。いっさいいから」

ピーチはブラックを引っぱり起こし、ブラックは壁板にもたれた。

「おれたちはいつもおたがいを利用してたんだ、ピーチ」

「そうかもね、最初はそうだったかも」

ブラックはピーチを見て、彼女を自分から遠ざけなければならないのを感じた。それがどちらにとってもいちばんいいからだ。それをいまピーチに理解させるつもりだった。ルーメン牧師に言われたことは忘れていなかった。自分が牧師にすっかり見抜かれていたこと、それにひどくむかついたことは。

「おれはデラを見つけられない。きみの安全も守れない。信頼もしてもらえない……ミッチの件があるからな。ノアはむかしのおれが理解できないみたいな目でおれを見る」

「自己憐憫はみっともないよ、ブラック」

ピーチは立ちあがった。

「ピーチ」ブラックは言った。

彼女はふり向いた。

「おれは自分を憐れんでるんじゃない。きみを憐れんでるんだ」

ピーチはうなずき、ブラックはきつく目を閉じて世界を締め出した。

41　サマー

わたしは無言のままステーションワゴンに乗って町を走りぬけていた。サムソンはドアをロックしなかった。車が停止標識で停まるたびに、わたしはおりて逃げることもできた。サムソンは追いかけてさえこなかったと思う。

わたしはサムソンといろんなことを話したけれど、親しくはなかった。悩みをうち明けはしても、そのときかぎりだった。その車に乗っていると、正しい道をはずれて暗い小径に踏みこんだような気がした。自分がどこへ行くつもりだったのかサムソンには教えなかった。その道はもう閉ざされているのがわかったからだ。

わたしはサムソンが鳥男なのだろうかと考えた。出会う人ごとにそう考えるのだが、サムソンの場合は、考えれば考えるほど符合するように思えた。モンスターたちだって……四六時中モンスターではないのだから。

新聞の第一面に載ったサムソンの姿が目に浮かんだ。手錠をかけられ、白い頭を垂れ、ピンクの目に死をたたえており、人々はサムソンに声が届くかのように、自分の声こそ彼に聞こえるといわんばかりに、怒声を浴びせている。彼は裁判にかけられ、被告側弁護人たちは先を争って事実審理に持ちこむ。サムソンの子供時代をほじくりかえして気になる事実をたくさん見つけ出すと、神を恐れる陪審に向かって精神異常というボールを転がし、陪審がそれに飛びつくのを期待する。自分の手を血で汚したがる者はいない。たとえそれが人非人の血だろうと、血はやはり赤いのだから。

わたしは横を向いてサムソンを見た。サムソンも横目でわたしを見た。

「新月が近い」彼は静かに言った。

エンジンがキュルキュルと音を立てていた。ファンベルトが摩耗しているか滑っているのだろう、とわたしは思った。父さんは車が大好きだ。出所したころは、よくわたしをスツールの上に立たせてボンネットを支えさせ、エンジンをいじった。しばらくしてわたしの腕が震えてくると、支柱を立てて、にやりと笑ったものだ。

車は古い小径にはいり、キンリー家のトウモロコシ畑のあいだを走った。ヘッドライトに照らし出されて、トウモロコシがきれいに見えた。夜空を背にくっきりと美しい黄色に。

黄色は人間の目にいちばんよく見える色なのだ。

わたしはサムソンに彼女たちのところへ連れていってほしかった。ブライアー・ガールズの幽霊のところへ。彼女たちに会わなくてはならなかった。

「二十九日と半日ごとに新月になるのよ」わたしは言った。

「きみが妊娠してるのは知ってる」

わたしは横目でサムソンを見た。そんなふうに口にされた言葉を。

「ぼくは聖ルカ教会のトイレを掃除してる。トイレ掃除はいやじゃない、ボビーを手伝うのは。ゴミの中に検査薬を見つけた」

サムソンはハンドルを握りしめた。「流しが詰まっちゃってね。電話をかけにいったんだ。ウィンデールの水道工事屋に。そしたらリダイアルを押しちゃったのか、あのデイエットのクリニックにつながったんだ」

クリニックはわたしが親の同意を得ないかぎり二度とわたしを診ないと言った。わたしが自殺すると言うと、本気だということが伝わったのか、カーラに電話がまわされて、カーラから来なさいと言われたのだった。

「光は闇の中で輝いていて、闇はまだ光を征服していない」サムソンは聖書の一節を口にした。

浴槽の中でときどきわたしは、お湯に沈みこんで苦しくなるまで息を止めていることがある。明確な地点があるのが好きなのだ。そこを越えるともう引き返せない一線が。

42　呪われた者

「にやにやしてばっかりいるのをやめろよ、気分が悪くなってきた」レインが言った。

「にやにやなんかしてないよ」ノアはにやにやしながら言った。

パーヴがふたりを見ていて首を振った。「張り込みなんてさ、ほんと、退屈だぜ」

三人はフォースト・ロードの女のアパートから半ブロック離れたところにビュイックを駐めていた。女は遅くにクリニックから帰ってくると、しばらくテレビを見ていたらしく、ちらちらする光が見えていたが、やがてそれも消えた。

「夢の腎臓は？」パーヴが言った。

「なんだよ、言ってみろよ」ノアは言った。

「ガンジー」

「ガンジー？」

「おまえは？」

「シュワルツェネッガー」

「ステロイドか、どんな副作用があるかわからねえぞ。ガンジーの楽勝だ」

「ガンジーなんて栄養失調すれすれだろ」

「ばか言え。マハトマは痩せてたけど、筋肉質の痩せかただった。鍛えてたのがわかる。おまけに純潔だったから、マハトマの一部が体内にありゃ、おまえの時代が来たとき出世するのはまちがいねえ」

ノアはうなずいた。かならずパーヴが勝つのだ。

「きみはなんだと思う、レイン？」パーヴは言った。

レインは肩をすくめた。「エルヴィス？」

パーヴは目を閉じて首を振った。「過敏性腸症候群だぜ」

女が見えたのでノアは体を起こした。レインも気づいていた。パーヴは後ろの席からふたりのあいだに身を乗り出した。三人が無言で見ていると、燃えるような赤毛の女はアパートからそっと出てきて、自分の七九年式トーラスに乗りこんだ。

「教会へ行くのかも」パーヴが言った。

「こんな遅くに行くわけない」レインが言った。

ノアは車を出し、ビームを下げたままあとを追った。

「近づきすぎないでよ」レインが言った。

「まかしといてくれよ、ダーリン、初めてのロデオじゃないんだぜ」ノアは言った。

レインはうんざりしたように溜息をついた。

ロクスバラとブライアー郡の郡境のほうへ八キロほど走ったあと、女はチェイソン・ロードへ曲がった。

ノアがスピードを落とすと、トーラスのライトは小さくなって、やがて谷間に消えた。

ビュイックが小さな丘を越えると、トーラスが路肩に停まるのが見えた。

「通りすぎて」とレインが言った。「気づかれちゃうはずだから」

五百メートルほど走ったところでノアはUターンできる場所を見つけた。

「くそ、見失ってたまるか」

アクセルを踏みこむと、スピードメーターの針がみるみる上昇し、ビュイックは林の中を猛然と引き返した。

「あそこだ」とパーヴが指さした。

トーラスを追ってハイウェイ四十五号線まで戻ると、トーラスが右折の合図を出すのが見えた。

「帰る気だぞ」ノアは言った。

「引き返して。あそこで停まった理由を調べたいから」レインが言った。

谷間のその場所に戻ると、ノアはビュイックを停めた。三人はしばらくそのまま座っていたが、見えるのは樹木ばかりだった。レインがバッグと懐中電灯をつかんで車をおりると、ふたりもあとにつづいた。

「なんにもないぞ、こんなとこ」パーヴが言った。

レインは林や地面に光を向けながら先に立って歩いていった。

最初にそれに気づいたのはノアだった。周囲は藪が生いしげり、一本の小径が奥へ延びていたが、暗すぎて突きあたりに何があるのかはわからなかった。ノアはふたりを呼んで、地面に深く打ちこまれたその錆びた郵便受けを見つめた。郵便物がはいっていることを示す赤いレバーがあげてあった。

「奥に家があんのかもな」パーヴが言った。

レインは郵便受けをあけて一枚の封筒を取り出した。封はされておらず、表には何も書かれていない。はいっていた紙を抜き出して懐中電灯で照らした。

「なんだ？」ノアは言った。

レインは息を呑んだ。「名前、住所……あのクリニックの用紙じゃん」と彼女はふたりを見た。

「これ、子供を堕《こ》ろしたがってる娘たちだよ」

三人は封筒を郵便受けに戻すと、暗い小径を静かに息を殺して歩いていった。暖かい星夜だったが、冷たい恐怖が三人を包んでいた。レインは銃を、パーヴはハンティングナイフを、ノアは懐中電灯を握りしめていた。

現われたのは教会の焼け跡だった。〝ウェストエンド伝道団〟という看板があり、レインはニュースでそれを見たのを思い出した。教会にあんなふうに火をつけるなんて、いったいどういう人間だろうね、と母親が口にしたのを。

「デラ・パーマーの教会だ」レインは言った。

＊＊＊

蠟燭の火影が見えたので、ブラックは教会まで歩いていって、重い扉をあけて中にはいり、広場の喧騒から逃れた。

「さっき署にいらしたとか」サヴァンナの姿を認めるとブラックは言った。

サヴァンナはうなずき、ブラックは近づいていってベンチの彼女の横に腰かけた。

「キリストの隣で磔になったあの罪人、あの男は罪を悔いたので天国へ行きました。それが人々の懸命に求めているものです」サヴァンナは言った。

「赦しってのは強力なものですからね」

「ええ。ときには手が届かないこともあります」

この古い教会で自分はどのくらい人生を無駄にしたことだろう、とブラックは思った。求めてもついにあたえられなかった。

「トミーが電話してきました。あなたに会いにいくつもりだったんですけれど、まだきちんと向き合えなくて。自分のしたことと。後悔してます、署長。心から後悔してます」

ブラックは肩をすくめた。「いいでしょう、あんたを天国に入れてあげます」

サヴァンナは笑った。その声は甘く悲しかった。

「しばらく前にメイデンヴィルで弁護士に会ってきました。離婚書類を渡されたんですけれど、ボビーを見ると、別れるなんて想像もできなくなるんです。変ですよね、あんなまねをしたくせに」

ブラックは印刷画を見あげた。聖母マリアと幼子と、飛んでいかない小鳥の絵を。「いいえ、変じゃないですよ。人間てのはときどき自分自身から逃れなきゃならないんです。くそがつくほど不埒なまねをときどきしないと、自分が何を持ってて何を持ってないか、わからなくなるんです」

「お子さんたちが恋しくなります？」

「自分が送ったかもしれない人生が恋しいです。やりなおしたいですよ、時計の針を戻すチャンスがあったらね。自分の失敗から学ばなかったら……それこそ無駄です、そうでしょう？」

サヴァンナのすすり泣きが聞こえたが、十字架の影が彼女をすっかり隠していて涙は見えなかった。

「これがあんたの岐路なんですよ、サヴァンナ」

「わたし、どうしていいかわかりません」

「わかってるはずですよ、心の奥ではわかってるんです。人間てのはかならずわかってるんです」

「わたし、ボビーを愛してます」

「それだけでいいんですよ」

「それだけで？」

「いいに決まってます。ほかには何もないんですから」

「そんなに単純なこと？」

「かもしれません」

「わたし、神にしるしを求めたいんです。マイケルは天国にいて、わたしたちはもう一度家族になれるって、そう教えてほしいんです。それがボビーの求めてることだと思います」

「ボビーは見つけられないのがわかってるものを探し求めてるんです。あんたは手をたずさえて彼に協力するか、それとも黙ってつづけさせておくか、どちらかです」

「ボビーをひとりにしてはおけません。無理です。つらい人生を送ってきたんですよ。ボビーがあの施設でされたことは……」

ブラックはサヴァンナの手を取った。それを握りしめて目を閉じ、事態を正してほしいと神に求めた。もう終わらせてほしいと。それがサヴァンナや自分やグレイスの人々にとって何を意味するのかはわからなかった。だが、ブラックは光を求めた。光などもう長いあいだどこにもなかったのだから。

＊＊＊

その階段はぐらぐらだった。どの段もたわみ、きしみ、ペンキがはがれている。パーヴは通用口のそばの路上に駐めたビュイックに残っていた。ノアはブラックに通報するべきだと思ったのだが、レインが何かを感じて目をぎらつかせていたので、レインの指示どおり、もう一度あの燃えるような赤毛の女のアパートに戻ったのだ。

ノアがレインの横に立って、レインが静かにドアをノックすると、ドアはチェーンをかけたままあいた。

あの女がそこに立っていた。疲れた目をしていたが、その目はレインに向けられると大きく見ひらかれた。

「ドロレス」とレインは言った。「クリニックで会ったよね」

「どうしてわたしの住まいがわかったの？」

「話したいことがある」

ドロレスは首を振った。「クリニックに電話してちょうだい。わたしは力になれない……」ドロレスがドアを閉めかけると、レインは片足をドア枠に押しつけた。

「郵便受けのこと知ってるよ。焼けた教会のことも、封筒に何がはいってるのかも」

しばしの間があり、ドロレスは選択肢を秤にかけているようだった。

「わたしもあんたがクリニックに忍びこんだのを知ってる。カメラがあってね、毎朝クリニックをあけると、わたしがテープをチェックするから」ドロレスは言った。

レインは失点をすばやく検討して肩をすくめた。「警察を呼べば。あたしは未成年だし、不法侵入なんてあんたのやってきたことに比べたら屁でもない」

ドロレスはノアを見て、またレインを見ると、チェーンをはずしてふたりを中へ入れた。

ふたりは言われたとおりに腰をおろし、ドロレスはドアを閉めた。子供たちが寝ているのだ。電気スタンドが柔らかな光を投げていたが、ドロレスは寒くて疲れきっているように見えた。

「なんの用?」ドロレスが言った。

「姉が行方不明なの。サマー・ライアン」

「クリニックにはたくさんの患者が来るの、あんたたちには想像もできないほど」

「知ってる、ファイルを見たから」

「あれは記録にある娘たち、最後までやりとげた娘たちだけ。電話してくる娘も、飛びこみで来る娘もいる。そういう娘たちはおびえていて、偽名を残していくから、二度と会わない。毎日、毎週。あんたぐらいの娘たちが来るの」

「ブライアー・ガールズは?」レインは言った。

ドロレスは大きく息を吸い、手が震えだしたのか、両手をしっかりと組んだ。

「何をしたの、あんた？」レインは訊いた。

ドロレスは疲れたように額に手をあて、それから目をこすった。「あちこちのクリニックが休業や閉鎖に追いこまれてる。困ってる娘がすごく増えてるの。いまに誰かが現われるのはわかってたけど、まさかそれが子供のふたり組だとはね」

「何をしたの、あんた？」レインはもう一度訊いた。

「自分が正しいと思ったこと、しなくちゃならなかったこと。警察には行かないで、子供たちにはほかに面倒を見てくれる家族がいないの」

「知ってることを話して。あいつなの？」

「わたしはお金に困ってる。子供たちの父親は……ここにいないしね。わたしは小さいころからあの教会に通ってた。伝道団に。いまは焼けちゃって、わたしたちは畑に立って天に腕を差し伸べるしかないけど」

ノアは窓に目をやった。カーテンの裏のガラスが割れており、ビュイックのアイドリング音が聞こえてくる。

「いまの仕事に就いたとき、わたしは誰にも教えなかった」ドロレスは唇を結んで、髪を指で梳いた。「警察の世話になったことがあるのよ、若いころ。前科があるの。だけど、あそこはわたしを使ってくれた。ほかにあそこで働きたがる人はいなかったから。中絶の問題はわたしも考えた……神様とともに考えはしたけど、わたしにも世話をしなきゃいけない子供がいたから。わたしはクリニックに来た女の子たちの相談に乗ろう、彼女たちを診てもらおうとしたけど、カーラからそんなことはするなと言われたの」

ドアがあいたので、レインの手がバッグに伸びたが、現われたのは六、七歳の男の子だった。寝ていたので髪がぼさぼさだ。

ドロレスはその子を抱きあげて連れていった。

レインがノアのほうを見たので、ノアは微笑もうとしたが、自分たちがすぐそばまで来ているのがわかった。もうすぐ何かが判明するのが。

「あの子、すぐに起きちゃうのよ。ときには五回も六回も。あれからずっとそう」戻ってきたドロレスは、そう言いながら腰をおろした。ウォッカみたいな透明な飲み物のグラスを手にしている。「わたしもああいう娘たちのひとりだった。十四のとき。バーミングハムのクリニックに行ったんだけど、結局だめでね。伝道団が、手を差しのべて救ってくれたの」

レインはドロレスを見つめたままゆっくりとうなずいた。

「あいつが最初に電話してきたのは夜更けだったけど、わたしは起きてた。あのころでさえよく眠れなかったから。うちの父が〝呪われた者〟と呼んでたような人間のひとり。体が眠りたがらないの」ドロレスは小さく微笑んだ。「あいつは教会の者だと名乗った。自分ならその娘たちの力になれる、その娘たちを救うこともできるって。わたしが望んでたのもそれだけだった」

「あいつって誰？」レインはドロレスから目を離さずに詰めよった。

「それに、わたしは赤ちゃんたちのことも考えた。その子たちと、自分の子供たちのことを。で、引き受けてもいいと思った……中絶は殺人だもの。わたしはこれでものごとを正せると思った。あいつが女の子たちと話をするって言ったから。その娘たちに教えてやるって。わたしがこの仕事に就いた理由は明らかだってあいつは言うの。なぜならそうなる運命だったんだ、神様がわたしのために途《みち》を用意してくれたんだって」

「あいつって誰？」

ドロレスはレインと目を合わせた。「新聞では鳥男と呼ばれてる」

ノアは息を呑んだ。

ドロレスは首筋をなで、筋肉をぎゅっとつかんだ。「わたしは女の子たちの名前をあいつに伝えて、あいつはその娘たちが地獄で焼かれるのを防ぐわけ。それにもしかしたら、わたしが焼かれるのも」

「まじかよ」ノアはつぶやいた。

「そいつはその娘たちに何をしたの？」

ドロレスは泣きだしたが、涙を手のひらで乱暴に拭った。「わたし、すぐにやめようとしたのよ、デラのあと――デラが行方不明になったあと。あいつのしわざだってわかったから。それに、わたしはデラを知ってた。デラはいい娘だった。人は過ちを犯すものなの、たとえいい娘でも。あいつは電話してきた。夜中に電話してきて、わたしの子供たちのことをいろいろ言った。わたしは拒んだけど……そしたらあいつはうちにやってきた」ドロレスはレインを見た。その顔は幽霊のようにまっ白で、目を伏せていても恐怖がありありと伝わってきた。「あいつが夜中にドアをノックしてチェーンを壊したから、息子は起きてきてあいつを見ちゃったの」

「そいつはなんて言ったの、鳥男は？」レインは訊いた。

ドロレスはすばやく首を振った。「なんにも言わない。わたしがあとずさりするまでじっと立ってただけ。それから背を向けて帰ってった。あいつはわたしを知ってる、いまさら元には戻せない。こんなにつづけてきちゃったんだから」

「ブライアー・ガールズは、あの娘たちは全員リストに載ってたんだ。みんな妊娠してたんだ」ノアが言った。

ドロレスはうなずいた。

「どうしてどこも書かなかったの、新聞は？」

「誰も知らないからよ、わたしとあいつしか」

「親たちは？」

「知らないか、でなければ言いたくないか。判断に色がつくのはわかるでしょ。どんなことにも赦しがあると思ったら大まちがい。不品行に赦しはない。わたし、あの娘たちのことをよく考えるの。あの娘たちは無事で、あいつにとらえられてるだけかもしれないって。でも、あいつの目は、あの顔は……」

「どんな顔をしてるの?」ノアは訊いた。

「悪魔みたいな顔。あいつは悪魔そっくりなの」

＊＊＊

ふたりがアパートを出たとき、ドロレスはどこか遠くをさまよってでもいるように、窓の外をまっすぐ見つめていた。ふたりは何も約束しなかった。しても空約束になるのがわかっていたからだ。いっさいが白紙に戻っていた。ふたりは鳥男のことを知った。そいつが実在することも、どうやって女の子たちを選んでいるのかも。警察が突きとめられなかったことを突きとめていた。ブラックにもアーニー・レデルにも州警の警官にも突きとめられなかったことを。

「もうブラックに知らせようぜ」後部席からパーヴが言った。

「あのおっさん、かんかんになっちゃうよ」レインは言った。

「それでもやっぱり通報しないと」ノアが言った。

「するよ、そいつの顔を見たら」レインは言った。

三人は例の郵便受けから百メートルほど離れた林の奥にビュイックを駐め、交替で見張りをしていた。といっても、誰も寝たりはしなかったが。よからぬものがすぐそこに迫っているのだから。

夜明けの一時間前、明かりを消した錆びたバンが現われた。それが郵便受けの前で停まるのを、三人は静かな恐怖とともに見つめていた。

レインは心臓がどきどきするのを感じた。

「誰なのかわからないな」ノアが小声でささやいた。

「ミズーリ・ナンバーだ」パーヴが言った。

バンはすばやく走り去り、ノアはビュイックを発進させた。見失うのではないかと不安になったが、まもなく、はるか前方に暗いライトが見えた。

何キロも尾行をつづけるうちに朝日が夜空を染めはじめ、三人はふたたび呼吸をすることを思い出した。

「少なくともグレイス方面へ戻っちゃいるな」ノアはそう言いながら燃料計に目をやった。「ガスがほとんど空だ」

それが何を意味するのか、自分たちが何を発見したのか、誰を尾行しているのか、三人は口にしなかった。口にしなくても、よくわかっていた。

ハロウ・ロードが近づいてきて、そびえる雲が見えてきたころ、バンは突然脇道へ曲がって、森の奥へはいっていった。

ビュイックはそのままスピードも落とさずに通過した。ほかにどうしようもなかった。準備がまったくできていなかったのだから。

「あれはディーマー家の土地だな」とパーヴが言った。「どうする？」

「ブラックに知らせる。洗いざらい知らせる」ノアが言った。

「厄介なことになるぞ。クリニックに忍びこんだのがばれちまう」パーヴは言った。

「おまえはいなかったことにするよ」ノアは言った。

パーヴは窓の外を見つめた。「そうはいかないさ……いったんブラックの耳にはいったら」

「だったら行こうよ。ヘルズゲートの奥へ」レインが言った。

ノアはハンドルを握りしめた。「名案とは思えないな」

「ならあたしひとりで行く」レインは言った。

「だめだよ……」

レインは目を見ひらいてノアのほうを向いた。「あんたたちはもう充分やってくれた。感謝してる、まじで。このことは忘れない。だけどあたしは行く。いますぐ。だってサマーがあそこにいるかもしれないんだし、やばいことになってるかもしれないんだから。それがなんなのかはわかんないけど。あいつが何をしてるのかは。だからあんたたちは行って。行って必要ならブラックに知らせて。正しいと思うことをなんでもして。でも、あたしはこれ以上待つ気はない。銃を持ってるし、森も知ってるから」

ノアはカーブにさしかかるとスピードを落とした。ルームミラーでパーヴと目を合わせた。

「おまえも来るか?」

「ここまで来たんだもんな」

43　サマー

　あの家の一室。ベッド脇のテーブルに電気スタンドがあったけれど、シェードがないので光がまぶしかった。ベッドがひとつと、部屋の隅に缶詰がひと山あった。屋根はたわんでいて、重しでも載せられたみたいに中央が垂れさがっている。湿気のにおいが肺にはいりこんできて、わたしは咳をしたくなったが、恐怖がそれを押しとどめた。

「紅茶をいれたよ」とサムソンは言った。「ときどき飲みたくなるって言ってたから。くつろいでほしいんだ」

　サムソンはわたしにカップを渡し、わたしはそれをベッド脇のテーブルに置き、ベッドに座れと言われたので、そのとおりにした。

　そしてサムソンの手と指を見た。

　テーブルに花が活けてあった。

「アラバマ・ピンクだよ。摘んじゃいけないことになってるけど」わたしの視線の先を見てサムソンは言った。「絶滅危惧種だからさ、野生生物庁が目を光らせてることになってる」

「生えてる場所を知ってる人はいないはずよ」わたしは静かな声で言った。

「母さんは知ってた。ぼくに教えてくれたよ。ヘルズゲートに秘密の場所があるんだ。母さんはその花が大好きでね。ぼくは摘んできてあげた。母さんが病気になったとき、持っていってあげたらうれしそうな顔をしてくれたから、かまわないと思ったんだ。だって母さんには必要だったんだから」

ベッドにはシーツがなく、染みだらけの冷たくて湿っぽいマットレスが一枚あるきりだった。

「きみにそんなことをさせるわけにはいかない。命を奪わせるわけにはいかない」

その声は聞こえたけれど、聞こえなかった。音が遠くで入りまじっていて、グレイスのその夜のその部屋にふさわしくないような、変な声になっていた。

わたしは父さんが買ってくれた指輪を見おろした。わたしの目の色にそっくりな青い石を。

「サマー」

わたしは自分の名前が嫌いになった。サムソンが口にしたその音の響きが、まるで意味のない文字の連なりでしかないみたいに聞こえて。

わたしが見あげると、サムソンの目の中で何かが消えた。

「選ぶ権利の問題じゃないんだよ。堕ろすか堕ろさないかの……ぼくらは神様の似姿として造られたんだから。きみは贖罪を信じる、サマー？」

「ええ」

サムソンは微笑んだ。「ぼくはわかったんだよ。ぼくに向いてることがなんなのか。ぼくらみんなが元に戻る方法がわかったんだ」

頭の中でバッハのマタイ受難曲が聞こえ、ペテロがイエスの預言どおり、イエスなど知らないと繰りかえし言うところが目に浮かんだ。〝憐れみたまえ、神よ、わが涙のために〟

わたしは自分を神にゆだねることで、あるいはゆだねたと言うことで、これを招いてしまった。運命がこの場所へわたしを導くのを許してしまった。なぜならそれが運命の役割なのだから。わたしたちをじっと監視していて、最後にはわたしたちに、自分の命は断じて自分のものではないと認めさせるのが。

44　鳥男狩り

広場の端にビュイックを駐めると、ノアは警察署にはいっていき、補助警官たちに「おはよう」と声をかけた。それからブラックのオフィスに行って、自分たちの持っているものをすべて収めた分厚い封筒をデスクに置いてきた。それが賢明なやりかただったからだ。これからヘルズゲートへ行くにしても、ブラックが自分たちに先んじてディーマー家を家宅捜索してくれることにも期待をかけるつもりだった。レインもそれには同意したが、計画やら確認やら、それにつづくもろもろの手順を呑気に待つつもりはなかった。

ふたりはジニーの店までひとっ走り行っていたパーヴをひろうと、ハイウェイ百二十五号線までビュイックを走らせた。ディーマー家の私道を走るような危険は冒したくなかったからだ。

道路が尽きるとノアは小径に乗り入れ、激しい揺れでタイヤがはずれないことを祈りつつ草と土の上を走った。

レインはバッグから銃を取り出して、装塡されているのを確かめた。彼らには水のボトルが二本と、〈ミニッツメイド〉のジュースバーがひと箱、スポンジケーキの〈トゥインキーズ〉がひと箱、〈バドワイザー〉が一本あった。

「大漁だな」とノアは言った。「栄養満点だ」

車をおりると、パーヴは自分とノアの顔に迷彩ペイントをほどこした。

「レイン、きみの番だ」

レインはパーヴに中指を立ててみせた。

「ディーマー家の土地だぞ。撃たれたいのかよ」

レインはオークの根方に腰をおろした。パーヴは落ち葉に膝をついて彼女の顔に黒と緑と茶色のドーランを塗りたくり、残るのは白目だけにした。

＊＊＊

ジミー・キングは眠っている広場に到着した。ジミーはくたびれきっていた。毎日、娘のアンバーと鳥男を捜してほうぼうへ車を走らせ、同じことをしている州警の警官たちとすれちがっていた。近づいていくと、制帽の下から自分を見ているのがわかることもあった。まるでかわいい娘に二度と会えない男を見ているような目だった。

ジミーはしばらくそこにたたずんで、眠っている人々の海を見渡した。プラカードやボトルやハンバーガーの包み紙が散らかっている。

ジョー・ライアンが近づいてきてジミーと握手した。

「電話をくれたとか」ジミーは言った。

「アンバーの手がかりはまだないのか？」

「幽霊みたいに消えちまった。警察はまだあの男をサマーの件で拘束してるのか？」

ジョーはうなずいた。

「あの野郎、子供たちに手を出しやがって」とジミーは言い、芝生に唾を吐いた。「で、おれに何をしてほしいんだ、ジョー」

「嵐を待ってたんだが、どうも嵐は来ないような気がしてきてな」

「じゃ、どうするつもりなんだ?」ジミーは言った。
「ライフルのあつかいはまだ得意か?」

＊＊＊

地図とコンパスを持ったレインを先頭に、三人は二時間休みなしで歩きつづけた。町境をジグザグに進み、闇と朝日の中を、涼気と上昇する熱気の中を、出たりはいったりした。淀みにかかる高さ三十センチの錆びた水道管の上を、腕を広げてバランスを取りながら渡りもした。きつい行軍だったので、レインは何度かノアに「だいじょうぶ?」と声をかけた。

立ちどまって水を飲んでいると、遠くの木々の上に煙がもうもうと立ちのぼっているのが見えた。子供のころから教えられていたので、三人は森林火災がどれほど急速に広がるものか知っていた。

「黒い煙だ。火は消えてんな」パーヴが言った。

レインはうなずき、三人はまた歩きだした。

正午ごろ、最初の罠を目にした。ディーマー家の土地にたどりついた証拠だ。自分に向けられた銃口が見えはしないかと、ノアは緊張してあたりを見まわした。

三人はゆっくりと進んだ。ペンキで印をつけられた木々の脇を何度か通過した。何本かは幹に9という数字がくっきりと刻まれていた。

「なんだこれ?」ノアは言った。

「境界をはっきりさせてんのかもな。引き返さないと撃つぞという警告じゃねえか」パーヴが言った。

レインはまた歩きだした。バッグを背中にしょい、水を飲むときだけ立ちどまった。ふくらはぎは後ろから日に焼かれて赤くなり、白いTシャツは土と汗で汚れ、後ろで縛った髪は左右に揺れていた。

暗い壁はさらに遠ざかり、見えるのは木々がまばらになるときだけになった。三人は助けあって一本の倒木を乗りこえ、密生した藪を左右にくぐりぬけながら急な土手をのぼった。

するともうひとつ土手が現われた。こんどはふたりを待たずに、レインはひとりで斜面をよじのぼっていった。一度足を滑らせたが、何かの根っこをつかんで体を土手の上まで引っぱりあげた。それからすばやく身をかがめ、腹這いになると、ふたりに伏せろと合図した。ノアとパーヴはしゃがみこんだ。心臓がどきどきしていた。

動く勇気はなかった。レインが何を見たのかはわからないが、ぜひとも知りたいとは思わなかった。こういうことはこれまで何度かあった。レインがぴたりと立ちどまるたびに、ふたりの体から冒険心が流れ出し、かわりに恐怖が重くのしかかってきて、足がそれ以上動かなくなるのだ。

＊＊＊

「あいかわらずだな」ミルクはそう言いながら、車の列からあふれ出てくる見物人たちを見わたした。バスも何台か交じっており、そこらじゅうから人を運んできて荒稼ぎしていた。

通報を受けたのはトリックスだった。ブラックとミルクは、警察が全力をあげていることを伝えるだけのために朝からジェシー＝パール・キングを訪ねた帰りに、トリックスから現場へ向かうよう指示されたのだった。

ミルクが窓をおろすと、キンリー家の少年が歩いてきた。ポケットは紙幣でふくらんでいたが、少年の顔は厳しく真剣だった。水がレッド川を流れるように金がキンリー家に流れこんでいた。

「煙が見えたか？」ミルクは訊いた。

少年は東のヘルズゲートのほうを指さした。「二十分前に」

「調べてみたほうがいいな」ブラックは言った。

キンリー家の土地を一キロ近く走り、ヘルズゲートのそばにパトロールカーを駐めた。

十分後、ふたりは駆け足で町境に近づき、グレイスの闇にはいろうとした。

「懐中電灯がなかった」ミルクが言った。

「おれが取ってくる」ブラックはそう言ってパトロールカーへ戻り、ミルクは立木によりかかって暗い壁に片腕を突っこんだ。

銃声がしたのは、ブラックがパトロールカーのドアをあけたときだった。パーンという音が響きわたり、鳥たちがいっせいに舞いあがったようだったが、ブラックにははっきりわからなかった。頭を下げ、銃を抜いて走りだしていたからだ。

＊＊＊

「いまの聞こえたか？　銃声みたいだったたな」ノアは言った。

「ハンターだろ」パーヴが言った。

十五分後、レインが土手をそろそろと滑りおりて、ふたりのところへ這いもどってきた。顔の汗を拭うとドーランが手についた。

「なんだった？」ノアは訊いた。

「猟をするときの隠れ場かも」

三人は身を寄せあってひそひそ声でしゃべった。

「中に誰かいるの？」

「わかんない。でも、あの真ん前へ、のこのこ出ていくのは気が進まない。あれはどっかおかしい、トミー叔父さんが建てるようなのとはちがう。頑丈すぎる」

「倉庫用なんじゃねえか」パーヴが言った。

「こんな森の奥に?」とレインは言った。「おかしいよ。道路から二キロ近く離れてるんだから……」

「ディーマー家の連中は変わってるって話だぜ」とパーヴは言った。「儀式なんかやっちゃって」

「ディーマー家についちゃ、でたらめな噂が山ほどある」ノアは言った。

「じゃ、これからどうすんだ?」

「しばらく様子を見よう。上まで行って土手の陰に伏せて、誰か来るかどうか見てればいい。じきにブラックが来るはずだ」

＊＊＊

ミルクはブラックを落ち葉の上に引きたおした。

「どこだ?」ブラックは言った。

ミルクは木の幹にあいた穴を指さした。ミルクの頭があった場所から三十センチほどのところだ。

パンパンと銃声が連続した。

「くそ」ブラックは言った。

膝立ちになって周囲をうかがおうとしたとき、二発目が頭のそばをヒュンとかすめて後ろのオークの木に命中した。ブラックは後ろへ下がった。

「先手を取られましたね。しかもむこうは暗いグレイス側にいるから、こっちは旗色が悪い」

「誰だ?」

「わかりませんが、複数ですね」

ふたたび銃声が轟き、ふたりは身を伏せた。

「さっきの男の子がトリックスに通報してくれるでしょう、こんな派手な音がしてるんですから。うちの連中をみんな派遣してくれますよ。こっちはそれまで身を隠してりゃいいんです」

ブラックはうなずいた。「ここはまる見えだ。あっちに斜面がある」と、藪のほうへ頭を振ってみせた。「陰に隠れれば、もう少しなんとかなる」

ミルクが先に動いた。銃をかまえ、身を低くして慎重に。ブラックもあとにつづいた。するとこんどはふたりのすぐ左に弾が飛んできて、同じオークの木に命中した。ミルクが撃ち返し、ブラックの耳が鳴った。

「くそ、ミルク」別の一発が足のそばで落ち葉をはねあげると、ブラックはそうわめくのが精一杯だった。ふたりはあわてて元の場所に戻った。

「何か見えたか？」

ミルクは首を振り、鼻から汗をしたたらせた。

ブラックは荒い息をしていた。額を枝にぶつけて血が目に流れこんでいる。頭は恐怖でいっぱいで、怒りが湧く余地はなかった。

「だいじょうぶですか？」ミルクが言った。

ブラックは手を振ってそれを無視した。「むこうはたぶん四人だな」

「分が悪いですね」

「ああ、悪い」

ブラックは傷口を袖で何度か押さえて袖が赤く染まるのを見つめ、それから空を見あげた。暗い壁がどこまでも高くそびえている。森の音に耳を澄ましていると、ふたりはようやく落ちついた。

「こいつはもう、いなくならないと思うんですよ、この雲は」とミルクが言った。「おれたちは町を移動させるしかないと思うんです」

「移動させる?」

「町をそっくり。再建するんです、ウィンデールあたりに」

「メイデンヴィルはどうだ?」

ミルクはにやりとした。「メイデンヴィルの連中がおれたちを受け入れると思います?」

同じオークにまた弾が命中した。さきほどのものから二センチしか離れていない。

「ちきしょうめ」ミルクが言った。

「だいじょうぶさ」

ミルクは目を閉じた。

「行け」とブラックは言った。「おれが援護する」

ミルクは首を振った。

「おまえには家族がいる」ブラックはそう言うと、すばやく立ちあがってミルクを押しやり、撃ちはじめた。

＊＊＊

ジョーは警察が出動するのを見ていた。三台のパトロールカーが警光灯を点滅させてけたたましく走り去り、二台の中継車がそれを追っていった。

ジョーの仲間たちは迅速に行動したので、教会の連中は何が起きているのか気づかなかった。

ジョーは銃を手にしていたが、つねに脇に垂らしていた。やむをえない場合以外は誰にも向けるつもりはなかった。

保安官補がふたりいたものの、そいつらはあっさりと銃をおろした。そのふたりはアーニーの部下であって、グレイスのごたごたで撃たれるつもりはなかったのだ。

「時間切れだ」ジョーは言った。

トリックスは見るからに不安げだったが、おとなしく従うような女ではなかった。それはわかっていたので、ジョーはオースティン・レイ・チャーマーズに命じてトリックスに手錠をかけさせた。オースティンはそれを優しく実行し、トリックスを受付デスクの後ろの本人の席に座らせた。一同は署内にはいってドアをロックした。

「鍵をよこせ」ジョーは言った。

「ジョー」とトリックスは言った。「こんなことをしてもなんの役にも立たないよ、あんたほんとにやばいことになる。ブラックはできるかぎりのことをしてる、嘘じゃない。こんなまねはやめて。レインのことを考えて。あの娘にはいま、あんたが必要なんだから」

ジョーはトミーにうなずいてみせ、トミーはアーニーの部下のひとりに銃を向けた。「鍵をよこせ」ジョーは言った。

＊＊＊

三人はゆっくりと一歩ずつ、音を立てずに移動した。遠くからさらに何度か銃声が聞こえてきた。助けあって土手をのぼると、腹這いになった。暑さはまつわりつくようで耐えがたく、ゆうに三十八度はありそうだった。
五、六メートル先に問題の隠れ場があったが、レインの言ったとおり、いかにも不自然だった。のぞき穴がやけに小さくて、見せかけのために付け加えられたように見える。全体は茶色のペンキで乱雑に塗られ、壁ぎわには枯葉がぐるりと積みあげてあった。

「ドアが見える？」ノアはささやいた。

レインはうなずいた。

ドアはスチール製だった。

パーヴが横目でふたりを見た。「ここにいるのがやつらにバレたら――」

「おれたちは銃を持ってる」ノアは言った。

「ああ、そんでディーマー家の連中は何を持ってると思うよ？」

三人は静かに座っていた。見るべきものはとくになく、二頭のオジロジカが通りすぎていっただけだった。パーヴは音を立てずにビールをあけてレインに渡し、レインはゆっくりとひとくち飲んだ。ビールをパーヴに返そうとしたとき、ノアが片手をあげ、ふたりはぴたりと動きを止めた。聞こえたのは足音、それも重たい足音で、鳥たちが飛び立つのが見えた。飛び立って道をあけるのが。

それから一分ほどして、そいつが姿を現わした。

それは巨人なみの大男で、葉っぱと羽根でできた服を着ているせいで、ちょっとした化け物のように見えた。背を丸めてのっそりと歩いてきた。

生まれてこのかたノアはこれほど大きな男を見たことがなかった。

男はライフルを肩にかけ、ハンティングナイフをベルトにつけており、三人はその目が自分たちのほうへ向けられると息を止めた。

男はポケットから鍵束を取り出してスチールのドアをあけた。三人が息を殺して見ていると、男は中へはいっていったが、その安堵もつかのま、こんどはやみくもな恐怖が三人を襲った。ドアがガチャンと閉まるのと同時に、悲鳴が聞こえてきたのだ。

恐ろしさのあまりパーヴは手が震えだし、つづいて脚も震えだした。ごくりと唾を呑みこむと、口を大きくあけて空気をむさぼった。

レインは立ちあがろうとしたが、ノアは手首をつかんで彼女を引きもどした。

「のぞき穴から外を見てるかもしれない」ノアは言った。

レインはノアの横に伏せ、バッグから銃を取り出してしっかりと握った。

「鳥男だ」とパーヴが声を詰まらせて言った。「あれは鳥男だ」

ノアは恐怖をぐっと呑みこんだ。「どうする？」

「待とうぜ」とパーヴは懇願した。「ブラックたちを待とうぜ、それしか手はねえんだから。冗談じゃねえんだよ、あいつはおれたちを殺すぞ」

目をあげると、ふたたびドアがあいて鳥男が出てきた。

レインはすばやく動いた。すばやすぎてノアには止められなかった。

レインは銃を体の前にかまえて落ち葉の上を走っていった。

ノアとパーヴも立ちあがってあとを追った。

「動くな」レインは叫んだ。

鳥男はゆっくりと振りむいて、レインを見おろすと、にやりとした。

その顔は傷痕だらけで、とくに左目のまわりにはぐるりと、何者かが目をえぐり出そうとしたような跡があった。手の甲はどちらもびっしりと毛におおわれている。鳥男はパーヴとノアに目をやってから、またレインを見た。

「鍵をよこせ」とレインは言った。「それとライフルを捨てろ。あたしマジで撃つからね、甘く見ないほうがいいよ」

「弾なんかおれには効かねえ」鳥男の口調はまのびしていて、現実とは思えないほど低く太かった。

「やってみればわかる」とレインは言った。「鍵。あのふたりのほうへ放って」

「おまえ、かわいいな」と男は言った。「天使だ。おれをつかまえに来たのか？」男はノアに目を向けてから、またレインを見た。「それともここで異教徒の仲間になるつもりか」

レインは一歩詰めよった。「とっとと鍵をよこせ」

「なぜ？」

「中を見たい」

「おれの中なら見せてやる。あばらを取り出してくれ。神がアダムのあばらでイヴを造ったみたいに、おれのあばらでおまえをもうひとり造ってくれりゃ、そいつをおれの女にできる」

レインは銃を握りしめて銃口をさらに上げ、男の顔に狙いをつけた。

鳥男は鍵を地面に落としてノアのほうへ蹴った。

「あそこへ行け」レインは命じた。

鳥男はゆっくりと歩いていき、あいかわらずにやにやとレインを見ながら一本のオークの木に寄りかかった。

「ノア、ドアをあけて」レインは言った。

ノアは隠れ場のドアの前まで行き、錠としばらく格闘し、まもなくそれを屈服させた。パーヴはじっと突っ立ったまま、幽霊でも見るような目で呆然と鳥男を見ている。

ドアがすっとあいた。

ノアは中をのぞいて耳を澄ました。

「悪い夢を見るようになるぞ、坊や」と鳥男は言った。「おまえみたいなやつは。下には悪魔たちがいる。やばいと思ったときにはもう魂を奪われてる」

ノアは鳥男を見つめた。

「そうしろ、坊や。帰れ。覚悟ができたら出なおしてこい。〝人の子は思はぬ時刻《とき》にやってくる〟と聖書にはあるが。おれは準備ができてる。いつもできてる」

ノアは逃げ出したくなったが、サマーのことを考えて弱気を撃退した。

「あたしたちは果敢なんだよ」とレインが声をかけた。「勇猛で果敢」

ノアはその声に恐怖を聞き取ったが、怒りがそれを押しかえしているのもわかった。

中はまっ暗だった。空気は暑くどんよりしていて、重くのしかかってくる。小さなテーブルがひとつと、片隅の銃架にライフルがたくさんあった。明かりのスイッチを入れてみたが、つかなかった。

外から鳥男の笑い声が聞こえてきた。もう一歩中に踏みこむと、床板がたわんだのがわかった。じっとりと汗をかき、おびえて後ろをふり返った。

染みだらけの汚れた古い敷物が敷いてあった。それをめくり、ひざまずき、固定されていない板をはずした。もう一枚、さらにもう一枚。すると階段が現われた。

戸口から日が射しこんでいた。

階段は木製だった。頭を下げてそれをゆっくりとおりた。

地下室は大きく掘られていて、高さも広さも充分にあった。ノアは父親のバッジを握りしめ、鷲の紋章を親指でなぞった。

強烈なにおいがした。片手で鼻を押さえて、部屋の真ん中に立った。恐怖で呼吸が速く浅くなっている。しばらくして目が慣れてくると、その娘《こ》が見えた。ノアから逃れようとするように、片隅にある低いキャンプ用ベッドにうずくまっている。

「サマー?」ノアは声をかけた。

少女はふり向き、立ちあがってノアを見つめた。一歩近づいてくると、鎖の音がした。片方の足首にがっちりと枷がつけられている。着ているシャツは鳥男のものなのか、全身をすっぽり包んでいた。長い髪はくすんだブロンドで、脂じみていて、足は裸足で、片膝の切り傷から出血していた。

「だいじょうぶだよ」とノアは言った。「ここから連れ出してあげる」

少女がひしとしがみついてきた。ノアの息が止まるほどきつく。

「あいつはどこ」少女は震える声で言った。

「外にいる。心配ないよ、おれたちは銃を持ってる」

「あいつに殺されるよ」少女は叫んだ。喉をついて出た短く痛ましい叫びだった。

ノアは少女を落ちつかせようとしたが、少女はノアを放そうとしなかった。

「ほかにも誰かいる？」ノアは訊いた。

「いない。あいつだけ」

ノアは鍵を取り出してひざまずき、錠をはずした。枷の下の皮膚がすりむけていた。

少女はノアにしがみついたまま、汚れた床を歩いた。ノアに支えられながら階段をのぼった。のぼりきるとひどく目を細め、手をかざして光をさえぎった。

そこでしばらく足を止め、両手で顔をおおって手のひらで涙を拭った。

「名前はなんていうの？」ノアは訊いた。

「アンバー・キング」その声は乾ききっていた。

ふたりはゆっくりと慎重に外へ出た。レインはすばやくそちらを見てから、すぐにまた鳥男をにらんだ。鳥男はまだにやにやしていた。アンバーを見つめながらにやにやしていた。

「あいつを見ちゃだめだ」ノアは言った。

レインは鳥男のほうに唾を吐いた。

男の目の奥で何かがぱっと燃えあがった。

「この娘がアンバーだ」ノアは言った。

「アンバー・キングか」パーヴが言った。

アンバーはうなずいた。肩を持ちあげて首をうなだれたまま。ノアはその隙に改めて光の中で彼女を見た。下唇は腫れ、目にはどちらも痣ができていたが、治りかけていた。手脚は切り傷や打ち身だらけだった。アンバーはまだノアにしがみついており、片手はしっかりとノアの手をつかんでいる。

「ほかにも誰か下にいた？」レインが訊いた。

「いない」ノアは答えた。

「でも、いたはず」とアンバーが言った。「あいつ、あたしが最初じゃないって言ってたから」

アンバーは体をふたつに折ってえずき、それから吐いた。パーヴが水のボトルを渡した。

ノアは鳥男を注意深く観察した。ゆっくりと落ちついた息づかいで、両手を握りしめてレインを上から下までながめまわしている。

「まずい状況だな」とノアは言った。「おれたちはアンバーを連れてかえらなきゃならないし、ブラックとミルクをここへ――」

「何があってもやりとげるよ」レインは言った。

ノアはパーヴのほうを見た。

「おまえらグレイスのやつらだな。ならわかってるはずだ。何が迫ってるのか。神じゃなくて、もっと純粋なもんだ。鎖を引きずる音が聞こえたろ。九つの頭を持つ大蛇ヒドラが――」

「あんたがうちの姉をさらったの？」レインの頬を涙が伝いおち、ドーランにひとすじの線をくっきりと残した。

「自分の妹ならさらったよ。梁に吊るして、ゆだねてやった」

「名前はサマー・ライアン」

「名前はマンディ・ディーマー」

ノアは目を丸くして鳥男を見た。「マンディ・ディーマーは自殺したはずだ」

「おれの手だろうが妹の手だろうが、〝盗人の来たるは盗み滅ぼさんとするのほかなし〟だ」鳥男は大声で笑うと、アンバーに目をやった。「おまえは自分を光の中の蝶だと思ってる」それからまたレインを見た。「きびしい嵐に遭ったらその娘は飛べねえぞ、羽の強さが足りねえからな」鳥男はまた笑った。

ノアはちらりとレインを見た。

銃はレインの手の中で激しく震えていた。

「あんた、サマー・ライアンをさらったの？　これ以上は訊かないからね」

「撃てよ」と鳥男は言い、自分の胸を拳でたたいてみせた。「おれの心臓が鼓動してると思う場所を撃て。どんな血が流れ出してくるか見てみろ。おまえの姉は夜中におれのところへ来たよ。名所を案内してくれと言ってな」

「そいつは頭がいかれてんだ、レイン。知ってることを吐かせるのはブラックにまかせよう。じゃなきゃ、きみの父さんに。きみの父さんをここへ連れてこよう、トミー叔父さんも。ふたりとも。そしたらふたりが聞き出してくれる」

「そいつらをよこしてくれ。話し相手ができるのはいいもんだ。頭の中身をえぐり出してやるがな」

鳥男は親指と人差し指で銃の形を作ってノアに向けた。

それから突然レインに突進した。その図体の男にしては敏捷だった。

銃声が轟いた。

鳥男は片膝をついた。右耳がなくなっていたが、すぐに立ちあがって手を伸ばし、レインをつかまえた。

銃がレインの手から落ちた。

レインは悲鳴をあげた。

ノアはすばやく動き、レインを奪いかえしてパーヴとアンバーのほうへ放った。

鳥男はひとこえ吼えると、銃に飛びついた。

けれどもノアのほうが一瞬早く、銃をひろいあげて撃った。

弾は鳥男の胸深くにめりこんだ。

ノアはもう一発撃った。

鳥男は後ろによろけて尻もちをつき、片手を胸の穴にあて、ノアに向かってにやりとしてみせた。

口から血があふれ出た。

そこでレインが飛びかかり、鳥男を殴り、蹴り、ののしった。

ノアたちがレインを引き離したときにはもう、鳥男は死んでいた。

＊＊＊

「いまのは愚かでしたよ、署長。くそがつくほど愚かでした」

ふたりは無言で座っていた。あれからまた銃声がパンパンと聞こえたが、どちらも遠かった。

「おまえは逃げるべきだった」

ミルクは首を振った。「それはおれたちのすることじゃない、わかってるでしょ」

「ああ」

「前に一度……あんたを疑ったことがあります。悩んだんですよ、もし通報が来たら、ほかの誰かと一緒のほうがよくないかって。だって――」

「いいんだよ」

「よくないです」ミルクは言った。

遠くからサイレンが聞こえてきた。

ブラックは耳をそばだてた。「三台だ」

「やつらにも聞こえるはずだから、行動を起こすか立ち去るかするでしょう」

「自分がどっちを期待してるのかはわかる」

「もう終わりだぞ」ミルクは叫んだ。

右手のほうに小火器の最後の発砲煙が見えた。

ブラックは袖をまくりあげて、暑い日射しを腕に感じた。それから銃を点検した。しばらくのあいだ聞こえるのは森の音だけになったが、やがてガサガサという足音が聞こえてきた。ブラックは先導がラスティであってほしかった。アーニーがよこしたのは新米ばかりで、撃ち合いになったら何をしでかすかわからなかったし、とんでもない相手を撃ってしまうおそれもあった。そのときラスティの姿が見えた。体勢を低くして、敵の視界からおおむね身を隠している。ラスティはブラックと目を見交わした。

ブラックは指を四本立ててから、闇のほうへ手を振ってみせた。ラスティはうなずいた。

ブラックとミルクは一緒に動いた。ラスティとアーニーの部下たちは、銃を闇のほうへ向けながらじりじりと前進してきた。その手順を何度か繰りかえしたあと、ようやくラスティはふたりを援護できるところまでやってきた。

「お早いお出ましで」ミルクが言った。

ラスティは中指を立ててみせたが、ブラックにはラスティが心配しているのがわかった。気心の知れた仲なのだ、この三人は。

三人は闇とのあいだにつねに樹木をはさみつつ数歩後退した。

「思いあたるふしは？」ラスティが言った。

ミルクは肩をすくめた。「頭のいかれた連中だろ」

アーニーの部下たちは散開した。

「もういなくなったんじゃないかな」ラスティは言った。

「なぜ？　じゃ、これはなんのまねだったんだ？」ミルクは言った。「何かおかしいな。あの火事も。あいつらの撃ちかたも、身を隠してた場所も、おれたちなんか造作もなく片付けられたってのに」

ブラックは周囲を見まわして人数を数えた。全部で十名。

「署には何人残ってる？」

「ふたりと、トリックスです」ラスティは答えた。

「まずい——」ブラックはそう言って駆け出した。

＊　＊　＊

ふたりが押し入ってきたとき、サムソンは祈りを捧げていた。ジョー・ライアンに喉をつかまれて床から持ちあげられ、ベッドに落とされた。

「なんなのさ？」サムソンはうろたえて言った。

ジョーはサムソンを平手でひっぱたいた。耳鳴りがして顔がひりひりするほど強く。

「おまえはブラックにサマーのことを訊かれたはずだ」ジョーは言った。

サムソンはベッドの隅まであとずさり、両膝を抱えた。

「なのに洗いざらい話さなかった」ジョーは言った。

上でトリックスがわめいているのが聞こえた。

「ごめんなさい、ごめんなさい。ぼくはサマーのために祈ってます、どこへ行ったのか神様に訊いてます」

「神なんぞいない。おれとおまえだけだ」

トミーはジョーに銃を渡すと、外に出てドアを閉め、見張りに立った。

ジョーはサムソンの顔をつかんで銃口を口に押しこんだ。サムソンはゲホゲホとえずいたが、ジョーは手をゆるめなかった。

「おまえはうちの娘を家まで送ってきた。教会であの娘にまつわりついて、犬ころみたいにあとをついてまわった。エイヴァはおまえを教会で見かけるようになったのは最近だと言ってる。サマーが規則的に通うようになってからだと」

サムソンは首を振ろうとしたが、ジョーはがっちりと押さえつけていた。「殺されたいか、いまここで死にたいか」

ジョーはサムソンの口から銃を抜いて、もう一度顔をひっぱたいた。

サムソンはこらえきれずに涙を流して床に倒れた。

「しゃべるか撃たれるか、ふたつにひとつだ」

ジョーは銃をかまえた。

サムソンは目を閉じた。「サマーじゃないんだ……あの人だったんだ」

ジョーは銃を向けたまま言った。「あの人？」

「ボビーだよ」サムソンは心が遠くへ行ってしまったかのように、まだ目をきつく閉じていた。

「なんの話をしてやがるんだ？」

「聖書に書いてある。忌まわしいことだって。ぼくは地獄で焼かれるんだ。ぼくが見つめてたのはボビーなんだ。夢に見てたのはボビーなんだ」

ジョーは銃をおろして額の汗を拭った。事実の重さが目を圧迫した。

「おまえ、ゲイなのか?」

「それはひとつの選択だってあの人たちに言われた。パイングローヴの人たちにはそう言われたけど、でも、そうじゃない。こんなのを選ぶ人なんかいないんだから。母さんは元に戻す方法があるって言ってた。それを見つければいいんだって。ぼくはなおそうとしたんだよ、ジョー。でも、できないんだ。もっとひどくなった。だから誰かの命を救えば少しは変わるんじゃないかって、そう思ったんだ」

ジョーは背を向けると、サムソンを床に放置したまま部屋を出た。

「あんたはわかってない、ジョー。ぼくは教えようとしてるんだよ」サムソンはしゃくりあげながら言った。ドアが閉まると立ちあがってドアを激しくたたき、それからがっくりと膝をついた。

「なんと言ってた?」トミーが一緒に階段をのぼりながらジョーに訊いた。

ジョーはサムソンとルーメン牧師のこと、ふたりの恥と苦しみのことを考えた。

「何も。あいつは何もしてない」

＊＊＊

最後の数百メートル、ノアはアンバーを抱えて運んだ。アンバーは衰弱し、疲労し、怪我をしていた。レインは先を歩いていた。殻に閉じこもり、口もきかず、森の地面だけをじっと見つめている。パーヴは自分たちの持っている水を全部アンバーにあたえた。

ドアがなかったので、アンバーを後部席に寝かせるのは簡単だった。ノアには彼女が病気なのか、ショックを受けているのか、それともひどい目に遭ったせいで呆然としているだけなのか、わからなかった。それでもとにかく自分たちはアンバーを救出し、アンバーは助かったのだ。レインは後ろに一緒に乗りこんでアンバーの頭を膝に載せ、髪をなでた。

ノアはエンジンを始動させた。エンジンは一瞬つかえてノアをひやりとさせたあと、おもむろにかかった。アクセルを踏みこむと、タイヤは空回りしてから地面をとらえた。メイランド病院まで行くガソリンは残っていなかったので、ノアはグレイスの広場を目指した。ブラックがなんとかしてくれるはずだった。してくれなければ困った。自分ではもはや、どうしていいかわからなかったからだ。

＊＊＊

アクセルをいっぱいに踏みこむと、針はみるみる上昇し、まもなく空が暗くなった。ラスティやほかの連中のパトロールカーがルームミラーで見えた。みなサイレンもライトもつけっぱなしだった。キンリー家の少年と観光客らの前を通過すると、観光客はこれもショーの一部であるかのようにパトカー隊をながめて写真を撮った。ミルクは銃を手にしたままだった。最低でも五回は装塡されているのを確かめたはずだ。ブラックは無線で何度もトリックスに呼びかけたが、トリックスは応答しなかった。

彼らはハロウ・ロードにはいり、セダンを二台追い越すと、ヘッドライトをハイビームに切り替えた。

広場にはいっていくと、ジャクソン・ランチ・ロード側から一台のビュイックがはいってきて、ブラックのパトロールカーに突っこみそうになった。ブラックは急ブレーキを踏んだ。

「なんだあいつら――」ミルクが言った。

あとを追うと、ビュイックは警察署の前の歩道に乗りあげて石段の真下で停止した。ブラックはおりて駆けだし、ミルクもあとにつづいた。どちらも銃を抜いていた。テレビカメラがそれを追い、レポーターたちが色めきたった。

ビュイックからノアがおりてくるのが見えた。それから後部席にいた少女が、突きたおさんばかりの勢いでノアに飛びつき、ノアをきつく抱きしめた。少女はだぶだぶのシャツを着ていて、裸足で、切り傷だらけの脚をしている。顔は見えなかったものの、誰なのかはわかった。

「アンバー・キングですよ……」ミルクが言った。

ブラックの視野の隅から、ひとりの男が人混みを押し分けて出てきて、少女の名を呼んだ。

「父さん」アンバーは応えた。

それから彼女は父親の腕の中に倒れこみ、親子は膝をついて泣きだした。カメラのフラッシュが次々に光り、広場全体を照らした。

ブラックが顔をあげると、石段のてっぺんにジョー・ライアンが立っていた。レインが車からおりてくるのが見えた。レインは顔をあげて父親と目を合わせると、ぐったりして首をふらふらさせながら、呆然としたように石段をのぼっていった。

父親のところまで行くと、レインは身を乗り出して何か言い、ジョーは娘をしっかりと抱きしめた。

それからブラックはノアを見て、心臓が胃まで落下したようなショックを受けた。

ノアは顔面蒼白だった。それから目をまわして路上に倒れこんだ。

45 サマー

壁には十字架がかけてあり、ドアには錠がついていたけれど、サムソンはドアをあけっぱなしにしていた。

わたしは拳を噛んだ。皮膚が破れて血が口にあふれたけれど、血の味もさほど気にならなかった。サムソンはわたしのために計画を立てていた。救済一色に染まった計画を。救済しか眼中になかったのだ。

わたしの心はリバーボートになってレッド川をくだった。土手にならんで流れ星を見あげているふたりの少女が見え、片方の少女はそれを花火だと思いこんだ。

わたしはグレイスの町と町の人々に思いを馳せた。彼らがその夜していることに。目を閉じると、自宅にいるボビーとサヴァンナが、別々の部屋で同じ悲しみにひたっているのが見えた。それから《メイデンヴィル報知》で見たあの写真、ふたりがマイケルを亡くす前の写真も見えた。

「きみを帰すわけにはいかないんだ。絶対に」サムソンは熱い目をして言った。

「わたしをここに置いておくことなんてできないよ」

「やるしかないんだ。気づいたんだよ――選ぶチャンスはつねにあるわけじゃないって。ぼくはきみときみの子供を救うチャンスをつかんだ。きみたちをここで保護してあげる。それでぼくは元に戻れるんだよ、サマー。〝弱き者と貧しき者とを救い、悪しきものの手より助け出《いだ》せ〟。神様は見ててくれる。ぼくがこれまでしてきたことも、いまからすることも、全部見ててくれる。ごめんなさいと言うだけじゃだめなこともあるんだ」

「それはあなたが決めることじゃない」

「ぼけっとしてるわけにはいかない。何かしないと」

わたしはしばらく腰をおろして冷静になろうとしたけれど、サムソンの努力と気づかいのあとを見ると、脚の震えが止まらなくなった。これは現実なのだと思って怖くなった。

「あなたが鳥男なの？」わたしは言った。口調は冷静だったが、心はブライアー・ガールズへ飛んでいた。

サムソンは当惑してわたしを見つめた。「よくそんなふうに思えるね」

「それは……だって——」

「ぼくは女の子にそういう関心は持ってないよ。どこかのモンスターじゃない。きみを救いたいだけなんだ、サマー。きみときみの子供を。どうしてそれがわからないの？」

サムソンは苦痛に耐えるようにしばらく下を向いて目を閉じていた。それから、一緒に祈ろうとわたしに言い、ベッドの横にひざまずいて白い頭を垂れた。

わたしにはふた通りの途があった。ひとつは自制することだ。そのまま他人事のようにわが身を俯瞰して、サムソンがわたしの迷える魂を光のほうへ導くのを見ていること、産声が聞こえるまで無気力に自分を見ていることだ。でもそうしたら、その産声はボビーの泣き声になっていたはずだ。ボビーはもはや元に戻れなくなってしまうのだから。

もうひとつの途は、レインを燃えたたせるもの、あの制御不能の激しい炎を盗むことであり、それと同時に自分の才能を利用することだった。

するとわたしは感じた——レインを感じ、父さんを感じた。ふたりの見る少女と実際のわたしの両方を感じ、そのちがいがまざまざと見えた気がした。それは怒りではなかった。もっと穏やかで冷静なもの、自分には演技の才能があるという認識だった。

わたしは静かにカップをつかむと、ふり向きざまにサムソンの顔に熱い紅茶を引っかけ、その顔から宗教的満足が溶け落ちるのを見た。まっ白な頰に悪魔じみた赤い火傷が広がるのを。

それからわたしは逃げた。

その部屋からも家からも逃げ出して、地所を突っきり、通りまで走った。

今夜はやけに星が多い、わたしはそう思った。神様はやけにきれいにしてくれたと。

すぐにそのバンが見えた。

さきほどと同じバンが、ライトを下げてエンジンをかけたままわたしを待っていた。欲望はそれほどまでに強かったのだ。わたしが何を選択しようと、どう決断しようと、結末はひとつであり、同じだった。誰もに共通する唯一の運命は肉体の死だ。

わたしはまだ道路の真ん中に立っていた。

ふり向くと一台のトラックが走ってきた。トラックは急速に近づいてきたけれど、わたしにはゆっくりに見えた。ボンネットの文字も見えた——ボウドイン建設。

トラックにはねられた瞬間を、わたしはどう語っていいのかわからない。

彼我を分けるその境界線を。噂にはよく聞くその光と闇を。

通りは暑かったけれど、わたしは震えていた。

月は青かったけれど、わたしは瀕死のまま横たわっていた。

バンが闇の奥へ走り去っていくのが見えた。次はどの少女を狙うのだろうか。鳥男はわたしをつかまえられなかったが、わたしは運命につかまった。

サムソンの声が聞こえた。彼は泣いていたけれど、それは悲しみからではなく、たんにチャンスを逸したからだったかもしれない。

それからレイ・ボウドインの声がした。ビンタを張る音と、呂律のまわらない言葉と、おどしが。レイは酔っていて、飲酒運転で逮捕されるおそれがあったので、サムソンにこう言った。屋根裏へあがったとき、おまえがファイルキャビネットに隠していたものを見たぞと。

それはあっと言う間のできごとだったかもしれないし、数時間のことだったかもしれない。わたしは服を脱がされて指輪をはずされるのを感じたかもしれないが、そのころにはもうどのみち何も残っていなかった。

それは一篇のオペラであり、わたしは《椿姫》のヴィオレッタだった。ヴィオレッタと同じく力尽きて運命を受け入れ、悪夢と白日夢のなかをさまよいつつ最期を迎えた。

あの娘をひとりぼっちにはできない、あの娘と手をつなぐ者はほかにいないのだから。

レイン。わたしはレインを誰よりも恋しく思うだろう。

46　名うての悪《わる》のカウボーイ

サムソン・ルーメンは夜明けに警察署から帰っていった。これまで以上に激しくおびえ、裏口から出ていくことを希望して、うつむいたまま足早に去っていった。

噂が伝わると、牧師と教会の人々はうなずいて握手を交わしたものの、それだけだった。

ブラックはジョーとトミーのライアン兄弟とオースティン・レイ・チャーマーズを逮捕したあと、また釈放した。起訴はあとからでもできた。

これからの日々がジョーにとってどのようなものになるにしろ、鉄格子の中からそれと向きあわせるのは酷だった。ブラックの見るところ、森で発砲してきた連中のひとりはジミー・キングだった。ジミーは陸軍で十年以上も狙撃手をしていて、四百メートル先の五セント硬貨を撃つこともできる。ブラックの推測では、ジミーはヘルズゲートから抜け道のひとつを通って、ブラックたちより先に広場に戻ったのだろう。ジミーの腕ならブラックたちを簡単に撃ち殺せただろうが、そんなつもりは毛頭なかったはずだ。ジョーは待つのに疲れていたから、こうなるのは時間の問題だった。誰も怪我をしなかったことがブラックにはただただうれしかった。それにアンバー・キングが生きていたことが。

きのうの騒ぎも相当なものだったが、警察署の前で撮られた写真が広まった今日は、もはや制御不能だった。

その写真にはノアとアンバーと、背後の国旗と、強情なあの雲が写っていた。

報道陣は広場からハロウ・ロードへ移動し、カメラをヘルズゲートに向けて、その内部でのおぞましい発見を伝えた。噂話や風聞がすべて事実だと判明して、群衆は呆然としていた。そのすさまじさとまともに向きあえなかったのだ。

ブラックは木々の枝の作る日陰に立ってチームの作業を見守っていた。くたびれきっており、目のまわりを手で囲ったようなトンネルの中にいた。

FBIは大挙してやってきた。もっと大勢の少女が、州外の少女たちがいるおそれがあったからで、ヘルズゲートのきわに黒塗りのセダンや鑑識のバンを駐めていた。彼らは道路を封鎖し、一帯を半径一キロ半にわたって立入禁止にした。母屋にも別のチームがいて、家じゅうを這いまわって調べていた。

「中にはいってみました？」ミルクが訊いた。

ブラックはうなずいた。

「ずいぶん時間がかかったでしょうね、あんなに深く掘るには」

ブラックはまたうなずいた。

「ほかには？」

「何も。まだ早い。FBIはゆっくりやるだろう、おれたちの足の下にも埋められてるかもしれん」

「もしかしたらと思ってるんですか？」

「ああ。思ってる」

「サマーは書き置きを残してるんですよ」

「わかってる」

「それでもここに――」

「ああ、そう思ってる。あいつがレインに言ったことは、嘘だった可能性もあるが……」ブラックは言葉を濁した。

ブラックとミルクは木陰から出ていった。ミルクはサングラスをかけ、ブラックはただ目を細めた。四、五百メートル先にディーマー一族の家の一軒があった。全部で三軒、木造ロッジが建っており、それぞれ増築されている。彼らはヘルズゲートの一部を大きく切りひらいて土地をならし、芝を植えていた。まっ赤に錆びた古い滑り台がひとつと、悪臭のする鶏小屋がふた棟あったが、鶏は一羽もいなかった。

遠くからヘリコプターの低い爆音が聞こえてきたが、ヘリはあまり接近してこられなかった。嵐雲が近くにあって、ディーマー家の土地の一部をおおっていたからだ——町境を横断している屈曲部を。狭い土の道の先に一本の接続道路があり、ハイウェイ百二十五号線のそばの人目につかない場所に出られるようになっていた。その近くに二台のトラックが放置されていた。一台はヴァージニア・ナンバーで、もう一台はジョージア工科大学のバンパー・ステッカーが貼ってあった。調べるべきものはたくさんあった。だが、ドロレスが何を話そうと、いまさら大したちがいはなかった。FBIはウェストエンド伝道団のドロレス・オーヴィルを拘引して、口を割らせていた。

「あの連中、生きてる少女を捜すときみたいにあせっちゃいませんね」ミルクが言った。

ブラックは溜息をついてうなずき、目を閉じた。

物音が聞こえてきた。掘り起こしは、警察犬が連れてこられたあと、夜明けから開始されていた。ふたりともあまり気乗りがしなかったので、ぶらぶらとゆっくり近づいていき、穴の手前で立ちどまった。掘り出された土がかたわらに積みあげられ、いたるところに人がいた。赤旗が一本立てられていた。

「何が出た?」ミルクが訊いた。

捜査官のひとりがふり向いた。若かった。若すぎた。「女の子です」

「サマー・ライアンか？」

捜査官は首を振った。「この娘は死んでからだいぶたってます。ネックレスのネームプレートには〝デラ〟とありますね」

ブラックはうなずいた。

ミルクが手を伸ばしてブラックの肩をつかんだ。

「しばらくここから離れましょう」

ふたりはパトロールカーまで歩いて戻り、グレイスに帰った。

家々の明かりは煌々とともり、通りすぎるトラックはみな、ヘッドライトをつけていた。

＊＊＊

ノアはひとりぼっちで透析室に座っていた。路線バスは最悪だった。暗い壁を通過するだけのために大勢の人がそれに乗るようになっていて、ノアはずっと立ちっぱなしだった。メイランド病院でおりると、報道陣がいた。ノアに気づくと、叫びながら駆けだしてきた。ブライアー郡の保安官補が彼らを押しとどめてくれた。

ミッシーはノアのそばに腰をおろして、あんたはつくづく馬鹿だと言った。透析をすっぽかしたせいで取り返しのつかないことになってたかもしれないんだよと。だが、ミッシーはニュースを見ていたので、口調は優しかった。それからノアの手を握って、あんたは運がいいよと言い、ノアはその言葉に微笑んだ。

ノアはテレビをつけ、すべてのチャンネルのニュース報道を見た。広場からハロウ・ロードへ、ハロウ・ロードからディーマー家の土地のはずれの空撮映像へと、画面が切り替わった。鳥男の写真も映った。粒子の粗い退色した写真だったが、見ただけで背筋がぞくりとした。

鳥男の名はハーヴィ・ヘイル・ディーマーといい、テレビの報道によれば、妹のマンディが死んでまもなく、叔母と暮らすためテキサス州のオデッサに送られたということだった。

ほかの州にも行方不明の少女たちがいたので、当局は目下、長年にわたるハーヴィの足取りをつなぎあわせようとしていた。噂とは異なり、その土地に住んでいるディーマー家の人間はハーヴィひとりだけだった。

あとの人々に何があったのかはまだ調査中だった。

マスコミは悪魔パニック事件の古い報道を蒸しかえし、関連があってもおかしくないといわんばかりに年表を映してみせた。それからリッチー・リームズの古いスナップ写真を見せ、フラニー・ヴェスタルのスナップと、森のそばにある彼女の悪魔屋敷の写真も見せた。それからこんどはマンディ・ディーマーの写真を。ノアはマンディの笑顔を見つめ、自分は信仰を持っていてよかったと思った。信仰だけがすべてを解決してくれる途なのだから。天国。いまはみんな天国にいるのだ。

透析が終わると、ノアはエレベーターで三階にあがった。そこにも保安官補がいて、ノアに笑顔でうなずき、よくやったぞと声をかけてきた。

「はいってもいい?」ノアは訊いた。

「もちろん」保安官補は答えた。

彼女が眠っているといけないので、ノアはそっとドアをあけた。

アンバーはベッドの上に起きあがっており、両親が両脇に座っていた。

母親のジェシー＝パールがすぐさま立ちあがって飛んできて、ノアを突きたおさんばかりの勢いで抱きしめた。

「ちょっと、ママ」アンバーが言った。

「ありがとう」とジェシー＝パールはノアの耳もとで言い、ノアの頬にキスをして、顔を両手ではさんだ。

ジミー・キングが立ちあがり、真剣なまなざしでノアをじっと見つめてから、うなずいてみせた。目が赤らんでいた。ノアは手を差し出した。ジミーはその手を握り、ノアを引きよせてすばやく抱きしめた。

「必要なことがあったら、いつでもな……きみはもう家族だ」

ノアはなんと言っていいかわからず、微笑んだ。

ジェシー＝パールが夫に目配せをした。「あたしたちは下でコーヒーでも飲んできましょう」

ノアはふたりが出ていくまで待ってから、椅子を引いて腰をおろした。

「それはそうと、おれはノアだ」

アンバーはうなずき、それからきつく目をつむった。ノアは彼女の手を取った。しばらくそのまま座っていると、看護師が顔を出してアンバーにだいじょうぶかと尋ね、アンバーは無理をして「うん」と答えた。

「レインの……お姉さんは？」アンバーは訊いた。

「よくわからない」レインが母親に連れられて警察署から帰っていって以降、ノアはレインに会っていなかった。

「あのままだったらあたしは死んでた」

「でも、生きてる──」

「あなたには知っておいてほしいんだけど」アンバーの声がうわずった。「あの男、満月を待ってるって言ってた。満月になったらやったはず、ほかの娘たちのときみたいに」

ふたりはしばらくのあいだ、自分たちが見知らぬどうしだということをひしひしと感じながら、黙って座っていた。ノアは父親のバッジを見おろした。テレビの警官たちのこと、その颯爽とした制服のことを考え、彼らが外界から遠くかけ離れていることを痛感した。

「あの人たち、あたしに分析医と話をさせたがってる」アンバーは言った。

「そうなんだ」

「前とはちがうふうにあたしを見てる」

「誰が?」

「うちの親。あそこで何があったのか知る必要があると思ってるけど、ほんとは知りたくないの」

「あんなのはでたらめだよ、あの男が言ってたのは」

「警察の人は、ほかの娘たちのことを知りたがってる」アンバーは自分をおおっているシーツを見つめた。口調は淡々として穏やかだった。「でも、あたしはなんにも答えられない。あの男の言ってたことは、わけがわからなかった」

「そういうものなんだよ。きちんとしたものなんてないんだ。人生ってのはそういうもんじゃないんだから。問いにいつも答えがあるわけじゃない。問いなんていまはどうでもいい。あいつは死んで、きみはここにいるんだからさ」

「そうね」

「遊びにおいでよ、元気になったらさ。きみがグレイスに来たかったらだけど、そうでなかったら、おれたちが会いにきてもいいし」

アンバーはうなずいた。

「ほかはすべて順調?」ノアは訊いた。知っていたからだ。

アンバーはおなかに手をあてた。「赤ん坊はまだここにいる。うちの親は知ってるけど、だいじょうぶだとしか言わない。何もかもだいじょうぶだとしか」

「じゃ、ゆっくり休んで」

ノアはにっこりして立ちあがり、ドアのほうを向いた。

「ノア」

彼はふり返った。

「あなた、勇敢だね、知ってる？　たいていの男子はちがう、自分じゃそう思ってるけどね」

「きみも勇敢だよ」ノアは言った。

アンバーは横になった。

廊下は静かで、蛍光灯はむきだしだった。ノアは勇猛で果敢だったが、トイレに立ち寄って個室に閉じこもると、鍵をかけて泣いた。

＊＊＊

パーヴはジャクソン・ランチ・ロードを歩いて広場まで行った。対立していたふたつの陣営は、それぞれ荷物をまとめて帰宅していた。冷ややかな空気がグレイスに広がっていたが、それは暗さのせいだけではなかった。砂袋はまだ緑地をふたつに分け、そこらじゅうにゴミが散らかっていた。パーヴは警察署を見あげ、足を止めてしばらく石段に腰かけていた。レインとサマーのことが気がかりだった。それにノアのことも。自分はふたりの役に立てなかった。銃をひろって鳥男を撃つべきだった。自分のほうが近かったのに、動けなかった。あのままだったら、棒立ちで鳥男が全員を餌食にするのを見ていたはずだ。

パーヴは立ちあがり、聖ルカ教会まで歩いていった。用など別になかったので、足取りはゆっくりだった。

墓地を見渡し、あそこにサマーのはいる余地はあるだろうかと考えた。サマーはレインと同じで小柄だった。ただの子供だった。

パーヴは教会と鐘楼を見あげた。ステンドグラスとくそでかい十字架を。かがんで石ころをひろった。投げると、石ころは大きな木製の扉にあたった。誰かが叫ぶのが聞こえたのでパーヴは逃げ出し、街の光がにじんで筋になるほど全力で走った。

小ぎれいなダヴ・リッジ通りのはずれでようやく立ちどまり、両手を膝にあててあえいだ。ボーレガード家に目をやると、カーテンのあいだから一家が食前の祈りを捧げているのが見えた。食卓には蠟燭が、暖炉の上にはぴかぴかの銀器も見える。それからポーチに、次いでポーチの階段の下に目を転じた。するとそれが、まさにおあつらえ向きにそこにあるのが見えた。ルーメン牧師の電動車椅子が。

行ってみると、老人はキーを差したままにしていた。そいつを盗むような愚か者はいなかったからだ。パーヴはルーメン牧師がノアに対して言ったことを忘れていなかった。病気になったのは天罰だ、過去の罪に対する報いだ、とぬかしたのだ。

ノアは元気がなかった。パーヴの目に早くも友の笑顔が浮かんだ。

パーヴの手並みは玄人はだしだった。縁石を飛びこえ、アクセルをまわし、破裂するのではないかと思うほど甲高いモーター音を響かせた。

ポケットから葉巻を取り出して火をつけると、ノアの家のほうへ片手運転で車椅子を走らせた。名うての悪《わる》のカウボーイみたいに。

赤と青の警光灯をつけられてようやく、横にパトロールカーがいるのに気づいた。

見ていると、新顔のお巡りがおりてきた。保安官事務所から町の混乱が収まるまで応援に来ているやつだった。

「ブラックに電話してくれよ」とパーヴは言ったが、お巡りはパトロールカーのドアをあけてパーヴを後部席に押しこんだ。

「署長はいそがしいんだ。おまえニュースを見てないのか？　おれが特別のはからいで、お仕置きは親にまかせてやる」

「まじで言ってんだ、冗談じゃない。いますぐブラックに電話してくれよ、ブラックが処理してくれるからさ」パーヴは恐怖のこもった声で言った。

「親父さんに怒られるのが怖いのか？　当然だな。牧師さんのものを盗むなんて。尻をこっぴどくひっぱたかれるぞ。一週間は座れないだろうな」お巡りはそう言って笑った。

＊＊＊

レインは一日じゅうサマーのベッドに横になっていた。もぐりこんで頭から寝具をかぶっていると、冷たい汗がどっと出てきた。

両親が出ていく音がした。エンジンのかかる音と走りだしていく音が聞こえ、ふたりがヘルズゲートのむこう側まで様子を見にいくのがわかった。むこう側にはいまでも月光が無色の帯になって射しこんでいる。

ドアをたたく音が聞こえ、自分が部屋を出て階段をおりていくのがわかった。自分が自分でないみたいに、ただの傍観者みたいに思えた。

ドアをあけるとブラックが立っていた。帽子は脱いで、サイズが合わないとでもいうように手に持っている。

「お父さんとお母さんはいるか？」ブラックの口調は穏やかで優しく、レインはそんなブラックが嫌いだった。

「いない」

ブラックはうなずいて帰ろうとした。

「何を見つけたの？」レインは言った。

ブラックは首を振った。

「このままじゃあたし、息ができない。サマーはあたしの双子の姉だよ、ほかの誰よりあたしに近いんだよ。いますぐ教えて」

「トラックを見つけた。丸焼けになったトラックだ」

「どこで？」

「ディーマー家の土地のはずれだ……ヘルズゲートがレッド川を分けてるところだ」

「それで？」

「この話はご両親に──」

「何を見つけたの？」レインは声を強めた。

ブラックは透明なビニール袋を見せた。指輪がはいっていた。レインのものとおそろいの青い石のついた指輪が。父親が出所したとき、ふたりにひとつずつ買ってきてくれたものだ。以来ふたりはそれをはずしたことがなかった。一度も。

レインはドアを閉めて階段をのぼった。ベッド脇のテーブルからラメ入りの額を手に取り、中の写真を見つめた。

やがて彼女は泣きだし、額が手から滑り落ちた。

ガラスが割れた。写真を抜き出して握りしめたとき、裏に何かはいっていたのに気づいた。一輪の押し花だった。その斑模様の釣鐘を電灯にかざしてみて、レインは息を呑んだ。薄桃色の光で部屋が染まったのだ。アラバマ・ピンクなんか、サマーはどこで手に入れたのだろう。

サマー。警察が指輪を見つけた場所をレインはどうしても見たくなった。鳥男がサマーをさらった場所を。

レインは階段をおり、母親のトラックのキーをつかんだ。

＊＊＊

パーヴは窓辺に座っており、本気で耳を澄ませば虫たちの鳴き声を聞き分けられる気がした。表のドアには鍵がかかっていた。裏口にも鍵がかかっていた。

両親は階下にいた。テレビの音が聞こえた。《ジェパディ》か《ファミリー・フード》か、そのあたりの、母親が好きなクイズ番組だろう。その見た目が母親は好きなのだ。笑顔の家族たちが。

パーヴはこっそり両親の寝室に行き、受話器を取ってノアに電話した。

「どこにいたんだよ」ノアは言った。

「抜け出せなくてさ」パーヴは答えた。

「そうだったのか」

ノアにはわかった。いつだってわかった。

「そっちへ行ってやろうか？」

「いや、だいじょうぶだ」パーヴは言った。

「アンバー・キングに会ったよ」ノアは言った。静かな口調だった。

「そうか。どうだった？」

「傷はよくなってきてる。きれいに消毒してもらって。だけど目つきがさ、鳥男に何かを奪われてそれっきりって感じなんだ」

「おなかの子はだいじょうぶなのか？」

「ああ、子供はだいじょうぶだ」

「それはよかった」

パーヴは両親の寝室を見まわした。ベッドの頭の上には十字架がかけてある。カーテンがあいたままなので、街灯の光が射しこんでくる。

「おれ、眠れなくてさ」パーヴは言った。

「おれもだ」

「警察の見るところじゃ、オリーヴ・ブレイマーは反撃したらしい。オリーヴの指紋がついたナイフが見つかったし、鳥男の腹にひどい傷痕があるのもわかったんだと。あいつは死なないで、この間ずっと傷を癒やしてたんだ」

「オリーヴに殺されてりゃよかったのに」

「最悪だったもんな。何から何まで。レインは、あいつがあんなことを言うのを聞かなきゃならなかったし。あいつがあんなふうに吹っ飛ばされるのも見ちまったし。ま、映画じゃああいうのはよく見るけど……おまえが引金を引いたんだからな、ノア。みんなおまえを、親父さんみたいなヒーローだって言ってるぞ」

ノアの笑いが聞こえてきたが、その笑いに裏はないのがわかった。

「おまえの考えじゃ、それはつまりおれは警官になれるってことか？」ノアは言った。

「ああそうさ」

「おれ、ニューオーリンズのことを考えてたんだ」

「で？」

「おれたち、そろそろ行くべきだと思うんだ」

「おれもそう思う」

「けさ社会福祉局から手紙が来てさ。またうちに来るっていうんだ。それにばあちゃんも、あんなふうにボケちゃってるし。ばあちゃんには世話をしてくれる知り合いがいる、教会に。寂しがったりはしないさ、おれがいなくなったこともわからないだろう」

「行こうぜ。仕事は見つかる。ビュイックを拝借して、新しいドアをつけて、慎重にルートを選ぼう。あのウィンデールの男、おれがいつも話してるやつ。その男が偽の身分証を用意してくれる。本物そっくりのやつを」

「考えてたんだけど、レインも誘ってみてもいいかもな」

ノアの声が不安げになったのでパーヴは微笑んだ。

「パーヴ?」

「ああ、名案だと思うよ。ただし、レインにはまず親父さんと話をつけてもらわないと。あの親父さんに五百キロも追いかけられちゃたまんねえ」

ノアは笑った。

それから長い間があった。

「これも考えてたんだけど……おれたち、おたがい口にはしないけど、不公平な目に遭ってるかもな。人生でさ……」ノアは言った。

パーヴはこみあげてくるものを呑みこんだ。「ああ。そうかもな、考えてみりゃ」

「ここまで乗りこえてきたんだ。最後までやりとおそうぜ……肩をならべてさ。なに言ってるのか自分でもわかんないけど。疲れてるんだな。おれたちは泣かない、そうだろ?」

パーヴは声を保てそうになかったので、受話器をしばらく遠くへ離していた。「ああ。おれたちは泣かない。勇猛で果敢なんだ」

「そのとおり。それを肝に銘じよう」

パーヴは電話を切った。

静かに廊下を渡り、自分の寝室にはいると、ベッド脇のテーブルによじのぼってクローゼットの上段に手を伸ばし、ハンティングナイフをつかんだ。それから横になり、じっと待った。


父親が襲ってきたのは日付が変わろうとするころだった。ついに酒が怒りに道を譲ったのだ。

パーヴはナイフをしっかりと握り、父親の顔と同じ高さにかまえた。

そのとき、それが失敗だったのに気づいた。取り返しのつかない失敗だと。

腕を背中側にねじりあげられてナイフが手から落ち、肩がはずれるのがわかった。

パーヴは前に倒れこんで、窓に顔を押しつけられた。

一瞬、庭のはずれにノアがいるのが見えたように思った。だがそのとき、空が明るく瞬いて庭を照らし出し、誰もいないのがわかった。

嵐がついにグレイスの町に襲いかかったとき、パーヴは体から命をすっかりたたき出されていた。

47　嵐の到来

夜更けだったが、雷の第一波のすさまじさでグレイスの人々はベッドからたたき起こされた。家々の明かりがつき、子供たちは窓辺に駆けより、親たちはローブの前をかき合わせつつ心配顔でそばに立った。みな空の様子に愕然とした。雲がうねっていたのだ。静かに消え去ってほしいという願いはうち砕かれた。ドアが固く鎖《とざ》され、祈りが唱えられた。シェルターのある人々は、用意してあった荷物とともにそこへおりた。家族に電話する人たちもいれば、警察署に電話する人たちもいた。

バリバリという音とともに空が瞬いたとき、ディーマー家の土地で作業をしていた捜査官たちはグレイスの外へ移動した。若い捜査官のひとりは、ブラックが話をした男だったが、首を後ろに反らせすぎて尻もちをついた。誰も笑わなかったのは、みな雲から目を離せなかったからだった。

ディーマー家の私道のはずれでは、ジョーとエイヴァとトミーと十五人の仲間たちが、テープの後ろに一列に立っていた。少し離れたところには、ブライアー・ガールズの家族と友人たちがいた。その端にぽつんと立っているのは、ピーチ・パーマーだった。ピーチは待つことに耐えられず、しばらくあたりを歩きまわった。そして保安官補たちが目をそらしたすきに、テープをくぐりぬけて森とそのむこうの町のほうへ駆けだしていった。

「レインは？」トミーが訊いた。

「うちにいる。だいじょうぶ」エイヴァが答えた。

ふたりは空を走る閃光に照らし出されたグレイスのほうを見つめた。

＊＊＊

レインはハイビームにしたまま低速でロット・ロードまで行くと、アクセルを踏みこんだ。嵐など気にもとめていなかった。空全体がグレイスに落ちてきたとしても別にかまわなかった。

ハロウ・ロードはよそ者とカメラと警官でいっぱいだろうと思い、裏道を選んで走った。

レッド川の川沿いを行こうとしたが、道は川の流れとかならずしも一致しなかったので、グレイスからウィンデールへ、轟く雷鳴から穏やかな星空へと、出入りを繰りかえした。

リッチー・リームズのペニスが打ちあげられた地点から三キロほど上流で、ヘッドライトを反射する警察のテープが見えた。レインは草むらにトラックを駐めてフロントガラスごしに、泥に刻まれた深い轍を見つめた。警察がやってきて問題のトラックを運び出した跡だった。

雨はまだ降ってこなかったものの、風は勢いを増し、母親のトラックのまわりをびゅうびゅう吹きぬけては、車体を左右に揺すった。

レインはトラックをおりてゆっくりと歩きだした。頭を低くして足もとを見つめながら、森の中を進んだ。

持ってきた重たい懐中電灯で一メートル先を照らした。

喉はひりひりするし腕はだるかったが、彼女は歩きつづけ、ヘッドライトの光の先へ、闇の奥へとはいっていった。風が騒々しく吹きつけてくるのでレッド川の川音は聞こえなかったものの、近くを流れているのはわかっていた。

黒焦げの根っこや葉っぱが広く散らばっている場所まで来ると、そこがトラックのあった場所だとわかった。

突然、レインはすっかり穏やかな気持ちになり、思わず微笑みそうになった。何も感じられなかったからだ。いっさい。サマーはここにいなかったのだとほぼ確信した。両手を大きく差しひろげても、聞こえるのは頭上で大きく揺れ動く枝々のざわめきだけだった。

風は吹いてはやみ、やんでは吹いていたが、一度ぴたりとやんだときに、レインは遠くを懐中電灯で照らしてみて、はっと息を吞んだ。無数のアラバマ・ピンクの光の目が輝きかえしてきたのだ。

子供のころは、そんな花が実在するのかどうか疑問に思っていた。一生かかっても見つけられないほど珍しい花なのだから。レインはかがんでそれを一輪摘み、釣鐘形の花を懐中電灯で照らして、こぼれるピンクの光を見つめた。

サマーもこの花を一輪持っていた。それに、自分はどこかでこれをもう一輪見かけた。それがどこだったかを懸命に考え、思い出すと、レインは身をひるがえして母親のトラックに駆けもどった。

＊＊＊

ノアはビュイックをゆっくりと走らせてロット・ロードをくだった。風がたたきつけてくるので、ハンドルをまっすぐに保つのがひと苦労だった。あれから眠ろうとしたのだが、浅い夢を見ながら輾転反側するばかりだった。汗をかいて目を覚まし、自分は病気なのかもしれないと思った。それからパーヴのことが気になりだし、電話をかけてみたのだが、回線が切れていたのだった。

空からゴミ缶が降ってきてボンネットの横に落下し、ノアは急ブレーキを踏んだ。するとパトロールカーが前にまわりこんできて停まり、ブラックが飛びおりてきた。ブラックは腰をかがめて走ってきて、ビュイックに乗りこんだ。

ノアはてっきり怒鳴られるだろうと思ったのだが、見えたのは憂いに満ちた目だけだった。

「どこへ行くんだ？」

「パーヴのとこだよ。何かあったと思うんだ。理由は説明できないけど。見張っててやるべきだった。いつもはあいつんちの庭で待機して窓を見張ってるんだ。それに今夜はいやな予感もしたし。すごく疲れてたのに……全然眠れなかったから。鳥男のありさまが頭を離れなくてさ。みんなはおれがあんなことをしたんで、おれを勇敢だと思ってるけど、おれは勇敢じゃない。勇敢な人間は泣いたりしない。わかるだろ？」

ノアは風で揺れるパトロールカーを見つめた。赤と青の光を。

「サマーの指輪が見つかった」ブラックは言った。

ノアは目を閉じて重い溜息をついた。

「レインにはおれが伝えた。きみはレインに会いにいったほうがいい。パーヴのところには、おれが行って様子を見てくる」

ノアはうなずいた。

「行ったら、ビュイックはレインのところに置いておけ。朝になったらおれたちがなんとかする。それと、ゆっくり行くんだぞ。嵐はどんどんひどくなってるし、こいつはドアがひとつないんだからな」

ブラックはビュイックからおりた。

「ブラック」とノアは言った。

ブラックはふり返った。

「考えてたんだけどさ、こんなことがあったから。あんたがあれを……親父の件を、自分のせいだと思ってるのは知ってるよ。でもさ、お袋が病気になったとき、最後におれ、お袋に言われたんだ。あんたについていけって。あんたほどいい人は世の中にいないって」

ブラックは外の嵐を見つめた。

「人はいったん道を見失ったからって、もう一度見つけられないわけじゃないんだな」

ブラックは手を伸ばしてノアの肩をぎゅっとつかむと、身をひるがえしてパトロールカーのほうへ走っていった。

＊＊＊

レインはサムソンのあとについてルーメン邸にはいった。電気がひとつついていたものの、中は暗かった。サムソンは思ったよりも背が高く、がっちりしていて、男らしかった。

ふたりは居間に立っており、レインはサムソンをじっと見つめた。サムソンはおびえているように見えたし、泣いていたようでもあった。しきりに窓と空に目をやっていた。

「父さんにね、あんたにしたことを謝りなさいって言われた」レインは言った。

「外はひどい天気だ、気をつけたほうがいい」

「牧師さんにもお詫びしなさいって言われた」

「あの人はまた入院してる」

明かりがふっと消えた。

サムソンのシルエットが見えた。後光のような髪が。

「あんただってことはわかってんの」とレインは言った。「あの花。サマーはアラバマ・ピンクの押し花を持ってた。アラバマ・ピンクなんてあたしはほかに、もう一輪しか見たことがない。あんたが額に入れて棚に飾ってるやつだけ」レインはそれをかろうじて見分けることができた。そのくっきりしたピンクを。これで辻褄が合う――サムソンがあの年上の男なのだ。

「悪魔がぼくを迎えにきてる」とサムソンは言い、レインの言葉など聞こえなかったように窓を見つめた。

ひどく穏やかな声だった。

「父さんはあの日、ぼくをレッド川で溺れ死にさせるべきだったんだ。母さんが止めたけど、母さんはまちがってた。あの闇は、あれは出ていかなかった。何をしたって絶対出ていかないんだ。テレビであの男のことをやってる。鳥男のことを。あいつは悪いやつだから、ぼくはあいつを憎んでいいんだけど、でも自分のしたことを考えると――」

「死ぬんじゃないかと怖いわけ？」レインは訊いた。

稲妻が瞬いて、サムソンの姿が一瞬見えたあと、闇に奪いかえされた。

「うん」

「地獄で焼かれるもんね」

「うん」

レインはごくりと唾を呑んでから訊いた。「サマーがどこにいるか知ってる？」

「うん」

＊＊＊

ブラックはその家を見あげ、つづいて雲を見あげた。雲は激しく瞬きながらうねっていた。隣家には明かりがつき、家の人たちが窓辺に集まってブラックのパトロールカーを、救助に来てくれたのだというように見つめている。

ブラックは、狼の群れさながらに吼える風の中におりたった。幕状電光はすでに叉状電光に変わっており、道中で落雷を何度も目撃していた。トリックスからピーチが署にたどりついたと無線連絡があったので、ブラックは死神の徘徊する一夜に集中できるようになっていた。

土をなめそうなほど低く腰をかがめて走っていき、ポーチに駆けあがった。

握り拳でドアを乱暴にたたきつづけ、誰も出てこないのがわかると、こんどは蹴りはじめた。ドアは、何度も穴埋めされてきた亀裂の部分であっさり裂けた。ブラックは身をかがめ、蹴破った穴をくぐりぬけて中にはいった。

明かりをつけると、すりきれた絨毯と黄色い壁紙が見えた。

「パーヴ」と声をかけた。「レイ」

銃を抜き、体の前にかまえて居間にはいった。ちぐはぐなソファが二脚と、縁に亀裂のはいった鏡がひとつ。「パーヴ、だいじょうぶか?」

つづいてキッチンにはいった。キッチンは清潔で家具は古いオーク材だった。壁に絵がかかっている。農夫と馬とピッチフォークという、南部の風景の安っぽい印刷画だ。

「キャロライン」とブラックはまた声をかけた。

庭が明るく照らされ、低い雷鳴が轟いた。雨が来そうだった。

明かりがぱっと消えた。

ブラックはゆっくりと階段をのぼった。ノアと同じいやな予感を覚えていたので、銃はかまえたままだった。

ドアはみな閉まっていた。

ひとつをあけ、そこが予備の寝室だとわかると、次のドアをあけた。すると見えた。パーヴが。小さな体が、ねじれたまま窓の下に倒れていた。

「くそ、パーヴ」ひざまずいて彼をあおむけにしたとき、空がぱっと明るんで、まっ白になった顔が見えた。「ああ、パーヴ。なんてことだ」

目のまわりに血がこびりついていた。ハンカチを出してそっと拭いてやり、ブラックは喉を詰まらせた。ピーチとデラと鳥男のことが頭に浮かんだ。ヘルズゲートでいま掘りかえされているいくつもの深い穴と、そこに隠されていたとんでもない恐怖の数々が。

立ちあがって部屋を出ると、廊下の反対側にある最後のドアをあけた。レイ・ボウドインがベッドで眠りこけていた。枕の上には空になった〈ウィリアム・ローソン〉の瓶が、ベッド脇のテーブルにはトラブルを予期していたかのように拳銃が載っている。キャロラインの行方が気になったが、逃げ出したのだろうと考えた。前にも逃げ出したことがあったからだ。

ブラックは壁にかけられた枝編み細工の十字架をじっと見つめたあと、銃をかまえてレイ・ボウドインの頭を撃った。

ハンカチを出して、ベッド脇のテーブルから拳銃を取りあげると、死んだ男の手に軽く握らせてから、外のパトロールカーに駆けもどって通報した。

救急隊が到着した。それからミルクがやってきた。ミルクはパーヴとパーヴの父親を見ると、ブラックにうなずいてみせ、ブラックもうなずき返した。

＊＊＊

サヴァンナは離婚書類が暖炉で黒く燃えていくのを見つめていた。そばにしゃがんでいると、炎が肌に熱かった。

ヘルズゲートの悪党のことは、ブライアー郡の教会に通う少女たちをどのようにさらったのかをふくめて、すべて聞いていた。サヴァンナはエイヴァとジョーのことを思い、レインのことを思った。そして何よりサマーのことを思い、痛いほどの喪失感を覚えた。サマーのすべてが恋しくなるはずだった。

サヴァンナはいま、サマーのおかげで迷いが消えていた。自分にはこれ以上失うものはないのだと感じていた。ボビーと別れるのは逃げることであり、自分にはほかに行き場はないのだと。だから心を決めていた。それがボビーのそばを離れないということならば、これから一生、黙ってボビーを支えようと。

家を出ると嵐は激しく、強風で体が押しもどされた。だが、怖くはなかった。もっとひどい嵐をくぐりぬけてきたのだから。

教会にたどりつくと、石畳の通路で転んで両膝と手のひらを切った。そのまま這っていって重い扉までたどりつくと、それを押しあけた。

風が高く反響し、サヴァンナはボビーの名を呼んだが、返事はなかった。会堂内を見まわすと、小さなドアがあいていた。

階段をのぼり、鐘楼のてっぺんまであがると、ボビーの声が聞こえてきた。

ボビーは木の床にひざまずいて、身も世もなくおいおい泣いており、彼女はぴたりと足を止めた。ボビーは目をきつく閉じ、体を震わせ、両手を祈りの形にしっかり組んでいた。体の奥底から繰りかえし湧きあがる泣き声は、苦しみに耐えられないかのようにしゃがれている。

やがてボビーは前に突っ伏し、自分を支えきれなくなったかのように頭を床に押しつけた。サヴァンナが横桁を越えていくと、ボビーはその足音に気づいた。

彼はすばやく乱暴に目を拭い、サヴァンナは脇にひざまずいた。

「サマーはブライアー・ガールズのひとりなんだ、みんなそう言ってる」ボビーの口調は、穏やかだが絶望的だった。

　サヴァンナにはそのつらさがわかった。

「わたし弁護士に会ったの、メイデンヴィルで」

「知ってる」

　彼女は目を閉じた。

「書類を見たんだ」ボビーは言った。

「どうやって見つけたの？」

「マイケルの靴箱を捜してたら」

「そうだったの」

　空が明るく瞬いて鐘楼を白く光らせ、すさまじい雷鳴が轟いた。

「ぼくを捨てるつもり？」

　サヴァンナは涙をこらえた。

「ぼくは母親に捨てられた」

「知ってる」

「理由は知ってる？」

　サヴァンナは泣きながら首を振った。

「ぼくが邪魔になったんだ」ボビーは時計の文字盤の先を、渦巻く大気と襲いくる嵐雲を見あげた。

「死にたかったよ」

「わたしはあなたを愛してる。愛は失われてない。失ったかと思ったけど、こうしてあなたを見つけた。ここにひざまずいてるのを見つけた。わたし、いろんなことをしちゃったけど、すごく後悔してる。何かを感じたかったの。長いこと何も感じてなかったから。わかると言って、ボビー。お願い」

「わかるよ」

サヴァンナは膝が痛むのもかまわずボビーの前にまわった。

「どうしたらあなたを救える？　どうしたらいいか教えて」

ボビーは首を振った。

「〝あなたがたは恵みにより信仰を通じて救われたのである〟。あなたはもう一度信仰を見つけられる。きっと見つけられる。わたしはあなたを見捨てない」

ボビーはサヴァンナの顔を両手ではさんだ。「サマーは……ぼくはもう誰も失えないんだ。わかるんだよ、サマーに思い知らされたんだ」

「あなたにはまだわたしがいる。わたしはどこへも行かない」

「悪いことは全部ぼくのせいだ。ぼくは身近な人をみんなだめにしてしまう」

サヴァンナは激しく首を振った。「そんなことない」

「ぼくの人生が始まった場所。あの男たち、あの施設《ホーム》」

サヴァンナはボビーの手をつかんで自分の胸に押しあてた。「わたしがあなたの帰る場所《ホーム》なの、ボビー。わたしが」

ボビーはうなだれて目を閉じた。サヴァンナは彼を引きよせて頭に口づけし、きつく抱きしめた。

＊＊＊

ルーメン邸のポーチでレインはサムソンの後ろに立った。サムソンが震えているのがわかった。病気になったみたいに全身ががたがた震えていた。

「サマーはどこ？」

サムソンはふり向き、自分がこの世でひとりではないのを忘れていたかのようにレインを見た。

「〝主の偉大な輝かしい日が来る前に、日は闇に、月は血に変わるだろう〟」

レインはサムソンの目をのぞきこんだ。何が自分を待ちかまえているのかも、どこへ案内されるのかもわからなかった。

「これって、〝彼〟がぼくを迎えにきてるのかな」とサムソンは言い、空が轟くとしゃがみこんで、青白い手で耳をふさいだ。「どっちの〝彼〟だ――きみはそう思ってる？　いや、思ってないよね。だって知ってるんだから。ぼくは天国に行かないって」

「サマーはどこ？」

「ぼくにはできなかった。レイに言われたとおりになんかできなかった。トラックは誰にもわかんないとこに捨ててきたけど、でも、サマーは乗せてかなかった。あんなふうに燃やすなんて、まちがってる、冒瀆だ。ぼくは逆らえなかった。レイは警察署に会いにきたとき、ブラックにはただのお金の話だって言ったけど、ぼくの喉にナイフを突きつけたんだから」

「トラックまで走るよ」

サムソンは首を振った。「サマーは近くにいる。動かせなかったんだ。それは無理だった」

「サマーに何したの、あんた？」

「ひとつの命を、奪われる前に救おうとしたんだ。贖罪だよ、サマーとぼくのための」

レインは唾を呑みこんだ。バッグに銃を入れてあり、それに手をかけていた。終わったらサムソンを殺して、ブラックにも父親にも黙っているつもりだった。サマーの身に何かあったら、サムソンを撃ち殺すつもりだった。

「彼は赦しについて語るけど、赦されちゃいけないことってのもあるんだ。でないと、少しの人を救うために大勢の希望を殺すことになっちゃう。そんなの正しいと思う？」

レインは平らな畑地を見渡した。背の高い穀物が折り重なって倒れ、地面から引きちぎられて闇の中へ飛んでいき、雷が落ちて大地を焦がした。

「サマーのところへ連れてって」

「怖がらないで、レイン。きみは安全だから」

サムソンはピンクの目に涙を浮かべてレインを見つめた。

それから走りだした。

レインはついていこうとしたが、サムソンは速かったし、自分の土地をよく知っていた。

そのとき空から青い光が落ちてきて、レインは伏せたものの、サムソンはその光に打たれ、地獄に落ちたかのようにぱっと燃えあがって倒れた。

レインは立ちあがって近づいていき、サムソンの亡骸を見た。白い皮膚は黒焦げになり、目は永遠の恐怖をとどめていた。レインは風にさからってサムソンをののしり、銃を抜いておどしたが、サムソンはむかしから幽霊であり、死人だった。

そこでレインはあたりをぐるりと見まわした。サムソンがサマーは近くにいると言ったからだが、近くには何もなかった。

だがそのとき、それが目にはいった。屋根の陥没したマールの農場住宅の荒れはてた姿が。

レインは立っていられないほど強くそれを感じた。自分が割った窓から風がびゅうびゅう吹きこんできた。明かりのスイッチを入れてみたが、停電していた。呼吸が浅く速くなった。まわりを見まわすと、青い閃光が農場住宅のキッチンを照らし出した。

「サマー」彼女は呼びかけた。

ゆっくりとキッチンを通りぬけ、風でガラスがガタガタいうと縮みあがった。廊下に出ると、においが強くなった。レインは咳きこみ、息が苦しくなった。居間にはいった。居間は暗くて不気味で、レインは屋根のたわんでいるところを見あげた。

下の絨毯は濡れていた。手を伸ばしてペンキ塗りの壁に触れると、つるつるしているのがわかった。ふたたび閃光が瞬き、暖炉の上に絵がかかっているのが見えた。船の絵のようにも見えたが、すぐさま闇に消えた。

新たな落雷が外の地面に穴をうがつのを見つめていると、それが聞こえた。別の音が、すぐ背後から。

レインはさっとふり向いた。

何もなかった。

あとずさると、またその音が聞こえた。こんどは大きく。ギイイッと。レインは口を大きくあけて悲鳴をあげようとしたが、その前に下の床が崩壊した。

＊　＊　＊

暗い壁の前には数百人の人々が集まってグレイス側をのぞきこんでいた。レポーターたちは空に向けられたカメラの前に立ったまま、背後で繰りひろげられている光景に多くは言葉を失っていた。ホワイトマウンテンから原理主義の人々も姿を見せており、ひざまずいて空を見あげながら、終末が近いことを確信していた。主がやってきて、天の万象が震い動いていることを。

ジョーとエイヴァとトミーはトラックに乗ってハロウ・ロードを走っており、いならぶ見物人たちは、どんな狂気があれば人は自分の終末をこれほど熱心に待ち望めるものなのかと、呆れていた。

＊＊＊

レインは農場住宅の水びたしの地下室に横たわったまま上を見あげた。肩が痛んだし、足首は冷や汗が目に流れこんでくるほど激しく疼いた。捻挫しているかもしれない。彼女はごほごほと咳きこみながら、立ちこめる埃の中できれいな空気を探した。

助けて、と叫んだ。

体にのしかかっている木材を押しのけようとしてみたが、痛みに息を奪われた。自分のバッグが見えたものの、手が届かなかった。

「サマー」とレインは叫んだ。

コンクリートに手を這わせて押したり蹴ったりしてみたが、びくともしなかった。水は黒く冷たく、数カ月にわたって流れこんでいたらしく、十センチぐらいたまっていた。焼けるような痛みのせいで冷静になどとてもなれなかったが、目を固くつむってノアとパーヴの姿を探した。サマーとあの写真を、雪の舞うあのガラスのスノードームを。

風と嵐の音が聞こえた。農場住宅の屋根がめくれる音が聞こえ、最初の雨が落ちてくるのを感じた。水が急速に上昇して体を這いのぼってきた。レインはもがき、叫び、あらがった。

＊＊＊

激しい雨にフロントガラスをたたかれながらブラックは署まで戻ってくると、パトロールカーを駐車場に乗りいれた。しばらく車内に座ったまま自分のしたことを考え、じっと両手を見つめていたが、その手はもうこれ以上汚しようがないほど血にまみれていた。

ドアをあけると、そのままじっと雨に打たれていた。やがて顔をあげると、ピーチが走ってくるのが見えた。

「デラが」とピーチは言い、ブラックがうなずいて抱きしめようとすると、膝をついてブラックの胸をたたいた。

ブラックも一緒に膝をついて、ピーチの顔から濡れた髪を掻きのけた。「知ってたのか？ 赤ん坊のことを、きみは知ってたのか？」

「世間に知られるわけにいかなかったの」ピーチは打ちひしがれて言った。

「何を？」

「あの娘の中にひそむあたしを」

ブラックはこみあげてくる思いをこらえ、うなずいた。言えることはいろいろあったが、言わなかった。ピーチをきつく抱きしめ、雨に彼女の涙を洗いながさせた。

＊＊＊

グレイスの道路は川になり、レッド川は増水してあふれはじめた。

雨の勢いがあまりに激しいので、人々は窓ガラスが割れて嵐が家に押しいってくると確信した。自分たちは命を奪われると。クローゼットやベッドの下や地下室に隠れた。肩を寄せあって目を閉じた。神に聞こえるよう雷鳴に負けぬ大声で祈りを唱えた。

噂が近隣の町々に広まると、ハロウ・ロードの群衆は千人にふくれあがった。群衆は濡れていなかった。前方三メートルのところに雨の境界がくっきりとできていた。風は和らいだものの、雨はますます激しくなり、雲は依然としてその影で土地をおおっていた。

最初にその亀裂に気づいたのはマールだった。雲がわずかに裂けはじめ、そこから青い月光が細く射しこんできていたのだ。マールは大声をあげたが、酔っぱらっていると思われたのか、誰にも反応してもらえなかった。

そこで彼は記者をつかまえて、裂け目を指さした。

喚声があがった。

＊＊＊

ノアは雨がワイパーで拭われる短い合間に前方を見つめていた。遠くに光が射しており、空から地面まで伸びていた。それがなんなのかはわからなかったが、ほかにどこへ行けばいいのかわからなかったので、そちらへビュイックを走らせた。路面は滑りやすかったけれど、アクセルを踏みつづけた。菜畑とキンリー農場の前を通りすぎたところでようやく、自分がどこへ向かっているのかわかった。ルーメン邸だった。

光はルーメン邸のかたわらに射していたのだ。

＊＊＊

光が地下室に明るくみなぎった。水はレインの首まで上昇しており、レインは頭を後ろへ反らして、ゆっくり呼吸するように努めた。雨は小やみなく降りつづけ、体は冷えきって、もうどこも痛まなくなっていた。

黒い水は重く、木材をわずかに動かしてくれ、レインはようやく手を伸ばしてバッグをつかむことができた。銃を見つけて高く差しあげ、弾倉が空になるまで撃った。

やがて水は頭のてっぺんを越えた。レインは懸命にあらがった。いつもそうしてきたからだ。それが彼女の仕事だった。だからあらがい、もがいたけれど、何も変わらなかった。

地下室は静かだった。明るく静かだったので、レインは目を見ひらいて室内を見まわした。折れた木材、缶詰の食料品、古いマットレス、睡蓮のように浮かぶ何枚もの紙。それから遠くの隅にふわふわと、金色の髪が美しく広がっているのが見えた。

レインは姉のために泣いた。肺がひりひりして体じゅうの希望が死に絶えるまで泣いた。

ノアが飛びこんでくるのが見えた気もしたし、彼の手が触れるのを感じた気もしたが、彼女は目をきつく閉じたまま、自分も連れていってほしいと、そう神に頼んでいた。


レインはレッド川のほとりで目を覚ました。かたわらを見ると、サマーが横たわっていた。

ふたりは八歳だった。

頭上を見あげていると、遠くの星がひとつ、夜空を流れていくのが見えた。こんなときはどうすればいいのか、今回のレインは憶えていた。

サマーのほうを向くと、腕をまわしてきつく抱きしめ、小さな体がばらばらになるほど泣きじゃくった。願いをかなえるには遅すぎるとわかっていたからだ。

48 サマー

わたしが聖ルカ教会でチェロを弾いたのは、ある日曜日の朝の礼拝のときだった。わたしは弾きたくなかった。みんなに見られるのがいやだった。わかってもらえるはずがなかったからだ。その曲が意味するものなど。

前の夜は眠れなかった。横になったまま いろんなことを取りとめもなく考えていた。デカルトの言う確実性の不在とはどういうことなのか、知っていると思っているのに知らないとはどういうことなのかと考えたりした。

サヴァンナが伴奏ピアノを弾いてくれたのは、わたしがひとりではいやだと言ったからだった。

母さんは新しいワンピースを買ってくれ、わたしの髪をあれこれいじり、レインはわたしの前にひざまずいて口紅を塗ってくれた。父さんはそんなわたしたちを見て、わたしたちの知らない何かを知っているみたいににやにやして、「さすがはおれの娘たちだ」と言った。

みんなが席につくのを待ちながら、わたしはステンドグラスに目をさまよわせた。子供のころその下に座ったことを思い出した。あのころは白は白だったし、黒はもう少し灰色に近いものだった。泣きたくなったけれど、泣くのはこらえた。その気持ちを味わうことで、人は初めて思い知るのだ。あしらえると思っていたものが自分に刃向かってきても、十五歳ではまだリセットボタンを押せないと。

どれを選んでもいいとサヴァンナに言われたので、わたしはカミーユ・サン＝サーンスの〈白鳥〉を弾いた。それがサヴァンナにもボビーにもつらいのはわかっていたけれど、でも弾いた。それがふたりの曲であり、もしかするとマイケルの曲でもあることはわかっていたけれど、だからといってわたしの曲でないことにはならない。わたしたちは最後にはみんなひとつになり、みんな同じになるのだから。

三人が何を見て何を聞いたのか、それがわたしにわかったのはたぶんそのときだけだったと思う。わたしの指は、わたしがそれまで求めたこともない優雅さで弦を探りあてた。ファイバーグラスの弓は、ペルナンブコ材の弓もかくやと思われるほど滑らかに弦を滑った。わたしは目を閉じて呼吸を深くし、肩の力を抜いて心を教会からも人々からも人々を乗せている地上からも遠くへ解き放った。

自分が信じているのが神なのか神に似たものなのか、それは定かでないけれど、その瞬間わたしは、この古い建物に屋根がなかったら、この音楽は空高く駆けのぼるだろう、天国にいる人々もきっとわたしを見おろして微笑んでくれるはずだと感じた。

拍子は数えなかったし、音を探しもしなかった。音のほうがわたしを見つけてくれた。弾いているうちに善悪の判断を忘れた。レインの痛みも、父さんの喪失も、母さんの見当ちがいな自慢も忘れた。ボビーの愛撫も、その愛撫がおたがいに対して持つ意味も、みんな忘れた。最後の音を弾きおえると、わたしは二度と訪れないような静寂の中にその音が消えていくのに耳を澄ました。それからお辞儀をして弓を握りしめた。顔をあげたらみんなに見透かされるのではないかと怖かった。あたえられるものはもう何も残っていないことを。全部あげてしまったことを。

静寂は長くどこまでも広がり、鳥たちも沈黙し、レッド川の流れも止まったような気がした。その日わたしはグレイスで何かが変わったのを感じた。大したものではない。わたしのほかは誰も気づかないようなものだ。

最初の拍手が聞こえたとき、それがレインの拍手だとわかった。なぜわかったのかは説明できないけれど、とにかくわかった。その最初の拍手に第二の拍手が、それから百の拍手がつづいた。

目をあけるとまず両親が、それからサヴァンナとボビーが、それから全員が立ちあがるのが見えた。決して泣かない人たちが泣いているのが見えた。仕事も家もなくしたけれど、信仰だけは失っていない人たちが。しかもその瞬間、その人たちは恥じてさえいなかった。もしかしたら本当にわたしが見えたのかもしれないし、そのひとときだけは悩みがすべて消えたのかもしれない。

わたしはほかにどこを見ていいかわからず、自分のチェロを見おろし、それからまたステンドグラスを見あげた。反対側に虹が映っているのを知っていたからだ。

それからレインが後ろの隅にひとりで座っているのが見えた。もう拍手はやめて、みんなと同じように泣いていた。でも、わたしが目を合わせると、にっこりと大きく微笑んだ。なぜかといえばいまは、家じゅうが寝静まったと彼女が思っているときとはちがって、悲しくて泣いているわけではなかったからだ。

レインは涙に潤んだ目でわたしにうなずき、わたしも涙に潤んだ目でうなずきかえした。

49　残された光

ノアはひとりで透析室に座っていた。ナースステーションに目をやると、新しい看護師がいた。いい人だったが、寡黙だった。ノアはテレビを見つめ、それからいつもパーヴが座っていた場所を見つめた。

嵐から半年がたっていた。

レイ・ボウドインとサムソン・ルーメンが死んでから。

神の業は結局それほど謎めいていないのかもしれないと世間は噂した。純然たる因果応報だと。ルーメン牧師は息子のしたことを聞かされるとまたしても発作を起こした。こんどはひどい発作だったので、回復は望めそうになかった。

レインはメリーランド病院に運ばれた。あの晩、彼女は危うく死ぬところだった。ノアがあの銃声を聞かなかったら、ちがう結果になっていたかもしれない。新聞はまたしてもノアをヒーローあつかいした。

あくる朝、ノアは早起きをして階段をおり、そのまま表のドアから庭に出た。そこにたたずんで、あらゆる色彩に燃える空をじっと見あげた。夜明けのあまりの美しさに、時間の歩みがしばらくのあいだ遅くなったのかもしれなかった。

通りのむこうを見ると、バド・グリアソンが妻とならんで、やはり空を見つめていた。それからドゥマン夫妻の家のドアがあく音がして、夫妻もそれにならうのが見えた。

マスコミの報じたところによれば、その朝はグレイスのほぼ全員が早起きをしたが、嵐が残した被害には気づきもしなかったという。新たな光の幕開きのほかは何も目にはいらなかったのだ。

ノアが大声で祖母を呼ぼうとしたとき、ブラックが家の前にパトロールカーを乗りつけてきた。ブラックはノアにパーヴのことを伝え、ノアはビュイックのほうへ駆け出した。

ブラックは晴れわたった空の下に立って、ノアが走り去るのを見送った。

その嵐雲はついにグレイスの町から消え去ったが、もっと暗い雲が残されたのだ。

＊＊＊

サマーは聖ルカ教会の敷地内にあるオカメ桜の木の下に埋葬された。きれいに花を咲かせる木だったから、人々はふと足を止め、その墓に気づくのだった。

ノアは式のあいだひとりで後ろに座って、ボビー牧師が話すのを見ていた。それから、いまでもみんなが話題にするあの日にサマーが弾いた曲の録音に耳を傾けた。ひとつひとつの音が心にしみ、友達になりたかった少女にノアを近づけてくれた。

曲のなかばで、エイヴァが泣きだしジョーが目をきつく閉じたとき、教会のスレート屋根にあいた大穴にかぶせてあったビニールシートが吹き飛ばされ、日が射しこんでくるのと同時に曲が空に立ちのぼっていった。

レインはその後まもなく両親とともに町を出ていった。あの夜以来、ノアとは口をきいていなかった。誰とも口をきいていなかった。

ブラックによれば海岸近くのどこかに親戚がいるということだったので、ノアは夜に目を閉じると、六十五号線を走るトラックの後部席に乗っているレインの姿が見えるのだった。過ぎ去る平原に向かって窓から手を出し、鳥のように動かしている姿が。

＊＊＊

壁に新しい絵がかかっていた。描かれた畑にノアは見憶えがある気もしたが、どこにでもある風景のような気もした。

唾を呑みこんでも喉はからからだった。青い機械とチューブに目をやり、これ以上は耐えられない気がして深呼吸をした。

椅子にもたれて目を閉じ、長いあいだそのままじっとしていた。むかし母親に教えられたとおり、頭の中でゆっくりと数をかぞえてみたが、なんの足しにもならなかった。

「あのさ、ベアキャットっていう動物がいてさ。ポップコーンみたいなにおいがするんだよ」

目をあけると、かたわらの椅子にレインが座っていた。

「ベアキャット?」

レインはうなずいた。

「ポップコーンみたいなにおいがするの?」

レインはまたうなずいた。

それから脚を組み、髪を耳にかけてテレビを見はじめた。ノアは幻でも見るような目で彼女をしばらく観察し、少し変わったのではないかと思ったが、理由はわからなかった。

「このあと一緒にどこか行かない?」レインは言った。

「どこでも行くよ」ノアは答えた。

＊＊＊

寒い冬の宵だったが、グレイスの人々はもう天候のことであまり愚痴をこぼさなくなっていた。空は暗くなっていたものの、無数の星の光で照らされていた。

ブラックは曲がりくねった小径をたどって聖ルカ教会の裏手の墓地にはいった。

ひざまずいて小さな花束を墓の前に置いた。彼はちょくちょくそうしていた。

悲しくはあったが、墓の土台に彫られた完璧なまでに簡潔な碑銘を読むと、どうにか笑顔になれた。

〝わが姉、サマー〟

「だいじょうぶ、ブラック?」パーヴが言った。

ブラックは顔をあげ、自分がひとりではなかったのに気づいた。

「ああ」そう言って立ちあがった。「きみは順調に回復してるか?」

パーヴは肩をすくめた。「ノアに言わせりゃ、おれは頑丈らしい」

「ノアはいろんなことを言う」

パーヴはにやりとした。「墓参りにきたんだ。なぜだかわかんないけど、来ちゃうんだよな」

ブラックはうなずいた。

「なんだか変わったね、あんた」パーヴは言った。

「どこが?」

「前より目が澄んでんのかな」

ブラックは渋い顔をしてみせた。実を言うと、何度かパイングローヴの福祉センターに通ったのだった。道のりは長いし、子細に検討したわけでもなかったが、かつてほど暗くはなさそうだった。

「なんだってそんなにめかしこんでんのさ」パーヴは言った。

「めかしこんじゃいない」

「コロンまでつけちゃって」

「デートだよ、きみの知ったことじゃない」

「お相手はあんたの家にいる女《ひと》？　ピーチ」

ブラックは溜息をついた。

「小さな町だからね」

「お母さんはどうしてる？」

パーヴは肩をすくめた。

「アンバー・キングが無事に赤ちゃんを産んだって聞いた？」

ブラックはうなずいた。「その子になんていう名前をつけたのかもな」

「ノアのやつ、そのせいでにやにやしっぱなしだよ」

ふたりは広場のほうへ戻りはじめた。パーヴは片足を引きずるようになっていた。たぶんずっとそのままになるだろう。

教会をふり返って鐘楼を見あげると、雪がちらほら舞いはじめた。

ブラックは気づかなかったが、鐘楼のてっぺんではふたつの人影が手をつないで立っていた。

謝辞

いつものようにまずは、わが美しき妻ヴィクトリアに。きみが四十になったとき下取りに出したら、ぼくはほんとにきみが恋しくなるな。でも、天国はあと七年ある。それを楽しもう。

父さんは、プロットについて延々と議論し、ぞっとするような章題をいくつも提案してくれた。〝サマーの味〟とか。ひどすぎだよ、まったく。ひどすぎ。

母さんと、トビーと、ジュリアと、デイヴは、執筆中のぼくを支えるだけでなく、それ以上のことをしてくれた。

ジョエル・リチャードソンは、ぼくを悲嘆に暮れさせたとはいえ、つねに力を貸してくれた。毎日あなたが恋しい。この物語を語るのを手伝ってくれ、変えるべきところを変えてくれ、長く困難なプロセスのあいだつねに剽軽で親切でいてくれたことに感謝する。

ベック・ファレルに。お疲れさま！　あなたの信頼とみごとな編集に、そしてぼくを（さんざん暴れたりわめいたりしたのに）ここまで連れてきてくれたことに感謝します。有能なレベッカソンとクリストファーソンにも感謝します。

〈ボニー・ザファー〉のみなさんにも。みなさんを愛しているし、一緒に仕事ができた幸運を噛みしめてもいます。

犯罪の女王にして、つねにぼくのお気に入りのひとり、キャサリン・アームストロングに。あなたには途方もなく大きなピザの借りがある。

魔法使いのようなエミリー・バーンズに。あなたの信頼と、エネルギーと、全国紙を買収する能力に感謝します。

ぼくのスペシャル・エージェント、キャスリン・サマーヘイズに。あなたの古いメールを見つけたら、こう書いてありました。〝あなたはいつか著書を出すでしょう、わたしが保証します〟。それがこれで二冊に！　ありがとうと言うだけじゃ足りない場合もあるから、お酒を送ります。

〈カーティス・ブラウン〉のみなさん、とりわけケイティー・マガウアンと、恐るべき海外版権チームに。

すばらしい表紙を作ってくれたニック・スターンに。あのキスはとうに期限切れだ。ぼくが行くたびに風邪をひいてるふりをするのはやめてね。

草稿を読んで驚くべきレベルの援助をしてくれたシボーン・オニールに。ジャック（とあなた）に会いたい。

おっかない出版業界のボス連とは真逆の存在でいてくれたケイト・パーキンとマーク・スミスに。ジェフ・ジェイミソンは、各地の書店をいじめてまわるあいだ、つねに剽軽でチャーミングでいてくれた。

〈チームトゥエンティ7〉――愛してるよ。グッジョブ。あなたがたはドラッグを売り、ぼくらは裁かない。

すばらしい校正をしてくれたドミニク・モンタルトに。

このうえなく愛らしく才能あるチェリスト、スザンヌ・ゲイルに。

クレアとティムには、そのペニス談義に。

カロライン・アンブローズに。#チームBNA。

『消えた子供　トールオークスの秘密』を心にとめてくれた読者と書評家のみなさんに。多くの人たちがみなさんを愛しています。

リズ・バーンズリーは、マッチを取りあげてくれたし、ぼくが見ていたようにサマーを見てくれたし、自分がとても苦しい時期にぼくを支えてもくれた。ぼくがどれほど感謝してるか、あなたにはわからないだろう。

解説

書評家
酒井貞道

二〇二二年に早川書房より刊行された『われら闇より天を見る』で、わが国の翻訳ミステリ界の話題をさらったクリス・ウィタカーの邦訳最新作。それが本書『終わりなき夜に少女は』である。

最初に言っておこう。本書はできるだけ、事前知識を持たずに読んでいただきたい。ミステリ的な驚きを味わいたいならそうすべき、という趣旨ではない。小説の書かれ方の問題なのだ。この物語は、登場人物の背景や来歴、思い、物語が始まる前に起きていた出来事や物事の経緯などが、後出しで少しずつ言及されていく形式をとる。ある人物は、どのような人格をしていて、これまで誰とどのように生きて来て、その過程で何が起きて、今どういう境遇や心境に至っているのか。そういったことが、すぐにはわからないように書かれている。こうすることで読者に、「なるほど、だからあの時この人はこう言ったのだな」とか「嗚呼ならば、あの人はあの時、内心どんな思いを抱いていたことか」といった想念を惹起《じゃっき》していく。読者である私たちの内面に浮かぶ波紋、染み込む情緒、徐々に変化する印象。そういった繊細なことが、とても大切にされている小説である。粗筋紹介をする上で必須な、主要登場人物の出自や経歴をシンプルに書くだけでも、その繊細さの幾何《いくばく》か、本来は読者の小さな驚き（所謂《ハッとする》感覚）によってもたされていたはずの読書の愉悦が、ごく一部ながらはっきりと壊れてしまう。そして、この小説は、そういった細部の積み重ねが深遠に至るタイプの物語である。だから、できるだけ何も知らない状態で接してほしいのだ。

とはいえ、本当に何も知らないままでは、読み始めるきっかけがつかめない人もいるだろう。また、既に読み終えた人の更なる理解に資するため、補助線を引いておくのも解説の務めというものだ。本解説の目的はこれらに絞ることにしたい。

◆

物語の概要は次のとおりである。具体的な事項は、可能な限り、興を殺がない範囲にとどめる。

一九九五年のアラバマ州（ここまで実在）ブライアー郡の田舎町グレイス（恐らく架空）で、十五歳の少女サマー・ライアンが失踪を遂げる。これが本書で扱われるメインの事件である。視点は主に三つ。サマーの双子の妹レインがサマーを探し、これに同年代の二人の少年ノア・ワイルドとパーヴィス（パーヴ）・ボウドインが協力する。なおノアはグレイス警察署で見習いをやっていて、バッジも持っている。よって彼らの調査は無権限の素人未成年によるものとは言い切れない。ただし、ノアは正式な警官にはなっていないし、訓練も受けておらず、本職の警官たちと捜査情報を共有してもらってもいない。この点には留意してほしい。第二の視点は、グレイス警察署長のブラックである。彼は通常の捜査情報に基づいて捜査を行っている。そして第三の視点は、失踪したサマー本人である。レインたち少年少女の視点と、ブラック署長の視点は、地の文が三人称であり、出来事もサマー失踪後にリアルタイムで進行している。一方、サマーのパートは、これだけが視点人物の一人称である。またその述懐は、他の二パートよりも過去の時間軸で行われている。彼女が一人称で何をどんなに語ろうとも、失踪後のサマーの状態は、生死を含めて最終盤まで一切不明なまま進む。章の割り振りも、サマーは特殊だ。サマーは必ず章全体を担当し、他の視点と共有することはない。またその章題は毎回必ず「サマー」である。

一方、他の二視点は、独立して章を担当することはない。一つの章を他の視点と共有し、章の中で視点が切り替わる形で叙述されていく。なお厳密には、レイン、ノア、パーヴ、ブラック以外の人物の視点も、低頻度で用意されている。中には、牧師の妻で、サマーにチェロを教えていたサヴァンナなど、明らかに重要な視点もあるのだが、ここでは詳述を割愛する。

さて、この物語には、忘れてはならない背景ないし前提条件が存在する。まず、数年前にブライアー郡では連続少女誘拐事件が発生しているという事実だ。犯人と目される《鳥男》が目撃されるなどして、地方一帯が恐慌をきたしたものの、結局犯人逮捕には至らないまま、なぜか事件が起きなくなった。犯人に連れ去られたと思しい少女たちは、《ブライアー・ガールズ》と称されている。

次に、この地方ではキリスト教が権威あるものとして存在感を持つ。日曜日には教会に行く人がほとんどで、牧師や神父が尊敬を集めて、信仰心が押しなべて篤い。日本の感覚では、宗教に入れ込み過ぎではないか疑ってしまうような信徒も多数いる。伝統的宗教のみならず、近隣には、教義に沿った生活を送る宗教的コミュニティまで存在している。宗教、それも日本の水準からすると重い信仰が、生活に深く根付いている社会が舞台になっている点は、読者として留意し咀嚼《そしゃく》すべき事項である。

第三に、アメリカでは一九八〇年代から一九九〇年代半ばまで、悪魔崇拝主義者たちに児童らが影響を受けて道を外したり、虐待され殺害されたりしていると多くの人が考えるパニックが起きていた。英語ではSatanic Ritual AbuseとかSatanic Panicなどと称される一連の事象は、一九九五年頃までには下火となり、今ではFBIに公式に否定されている。先述の少女連続誘拐失踪事件は、舞台となるブライアー郡では、その悪魔騒ぎと関連付けて理解されていた——とまでは書かれていないものの、関連性があると捉えていた人がいたことは、明らかに匂わされている。

これらの前提があった上で、今また、久しぶりに少女が失踪した。それが一九九五年、登場人物が属する地域社会が置かれた状況である。これに各人（視点人物に限らない）がどう反応するかを丁寧に描くのが、本書の要諦である。

先述の通り、主要登場人物であっても、性格、出自、経歴、家庭環境等の個人的事情は、登場してすぐわかるわけではない。全ては後出し気味に、なおかつ小出しに、丁寧に語られる。例外はない。失踪した本人であるサマーのパートもそうで、読者の前に頻繁に彼女が登場して、自らの物語を思う存分語るにもかかわらず、失踪に至るきっかけや事情は、なかなか見えてこないのである。これは他の人物のパートでも同様だ。サマーの失踪が地域社会に波紋を広げているらしいのは間違いないが、ではその波紋が具体的に何なのか（誰がいつどこで何をどうして、それに対して誰がどう反応したのか）については、読み進めて初めて、ぼちぼちわかっていくのである。

この叙述形式は、必然的に「物語がどこに向かっているかが見えづらくなる」という副次効果を生み出す。ミステリとして好ましい効果であるが、それ以上に重要なのは、人生の複雑さがそこに立ち現われるという点にある。人がそれぞれ持つ事情、関係性、感情の動き、実際の言動、それらが織り成すドラマが、ときに読者の予想通りに、ときに読者にとって思わぬ形で、様々に姿を結んでいく。それを一々じっくり味わい尽くすように読むのが、この物語への正統な接し方であるはずだ。

と、このように書くと、ゆったり進む物語だと思われるかもしれない。違うのだ。ストーリーのテンポ自体は決して遅くない。少年少女の調査はポンポン進む。署長の捜査もスピーディーに進む。単にストレートに障害なく進まないというだけで、右顧左眄《うこさべん》や右往左往はあれ、状況は決して一所にとどまらず、常に変化していく。これは過去を語る失踪者サマーの章でも同じだ。ことにこのサマーの語りは見事だ。彼女は章ごとに全然違う話を飛び飛びに話しているように見えて、実は最初から一つのテーマに沿って話しているのである（ミステリ的な意味でのネタバレではない）。そのことがわかり、サマーのパートが他のパートと本格的にリンクする終盤たるや、その風情、筆舌に尽くしがたい。

アメリカの田舎を舞台にした小説の常として（と言ってしまっていいだろう）、狭い社会の閉塞感についても言及しておきたい。主要人物として登場する少年少女たちは、ほぼ全員、町を飛び出したいと考えていることが示唆される。町が嫌だ、家族が嫌だ、と単純な明文をもって語られることはないが、煎じ詰めればそれに行き着く思いを抱いているのは明らかだ。しかしながらモチベーションの強弱には個人差があるし、また町や家族に愛着がないのかというと、彼らはそれも明らかに持ち合わせているのだ。どちらかはっきりしろ、とは思わない。相矛盾する感情を抱くのもまた人間の真実だからである。そして大人の登場人物たちにも、これらはある。人生が長い分、様々なしがらみや拘り、思い入れ、譲れない一線が生じてより一層複雑化した形でそれらは表れている。

一つだけ具体例を挙げておきたい。サマーは、牧師の妻サヴァンナにチェロを習っている。サヴァンナ曰くサマーは、これまでの生徒で最も才能がある。だからサヴァンナはサマーに、チェリストとしての大成を望む。だがサマーがそうなりたいのか、というと……。この顛末は実際に読んで確認していただきたいのだが、注目してほしいのは、クラシック音楽のチェロ奏者として練習を積む過程で、サマーは所謂ハイソサエティの教養を身に付けていく点である。弾く音楽、好きな音楽はクラシックの名曲たち。楽理もむろんちゃんと理解していると思しい記述は多い。そして、読書を趣味として、古典文学等にも触れていくのだ。ダンテ、『ロリータ』、悪魔崇拝騒動を描いたノンフィクション等々。本文中に触れられたこれらは、しかし、妹レインをはじめ、彼女の貧しい家族の中では明らかに異質である。牧師夫妻を除き、彼女の教養水準は段違いに高い（それが正しいと描かれているわけではないので誤解なきよう。このせいで周りから浮くわけでもない）。サマーは明らかに、田舎町の外の広大な世界で今後活躍できる可能性が、作中人物の中では最も高い人物として設定されている。そんな彼女と他との差異を、教養の差で描けてしまうのは、閉塞した環境、狭い世界の悲哀を感じさせる。加えて、可能性に満ちていたはずの彼女が、あんなことをするとはと、人生の複雑さを痛感させられるが、これは実際に読んで確認していただくべき事項である。

全篇に祈りに似た何かが満ちている点にも注目してほしい。登場人物の言動は、正しさ、安寧、誠実、情愛、贖罪《しょくざい》といったものを希求した結果であることが多く、何らかの救いを求めている人物がとても多い。いっそ宗教的とすら言いたくなる会話が特に後半は増えていく。ただこれは作者がキリスト教への信仰を盲目的に主張していることを意味しない。そのことは、本書に登場するキリスト教系の団体の構成員の一部の描かれ方を見れば、明らかであろう。本書で展開されるのは、辛さを抱えつつそれでもなお生きていくしかない、人間という社会的生物の苦悩であり、そこから生じた、人間一般の帰依感情、救われたいと思う心である。無宗教な人間でも、そのことは理解し共感できるように書かれている。だからこそ、切実さが胸に迫るのである。

最後に、一九九五年という三十年近く昔（本国刊行年の二〇一七年からみれば二十年近く昔）を舞台とすることの意味合いについて、若干補足しておこう。多事多端な二十一世紀の現代社会において、Satanic Ritual Abuseをも題材とした、古い時代の物語を発表する意味はどこにあるのか。意地の悪い読者はそう考えるかもしれない。それに対しては、こう回答しておこう、Satanic Ritual Abuseは、悪魔的人物に人々、社会、子供たちが操られている、という発想を根幹とする点で、Qアノンに多大な影響を与えている。つまり、Qアノンをはじめとした陰謀論の数々は、かの事象の二十一世紀における発展形なのである。もちろん、ここで陰謀論の当否、正否、善悪を判定するつもりはない。陰謀論と世間でよく言われる意見全般の、二十世紀末におけるバリエーションが、物語の背景に確かにあると考えていただきたいだけだ。

そう考えた時、本書の内容は、二十世紀末のみならず、現代にもそっくりそのまま通用するものであることに気付かされる。深みある人間ドラマに、強い対世効。それらは、クリス・ウィタカーという作家が七年前にすでに上っていた高みを指し示すのである。

二〇二四年四月

訳者略歴　早稲田大学第一文学部卒，英米文学翻訳家　訳書『その雪と血を』ネスボ，『ザ・チェーン　連鎖誘拐』マッキンティ，『第八の探偵』パヴェージ，『われら闇より天を見る』ウィタカー（以上早川書房刊）他多数

終《お》わりなき夜《よる》に少女《しょうじょ》は

2024年5月20日　初版印刷
2024年5月25日　初版発行

著　者　クリス・ウィタカー
訳　者　鈴木《すずき》　恵《めぐみ》
発行者　早川　浩

発行所　株式会社　早川書房
東京都千代田区神田多町2－2
電話　03-3252-3111
振替　00160-3-47799
https://www.hayakawa-online.co.jp

印刷所　星野精版印刷株式会社
製本所　大口製本印刷株式会社

定価はカバーに表示してあります
ISBN978-4-15-210330-7 C0097
Printed and bound in Japan
乱丁・落丁本は小社制作部宛お送り下さい。
送料小社負担にてお取りかえいたします。